이
조
한
문
단
편
집

3

이조한문단편집 3

초판 1쇄 발행 / 2018년 2월 20일

편역자 / 이우성·임형택
펴낸이 / 강일우
책임편집 / 정편집실
조판 / 신혜원
펴낸곳 / (주)창비
등록 / 1986년 8월 5일 제85호
주소 / 10881 경기도 파주시 회동길 184
전화 / 031-955-3333
팩시밀리 / 영업 031-955-3399 편집 031-955-3400
홈페이지 / www.changbi.com
전자우편 / human@changbi.com

ⓒ 임형택 2018
ISBN 978-89-364-6045-7 94810
    978-89-364-6986-3 (세트)

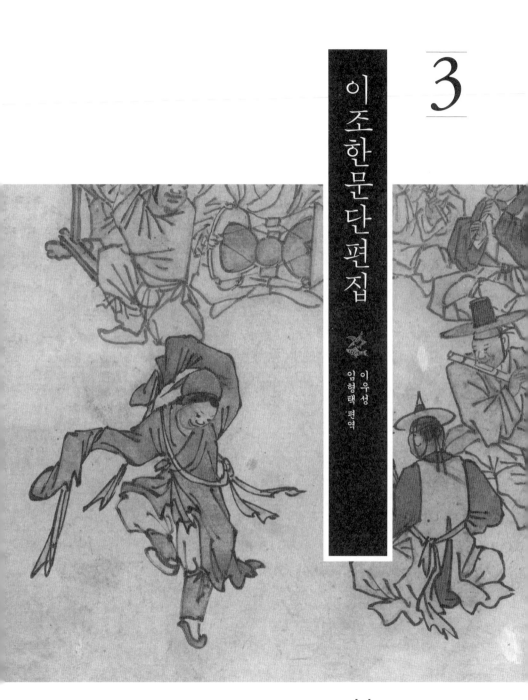

이조한문단편집

3

이우성
임형택 편역

창비

제3권

제5부 • 민중 기질 I : 저항과 좌절

제6부 • 민중 기질 II: 풍자와 골계

제2권

일러두기

1. 한문단편을 현대 한국어로 번역한 이 책은 총 4권으로 엮었다.

   제1권 제1부 부/제2부 성과 정

   제2권 제3부 세태 I: 신분 동향/제4부 세태 II: 시정 주변

   제3권 제5부 민중 기질 I: 저항과 좌절/제6부 민중 기질: 풍자와 골계

   　　　　별집: 연암소설

   제4권 원문편

   번역의 대상이 된 원자료는 대부분 필사본으로 40여종을 헤아리는바, 종에 따라서는 다수의 이본이 존재한다. 이들 자료에서 작품을 발굴하여 이 책을 엮은 것이다. 번역문으로 제1~3권을 구성하고 원문 또한 정전으로 제공한다는 취지에서 따로 제4권을 만들었다.

2. 원래 제목이 달려 있지 않은 것이 많았던데다 제목이 달린 경우도 한시구 혹은 한문구로 되어 있어서 그대로 쓰기 적절치 않기에 제목을 일괄해서 알기 쉬운 우리말로 바꾸었다. 원제는 각 편의 해설에 밝혀놓았다.

3. 출전 자료에 관한 해설은 일괄해서 제3권 뒤에 실었다.

4. 작자는 연암 소설이나 이옥의 작품과 달리 밝혀져 있지 않은 상태인데, 가능한 대로 추적하여 각 편의 해설에서 언급했으며, 역시 제3권의 '출전 해제' 뒤에 '수록 작품의 작자 일람표'를 제시하고 관련한 논의를 덧붙였다.

5. 번역은 원문의 뜻이 충실히 표현될 수 있도록 하되 일반 독자들이 접근하기 쉽도록 배려하였다. 이해를 돕기 위해 각주를 붙였다.

6. 그런 한편으로 당시의 분위기를 살리기 위해 역사·제도 및 생활상의 옛날 어휘를 쓰기도 했으며, 경우에 따라서는 비속어 내지 비칭 등을 피하지 않았다.

7. 원래 『이조한문단편집』은 이우성 선생과 임형택의 공편역이었는데 2012~17년에 이루어진 이번 개정판 작업은 임형택이 주도한 독회의 과정을 거쳤다. 독회 참여자는 다음과 같다.

   강수진 이화여자대학교 국어국문학과 박사과정 수료

   강혜규 서울시립대학교 강사

   곽미라 동국대학교 국어국문학과 박사과정 수료

   김수연 이화여자대학교 국어국문학과 조교수

   김유진 한국기술교육대학교 강사

   김지윤 서울대학교 국어국문학과 박사과정 수료

   남경화 한국학중앙연구원 석사과정 수료

   남궁윤 동국대학교 국어국문학과 박사과정 수료

   양영옥 고려대학교 BK21플러스 한국어문학사업단 연구교수

   엄기영 대구대학교 국어국문학과 조교수

   유정열 서울대학교 국어국문학과 박사과정 수료

   이승은 순천향대학교 향설나눔대학 조교수

   이용범 성균관대학교 동아시아학술원 박사과정 수료

   이주영 동국대학교 국어국문학과 박사과정 수료

   정성인 동국대학교 불교학술원 연구원

   정솔미 서울대학교 국어국문학과 박사과정 수료

제5부
●

민중 기질 Ⅰ
∙∙ 저항과 좌절

김홍도金弘道 「씨름[相撲]」(국립중앙박물관 소장)

월출도月出島

영남의 한 사족이 대대로 부자여서 백여만금의 재물을 축적하고 있었다. 터 잡고 사는 마을이 삼면은 온통 석벽으로 둘러싸이고 전면에는 큰 강이 동구 밖으로 돌아 흐르고 있었다. 거느리고 있는 호지집[1]만도 2백여 호를 헤아렸다. 이 부자는 엄청난 재물을 쌓아두고 있었지만 여러 대를 시골구석에서 살아 과갈[2]이 모두 향반鄕班에 그쳤고 서울 쪽으로는 애당초 일면의 친분도 트지 못하였다. 그래서 권문세가에 줄을 대고 싶었지만 실로 길이 없었던 것이다.

마침 그 무렵 인근의 울산 원이 상을 당해서 생질인 박朴교리[3]라는 양반이 내려와 상행喪行의 제반 범절을 몸소 주관하였다. 이때 강벽리 강 건너 모래사장에 준마에 건장한 노비를 거느린 한 행차가 닿아서 배를 불러 강을 건너왔다. 기슭에 배를 대고 내려서 표연히 말을 몰아 삽

---

1 호지집 지주들이 저택 둘레에 두어 부리면서 호위를 삼았던 노비의 집. 호저라고도 한다.
2 과갈瓜葛 혼인관계로 맺어진 친척을 가리키는 말. 외나 칡의 덩굴이 서로 엉킨 것이 인척간과 같다는 데서 온 말. 인척姻戚.
3 교리校理 교리는 집현전·홍문관·교서관 등에 속한 문관으로 정5품 내지 종5품 벼슬.

시간에 부잣집 대문 앞에 당도했다. 말에서 내려 마루로 오르자 주인이 의관을 정제하고 나와서 영접을 하였다.

"존함은 뉘시며 무슨 일로 이렇게 왕림하셨는지요?"

그는 울산 원의 생질이라면서 말했다.

"지금 초상을 당해서 상행이 모레 발인을 하는데 불가불 귀처貴處에서 일박을 해야 할까봅니다. 하인의 집 두어채만 빌려주셔서 하룻밤 상행을 용납해주실는지요?"

주인은 그렇지 않아도 오래전부터 권문세가와 결교結交하여 급할 때 힘을 보고자 하던 터였다. 이제 마침 재력도 별로 소비할 것 없이 좋은 기회가 만들어졌는데 어찌 고대하던 바 아닌가? 쾌히 승낙하였음이 물론이다. 객은 거듭 감사하면서 날짜를 기약하고 떠났다.

그날 바로 주인은 수노首奴에게 분부해서 서너채의 큰 집을 비워 깨끗이 치우고 창문도 새로 도배하도록 했다. 상여꾼이 쉴 곳이나 양반의 사처 및 병풍·차일이며 접대할 음식까지 빠짐없이 준비를 시켰다. 당일에 여러 자질들과 함께 의관을 차려입고서 기다리고 있었다.

초저녁에 과연 상행이 당도하였다. 방상씨[4]가 앞에서 인도했으며 상여를 따르는 행차들은 태반이 인근 고을의 수령들이라 했다. 감영·병영에서 호상을 하여 비장들이 사립[5]에 청철릭[6]을 입고 백마를 타고 좌우로 늘어섰으며, 인부들이 옹위하고 안장마가 둘러싸 강가의 20리 길을

---

4 방상씨方相氏 의식에서 악귀를 쫓는 역할을 하는 나자儺者의 하나. 곰의 가죽을 들씌운 큰 가면에 붉은 옷, 검은 치마를 입히고 창과 방패를 든 모양을 꾸민 것이다. 주로 상여가 나갈 때 썼다.
5 사립紗笠 명주실로 싸개를 해서 만든 갓.
6 청철릭[靑天翼] 허리에 주름이 잡히고 소매가 큰 푸른빛의 철릭. 무관의 복장으로 원래 당상관이 입게 된다.

메웠다. 10여 척의 큰 배를 목도로 메고 와서 즉시 강을 건너왔다. 차려놓은 곳에 상여가 멈추자 곧 곡성이 일어나 천지를 진동했다. 이윽고 박교리란 양반이 5, 6명의 종자를 거느리고 말을 채찍질해 들어왔다. 주인에게 정중히 읍하고 말했다.

"두터운 은혜를 입어 영구가 편안히 쉬게 되었습니다. 하늘에 닿을 의기를 어떻게 다 갚으리까?"

"천만의 말씀을. 불비지사不費之事에 무얼 수고롭다 하겠습니까?"

주객 간의 수작이 미처 끝나기도 전에 안에서 샌님 들어오시라는 급한 전갈이 와서 주인이 안으로 들어갔다. 안주인은 발을 동동 구르고 있었다.

"큰일 났습니다. 하인들의 말을 들으니 소위 상여라는 것이 애초 관은 실리지도 않았고 모두 병장기라 합니다. 이를 장차 어쩌면 좋아요?"

주인은 아차 했으나 사태가 이미 이 지경에 이르렀으니 실로 어찌할 도리가 없었다. 그래서 대범하게 말을 하고 사랑으로 나왔다. 객이 물었다.

"주인장 안색을 살피니 근심과 두려운 빛이 가득하시구려. 혹시 무슨 우환이라도 생기셨는지?"

"애가 갑자기 병이 났는데 다행히 이제 괜찮겠군요."

주인의 답변이었다. 객은 미소를 지으며 차분히 말을 꺼내는 것이었다.

"주인장, 국량이 좁으시군요. 지금 우리가 필요로 하는 것은 실어갈 수 있는 가벼운 재물에 불과하오. 토지·가축·집채·양곡이야 그대로 남습니다. 그야 잃어버리는 재물도 적지않다 하겠지만, 몇년 이내에 충분히 회복되겠지요. 심히 우려하실 것이 무어 있겠습니까? 또한 재물이란 천하에 공변된 것이지요. 재물을 쌓아두는 사람이 있으면 으레 쓰는 사람이 있고, 지키는 사람이 있으면 가져가는 사람도 생기는 법이라. 주인 같은 분은 쌓아두는 사람이요 지키는 사람이라면, 나 같은 사람은 쓰는 사람이요 가져가는 사람이라 할 터이지요. 줄어들고 자라나는 이치와 차고 기우는 변화는 곧 조화의 상도常道라. 주인장 역시 한낱 이런 조화 중에 기생하는 것에 불과하지요. 자라나기만 하고 줄어들지 않으며 차기만 하고 기울지 않는 이치가 어디에 있겠소? 이왕 기미를 알아차리셨으니 깊은 밤중에 혼란을 일으켜서 사람을 다치고 목숨을 해치게 될 것 없이, 주인장이 먼저 안으로 들어가셔서 부녀자들을 한방에 모여 있도록 하는 것이 좋겠지요."

주인은 이미 어찌할 도리가 없는 줄 알고 객이 지시하는 대로 거행하였다.

"명하시는 대로 해놓았소이다."

객이 다시 주인에게 물었다.

"주인장이 평생 가장 아끼는 물건이 없지 않겠지요? 무언가 미리 하나만 말씀해주셔서 함께 쓸려나가지 않도록 하시구려."

주인은 7백냥에 새로 산 청노새를 들어서 대답하였다.

어느새 수령이며 비장·상제·복인服人·행자行者·곡비[7]와 유대꾼[8]·마부들이 모두 소매가 좁은 군복으로 갈아입고 저마다 병장기를 들고서 바깥마당에 늘어서 있었다. 몇천명이나 될지 모를 사나이들이 저마다 신수도 건장하고 용력勇力도 절륜해 보였다. 객이 영을 내렸다.

"너희들 안으로 들어가서 각 방의 물건들을, 돈은 물론이요 의복·그릇·다리·비녀·팔찌·주옥·비단 등속을 모두 끌어내라. 단, 부녀자들이

---

7 곡비哭婢 상례시에 주인을 대신해 곡을 하는 하녀를 가리키는 말.
8 유대留待꾼 상여를 메는 인부.

모여 있는 처소에는 아무리 억만금 재물이 들었더라도 삼가 근접하지 마라. 재물이 아무리 귀중하다 해도 명분이 엄중하니라. 만약 나의 명을 어기는 자가 있으면 반드시 군율을 시행하겠다."

이어서 청노새도 손대지 말라는 분부를 내리고 나서 주인을 돌아보며 일렀다.

"이 사람들을 데리고 들어가서 난잡해지지 않도록 하시구려."

주인은 군도를 안내하여 우선 안주인이 거처하는 큰방으로 들어갔다. 그러자 그들은 큰며느리 방·가운데며느리 방·막내며느리 방·손자며느리 방·소실방·제수방·서부방庶婦房·큰딸 방·작은딸 방·긴 골방·좁은 골방·큰 벽장·작은 벽장·동편 다락·작은 다락·앞곳간·뒷곳간으로 방방곡곡의 재물들을 낱낱이 샅샅이 탐색해서 끌어다가 바깥마당에 쌓아놓는 것이었다. 또 바깥사랑으로 나와서 큰사랑·중사랑·아랫사랑·뒷사랑·별당·후별당에 있는 물건들을 하나 남김없이 쓸어냈다. 그리하여 무려 억만금이나 되는 재물을 3, 4백필 건마에 싣고서 일시에 나는 듯이 강을 건너 어딘가로 사라졌다.

객으로 왔던 대장은 남아서 주인과 마주 앉아 새옹지마塞翁之馬의 이치를 들어 위로하고 도주공[9]이 재산을 모았다가 흩었던 일화에 비유하며 타이른 다음에 길게 읍하고 작별을 고하는 것이었다.

"나 같은 사람은 한번 보기만 해도 벌써 큰 불행이라 다시 만남을 원치 않으실 터이지요. 이제 한번 헤어지면 다시 만날 기약이 없구려. 바라건대 주인장은 아무쪼록 사리를 깨달아 순리대로 잘 보중하여 만복

---

9 도주공陶朱公 월越나라의 범려范蠡를 가리킴. 범려가 월왕 구천勾踐을 도와 오나라
   를 쳐서 멸한 다음 벼슬을 버리고 떠났는데 크게 부를 일으켰다. 세번 재물을 모아
   세번 가난한 사람들에 나누어주었다 한다.

을 누리시기를. 그리고 아예 서울의 사부가와 교제할 마음일랑 다시 두지 마오. 이번에 소위 박교리란 자가 무슨 덕을 보였소?"

그리고 말에 올라서 다시 주인을 돌아보며 재삼 신신당부하는 것이었다.

"물건 잃은 사람들이 허다히 추격하는 행동을 합니다만, 아무도 이득이 없었다오. 주인장은 행여 그런 속투를 따라서 후회하는 일이 생기지 않도록 하기 바라오."

"예예, 어디 감히 그러겠습니까?"

주인이 대답하자, 남은 일행도 드디어 강을 건너 나는 듯이 말을 몰아 사라졌다.

얼마 지나지 않아 수백호의 하인들이 다들 모여들어서 이러쿵저러쿵 위로들을 하고 혀를 차면서 분을 못 참아 했다. 과연 뒤를 쫓자는 의견이 일어났다. 와자지껄 떠들며 제각기 나서서 주장하는 것이었다.

"그놈들은 필시 바다에서 노는 무리들이니 육로로 달아날 리가 없지요. 여기서 아무 바다 어귀까지 몇리이니, 급히 추격하면 따라잡지 못할 리 없습니다. 우리들 6백여 명이 좌우로 부대를 나누어 아무 포구까지 아무 바닷가로 나는 듯 달려서 도착할 것입니다. 게다가 아무 마을이 아무 해구海口에 있고 아무 마을이 아무 포구에 있으니, 그놈들 무리가 여러 천명이라도 우리가 패하고 돌아올 이치가 있겠습니까?"

주인이 허락하지 않고 말리자 그들 중 수노와 일을 제법 아는 10여 명의 하인들이 나서서 우겨댔다.

"도둑 대장이 쫓지 말라고 신신당부한 말이야 한갓 협박하는 말이지요. 쇤네들 명색 6백명 장정이 번연히 억만금 재물을 잃고 앉아 있으란 말씀입니까? 이런 분할 데가 어디 있습니까? 처음에 대적하지 못했던

건 너무도 뜻밖에 닥친 일이어서지요만 지금 추격하는 것이야 우리가 준비하고 나서는 일인데 무얼 겁냅니까? 하물며 포구가 멀지 않고 포구의 마을도 큰 마을이니 한번 쫓아가면야 못 잡을 까닭이 있습니까? 만일 잡지 못하더라도 낭패야 당하겠습니까? 샌님, 쇤네들이 어떻게 하는지 두고 보십시오."

중론이 벌떼처럼 일어나서 상전으로서도 억누를 도리가 없었다.

그때 홀연히 집 뒤 소나무숲 대밭 사이에서 천여 명의 군도들이 함성을 지르며 뛰쳐나왔다. 사랑 앞마당으로 달려들어 모여 있던 사람들을 자빠뜨리고, 밟고, 치고, 상투를 잡아 태질을 치기도 하고, 뒤통수를 때리기도 했다. 삽시간에 6백명의 노속들을 두들기길 개 닭 잡듯, 낚아채기를 솔개가 생쥐나 병아리 다루듯 했다. 형세는 폭풍우가 지나간 듯하고 빠르기가 벼락 치듯 순식간에 온통 쑥밭을 만들어놓고 삽시간에 강을 건너서 간 곳을 모르게 되었다.

천명에 가까운 노속들을 둘러보니 하나같이 땅바닥에 뻗어 있었다. 눈이 빠진 놈, 팔목이 부러진 놈, 코피가 터진 놈, 뒤통수가 깨진 놈, 옆구리가 접질린 놈, 이가 빠진 놈, 귀가 떨어진 놈, 뺨이 팅팅 부은 놈, 이마가 부서진 놈, 발을 저는 놈, 뼈가 부러진 놈, 살가죽이 터진 놈, 숨을 헐떡이는 놈, 놀라 숨이 막힌 놈, 눈만 멀뚱멀뚱 넋이 달아난 놈, 쓰러져서 일어나지도 못하는 놈, 그야말로 형형색색 구구각각으로 다치지 않고 성한 자는 하나도 없었다. 하지만 정작 아주 죽도록 된 자는 하나도 없었다.

이튿날 경황을 차려서 잃은 것을 챙겨보니 남은 것이라고는 하나도 없고 마구간에 청노새도 보이지 않았다.

그 다음다음날 새벽녘에 문득 청노새의 울음소리가 강 건너 나루에서 들려왔다. 귀에 익은 소리여서 주인은 놀라 사람을 급히 보내 살펴보게 했다. 함께 잃어버렸던 청노새가 백은 안장에 청실 굴레를 하고 오롯이 강머리에 우뚝 서 있는 것이 아닌가. 안장의 왼편 앞쪽으로 노망태에 피가 낭자한 머리 하나가 담겨 있었다. 그리고 안장 오른편에 한통의 편지가 끼여 있었다. 겉봉에 '강벽리江壁里 보시안집사普施案執事'라 하고 옆으로 '월출도月出島 후장候狀'이라 썼으며, 편지의 사연은 이러했다.

일전에 두 차례 나아가 뵈온바 오랫동안 경영하여 실행한 일입니다. 형편이 매우 분망하여 조용히 담화를 나누지도 못하였지요. 아지 못게라! 불의의 환난에 큰 손해를 입고 기거가 어떠하신지? 하나 재물을 잃은 것쯤 귀하의 넓은 도량으로 크게 개의치 않으시리라 여겨집니다. 작별할 적에 당부한 말을 소홀히 하고 마침내 노속들이 상하기에 이르렀으니 자초한 일이라. 누구를 원망하며 누구를 허물하리오.

귀하의 3백 바리 재물은 해도海島로 운송해와서 1년의 쓰임을 충당하였으니 감사하오이다.

청노새는 온전히 반송합니다. 안장에 달린 물건은 명령을 어긴 자이니 살피시기 바랍니다.

갖춰 아뢰지 못합니다.

모년 모월 모일 녹림객[10] 배拜

주인은 편지를 뜯어보고 나서 재물을 잃어버린 분이 얼음 풀리고 눈이 녹듯 흉중에 울적한 마음이 가셨다. 혹 누가 위로의 말을 하면 도둑

---

10 **녹림객綠林客** 녹림호객綠林豪客의 준말. 한나라 때 녹림이라는 곳에 도둑의 집단이 있었다는 데서 유래한 말이다.

을 맞은 것으로 대답하지 않고 도리어, "이 세상의 호걸남자를 만났다오. 강산이 가로막혀 다시 만나볼 길이 없으매 항상 잊지 못합니다." 하고 쓸쓸한 표정을 짓는 것이었다.

● **작품 해설**

『청구야담青邱野談』에서 뽑았다. 원제는 '군도 대장이 불어남과 줄어듦의 이치를 말하여 부호를 설득하다語消長倫兒說富客'인데, 여기서는 본문의 '월출도月出島'를 표출해서 제목을 삼았다. 『동야휘집東野彙輯』의 「잘못 사귐을 맺어 재물을 잃어버리다誤結交納錢失財」도 같은 내용이나 문장 표현에서 상당한 차이를 보이고 있다.

낙동강 연변의 어딘가로 추정되는 강벽리라는 곳의 대부호가 군도에게 재물을 탈취당한 이야기를 소재로 삼아, 군도의 수령을 민중적 영웅으로 형상화한 작품이다.

이조시대에 무거운 조세와 공역의 부담에 대한 농민의 저항이 흔히 포망逋亡의 형태로 나타났거니와, 후기로 내려오면 농촌의 계층분화 현상에 따라 농민들의 토지로부터의 유리가 더욱 촉진되었다. 광범하게 배출된 유랑농민들의 일부가 집단을 형성해서 무장항쟁을 벌이기도 했다. 이른바 명화적明火賊 또는 녹림당綠林黨이 그것이다. 이는 지배체제에 대한 농민저항의 가장 강력한 형태였다. 이런 농민저항의 과정에서 민중적 영웅이 탄생하기도 했으니, 여기 월출도 대장이 그러한 인물로 부각된 존재이다.

작품에 그려진 대부호는 수많은 농민층의 희생 위에 거대한 부를 축적하고 호화로운 생활을 영위하면서 오직 중앙의 벌열층에 결탁할 기회만 노리고 있었다. 이러한 대부호와 군도들 사이에는 첨예한 대결이 불가피하였다. 이 때문에 강벽리 부호는 명화적을 대비해서 요새지를 확보하고 수하에 6백여 인원을 거느렸던 것이다. 이에 월출도 대장은 신출귀몰한 전술을 써서 강벽리 부호에게 일대 타격을 가하고 백여만 금에 달하는 재물을 빼앗았다. 그런데 이러한 행위를 도둑질이 아니라 의로운 사업으로 표현했다. 월출도 대장은 강벽리 부호에게 당당히 '재물은 천하의 공변된 것公器'이라 어느 누구에게 독점될 것이 아님을 주장하고, 또 중앙의 벌열층에 결탁하려는 비굴한 태도를 버릴 것을 종용한다. 명쾌한 논리와 그 인품에 감복해서 강벽리 부호까지도 월출도 대장을 호걸남아로 존경하기에 이르는 것이다.

신시新市

김의동金義童은 신수근[1] 정승댁 하인이었다. 19세 때에 나무하고 꼴 베어 나르는 괴로움을 견디지 못해 주인댁에서 뛰쳐나와 신분을 감추고 역졸로 들어갔다. 그래서 봉표사[2]를 따라 북경을 가게 되었다.

요동遼東을 지날 때 일이었다. 의동이 밤에 뒤를 보러 밖으로 나갔다가 어둠 속에서 무언가 반짝반짝하는 것을 보았다. 밑씻개나무[3]를 가지고 모래를 헤쳐보니 길이 몇치쯤 되는 뿔 같은 것이 아주 이상해 보여서 주워 담았다. 그것을 어느 상인에게 보였더니 자기들끼리 귀엣말로 수군수군하는 것이었다. 그리고 여러 상인들을 끌고 와서 구경하는데, 모두 놀라운 눈으로 바라보는 것이 아닌가.

의동은 그것이 무엇인지 알 수는 없었지만 좌우간 대단히 귀중한 물

---

1 신수근愼守勤(1450~1506) 연산군의 처남이자 중종의 장인으로 중종반정 후에 처형당했다.
2 봉표사奉表使 중국에 파견되는 사절단의 일종으로 황제에게 올리는 표문을 휴대하는 사신.
3 밑씻개나무 원문은 '乾矢橛'이라고 되어 있는데, 대변을 보고 밑을 닦는 나뭇가지를 이르는 말. 불가에서는 지극히 천한 것을 가리키는 말로 쓰이기도 한다.

건인 줄로 짐작하고 그냥 백만금을 호가해보았다. 상인들이 값을 깎고 깎아서 10만금으로 흥정이 되었다. 그네들은 희색이 만면하였다. 거래가 끝난 다음 의동이 그 상인에게 가만히 물어보았다.

"나도 애당초 저게 보물인 줄로 짐작은 하였으되 왜 값진 것인 줄은 모르고 있소."

"저건 사각蛇角이라는 것이오. 황후마마가 아들이 없어 태의太醫에게 물었더니 사각 한 벌을 구해서 차라고 했답니다. 실로 아들을 낳는 제일 비방이라지요. 대전大殿에서 하나는 구하고 그 짝을 채우지 못했지요. 현상금으로 백만금을 걸었는데 아직 응모하는 자가 없더니, 이제 드디어 당신 손에서 구했구려."

이 대답을 듣고 의동은 너무 싸게 판 것을 후회했다.

의동은 10만금으로 비단을 사들였다. 짐이 무척 많아서 한번에 실어오지 못하고, 드디어 계약 문서를 만들고 사신 행차에 부탁해서 4, 5년에 걸쳐 나누어 실어왔다. 그 막대한 재화를 산골 은밀한 곳에 숨겨두었다.

의동은 도망쳐나온 사람이나 무뢰배들을 불러모아 탐학하거나 의롭지 못한 벼슬아치들의 재물들을 약탈하여 군도의 일대 소굴을 만들었다. 산채의 부는 실로 공후公侯와 비등하였지만 세상에 아는 사람이 없었다.

한편 신정승이 화를 입은 후로 신씨가는 여지없이 몰락하고 말았다. 이에 댁에서 하인 업산業産이를 시켜 외거노비[4]들의 신공身貢을 받아오게 했다.

업산은 내려가는 길에 조령에 이르러 한 대감의 행차를 만났다. 종모[5]를

---

4 외거노비外居奴婢 상전의 집에 같이 살지 않고 떨어져 살고 있는 노비. 외거노비는 원래 몸값에 해당하는 신공을 바치게 되어 있었다.

쓰고 얼단[6]을 입고 은정[7]을 달고 비황[8]을 탄 행차인데, 벽제辟除를 엄히
하고 수레에 실은 짐이 도로를 메웠다. 업산이 길옆에 엎드려서 대감을
자세히 살펴보니 틀림없이 김의동을 닮은 모습이었다. 매우 이상하게
생각되었다. 대감도 말 위에서 얼핏 눈을 돌려서 본 것 같았다.

그 행차가 한마장쯤 지나쳐갔을 즈음 졸개 몇명이 나타나서 업산이
를 끌고 갔다. 업산은 혼줄이 빠져 바들바들 떨었다. 산골짝 길로 수십
리를 들어가니 삼나무, 전나무가 하늘을 가려 해를 볼 수 없었다. 무성
한 밀림 속이라 짐승 발자국이나 새가 깃든 것도 볼 수가 없었고, 오직
가다가 종종 띠풀로 행로가 표시되어 있을 뿐이었다. 다시 수십리를 들
어가니 툭 트인 골짝이 나왔다. 그곳에 단청이 찬란한 고래등 같은 기와
집을 중심으로 사방에 집이 들어서서 수백호를 헤아렸다. 냇물 옆으로
는 구름처럼 채색 장막이 쳐져 있었다.

한 사람이 업산을 안내해서 들어갔다. 주홍칠한 의자를 놓고 홍표피紅
豹皮를 걸친 사람이 맞아서 서로 읍을 하는데, 다름 아닌 김의동이었다.

의동이 주인댁의 소식을 물어서 업산은 그사이의 변화를 대강 이야
기하였다. 이윽고 여자들이 주안상을 들고나왔다. 비단옷자락을 끌고
부채를 든 여자들이 수십명이었으며 만반 진수가 화사한 그릇에 담겨
있는데, 풍악이 일제히 울리면서 술잔이 돌았다. 왕후장상의 부를 누리
는 듯싶어 업산이 물었다.

"지금 무슨 벼슬을 하여 이처럼 부귀를 누리시오?"

---

5 종모騣帽 기병이 쓰던 모자. 갓보다 조금 높고 위는 통 모양으로 옆에 깃털을 붙였다.
6 얼단孼段 비단의 일종.
7 은정銀頂 은정자銀頂子. 3품 이상의 관원이 착용하던 것이다.
8 비황飛黃 신마神馬를 가리키는 말.

의동은 웃으면서 말했다.

"기껏 녹림현감[9]이라네. 방금 듣건대 서울의 대아문大衙問에서 신시[10]로 급히 세를 받으러 내려온다는구면. 차관[11]이 우리 경내로 들어와서 시방 잔치를 벌이는 터이지."

그러더니 시동을 시켜서 채단 80필을 가져오게 했다. 그중의 10필은 업산의 몫으로 하고, 나머지 70필을 주인댁에 갖다 바치라고 하는 것이었다. 10년 동안의 신공이라고 했다.

업산은 돌아가 주인댁에 그 채단을 바쳐서 이에 신씨 집안은 다시 부유하게 되었다 한다.

---

9 녹림현감綠林縣監 도둑 집단을 통솔하는 사람이라는 의미의 해학적인 표현.
10 신시新市 원래 중국 하북성에 있는 지명. 왕망王莽에 대한 반군이 제일 처음 일어났던 곳이지만, 여기서는 '신시'라는 글자 자체로 이중의 의미를 띠고 있다.
11 차관差官 특별한 임무를 맡아 파견되는 관리.

●작품 해설

『동야휘집』에 '사각을 팔아 부자가 되고 녹림에서 공물을 바치다鬻蛇角綠林修貢'라는 제목으로 실린 것이다. 본문에서 '신시新市' 두 자를 취해서 제목을 삼았다.

양반댁 종이던 김의동이 상전의 집을 뛰쳐나와 우연히 횡재를 하고, 그것을 밑천으로 북경 무역을 해서 일약 거부가 된 다음, 그 재물을 깊은 산중에 축적해두고 유리방랑하는 무리들을 모아 의도義盜가 되는 이야기이다. 의동이 예전에 함께 종노릇을 했던 업산을 만난 자리에서 '서울의 대아문에서 신시로 세를 받으러 왔다.'고 하는 풍자적인 말에서 중앙의 양반 관료층에 대한 대결의식을 엿볼 수 있다.

주인공 의동이 연산군 때의 신수근 집 하인으로 되어 있는데, 이는 시대를 올려잡아 부연한 것으로 생각된다.『어우야담於于野談』에 나오는 두가지 이야기를 하나로 엮은 것이다. 즉 전반의 거부가 되는 과정은「신석산申石山의 치부담」에서 따온 것이며, 후반의 업산이 의동을 만나는 장면은 노비편에 나오는 다른 이야기를 옮긴 것이다.

옥적玉笛

임꺽정은 양주楊州의 백정이었다. 성격이 교활하고도 용맹한 사람인데 그를 추종하는 무리 수십명도 다 날래고 민첩하여 함께 봉기해서 군도가 되었다. 인가에 불을 지르고 예사로 소와 말을 빼앗아갔다. 이들에게 대항하는 자가 있으면 마구 짓밟고 베는 등 잔혹함이 이루 형언할 수 없는 지경이었다. 경기도에서 황해도 일대에 이르기까지 아전과 지방민들이 이들과 은밀히 결탁하여 관가에서 기찰, 체포하려 들면 어느새 정보가 새나갔다. 그래서 이들 군도가 거리낌없이 횡행해도 관에서 제지하지 못했던 것이다.

조정에서 선전관으로 하여금 정탐해 오도록 내려보낸 적이 있었다. 임꺽정은 구월산九月山이 거점이었다. 선전관이 산채에 접근했다가 곧 돌아서 나오는데 저들이 매복해 있다가 뒤에서 활을 쏘아 선전관이 죽었다.

또 조정에서 옹진甕津 등 5, 6 고을의 무관 수령들에게 명하여 군사를 거느리고 가서 토벌하도록 한 일이 있었다. 각 고을의 군사들이 서흥瑞興 땅에 집결했는데 아전과 지방민들이 저들에게 이미 먼저 알렸다. 임꺽정은 부하 백여 명을 거느리고 먼저 고지에 올라서서 내려다보며 마구 활을 쏘아댔다. 화살이 비 오듯 쏟아져서 5, 6 고을의 군사들이 지탱하지 못하고 그만 전열이 무너져 돌아가고 말았다.

윤지숙尹之淑이 봉산 군수가 되어서 행차가 임진강 나루에 다다랐다. 10여 명의 웬 장사꾼들이 물건을 짊어지고 달려오더니 원님 행차가 있는 것도 불고하고 밀치고 제치며 배에 오르는 것이었다. 윤지숙은 노하여 그자들을 잡아다 다스리려 하였다. 장사꾼들이 등짐을 내려놓고 푸는데 보니 활과 창, 칼 등 병장기다. 윤지숙은 그제야 도둑들인 줄 알고 배에서 뛰어내렸다. 도둑들이 도주하는 윤지숙을 추격해서 그는 간신히 화를 면할 수 있었다.

단산수丹山守 이주경[1]은 종실宗室로 옥적을 잘 불어서 일시에 이름을 날렸다. 그가 무슨 일로 황해도에 갔다가 개성의 청석령靑石嶺에 당도했다. 활과 칼을 든 무리 수십명이 길을 막아서 짐바리를 빼앗고 단산수까지 붙잡아갔다. 좁은 계곡을 따라 수십리를 들어가니 한곳에 채색 장막이 장관이었다. 그곳에 위의를 갖추어 제각기 기구를 차리고 무기를 들어 옹위한 가운데 한 대장이 주관朱冠에 금포錦布를 입고 홍교의에 앉아 있었다. 다름 아닌 임꺽정이다. 임꺽정은 영을 내려 그를 땅에 꿇어앉힌 다음

"네 이름이 무엇이냐?"

하고 묻는 것이었다.

"나는 종실 단산수요."

임꺽정이 웃으며 말하였다.

---

1 이주경李周卿 태종의 별자別子 익녕군益寧君의 증손. 이름은 억순億舜, 주경은 그의 자이다.

"그러면 금지옥엽²이구려. 바로 피리 잘 부는 단산수 아니오?"

"그렇소."

"행장 중에 피리가 있소?"

"있지요."

임꺽정이 좌우에 명해서 술상을 올리게 하는데 고기며 해물로 진수성찬이 상에 그들먹했다. 금잔을 들어서 술을 권하며 정중하게 피리를 한 곡 청하는 것이었다.

마침 달이 밝았다. 단산수의 피리는 학경골鶴脛骨로 만들어 길이는 짧아도 소리가 높고 맑게 나는 것이었다. 단산수는 부득이 소매 속에서 피리를 꺼내 먼저 우조羽調로 불었다. 모두들 둘러앉아 듣는데, 곡조가 용솟음치듯 날아 움직이며 하늘을 씨를 듯한 기세더니 서서히 변해서 세면조界面調로 넘어갔다. 곡조가 끝나기도 전에 온통 흐느낌과 함께 탄식 소리가 들려왔다. 임꺽정도 눈물을 흘렸다. 대개 조정에서 자기를 붙잡으려고 몹시 서두는 터라, 비록 얼마간 목숨을 연장하고 있으나 필경에는 면치 못할 운명임을 알고 있었다. 그래서 피리 소리가 비장해지매 비감이 절로 솟아남을 억제하지 못했던 것이다. 곡이 끝나자 이어서 술을 여러 잔 권했지만 단산수는 마시지 못한다고 사양하였다.

임꺽정이 부하에게 명했다.

"이 사람은 붙들어두어보았자 쓸데가 없는 사람이니 돌려보내라."

그리고 자기가 차고 있던 조그만 장도를 끌러서 단산수에게 주면서 말했다.

"길에서 혹시 가로막는 무리들을 만나거든 이걸 내보이시오."

---

2 금지옥엽金枝玉葉 금으로 된 가지, 옥으로 된 잎이라는 뜻으로 왕족 내 귀한 신분의 소유자를 일컫는 말.

단산수는 청석골에서 풀려나 돌아오다가 어느 길목에서 또 불량하게 생긴 놈들을 만났다. 덤벼드는 자들 앞에 그 장도를 꺼내 보이자 혀를 내두르고 물러서며

"그걸 어디서 얻으셨습니까?'

하고 묻는 것이었다.

조정에서 남치근[3]을 토포사[4]로 삼아 임꺽정을 치도록 했다. 남치근은 군마를 거느리고 진군, 임꺽정의 산채를 포위하여 하나도 빠져나오지 못하도록 했다. 임꺽정의 모주謀主인 서림徐霖이란 자가 살아나지 못할 줄 알고 손을 들고 산에서 내려왔다. 서림이 관군에게 그네들의 허실과 실정을 낱낱이 고하여 이에 군사를 풀어 산속을 뒤지고 덤불을 헤치며 올라왔다. 임꺽정의 부하들이 모두 잡혔고, 임꺽정은 골짝을 넘어서 탈출하여 어느 민가에 숨었다. 필경에는 그 역시 쏟아지는 화살 아래 쓰러지고 말았다.

---

3 남치근南致勤(?~1570) 자는 근지勤之. 중종 연간의 무장으로 왜적을 물리치는 데 공훈이 있었고, 1562년 경기·황해·평안 3도 토포사가 되어 임꺽정을 토벌하였다.
4 토포사討捕使 각 진영의 도둑 잡는 일을 맡은 벼슬. 진영장鎭營將이 겸직하였다.

●작품 해설

『동야휘집』에서 뽑았다. 원제는 '단산수가 학경골 피리를 불고 적굴에서 벗어나다吹鶴脛丹山脫禍'인데 본문에서 '옥적玉笛'이란 말을 취하여 제목을 삼았다.

임꺽정(한자 표기는 林巨叱正 또는 林特正, 林巨正으로도 되어 있음)은 1560년(명종 15)경 황해·경기 일대에서 활약하던 유명한 군도의 수령이었다. 후일 그의 활동이 더러 이야기로 꾸며져 유전하게 되었다. 이 작품에 단산수가 임꺽정의 산채로 잡혀와서 피리 부는 일화는『어우야담』『성호사설星湖僿說』등에서 볼 수 있다. 이 이야기의 원출전은 박동량朴東亮의『기재잡기寄齋雜記』이다(임형택 편역『한문서사의 영토』1(태학사 2012)에「임꺽정」으로 실려 있다). 이것이 『어우야담』『성호사설』등에 축약된 형태로 옮겨졌고 다시『동야휘집』으로 와서 이 축약된 형태에 의거하여 꾸며진 것으로 보인다.

천한 신분을 타고난 민중의 영웅이 반체제적 무장항쟁을 벌이다가 마침내 좌절하게 되는 데서 영웅적인 투생과 비극적인 종말을 보게 된다. 특히 임꺽정이 단산수의 피리 소리에 감동해서 눈물을 흘리는 대목이 이 작품의 가장 핵심이 되는 대목으로 민중영웅의 비장한 생애를 단적으로 나타냈으며, 단산수를 무사히 돌아가도록 조처하는 데서 임꺽정을 포악하지만 않고 인정미가 있는 인물로 느끼게 한다.

명화적明火賊

황해도의 임꺽정이란 자는 명종 때 대적大賊으로 성을 쌓고 웅거하여 한때 서로西路의 우환이 되었는데 관군을 크게 동원하여 토벌, 가까스로 소탕이 되었다. 남원에는 옛적에 백룡[1]이란 자가 대도로서 둔산屯山과 숙성령宿星嶺 두 고개 사이를 점거하여 지리산 밑이 도둑 무리의 소굴이 되다시피 했는데 다행히 섬멸이 되었다. 지난 무신년(1728) 역변이 일어나기 직전에 명화적이 각처에서 벌떼처럼 일어났다. 대개 숙종 말년부터 벌써 그러했는데 호남의 태인·부안 등 여러 지역이 더욱 심하였다. 이들 무리가 혹은 깊은 산중에 숨어 있기도 하고 혹은 버젓이 큰 마을을 이루고서 양반을 약탈한다거나 양민의 부녀자를 겁박하며 떼를 지어 횡행하였지만 나라의 명을 받은 관군들도 금하지 못했다. 이런 말도 떠돌았다.

"박필현[2]이 바야흐로 대역을 도모할 적에 사나운 병졸 3천명을 몰래

---

1 **백룡白龍** 17세기에 남원 지방에서 활동한 군도의 대장. 구체적 행적은 미상인데 임진왜란 때 남원 지역의 의병장인 박계성朴繼成의 아들 박호朴虎가 백룡을 평정했다는 기록이 보인다.

길렀으니 곧 이 지역의 명화적이라는 것이다. 역모 사건으로 옥사가 일어나 역적들이 차례로 죽임을 당하고 나서 명화적은 지금 40년이 지나도록 다시 출현하지 않았다. 이 점으로 증거해보건대 저들이 무신 역적과 서로 호응하였던 것을 알 수 있다."

전에 우리 고을에 김단金檀이란 사람이 있었는데, 이씨댁 하인이었다. 이 자가 어려서 영리하여 나무하고 풀 베는 일은 하지 않고 날마다 양반댁 자제들을 따라 서당에서 놀았다. 그래서 글 읽는 소리를 듣고 문자를 알았는데 나이 15, 6세가 되자 어디론가 종적을 감추고 말았다.

그리고 10여년 후의 일이었다. 그 동네의 한 양반 노인이 팔량치[3]를 넘어가다가 저물녘에 길을 잃고 도둑에게 붙잡혀 끌려갔다. 거의 4, 50리 길을 가서 깊은 산중으로 들어가 한 곳에 다다르니 인가가 즐비하였다. 마을 가운데 관청과 같은 큰 집이 섰는데 여러 겹 대문 안 넓은 뜰에 등불이 대낮같이 밝았다. 대장의 처소였던 것이다.

대장은 노인이 잡혀오는 것을 바라보다가 분주히 뜰아래로 내려서 손수 결박을 푼 다음 손목을 잡고 대청으로 모시고 올라가서 무릎을 꿇고 말했다.

"소인을 모르시겠습니까? 한동네에 살던 김단이올시다."

노인 역시 크게 놀라 물었다.

"어떻게 여기 와 있느냐?"

김단은 한동안 목이 메어 있다가 입을 열었다.

---

2 **박필현朴弼顯**(1680~1728) 이인좌李麟佐 등과 반란을 일으켰다가 처형당한 인물로 당시 태인 현감이었다.
3 **팔량치八良峙** 전라북도 남원의 운봉에서 경상남도 함양으로 가는 사이에 있는 고개.

"저는 생전에 한번도 기개를 펼 날이 없겠기로 답답한 심경에 이곳에 잘못 들어왔습니다. 대장부가 세상에 쓰일 길이 있다면 어찌 여기에 있겠습니까?"

"어찌 다시 양민이 되려고 하지 않는가?"

"제가 한번 세상에 나가면 신분에 구애를 받고 원님이 붙잡으려 들 것 아니오? 차라리 산적들의 우두머리가 될지언정 돌아갈 마음은 없소이다."

"네가 돌아가지 않고 보면 인명을 살상하고 재물을 빼앗지 않을 수 있겠느냐?"

"무고한 사람을 살해하면 하늘이 필시 벌을 내리리다. 소인은 부하들에게 엄명을 내려 오직 부자의 재산은 반분하고 탐관오리의 재물은 전부 빼앗도록 합니다. 어찌 감히 사람을 즐겨 죽이겠습니까?"

"끝내 죄가 없겠느냐?"

"기왕에 한 사람도 무고히 죽이지 않았으니 소인 또한 벌을 받아 죽지 않으리다."

김단은 이내 그 노인을 내려가도록 했다. 돌아오는 길에 도둑이 잠복해 있는 처소를 지날 적이면 조그만 전단을 제시하여 무사히 돌아올 수 있었다.

산적 무리들 또한 사람이다. 그들 중에 어찌 지략이 빼어난 영웅으로 세상에 쓸 만한 자가 없겠는가.

돌아보건대 세상의 쓰임을 얻지 못하고 마침내 부모에게서 받은 소중한 몸을 가지고 도적의 소굴로 들어가다니……. 차라리 도적이 될지언정 용렬한 자의 억압을 받고 싶지 않았으리라. 슬프다, 세상에 책임을 맡은 자 왜 이러한 문제를 염두에 두지 않는가.

●작품 해설

영정英正시대의 학자 이재頤齋 황윤석黃胤錫이 지은 『이재유고 속頤齋遺稿續』의 「만록漫錄」에서 뽑았다. 원래 제목이 없는 것을 여기서 '명화적明火賊'이라 붙였다.

작자가 자기 고장의 실화를 전하는 형식의 이야기이다. 내용은 한 양반 노인이 팔량치를 넘다가 산적에게 붙잡힌 바 되었는데, 같은 동네의 이씨댁 하인으로 도망을 쳤던 김단이란 자가 산적의 두목이 되어 있더라는 것이다. 김단은 영조 초년 전라도 지방에서 활약하던 실재 인물이다. 작중의 김단은 그 노인과의 대화에서 대장부로서 세상에 뜻을 펼 날이 없을 뿐 아니라 신분적 모욕을 받을 수 없어 도둑이 되었다는 것, 비록 도둑이라는 이름을 듣고 있지만 부자의 재산은 반분하고 탐관오리의 재물은 몰수할 뿐이니 하늘에 부끄러울 바 없다고 주장한다. 기록자는 이 주장에 다소 공감하여 불우한 영웅호걸들이 더러 도둑의 소굴에 의탁해 있음을 사실로 인정하고 이러한 현실에 안타까워하고 있다.

네 친구四友

젊은 선비 네 사람이 북한산의 절간에서 과거시험을 보기 위해 글을 읽고 있었다.

그중에 갑은 가세가 적빈하여 오로지 부인이 바느질을 해서 살아가는 형편이었다. 어느날 그 집 하인이 올라와서 부인이 그만 세상을 떠났다는 말을 전했다. 갑은 보던 책으로 얼굴을 가리고 사흘간을 아무 말도 없이 식음을 전폐하고 누워 있었다. 다른 세 친구가 억지로 일으켜보았지만 아무 반응이 없었다. 나흘째 되는 날 새벽에 서책과 붓, 벼루 등속을 챙겨가지고 하산하는 것이었다. 세 사람이 뒤를 따라가보았다. 갑은 자기 집으로 들어가서 일장통곡을 하고 서책과 붓과 벼루를 부인의 시신 옆에 쌓아놓고서 불을 질렀다. 그리고 떠나갔는데, 어디로 향해 갔는지 알 수 없었다.

세 사람은 절간으로 돌아왔다. 후에 을이 또 책으로 얼굴을 가리고 누워서 사흘간이나 말도 없고 음식도 들지 않았다. 다른 두 사람이 억지로 일으켜도 아무런 반응이 없었다. 나흘째 되는 날 새벽에 서책과 붓과 벼루를 주섬주섬 챙겨가지고 내려가는 것이었다. 두 사람이 모르게 뒤를 밟아보니, 그 사람은 자기 집으로 가서 부모 형제와 처첩을 거느리고서 이고 지고 성문을 나가는 것이었다. 역시 가는 곳이 어딘지 알 수 없었다.

나머지 두 사람은 절간으로 돌아와서 계속 글을 읽었다. 그리하여 오래지 않아 병은 등과해서 벼슬이 현달했고, 정은 불운하여 급제를 못 하고 가난하게 살아갔다.

후일에 병이 전라 감사가 되었다. 정은 노쇠한 말에 잔약한 하인을 데리고 전주길을 나섰다. 병에게 아쉬운 소리를 하기 위함이 물론이었다. 중도에서 홀연 두 벙거지가 준마를 대령하고 정 앞에 나타났다. 벙거지가 정에게 청하는 말이었다.

"저희 댁 나리께서 샌님과 친구 사이라고 한번 뵙자 하십니다."

"너희 댁 주인이 누구시냐?"

"가면 자연 아십죠."

그들은 억지로 정을 준마에 옮겨 태우고 그의 노쇠한 말과 잔약한 하인은 인근의 벽촌에 맡기는 것이었다. 준마를 채찍질해 몰아 산골짜기 사이로 하루 2백리를 달렸는데 백리는 무인지경의 산중이었다. 어느 골짜기가 툭 트인 곳에 당도하니 기와집이 즐비하여 지붕이 산마루와 가지런했다. 대문과 뜰이 널따란데 깃발이며 북, 나발과 호위 사령이 병영이나 감영을 방불하였고, 거처며 음식이나 여자의 시중, 풍악에 이르러는 병영과 감영에 비할 바 아니었다. 그런 가운데 한 사람이 의복을 아주 위의 있게 차리고 교의에 앉았다가 정이 들어오자 자字를 부르며 소리쳤다.

"어서 오게, 어서 와!"

정은 송구한 마음으로 허리를 구부리고 앞으로 나아갔다. 환한 촛불에 바라보니 예전에 서책을 불사르고 종적을 감추었던 갑이 아닌가. 정은 자기도 모르게 갑의 자를 부르며 말했다.

"자네가 여기 웬일인가?"

둘이 마주 앉아 술잔을 기울이고 지난날을 더듬으며 이야기를 나누었다.

"자네 혹 아무개가 어디로 갔는지 모르는가?"

갑이 가족을 거느리고 성문을 나간 을에 대해 묻는 말이었다.

"전혀 모르이."

"아무개가 가장 잘되었지. 시방 묘향산 북쪽 기슭에 사는데 산삼밭을 점유하고 온 가족이 화식火食을 않고 거의 신선이 되었다네. 우리 속세의 무리들이 어찌 바라기나 하겠나?"

"그런데 자네는 어떻게 이처럼 부귀를 누리는가?"

"군이 묻지 말아주게. 자네는 이번에 호남으로 무슨 볼일이 있어 가는가?"

"초상 치르고 시집 장가 보내느라 진 빚이 산더미만 해서 감사로 있는 병에게 구원을 청하러 가는 길일세."

"병은 성질이 인색한 사람이네. 필시 자네가 바라는 것의 10분지 1도 주지 않을 것일세. 아예 전주행은 뜻을 접게. 내가 대신 천냥을 주겠네. 자네 용처에 부족함이 없겠나?"

"천냥이면 빚을 청산하고도 충분히 남겠네."

"자네 집에 편지를 써서 여기 놓아두게. 내 반드시 자네가 집에 도착하기에 앞서 천냥을 자네 집에 닿도록 하겠네. 자네도 속히 돌아가고 전주길은 그만두어야 하네."

대장은 회계를 담당한 사람을 불러 돈 10만전을 지출하도록 했다. 또 포목을 맡은 자에게 포 100필을 출납하도록 했다. 물화들을 정에게 직접 보인 다음 정의 편지와 함께 떠나보냈다. 장정 10여 인이 7필 준마에 물화를 싣고서 하직하고 길을 떠나는 것이었다. 그런 다음에 정을 건장한 말에 실어 나는 듯이 떠나보냈다.

정은 자기의 하인과 말을 다시 찾아서 호서로 향해 가다가 문득 전라 감영 쪽으로 길을 바꿨다. 감영에 당도해서 통자[1]를 하고 들어가 감사를 만났다. 그 자리에서 갑이 벌여놓은 규모며, 부하들이 이러저러하게 굉장하더라는 이야기를 꺼냈다. 감사가 반문했다.

"자네가 정말로 그 사람의 처소에 가보았더란 말인가?"

"물론이네."

"이번에 조정에서 그 사람을 체포하라는 명이 내려왔지. 그 사람이 도둑의 괴수가 된 것이 20년 전 일이라네. 내가 지금 용맹한 장교와 영리한 서리 수천명을 징발해서 자네를 향도嚮導로 삼고 출정하면 꼭 잡을 수 있겠는가?"

"까짓, 잡기가 무엇이 어렵겠나?"

"그렇게만 되면 나는 그 공으로 벼슬이 오를 것이며, 자네도 벼슬 한자리 얻을 걸세. 그 또한 좋은 일 아닌가?"

정으로서는 굉장히 반가운 노릇이 아닐 수 없었다. 감사는 인근 고을에 비밀히 격문을 보내 이속과 장교들을 뽑아 올리고 전주의 정예병을 전부 동원하니 모두 2천의 병력이 되었다. 병이 감사로서 대군을 직접 거느리고 출정하는데, 정에게는 백여 기騎를 주어 앞서가게 했다.

정이 지난번에 말과 하인을 맡겼던 벽촌에 당도해서 산길을 알리고 감사에게 전갈을 하기 위해 서 있는데, 홀연히 10여 명의 날랜 장정들이

---

1 **통자通刺** 높은 사람을 찾아보려 할 때 자기의 명함을 들여보내는 절차.

한 필 준마를 이끌고 나는 듯이 산에서 내려왔다. 거침없이 백여 명의 관군 속으로 달려들어 정을 결박해서 준마에 태워가지고 비호같이 산속으로 사라지는 것이었다.

감사는 크게 놀라 날랜 기병으로 추격해 들어갔으나 행방이 묘연한데다 산길이 갈래가 많았다. 추격을 나갔던 기병이 돌아와서

"어찌할 도리가 없습니다."

하고 보고하여, 감사는 진을 치고 기다리지 않을 수 없었다.

정을 붙잡아간 10여 기가 하루 이내에 산채에 도착했다. 갑은 크게 위의를 차리고 정을 잡아들여 죄를 묻는 것이었다.

"너는 친구 간의 의리도 없느냐? 전주 감사 역시 사리를 모르는 사람이다. 제가 어찌 나를 잡겠단 말이냐?"

그리고 정에게 곤장을 치도록 명하였다.

"차마 옛정을 저버리지 못해 너를 죽이진 않겠다. 너는 바로 돌아가서 감사에게 고하여라."

곤장 10여 대를 친 다음 내쫓았다.

갑은 즉시 부하들에게 모든 장속을 꾸릴 것을 명하여 완료되었다는 보고를 받자 군령을 발하였다.

"모두 출발하라."

드디어 상마포上馬砲가 울려 천지가 진동했다. 그리고 후발대에게 지령하였다.

"남기고 가는 집에 불을 지르되, 화약을 써서 전소시켜버려라."

불꽃이 일시에 하늘로 치솟으며 기왓조각들이 날려 별처럼 흩어졌다.

정은 사흘을 걸어서 감사의 진에 다다랐다. 정이 그사이의 일을 아뢰자 감사는 한숨을 쉬며 회군하였다. 또한 감사는 갑의 말처럼 정에게 아

무엇도 주는 것이 없었다.

그후 5, 6년의 세월이 흘렀다. 정은 묘향산으로 놀러 갔다. 산 북쪽으로 깊이 들어갔다가 갓을 쓰고 도롱이를 입은 사람을 만났는데, 푸른 소를 타고 날개라도 돋힌 듯 빨리 가는 것이었다. 힘을 다해 그 사람을 뒤따라가보았다. 하루 백여 리를 걸었는데 그 소 탄 사람은 보이지 않았다. 쇠똥을 추적해서 계속 가보았더니 길은 돌문으로 들어갔다. 그곳 바위 위에 인가가 한채 소슬하게 지어져 있었다. 대문을 두드리자 사람이 나왔다. 그 사람은 다름 아닌 가족을 거느리고 도성을 나갔던 을이었다. 양친도 아직 동안童顏의 모습이었고, 형제들도 모두 건강해 보였다. 정답게 손을 잡고 담소하며 옛일을 이야기하였다. 며칠이 지난 뒤 을이 문득 정을 꾸짖는 것이었다.

"갑이야 큰 도둑놈으로 죽임을 당할 사람이네. 하나 자네가 앞장서서 향도 노릇을 했단 말인가? 사람이 그토록 신의가 없다니……. 기껏 서절구투[2]로 나라에 큰 해가 있는 바도 아닌걸. 병 역시 옛 벗의 정의를 아주 망각하고 굳이 잡으려고 들었다니, 다 옳지 못한 일이네."

"자네 말이 과연 옳네. 나 역시 후회막급일세. 그런데 갑이 세상을 버리고 들어간 것은 무슨 연고였던가?"

"그때 갑이 하는 짓을 보고 나도 마음에 큰 충격을 받았었네. 인정에 어찌 차마 할 수 있는 일인가? 갑의 호걸답고 강인한 기질로 보아서 반드시 대역大逆을 도모할 것이라고 짐작을 했었네. 그래서 나는 미리 도피했던 것일세. 그런데 아직 국운이 장구하다네. 갑도 지혜 있는 사람이라 나라를 도모할 수 없을 줄 아는 고로 황지[3]에서 마음껏 노는 것으로

---

2 서절구투鼠竊狗偸 좀도둑. 쥐나 개처럼 하찮은 물건이나 슬쩍하는 도둑이라는 의미.
3 황지潢池 황지농병潢池弄兵의 준말. 나라가 어지러워져서 양민이 도적의 무리에 휩

그치고 있다네."

정은 자기도 이곳으로 이사해서 살았으면 하고 간청했으나 을은 끝내 허락하지 않았다.

"자네는 사람됨이 함께 은거할 사람이 못 되네. 한번 이 산을 나가면 산길이 여러 갈래라, 자네는 다시 찾아올 수 없을 것일세."

쏠린다는 뜻.

●작품 해설

『삽교별집雪橋別集』권4「만록」에서 뽑았다. 원래 제목이 없었던 것을 내용으로 보아 '네 친구四友'라 붙였다.

『청구야담』과『해동야서海東野書』에 실려 있는 「절에서 모여 공부하던 네 선비가 관상을 보다會山寺四儒問相」도 비슷한 타입의 이야기이다. 절간에서 함께 글 읽던 네 친구가 각기 다른 길을 걷게 되는 설정이 동일한 것이다.『청구야담』과『해동야서』에 실린 본은 4인의 운명이 달라진 배경을 병자호란에 두면서 숙명에 결부시켜놓았고, 관료로 현달한 사람이 다른 세 친구를 만나는 것으로 꾸며진 점이 다르다. 요컨대 여기「네 친구」에 비해 주제의식이 선명치 못하고 다분히 고담조로 흐른 느낌이 든다.

「네 친구」에 등장하는 네 인물은 현실에 굴종하는 자세를 취하는 병·정과 현실에 저항하는 자세를 취하는 갑·을로 유형이 나누어진다. 같이 저항의 자세를 취하였으되 군도의 수령이 된 '갑'은 적극적인 저항을 벌이며, 묘향산 속에 은둔한 을은 현실을 완전히 초탈해버렸다. 궁한 선비 정의 비굴한 처신은 말할 것도 없거니와, 감사의 지위에 있는 병 또한 갑의 영웅다운 기상에 대조적으로 졸렬한 인물로 그려져 있다. 현실에 타협해서 명리를 추구할 때 인간의 자세가 변질될 수밖에 없음을 시사하였다.

아래적我來賊

한 도둑이 남의 재물을 훔치면 반드시 '아래我來'(내가 왔노라) 두 글자를 써놓았다. 그래서 '아래적'이란 별호가 그에게 붙게 되었다. 부잣집들에서 아래적에게 도둑맞았다는 소지[1]가 날마다 들어오더니 필경에는 아래적이 포도청에 붙잡혔다. 포도대장은 그를 아주 때려죽이기로 작정하고 감옥에 엄중하게 가둬두었다. 아래적이 감옥을 지키는 유지기[2]에게 말을 거는 것이었다.

"여보, 의복이 남루하군. 참으로 딱하구려. 내가 훔쳐서 얻은 은 3백냥을 아무 산 아무 골짝 몇번째 소나무 아래 묻어두었다오. 당신이 찾아다가 쓰구려. 나는 죽을 날이 박두했는데 귀중한 물건이 쓸데없이 되었으니 아깝구려."

포졸이 그가 지시한 곳을 찾아가보니 과연 그의 말과 같이 은이 숨겨져 있었다. 그 은을 파내서 자기 집으로 운반해왔다. 그러고서 감방으로

---

1 소지所志 소장訴狀을 뜻하는 이두어.
2 유지기[留直] 지키고 관리하는 일을 맡은 자를 가리키는 말. 산지기나 고지기와 유사한 용법이다.

돌아가 아래적에게 감사의 인사를 하였음이 물론이다. 그날 이후로 유지기는 포도청 내의 동태를 아래적에게 귀띔해주었다. 어느날 포졸들이 부산하게 움직이는 것을 보고 내막을 몰래 알아보았더니, 아래적을 때려죽이려고 다음날 좌기[3]를 차린다는 것이었다. 이 사실을 아래적에게 남몰래 귀띔해주었다.

"당신이 나를 잠깐 놓아주오. 파루罷漏 전에 필히 돌아오리다. 그러면 내일 좌기 때에 나는 죽음을 면할 수 있지."

아래적이 말하여 유지기가 무슨 방법이 있는가 캐어물었다.

"사또가 나를 죽이려는 것은 나를 아래적으로 생각하기 때문 아니오? 지금 그의 집에 가서 '아래' 두 글자를 써놓고 오면 내일 새벽에 틀림없이 '아래적' 입지立旨가 들어올 것이고, 그러면 나는 자연히 죽음을 면하리다."

유지기는 이미 그의 은을 얻어먹었고 그의 의기를 보았던 터라 그가 결코 돌아오지 않을 사람이 아니라고 믿었다. 그래서 마침내 약속을 어기지 말라 신신당부한 다음 옥문을 열어주었던 것이다. 아래적은 과연 얼마 걸리지 않아서 감옥으로 돌아와 전과 같이 갇혀 있었다.

이튿날 좌기에서 아래적은 과연 곤장 몇대를 맞고 풀려나게 되었다. 간밤에 포도대장이 부인과 이불을 같이 덮고 자는데 아래적이 옷을 벗고 그 내외 사이에 들어가 누워서 좌우로 밀어낸 다음에 그들이 깔고 있던 요를 빼냈다. 그리고 그 자리에다 '아래' 두 글자를 써놓고 돌아왔던 것이다. 포도대장은 옥에 갇힌 놈이 진짜 아래적이 아닌 줄로 알고 드디어 방면을 한 것이다.

---

3 **좌기坐起** 관청에서 최고 상관이 임석하여 업무를 개시하는 것.

● **작품 해설**

　장한종張漢宗의 『어수신화禦睡新話』에 ‘‘아래’라고 필히 밝히다必題我來’라는 제목으로 실린 것을 ‘아래적我來賊’으로 바꾸었다.

　여기 주인공은 집단이 아니고 단독으로 활약했던 것 같다. 그는 남의 재물을 훔치되 당당히 ‘내가 왔노라我來’ 두 글자를 써놓고 가는 희한한 도둑이었다. 유명한 일지매一枝梅를 방불한다.

　이 아래적이 포도청에 갇힌 바 되었을 때 꾀를 써서 하필 포도대장이 깔고 자는 요를 훔쳐내서 풀려나게 된다. 그 꾀도 기발하지만 관료층의 무능력을 야유하는 의미도 들어 있다. 후일담은 전하지 않는데, 이런 민간의 걸물들이 군도와 손을 잡게도 되었을 것이다.

홍길동 이후洪吉同 以後

오래지 않은 옛날에 심진사沈進士라는 명문 사족이 있었다. 서울 창의동[1]에 집을 짓고 살았는데, 성격이 호방해서 예법에 구애되지 않았다. 일찍이 진사시에 합격하고 나서 과거 공부를 그만두었고, 또 구태여 남행[2]으로 나가는 길도 구하지 않았다. 누군가 혹 그 까닭을 물으면 껄껄 웃고 말 뿐이었다.

그는 말을 타고 경쾌하게 달리는 것을 좋아했다. 당시 귀족 고관들 중에 좋은 말을 기르는 집이 있으면 반드시 사람을 보내서 한번 타보기를 청하였다. 그로부터 요청을 받은 이들은 심진사의 명성을 배가 부르게 들었던지라 흔쾌히 애마를 빌려주는 것이었다. 심진사는 대로를 쉴 줄 모르고 마음껏 달리다가 말의 걷는 품이 약간 늘어지는 기색을 보이면 곧 말에서 뛰어내렸다.

---

1 **창의동彰義洞** 서울 도성의 북쪽 문인 창의문 밖을 가리킨다.
2 **남행南行** 과거에 의하지 않고 문벌에 따라 벼슬을 내리는 것. 음직蔭職. 고려 때 문무과 출신이 임금 앞에서 조회할 때 동서로 늘어서고 음직으로 진출한 자는 남쪽에 벌여 섰던 데서 유래한 말이라 한다.

"말이 지쳤군. 더 못 타겠다."

그러고는 터덜터덜 걸어서 돌아왔다. 다시 찾아가거나 재차 요청하는 법도 없었다.

어느날 아침결에 한 마부가 준마 한필을 끌고 심진사댁 대문 밖에 와서 말방울을 울리며 걸음을 연습시키는 것이었다. 심진사가 내다보고 마부를 불렀다.

"저 말을 내 한번 타고 싶구나."

마부는 허락하고 선뜻 고삐를 내주었다. 심진사가 말안장에 걸터앉아 고삐를 당기자 산기슭 나무숲이 휙휙 지나갔다. 도성을 통과하고 고을을 지나가는 것도 한달음이었다. 해가 한낮이 되자 말은 조금 지친 듯해 보였다. 기정[3]에 이르러 어느 고장인가 물어서 비로소 황해도 금천 땅인 줄을 알았다.

마부는 말을 끌고 먼저 돌아갔고, 심진사는 타관에서 단신으로 돌아갈 길이 막연했다. 마침 그때 관도[4]에서 어떤 하인이 말을 연습시키는 것을 보았다. 마부에게 말을 한번 타보자고 청하자 기다렸다는 듯이 대답하는 것이었다.

"얼른 탑쇼."

심진사가 말등에 올라타기 바쁘게 말은 뛰어서 나는 듯이 달렸다. 마부가 뒤쫓으면서 채찍을 휘둘렀다. 오장이 흔들리고 몸이 공중에 떠가는 듯, 급보를 전하는 역마를 방불했다. 말을 살살 몰라고 사정하고도 싶었지만 자신의 용명을 손상시킬 것이 싫었다. 그렇다고 뛰어내리자니 몸이 상할 것이 두렵기도 해서 그냥 참고 닫는 대로 두고 보았다.

---

3 기정旗亭 술집을 가리키는 말.
4 관도官道 큰길을 가리키는 말. 국도에 해당한다.

이윽고 말은 깊은 산속 험한 골짜기로 들어가고 있었다. 만학천봉萬 壑千峯을 넘고 돌아서자 길 앞이 갑자기 툭 트였다. 도로 옆으로 붉은 제 복의 군마가 대오를 정렬하고 서서 가마에 바꾸어 탈 것을 청하는 것이 었다. 심진사는 영문을 모른 채 초행길 가는 색시처럼 하라는 대로 말에 서 내려 가마에 올랐다. 가마는 8인교로서 얼룩표범의 가죽이 깔려 있 었다. 가마 앞에 포성이 한번 울리자 병장기며 깃발이 좌우로 위엄을 과 시하는데, 그에게도 군복을 입도록 했다.

심진사는 회피할 도리가 없을 줄로 짐작하고 태연자약하게 마치 자 신이 당연한 자리에 임한 양 행동했다. 산마루 하나를 더 넘어서자 광막 한 들이 펼쳐진 곳에 1만 기가 늘어서 대오가 바둑판처럼 정연하다. 성 루며 방책이 철통같은데, 장막이 구름처럼 펼쳐 있고 창검이 번득였다. 가마 밑에서 군령을 전하는 화살이 날아가자 함성이 일어나 우레처럼 울려서 수만의 적병이 눈앞을 가로막는가 싶었다.

이윽고 심진사가 그 장벽 안으로 들어서자 장수들과 아전 같은 부류 들이 문안을 드리는 것이었고, 다시 가마에 타기를 청하였다. 그리고 5리쯤 더 가자 금탕[5]에 치첩[6]도 굉장해 보였다. 성안으로 들어서니 저택 들이 즐비했으며, 점포가 연이어 있었다. 붉은 대문 셋을 통과해서 들어 가니 널따란 수백 칸의 집이 규모도 굉장하고 단청이 으리으리했다. 어 여쁜 여자들이 둘러서서 심진사를 맞아 모시고 대청으로 오르는 것이 었다. 심진사는 의젓하게 보탑寶榻에 앉았다. 우선 두령 한명을 불러 물 었다.

"이곳은 대관절 어떤 곳이냐? 그리고 너희들은 웬 사람들인데 나같

---

5 금탕金湯 금성탕지金城湯池의 준말로 아주 견고한 성을 가리킨다.
6 치첩雉堞 방어하기 위해서 성 위에 낮게 쌓은 담. 성가퀴.

이 세상 물정에 어두운 선비를 속여서 이런 꼭두각시놀음을 벌이는 것이냐?"

두령이 아뢰는 것이었다.

"여기는 지도에도 빠진 곳이며, 이곳의 소임도 관부의 관할 밖입니다. 저희들은 동서남북 유랑하던 부류로, 오직 배불리 먹고 마음 놓고 살기 위해서 구름처럼 몰려들어 마침내 이처럼 대부대를 형성한 것입니다. 불의의 재물을 빼앗고 빈곤하여 갈 데 없는 사람들을 받아들이는 것이 우리가 일상 하는 일입지요."

"그럼 너희들은 모두 녹림호객이로구나. 감히 국법을 무시하고 병기를 휘둘러 무고한 인명을 살상하면서 그만둘 줄 모르다니. 이제 나를 대장으로 추대하려는 것은 무슨 뜻이냐?"

"이 산채는 대장 홍길동으로부터 지금까지 백여 년을 내려왔답니다. 그사이 역대 대장들이 모두 지모가 절륜한 분들이어서 군민이 안온히 지내왔습지요. 그러다가 작년에 전 대장께서 작고하시자 군무가 두서를 차리기 어렵게 되었습니다. 저희들은 방방곡곡에서 대장으로 모실 만한 인물을 물색하였는데 나으리보다 훌륭한 인재를 찾지 못했습니다. 그래서 감히 준마 한필로 나으리를 금천까지 유치해서 다시 이곳으로 모셔온 것이지요. 나으리께서는 이곳 산채의 수많은 무리들을 사랑하셔서 충의대장군忠義大將軍의 인끈을 맡아주옵소서."

심진사는 한참을 묵묵히 생각한 끝에 철여의[7]로 책상을 내리쳐 두쪽을 내며 소리쳤다.

"내 진작 재주를 한번 시험해보려 하였노라. 너희의 소청을 받아들이

---

7 철여의鐵如意 쇠로 만든 여의. 길이 한두자쯤 되고 끝에 구름 모양이나 지초 모양을 한 물건으로 원래는 등을 긁는 데 쓴다.

겠다."

모두들 환호성을 올려 기뻐하고 크게 잔치를 베풀어 자축하였다.

심진사는 이로부터 조롱 속의 새, 어항 속의 물고기가 된 셈이었다. 온갖 음식을 포식하며 한동안 편히 지내다가 어느날 두령을 불러서 물었다.

"여기 인원은 총 몇명이며, 군량은 얼마나 비축되어 있느냐?"

심진사는 두령의 자세한 보고를 받고서 불끈 화를 냈다.

"양곡을 우리 인원에 맞춰볼 때 기껏 수개월 양식밖에 더 되겠느냐? 왜 미리 품해서 처분을 구하지 않았느냐?"

두령이 눈을 치뜨고 대답하는 것이었다.

"전의 대장은 경천위지經天緯地의 탁월한 재능과 신출귀몰한 술수를 지니신지라, 우리나라 삼천리를 통틀어 민간의 부호와 큰 고을 관부 중에 털어내지 못한 곳이 없습니다. 오직 합천 해인사와 호곡 이진사댁, 함흥 성내만 남았습지요. 이 세 곳은 좀처럼 넘보기 어려운 까닭입니다. 기타 주진州鎭 가운데 좀 큰 곳이나 촌리 중에 썩 부유한 곳이야 허다하지만 수고로이 빼앗아보았자 겨우 1개월의 식량도 되기 어렵습니다. 이 궁리 저 궁리 해보아도 실로 별 뾰족한 계책이 없기에, 아뢰는 것이 지체되었습니다."

심진사는 호통을 쳤다.

"모사는 내가 할 일이요, 시행은 너희들의 일이다. 네가 어찌 감히 어려우니 어떠니 하고 사설을 늘어놓는 것이냐? 내 마땅히 아무 날에 해인사를 가서 치겠노라. 전군에 알리되 말이 밖으로 새어나가지 않도록 하여라."

두령은 크게 놀라 말하는 것이었다.

"해인사는 승도가 수천명입니다. 전곡·포백이 산처럼 쌓여 있지만 방비가 철통같고 중들이 활과 창검으로 무장하고 있답니다. 전 대장님의 신책묘산으로도 엄두를 못 낸 곳입니다. 이제 천리 길에 병력을 움직여서 위험한 땅에 몰고 들어가는 것은 대장이 군령을 빙자하여 우리의 생명을 몽땅 죽이는 처사입니다. 명령을 감히 따를 수 없사옵니다."

이에 심진사는 대로하여 그 두령을 끌어다 당장 목을 베도록 명했다. 좌우에서 아무도 응하지 않자 그는 차고 있던 칼을 뽑아 바로 그 두령의 머리를 날려버렸다. 일군이 일시에 숙연해졌다. 그리고 한 두령을 불러 명을 내린다.

"너는 군중에서 얼굴이 깨끗하고 영리하며 일에 민첩한 자 30명을 뽑아 모두 관노 모양으로 복색을 차린 다음, 각기 준마를 타고 돈 2천관을 싣고 먼저 해인사로 내려가라. 아무 대군이 자손을 보기 위해 몸소 내려오셔서 치성을 드리고, 또 향반[8]을 차려 구경꾼들까지 두루 대접한다고 말을 전하여라. 그리고 이 돈으로 향촉 등속을 마련하고서 나를 기다려라. 착오가 없도록."

또 한 두령을 불러서 명한다.

"너는 열흘쯤 기다리다가 이 노문路文을 가지고 해인사로 달려가서 이렇게 말하여라. '대군께서는 주상께서 굳이 만류하실뿐더러 조정의 공론이 두려워 은밀히 내려오시니 인근 고을에도 모르게 하라.'라고. 그리고 '본 절의 지공支供은 일절 생략하라.' 하여 너그럽고 인자스러운 뜻을 보이도록 하여라. 역시 나를 기다리며, 착오 없도록."

또 한 두령을 불러서 지시한다.

---

8 향반香飯 절에서 밥을 가리키는 말.

"너는 수십명 두령들과 함께 복장을 선명하게 차려입고 각기 준마를 타되 그중의 한명은 청지기 모양을 꾸미도록. 그리고 군중에서 키가 크고 얼굴이 사납게 생긴 수십명을 뽑아서 대군의 품복品服 및 쌍마교[9]·청라개[10]를 준비해가지고 해인사 밖 50리 지점에 잠복해 있다가 내가 내려가는 것을 기다려서 즉시 바꾸어 탈 수 있도록 하여라."

두령들은 제각기 군령을 받아가지고 떠났다. 심진사는 이러구러 10여일 보내다가 몸에 복건도복幅巾道服을 하고 한필 천리마를 타고 길을 나섰다. 합천 지경에 당도해서 따라온 종들을 작정한 곳에 매복시켜두었다.

자신은 대군으로 변장한 다음, 쌍마교에 올라 포장을 내리고 밤중에 해인사를 들어갔다. 중들이 모두 나와서 영접하는 것이었다. 심진사는 선방에 거처를 정하였는데 병풍이며 휘장이 대단히 화려했다. 주지승과 절의 일을 주간하는 여러 사람들을 불러 보고 다음날 밤에 설재[11]하기로 정했다. 소요되는 비용에 대해서는 모두 넉넉히 지급했다.

여러 중들이 둘러서서 칭송이 대단했다.

"어지신 대군님, 필연코 부처님의 법력을 보시리라."

대군은 일절 잡인을 금하도록 하고 편히 자리에 들었다. 한편으로 한 두령을 시켜 암암리에 절에 있는 남여[12]의 의자를 부순 다음 감쪽같이 원상대로 꾸며놓았다. 겉으로 보아서는 부서진 줄 알 수 없었다. 대군은 피로한 듯 일찍 잠이 들었다가 오경쯤에 눈을 떴다. 마침 산 위의 달이 창문에 환히 비치는데 물소리는 베개를 흔들어서 흥취가 도도하게 일

---

9 쌍마교雙馬轎 말 두필이 각각 앞뒤채를 메고 가는 가마. 고관이나 귀인들이 탔음. 쌍가마.
10 청라개靑羅盖 가마에 씌우는 푸른 비단 차양.
11 설재設齋 불가에서 음식물을 마련해 불공을 드리는 일.
12 남여籃輿 뚜껑이 없는 작은 가마.

었다. 즉시 창문을 열고 술을 가져오라 했다. 그리고 중을 불러 물었다.

"절 주변에 수석水石이 정히 마음에 들 만한 곳이 없느냐?"

"모처의 풍광이 가장 볼만하옵니다."

대군은 옷을 걸치고 나서면서 말했다.

"너희들 나를 그곳으로 안내해다오."

중들은 황망히 남여를 대령했다. 그는 부서진 남여인 줄 알고 있었기 때문에 조심해서 걸터앉았다. 여러 중들이 남여를 떠메고 나섰다. 남여가 수십보를 갔을 때 그는 일부러 몸을 의자에 기대었다. 우지끈 의자가 부서지면서 대군은 아래로 나가떨어졌다. 몸이 거꾸러지면서 땅에 나뒹굴었다. 중들이 구하려고 급히 달려들었을 때 대군은 이미 기절해서 인사불성인 듯했고[13] 의관도 모조리 망쳐버렸다.

여러 사람들이 대군을 떠메다 방 안에 뉘었다. 급히 약물을 떠넣고 옷을 말렸다. 대군은 한 식경이나 지나서 비로소 정신을 수습했다. 일어나 앉기가 무섭게 천둥 치듯 호령을 내놓았다.

"나는 무품無品의 귀인이라, 나와서는 관찰사의 윗자리다. 이런 부자 절에 별성사자別星使者가 문턱이 닳도록 드나드는 터에 성한 가마가 하나도 없단 말이냐? 필시 부서진 것을 대령해서 나를 떨어뜨려 상해하려는 것이렷다! 요행히 죽음은 면했으니 하늘의 덕이다. 하지만 이마가 깨지고 팔다리가 부러졌으니, 이 어찌 뜻하였으랴! 부처님께 공을 드리러 왔다가 병신이 되어 돌아가다니!"

여러 중들은 뜰아래 엎드려 아무런 변명도 못했다. 그는 해인사 중의 명부를 점고하여 일일이 잡아들여서 한명도 숨거나 빠져나가지 못하게

---

13 이 대목에 "詐也(거짓이다)"라는 평어가 달려 있다.

했다. 대마 밧줄을 가지고 모조리 단단히 동여매도록 한 다음, 만약 어기는 자가 있으면 그 자리서 박살을 내겠노라 위협했다. 중들은 율령을 받는 것처럼 부들부들 떨면서 명에 복종할 수밖에 없었다.

이때 누더기를 걸친 수천명의 거지떼들이 사방에서 웅성웅성 구경하고 있었다. 이들을 보고 시종을 시켜 물었다.

"너희들은 무슨 일이 있길래 이렇게 몰려들었느냐?"

거지떼들이 일제히 아뢰었다.

"나으리께서 시주를 하옵시고 이어 무차대회[14]를 베풀어 중생을 널리 풀어 먹이신다기에 불원백리하고 무리 지어 왔사옵니다."

그는 아주 측은히 여기는 어조로 말했다.

"내가 시방 사람이 될지 귀신이 될지 모르는 판에 무슨 경황으로 부처님께 공양을 드리겠느냐? 곧 돌아가야겠다. 너희들은 멀리서 얻어먹으러 왔다가 낭패를 보고 돌아가게 되다니, 허물이 실로 나에게 있구나. 내가 이번에 공양하려던 돈 2천 꿰미를 너희에게 주겠으니 공평하게 나누어 가져라."

돈을 뜰에 던지자 거지들이 다투어 주워서 돈은 삽시간에 없어졌다. 모두들 대군 만세를 부르며 축수하는 것이었다. 그러자 다시 일렀다.

"내 너희들에게 명할 것이 있다. 너희들은 조금도 어려워하지 마라."

"끓는 물, 타는 불 가운데라도 들어가라시면 어찌 거역하오리까?"

"나는 지금 이 원한을 갚고야 말겠노라. 이 수많은 중놈들을 다 죽일 수도 없는 일이고, 너희들 이 절간의 대소 집채를 이 잡듯 뒤져서 전곡, 기물들을 닥치는 대로 힘껏 지고 가거라. 하나도 남기지 말고 말끔히 쓸

---

14 **무차대회無遮大會** 상하귀천, 승려와 속인의 구별이 없이 일체 평등으로 재물과 교법을 베푸는 대법회.

어버려라. 흉악한 중놈들 버릇을 단단히 고쳐주려 하거니와, 너희 궁한 사람들 형편이 좀 풀릴 것이다. 그러면 나도 의당 크게 응보를 받을 것이니, 어찌 저 나무토막이나 다름없는 부처에게 공을 들이느니만 못하겠느냐?"

"하라시는 대로 하구 말굽쇼."

거지떼들은 환호성을 올리며 벌떼처럼 선방으로 달려들어 깡그리 훑어냈다.

"너희들 내가 떠나기 전에 빨리빨리 도주하여라. 늑장 부리다가는 중놈들에게 붙잡힐 우려가 있다."

거지떼가 일시에 구름처럼 흩어졌다.

그는 일부러 여러 시각 절에서 지체하다가 아침 햇살이 동창에 비칠 무렵이 되어서 출발을 했다. 백여 리를 달리다가 가마에서 말로 바꿔 타고 신속히 산채로 돌아왔다. 거지떼는 산채의 군졸들을 변장시킨 것이었음이 물론이다. 그들도 속속 돌아와서 각기 털어온 재물을 바치니 산채에 백만의 재물이 쌓였다. 칼에 피 한점 묻히지 않고 취득한 것이었다. 여러 두령들이 비로소 마음으로 복종하였다.

며칠 뒤에 한 두령이 물었다.

"이번 군령은 어느 곳으로 향하올지?"

"아무 날 호곡을 치겠노라."

두령이 그곳의 어려움을 들어서 말했다.

"호곡은 안동 땅인데 삼면으로 바위가 병풍처럼 둘러 깎아지른 절벽이 천길이랍니다. 나는 새도 넘어들지 못한다지요. 전면으로 외길 하나가 뻗어 있어 겨우 사람 하나 다닐 만하며, 말을 타고는 못 갑니다. 마을 어귀의 자라목 부분에 돌문을 달아 밤에는 닫고 낮에는 열고 하는데 쇠

줄로 단단히 비끄러매놓았답니다. 돌문 밖으로 오솔길이 푹 꺼져 낭떠러지가 되어 말은 꼭 붙들고 끌고 가며 사람은 더듬더듬 기어오릅니다. 그 동네 이진사댁에는 과연 쌓인 곡식만도 10만석이요 돈에 비단 등속도 그만하다지만, 하인 수백명이 갑옷을 입고 병장기를 들고 밤새 순찰을 돈다지 않습니까? 아무리 등애가 면죽을 들어갔던 재주[15]와 한양의 가 등협을 파하던 용맹[16]이 있어도 힘을 쓸 곳이 없답니다."

심진사는 이 말을 듣고 깜짝 놀라 두령을 꾸짖고 내보냈다. 그리고 비밀히 심복을 파견해서 호곡의 동정을 정탐해 오도록 했다. 정탐꾼은 이런 회보를 가져왔다.

"이진사는 다년간 자손이 없다가 나이 50세에 자식 하나를 얻었답니다. 아직 어린 아기로 허약해서 병치레를 자주 하여 요즈음 이진사는 가까이 있는 절에 가서 자식을 위해 불공을 드린다 합니다. 그래서 그 집안 사람들이 방어를 더욱 삼엄히 하더군요. 집 주위로 마름쇠[17]를 벌여놓았고 남녀 빠짐없이 신표를 쓰는데, 신표가 없으면 도둑으로 본답니다."

"거 일이 잘 되었구나."

심진사는 기뻐했다.

그 자신이 큰 갓에 도포를 입고 하루 천리 가는 노새에 올라탔다. 소

---

15 등애鄧艾는 중국 삼국시대 위魏의 명장으로, 촉한蜀漢을 치기 위해서 험난한 면죽綿竹이란 곳에 군사를 끌고 들어갔다.

16 한옹韓雍은 명나라 때 인물로 우첨도어사右僉都御史가 되어 광서·광동 지역의 요족瑤族과 동족侗族이 중심이 되어 일어난 등협도란藤峽盜亂을 진압한 일이 있다. 등협은 심강潯江 주변의 깎아지른 듯한 골짜기 중 가장 높고 험난한 지역을 이르는 말이다. 한옹은 좀처럼 공략하기 어려운 이 지역을 사방에서 동시에 진군해 들어가는 과감한 전술로 평정했다. 양의襄毅는 한옹의 시호이다.

17 마름쇠(鐵蒺藜) 끝이 송곳처럼 뾰족한 서너개의 발을 가진 쇠못. 도둑이나 적을 막기 위해 흩어두었다.

매 속에는 향주머니와 상아 부채, 구슬신을 간직하였다. 종 하나도 딸리지 않고 노새에 채찍질하여 산채를 내려왔다.

며칠 걸리지 않아 호곡에 당도했다. 지세가 과연 듣던 바와 같이 험난하여 도저히 쳐들어갈 길이 없었다. 날랜 노새가 개울과 바윗길을 평지처럼 달려 곧장 이진사의 집으로 들어갔다. 짐짓 이진사가 집에 있는가를 물어보았다.

"멀리 출타하고 안 계십니다."

하인의 대답이었다. 심진사는 매우 섭섭하여 어쩔 줄 모르는 표정을 짓고 한참을 사랑에서 서성이다가 하인을 시켜 안으로 전갈을 하였다.

"나는 너의 댁 샌님과는 다정한 벗이다. 만나보려고 예까지 찾아왔다가[18] 주인도 못 보고 돌아가는구나. 아기도령이나 잠깐 보고 정회를 풀고 싶노라고 여쭈어라."

오래지 않아서 하인이 아기를 안고 나왔다. 심진사는 아기를 받아서 무릎 위에 앉히고 아주 귀여운 듯이 어루만졌다.

"허, 고 녀석! 고 녀석 참 기특하다. 이 녀석이 요렇게 총명하니 이 친구 이제 걱정이 없겠다."

그리고 소매 속에 넣고 온 향주머니 등속을 꺼내 아기의 옷자락에 채워주고는 안으로 들여보냈다. 하인은 자기 눈으로 본 대로 안에 들어가서 아뢰었다. 안주인은 대단히 좋아하며 손님을 바깥양반의 절친한 친구로 꼭 믿게 되었다. 하여 성찬을 대접했다.

---

18 원문은 '竟題凡鳥'인데 일부러 찾아간 친구를 만나지 못한 아쉬움을 표현한 말. 당나라 왕유의 시로 "문에 다다라 평범한 글을 짓지 않으니 대나무를 보면 굳이 주인을 물어보랴到門不敢題凡鳥, 看竹何須問主人"(「春日與裴迪過新昌里訪呂逸人不遇」)에서 유래한 말이다.

심진사는 식사를 들고 한동안 쓸쓸히 앉았다가 노새를 타고 나섰다. 동구 밖까지 가다가는 문득 노새 머리를 돌려 되돌아왔다. 문전에서 노새를 멈추고 안으로 말을 전하였다.

"내가 동구 밖을 나서는데 한 걸음 한 걸음 옮길 적마다 간절한 생각에 자꾸 뒤를 돌아보고 마음을 다잡지 못하겠구나. 한번 더 아기도령을 보았으면 싶다고 여쭈어라."

하인은 손님의 다정한 마음에 감동하여 다시 아기를 안고 나왔다. 노새 위에서 아기를 받아 꼭 껴안고 입을 맞추고 뺨을 쓰다듬으며 정에 겨운 듯하다가 하인을 불러 묻는 것이었다.

"너의 실내마님께 여쭙고 오너라. 아기도령 얼굴이 핼쑥해 보이는데 근래 어디 아픈 데가 없었더냐고."

"예이—"

하인이 안으로 들어갔다. 이때 심진사는 아기를 안은 채로 노새에 채찍을 가하여 비호처럼 내달았다. 눈 깜짝할 사이에 종적이 묘연해졌다. 하인이 보고하려고 나왔을 때는 손님과 아기가 이미 보이지 않았다. 온 집안이 통곡하며 급히 이진사에게 기별했음이 물론이다.

이진사는 아무런 단서도 발견하지 못하고 근심으로 식음을 전폐했다. 어느날 하인이 아침 일찍 돌문을 열다가 편지 한장이 떨어져 있는 것을 발견하고 주워다가 주인에게 바쳤다.

충의대장군은 이생 좌하에 글월을 올리노라.

무릇 땅이 만물을 낳으매 반드시 그 쓰임이 있고 하늘이 사람을 내심에 각기 먹을 것을 타고난다 하였소. 그대는 곡식을 만섬이나 쌓아두고 단 하나 곤궁한 사람을 구제했다는 말을 듣지 못했고, 전답 천묘

畝를 차지하고서도 백년의 목숨을 연장시키지 못하거늘, 마침내 한알 한알 피땀 어린 곡식을 썩어서 흙 속으로 돌아가게 한단 말이오? 그대의 아들이 앙화를 받음이 이치에 마땅하리라. 그러므로 내가 신명의 뜻을 받들어 아기도령를 납치해온 것이오. 그대가 인생이 유수와 같음을 슬퍼하고 아들을 사랑하는 천륜에 마음이 쓰인다면 급히 비루하고 인색한 마음을 고쳐야 하리로다. 그리고 보시의 덕을 보이고자 할진대 그대의 가진 바 재산을 반분해서 아무 강변에 쌓아두기 바라오. 그것을 운반해오는 즉시 우리는 아기도령을 돌려보내리다. 그대 스스로의 판단에 맡기노라.

이진사는 편지를 읽고 나서 눈물을 흘렸다.

"집의 재산은 결국 자손을 위한 것인데 자식이 없으면 황금 만 상자가 있은들 무엇에 쓰랴!"

즉시 쌀 2만석과 돈 10만관을 약속한 처소로 은밀히 운반해두었다. 이튿날 가보았더니 전부 실어가서 남은 것이 없었다.

이진사는 약속을 지킬지 어떨지 불안한 마음으로 5, 6일을 보냈다. 하인이 새벽에 돌문을 열다가 과연 꽃가마가 땅 위에 놓인 것을 발견했다. 비단 휘장 속에 두 겹의 꽃무늬 담요에 아기가 포근히 싸여 있지 않은가. 아기는 아주 고운 새 옷을 입고 있었다.

"아이구, 내 자식아."

이진사는 놀라움과 반가움으로 아기를 덥석 끌어안고 물었다.

"이 녀석, 어디 갔다 왔느냐?"

아기의 대답은 대개 이러했다.

"저번 그 어른이 말 위에서 날 껴안고 막 달렸어요. 한참 가서 가마로 바꿔 탔지요. 가마는 폭신하고 어떤 아줌마가 젖을 주데요. 며칠 밤낮을 가니까 어느 산골 동네가 나왔어요. 모두 내게 잘해주었어요. 먹을 것이랑 장난감이랑 엄마 곁에 있을 적보다 훨씬 좋던걸요. 일전에 말 탄 어른 수십명이 나를 데리고 떠나 여기까지 와서 어둠 속에 돌문 밖에다 나만 놓아두고 갔어요."

이진사는 오히려 대장의 높은 의기에 감복했다.

산채에서는 군사 한명 수고로움이 없이 거창한 재물을 획득한 것이다. 장졸들의 환호성이 우뢰같이 일어났다.

"아무 날 함흥을 칠 것이다."

심진사가 다시 또 군령을 발하자, 여러 두령들이 들어와 진언하였다.

"함흥은 성곽이 높고 험준하고 지세가 험난합니다. 관찰사 휘하에 3천 철기가 있으며, 부민府民은 수만호를 헤아리고, 중군[19]과 도사[20]가 업무를 맡아 봅니다. 해인사나 호곡에 견줄 곳이 아닙니다. 서둘지 마옵소서."

"군령은 오직 행할 뿐, 어길 수 없는 법이다. 만약 다시 요망한 말로 군심을 현혹시키는 자가 있으면 용서 없이 참하겠다."

두령들은 두말 못 하고 물러갔다. 이에 두령 한명을 불러서 분부했다.

"너는 군졸 중에 우둔한 자 50명을 뽑아 5개 분대로 나누어서 나무꾼으로 가장하고 함흥성 밖으로 가라. 나라에서 특별히 엄하게 보호하여 가꾸는 숲이 다섯군데가 있으니 아무 날 어둠이 깃들 무렵을 기해서 일제히 그곳에 불을 질러라. 그리고는 불길이 높이 타오르기 전에 도주해서 산채로 돌아오라. 어기는 자는 참할 것이다."

---

19 중군中軍 각 군영의 지휘관 다음 자리.
20 도사都事 감영에 있는 종5품 벼슬. 감사를 보좌하는 자리.

다음에 또 한 두령에게 분부했다.

"너는 군졸 가운데 일을 잘 아는 자 50명을 뽑아서 해상海商을 가장하고 큰 배 20척에 나누어 타라. 그리하여 산채 후면의 해안을 출발해서 영남 관동 연안을 거슬러 올라가 아무 날까지 배를 함흥성 밖에 도착시켜야 한다. 말이 누설되지 않도록 각별히 주의하라."

이와 같이 두 길로 출발시킨 연후에 따로 3천 정예를 모아, 이들을 혹은 관원의 행차처럼 혹은 행상처럼 꾸미는가 하면, 상여 행렬도 만들고 거지떼 모양도 차려서 삼삼오오 떠나보냈다. 기일을 정하여 함흥성 밖 깊은 산속의 후미진 처소로 집결하도록 한 것이다.

그날이 왔다. 과연 이고[21]가 울렸을 때 성 밖에서 화염이 치솟아, 성내가 온통 물 끓듯 하였다. 관에서는 후일의 문책이 두려워서 급히 불을 끄러 나가는데, 성내의 백성들까지 동원되었다. 성내에 남은 것은 부녀자와 아이들뿐이었다.

이때 심진사는 두령 넷에게 지령을 내려 각기 수십명을 거느리고 사대문을 접수하고 파수를 보되 관찰사의 명을 빙자하여 출입을 통제하도록 했다. 그리고 자신이 직접 병장기를 든 군사들을 지휘해서 성내로 진입, 관청은 물론 민가에까지 쌓인 재물을 모조리 탈취하여 해안으로 운반했다. 해안에는 이미 선박이 대기하고 있었다.

선박이 바다로 나가 돛을 올리고 밤낮으로 계속 항해하여 산채 후편에 정박하였다. 선적된 물화는 실로 여러 만금이 되는 것이었다.

이에 소를 잡고 크게 잔치를 벌였다. 잔치를 파하고 나서 바로 이튿날 새벽에 심진사는 심복 하나만 데리고 슬그머니 준마를 골라 타고서 산

---

21 이고二鼓 밤 9시부터 11시 사이의 시각. 이경二更.

채를 빠져나와 자기 집으로 돌아갔다. 혹 누가 어디 갔다 왔느냐고 물으면,

"팔도강산을 돌아다니며 산천경개를 유람하였다네."

하고 더 말하지 않았다.

붙임: 「김생전」*의 결말부

김진사는 산채의 무리들을 전부 불러놓고 말했다.

"너희들 생각에 나의 그릇과 능력이 벼슬 한자리 감당할 수 있다고 보느냐?"

"대장께선 하늘을 흔들고 땅을 울릴 만한 재주를 지니셨습니다. 변방의 조그만 나라는 좁다 여길 터이어늘, 하물며 벼슬 한자리야 논할 것이 있겠습니까?"

김진사는 껄껄 웃으며 말했다.

"너희들은 나를 알아보는구나. 나라의 정승도 오히려 마다하겠거늘, 어찌 군도의 괴수로 지낼까보냐. 너희들이 정성으로 나를 붙잡는 뜻에 부응하느라 내 평소에 품었던 재주를 일시 시험해보았을 뿐이다. 나는 대대로 벼슬하는 가문 출신이요, 너희들도 모두 이 나라의 양민이다. 너희는 어찌 잘못 걸어온 길을 바꾸지 않고 도둑놈 노릇을 계속하고 있겠는가? 나는 이제 떠나겠다. 너희들 또한 서로 손을 잡고 논밭으로 돌아가 가족과 오손도손 살아가며 조상의 산소도 찾아뵈어 살아서 이 나라 백성이요, 죽어서 타향에 떠도는 귀신이 되지 않게 한다면 어떻겠느냐? 어느 편이 좋고 어느 편이 나쁜지 너무도 분명하거늘 무엇을 취하고 무엇을 버리겠느냐?"

다들 감격하여 눈물을 흘리며 대답하는 것이었다.

"명하시는 대로 따르겠습니다."

---

*『기리총화』에 실린 「김생전」의 결말부. 앞의 「홍길동 이후」에서 "이에 소를 잡고 크게 잔치를 벌였다."에 이어지는 부분에 해당한다. 작품 해설 참조.

김진사는 산채의 재물을 전부 각자에게 분배하여, 1인당 한 가정을 꾸릴 정도의 재산을 받게 되었다. 이에 불쏘시개를 가지고 산채의 건물들에 불을 질렀다.

"만약에 또다시 이 산채에 숨어들어 활동하는 자가 있으면 내가 나서서 조정에 아뢰고, 토벌하기를 자원하겠다."

거듭 다짐하니, 무리가 모두 다 승복하고 흩어졌다.

김진사는 처음 들어올 때의 그 옷과 신발을 착용하고 지팡이를 짚고서 산채에 있는 물건은 단 하나도 소지하지 않고 걸어서 집으로 돌아갔다.

이후로는 문을 닫고 들어앉아 출입을 하지 않았다 한다.

사신史臣이 논평하기를, 안타깝다! 김생이 세운 계략은 실책이 전혀 없이 그야말로 신출귀몰했으며, 마침내 무리들을 깨우치고 잘 인도해서 천리의 바른 길로 돌아오도록 하였다. 그의 지혜와 무용은 결코 옛날 인물에 뒤지지 않을 텐데 나라에 쓰임을 얻지 못하고 백두白頭로 늙어 초야에 파묻히고 말았다니! 이는 당시 재상의 책임이다. 하지만 옛말에 "땅바닥에 금을 그어놓고 감옥이라 해도 의리상 들어가지 않는다."고 했거늘, 더구나 녹림에 스스로 빠져들어 즐겨 앞장을 서서 여러 차례 국법을 범했다. 그러고도 도리어 크게 자부하였으니 반란군의 수괴된 허물은 스스로 면치 못할 것이다.

●작품 해설

『청구야담』에 '녹림객이 심진사를 유인해오다綠林客誘致沈上舍'라는 제목으로
실린 것이다. 『기리총화綺里叢話』에 실려 있는 「김생전」 또한 유사한 내용이다.
뒤에 나오는 「선천 김진사宣川金進士」와 유형이 같고, 그밖에 『동야휘집』에 실린
「세번 계책을 써서 큰 재물을 탈취하다三施計攫取重寶」, 『기문총화記聞叢話』와 『기
문奇聞』에 실린 「군도를 양민으로 만들다盜爲良民」에서도 대략 비슷한 줄거리를
읽을 수 있다.

어떤 걸출할 선비가 군도에게 유인을 당해 갔다가 돌아온 일이 일시에 화제
가 되어서 구구한 이야기들이 꾸며졌으며, 여러 기록에 옮겨져 이와 같이 많은
이본을 파생한 것 같다. 여러 이본들 중에서 압권은 이 「홍길동 이후」가 아닌가
한다.

주인공 심진사의 호협한 기상을 경묘한 필치로 부각시킨 점이 다른 어느 것
보다 빼어나다. 여기서 특히 우리의 흥미를 끄는 곳은 군도들이 자기들 산채가
대장 홍길동으로부터 계속 이어온 것으로 말하는 대목이다. 역사상 홍길동이
실제로 활동했던 시기는 연산군 때인 16세기 초다. 그런데 『성호사설』의 기록
을 보면 시정의 협객들이 맹세할 적에 홍길동을 들어서 한다는 것이다. 그만큼
민중의 의식 속에 홍길동의 존재는 영웅화되어 있었다. 그래서 작중의 군도들
역시 스스로 홍길동의 계승자임을 표방하고 나섰던 것으로 여겨진다.

작중 서사에서 호곡 진사댁을 터는 이야기를 빼놓고 나머지 합천 해인사와
함흥 감영을 치는 두가지 이야기는 골자가 『홍길동전』과 비슷하다. 『홍길동전』
에서 취해온 것으로 추정된다.

끝에 참고로 붙인 「김생전」의 결말부는 이현기李玄綺의 『기리총화綺里叢話』
에 실려 있는 것이다. 주인공의 호칭이 김진사로 되어 있어 서로 다르긴 하지만
내용의 세부까지 일치한다. 『청구야담』은 『기리총화』보다 뒤에 엮어진 책으로
『기리총화』 소재의 작품들이 많이 뽑혀 있다. 이로 미루어 「홍길동 이후」의 원
작자는 이현기로 보아야 할 것이다. 그런데 작품의 후미로 와서 크게 달라진다.
『청구야담』의 엮은이가 결말부를 다른 방식으로 처리한 것이다.

회양협淮陽峽

정양파[1]가 젊은 시절에 친구 두 사람과 절간에서 글을 읽고 있었다. 어느날 서로 품은 뜻을 이야기하다가 각기 평생의 소망을 털어놓게 되었다. 그중 한 친구는 벼슬은 바라는 바 아니요 산 좋고 물 맑은 곳에 살며 산수로 평생을 즐기는 것이 소원이라 하였고, 다른 한 친구는 입을 열려고 하지 않았다.

"자넨 왜 말이 없나?"

양파가 재촉하였으나 그는

"나의 소망은 자네들과 크게 다르이. 묻지 말아주게."

하고 좀처럼 대답하지 않았다. 두 사람이 끈덕지게 채근해서야 입을 떼는 것이었다.

"나는 불행히도 조그만 나라에 태어나서 세상을 둘러보아도 몸을 둘 만한 곳이 보이지 않네. 차라리 내 멋대로 놀아 군도의 괴수나 될까 하이. 심산궁곡으로 들어가 수만의 부하를 거느리고 불의의 재물을 빼앗

---

1 정양파鄭陽坡(1602~73) 양파는 숙종 때 영의정을 역임한 정태화鄭太和의 호.

아 양식을 삼고 산간을 횡행하며 가동歌童·무녀舞女를 앞에 늘어세우고 산해진미를 실컷 먹으며 살까보네. 이렇게 지내면 족하지.”

두 사람은 웃으며 말이 의롭지 못함을 책망하고 말았다.

후일에 과연 양파는 급제하여 영의정에 이르렀고, 산수를 벗하며 살아가겠다던 그 친구는 포의[2]로 늙었으며, 다른 한 친구는 어디로 갔는지 종적을 알 수 없었다.

양파가 함경도 감사로 있을 때의 일이었다. 포의로 늙어가는 사람이 궁하여 지내기 어려운 형편이라, 동창의 정의를 믿고 도보로 구걸 행각에 나섰다. 함경도를 향해 가는 걸음이 회양 땅에 닿았다. 뜻밖에 웬 건장한 사나이가 한필 준마를 대령하고 있다가 맞이하는 것이었다.

“소인이 사또의 장령將令을 받들어 여기서 기다린 지 오랩니다. 주저 마시고 어서 타십쇼.”

포의는 이상해서 물었다.

“너희 사또는 누구시며, 어디 계시느냐?”

“가시면 자연 아시리다.”

포의가 말 등에 오르자 말은 비호처럼 달렸다. 몇십리를 갔을 때 바꿔 탈 말을 대령하고 음식물까지 차려놓고서 기다리는 사람이 있었다. 괴이해서 또 물었으나 그의 대답은 전과 같았다. 다시 몇십리를 달려가자 또 먼저같이 대기하고 있었다. 점차 깊은 산협으로 들어가서 밤이 되어서도 쉬지 않고 횃불을 들어 길을 밝히고 달렸다. 무슨 영문에 어디로 향해 가는지도 모르고 다만 그 사나이의 말대로 갔던 것이다.

이튿날 오정에 어느 동구로 들어섰다. 심심산중에 인가가 즐비하였

---

2 포의布衣 베옷. 벼슬이 없는 선비를 가리킨다.

다. 그 가운데 붉은 대문 앞에서 말에서 내려 세 겹 대문으로 들어갔다. 한 사람이 섬돌 아래 서서 기다리는데, 머리에 총립聰笠을 썼고, 몸에 남색 운문단[3] 철릭을 입었고 허리에 홍대紅帶를 띠고 발에는 흑화黑靴를 신었다. 신장이 8척에 얼굴은 관옥이요, 하목해구[4]로 의표가 당당하고 위풍이 늠름하지 않은가. 그가 껄껄 웃으며 포의의 손을 잡고 함께 섬돌을 올랐다.

"자네 별래무양別來無恙한가?"

포의는 처음에는 그가 누군지 짐작도 할 수 없었다. 좌정한 후에 자세히 보니 절간에서 같이 글을 읽을 적에 군도의 괴수가 소원이라던 그 친구다.

"우리가 산사에서 작별한 이후로 자네의 종적은 도무지 알 길이 없더니, 오늘 여기서 만나다니!"

포의는 놀라 소리쳤다.

"내가 전에 말하지 않던가? 이제 나는 뜻을 이루었네. 세상의 부귀가 부럽지 않으이. 누군들 세상에 나아가 공명을 이룰 뜻이 없겠는가? 하나 운명이 남의 손에 매여 일평생 몸을 사리고 파리가 발을 비비고 개가 꼬리를 치는 모양으로 살아야 하지. 그러다가도 비끗 실수하면 동문 거리에 목이 매달리고 처자는 노비로 박히지 않던가. 어찌 그런 걸 바라겠나. 나는 이미 세상의 구속을 벗어나 이 심심산골로 들어온 것이네. 부하가 수만에 재물은 산처럼 쌓여 서절구투나 일삼는 좀도둑들이 한껏 남의 보따리나 터는 것과는 비길 바가 아니지. 나의 부하들이 조선 팔도에 나가 있어 연시[5]·왜관[6]의 물화들이 안 들어오는 것이 없고, 탐관오

3 운문단雲紋緞 구름 무늬가 박힌 비단의 일종.
4 하목해구河目海口 눈이 크고 입이 넓은 얼굴. 비범한 인물의 얼굴 모습으로 생각했다.

리의 재물이라면 필히 탈취하니 나의 권세와 부는 왕과 공후에 못지않다네. 인생이 얼마나 되겠나? 애오라지 즐겁게 살아야지."

이내 술상을 들이라 하니 미희들이 쌍쌍이 상을 받들고 나왔다. 수륙진미를 벌여 술은 향기롭고 안주는 풍성하였다. 함께 술을 실컷 마시며 한 상에서 밥을 먹고, 한 침상에서 잠을 잤다. 그 이튿날에는 산채를 벌여놓은 규모와 산수 경개도 구경시켜주었다.

"자네 이번 행차에 정태화를 보러 가는 건 무슨 구할 것이 있어선가?"

"그렇다네."

"그 사람 도량을 자넨 왜 모르는가? 조금 주기야 하겠지만 자네 기대에 미치지 못할 것이네. 며칠 여기서 묵다가 바로 돌아가게."

"꼭 그러기야 하겠는가? 지난날 동창의 정의를 그 사람도 생각할 터이지."

"좀 보태준댔자 기껏 몇냥에 지나지 못할 텐데 그걸 바라고 원행을 한단 말인가? 내가 후히 돕겠네. 가지 말게."

그래도 포의는 듣지 않고 막무가내로 가겠다고 나섰다.

"정 가겠으면 자네 정태화를 보고 내가 여기 있다는 말은 아예 입 밖에 내지 말게. 정태화가 제아무리 나를 잡겠다고 나서도 잡힐 내가 아닐세. 정태화 앞에 자네가 내 이야기를 하면, 그 당장에 말이 나의 귀에 들어올 것이네. 그때는 자네 머리를 보전치 못할 걸세. 아무쪼록 조심하여 발설하지 말게."

"뭘 그럴 이치가 있겠나."

---

5 연시燕市 북경의 시장. 조선 사신이 이곳에서 물화를 무역해왔다.
6 왜관倭館 일본인과 통상을 하는 장소로 지금의 부산에 설치되었다.

이처럼 포의는 맹세를 하였다. 포의가 산채를 떠나자 대장은 웃으며 영문까지 배웅하였다. 들어올 때 탔던 말을 타고 산협을 벗어나 큰길에 다다르자 수행한 사나이는 하직하고 물러갔다. 포의는 터덜터덜 걸어서 함경도 감영에 다다라 감사를 만났다. 서로 인사를 나눈 뒤에 그는 소리를 낮추어 밀고하는 것이었다.

"영감, 우리가 소시에 산사에서 함께 글 읽던 아무개를 기억하시는지?"

"한번 헤어진 이후로 종무소식이지."

"시방 영감의 경내에 잠복해 있는 대적이 바로 그 사람이라오. 제 말로 졸개가 수만이라고 호언하지만 모두 팔도 각처에 흩어져 있고, 지금 수하의 군졸은 많지 않고 오합지졸이라서 문제가 안 될 겁니다. 영감이 만약 영리하고 날랜 교졸 3, 40명만 저에게 빌려주시면 당장 그자를 잡아다 영문 앞에 꿇리리다."

감사는 웃으며 말했다.

"그 사람이 비록 도둑의 괴수 노릇을 하고 있다지만 아직 우리 관내의 고을에 작폐作弊가 없고, 또 자네의 용력이나 재주를 헤아리건대 그 사람을 당하겠나? 공연히 화를 자초하지. 자네 그만두게."

포의는 정색을 했다.

"영감, 대적이 경내에 잠복해 있는 줄 알고도 덮어두고 잡으려 하지 않다가 뒷날 형세가 커지면 책임이 누구에게 돌아가겠소? 정 나의 말을 따르지 않으시면 나는 상경해서 고변告變할 터이오."

감사는 부득이 허락하고 며칠 묵다가 돌아가게 했다. 노자로 주는 물건은 과연 그 친구의 말처럼 약소한 것이었다. 교졸은 요청한 수만큼 뽑아주었다.

포의는 교졸들을 거느리고 다시 북로[7]를 따라서 진군했다. 회양 땅에 이르러 산 좌우편 숲 속에 교졸들을 매복시키고서

"내가 먼저 들어가서 동정을 살펴볼 것이니 너희들은 여기서 대기하고 있거라."

하고 단신으로 나섰다. 몇리를 들어가자 지난번 말을 세우고 등대해 있던 그 사나이가 다시 나타나서 대장의 말로 함께 가시자고 청하는 것이었다. 그런데 타고 갈 말도 보내지 않아 마음속으로 퍽 의아한 생각이 들었다. 동구에 다다랐을 때

"저놈을 묶어라!"

하는 대갈일성과 함께 졸개들이 무수히 덤벼들어 그를 묶어가지고 앞에서 끌고 뒤에서 밀어 독수리가 토끼를 채 가는 형국으로 잡아갔다. 포의는 숨을 헐떡이며 뜰아래로 끌려갔다. 고개를 들어 바라보니 대장이 위의를 차리고 앉아 있었다.

"너는 무슨 낯을 들고 와서 나를 바라보느냐?"

"내가 무슨 죄가 있다고 이다지 욕을 보이오?"

"내가 먼저 말하지 않더냐? 네가 기어코 함흥 감영에 가서 얻은 것이 나의 말과 다르더냐? 또, 떠날 때 신신당부하던 말을 저버리고 감사에게 까바치고서 지금 무슨 혀를 놀리느냐?"

"하늘에 뜬 해를 두고 맹세하지만 그런 일이 없소. 어디서 무슨 말을 듣고 나를 의심하시오?"

대장이 부하들을 호령하였다.

"함흥 감영의 교졸들을 잡아들여라."

---

7 북로北路 서울서 함경도로 통하는 대로.

명이 떨어지기가 바쁘게 수십명의 교졸들이 묶여 줄줄이 뜰 앞으로 나왔다. 대장이 그들을 가리키며

"저것들이 무엇이냐?"

하니, 포의의 낯이 흙빛으로 변하였다. 대답할 말이 없어 다만 죽을죄를 졌다고 빌었다. 대장은 냉소하였다.

"쥐새끼 같은 너에게 어찌 내 칼을 더럽히겠느냐? 곤장이나 맞아라."

곤장 10여 대를 치도록 한 다음에 다시 결박을 지었다. 감영의 교졸들은 풀어주며

"너희들 이 자를 따라서 여기까지 오느라 고생 많았다."

하고 각기 은자銀子 20냥을 내주도록 하는 것이었다.

"너희 사또님 전에 이런 얼뜬 위인의 말을 다시는 곧이듣지 말라고 아뢰어라."

그리고 명을 내려 각 곳간에 쌓인 재물·은전·그릇 등속을 꺼내어 모두 바리바리 실은 다음 산채에 온통 불을 싸지르는 것이었다.

"세상 사람들이 알게 되었으니 이곳에 더 머물 수 없다."

또 한 부하를 시켜 포의를 산채 밖의 큰길까지 쫓아 보냈다. 그러고 나서 모두들 일시에 어딘가로 떠났다.

포의는 가까스로 풀려나서 자기 집으로 돌아갔다. 그사이 자기 집이 다른 동네로 이사를 해서 그곳을 찾아갔더니 집의 규모가 전에 비교할 바가 아니었다. 집사람에게 영문을 물었다.

"아니, 함흥 감영에 계실 적에 편지와 함께 재물을 보내셨던 것 아닙니까?"

그 처가 어리둥절해하며 받았던 편지를 꺼내 보였다. 편지의 글씨가 자기의 필적과 아주 흡사했지만 기실 자기 글씨가 아니었다. 함흥 감영

에서 보냈다는 돈이며 베와 비단은 굉장히 많은 양이었다. 생각해보니 대장이 자기의 필적을 모방해서 보내온 것임에 틀림없었다.

　그는 자기의 소행을 후회해 마지않았다. 어떤 이는 그때 함경 감사는 양파가 아니라고도 하는데, 잘 알 수 없다.

●작품 해설

『기문총화』에서 뽑았다. 제목은 원래 없던 것을 사건이 일어난 지명을 따서 '회양협淮陽峽'이라 달았다. 『동야휘집』의 「신의를 저버린 것을 책망하여 포의에게 깨우치는 벌을 주다責失信警罰布衣」도 비슷한 내용인데, 감사로 현달한 친구를 정태화가 아닌 유강兪絳으로 꾸며놓았다.

이는 앞의 「네 친구」와 같은 유형의 이야기일뿐더러, 주제면에서도 서로 통한다. 이 두 작품의 차이점을 들어보면 이러하다. 우선 동학의 벗들이 서로 판이한 인생의 길을 걷게 된 동기가 다르게 되어 있는데, 중요한 차이는 절간에서 함께 글 읽던 친구가 「네 친구」는 넷으로, 「회양협」은 셋으로 설정된 점이다. 그 결과로 「회양협」에서는 신선 유형의 인물 설정이 없다. 「네 친구」에서 묘향산 속의 은둔자는 당시 양반들이 막연하게 동경하던 인물형이겠지만 현실성은 희박한 것이다. 따라서 선비들이 지향하는 방향을 '관료로의 현달' '처사적 생활' '반군의 두목' 이렇게 셋으로 설정한 편이 보다 선명하게 느껴진다. 그리고 처사적 생활을 희구하던 선비는 마침내 우정을 팔아서 출세를 노리는 비열한 인간으로, 현달한 관료는 당면한 문제를 미봉하는 안일무사주의자로 그려놓음으로써 반군 두목이 훌륭한 인물로 뚜렷하게 부각되고 있다.

선천 김진사宣川 金進士

선천의 김진사란 양반은 신의와 지략으로 명성이 높았다. 어느날 잘생긴 젊은이가 준마를 타고 와서 김진사를 보고 말했다.

"샌님이 말타기를 좋아하신다기로 이 말을 가지고 왔습지요. 의향이 있으면 사십쇼."

하여 김진사가 그 값을 물었다.

"제가 시방 급한 일이 있어 값을 높이 받으려고 오래 기다릴 수가 없습니다. 원컨대 샌님은 적당히 헤아려주십시오. 하나 잠깐 타고 시험해보신 연후에 값을 정해도 늦지 않을 것입니다."

김진사는 그렇겠다 싶어서 그 말을 타고 한길로 나갔다. 그 사람이 고삐를 쥐고 채찍을 휘둘렀다. 말의 귓바퀴에서 바람이 일어 빠르기가 나는 새 같았다.

"이제 충분히 시험해보았다. 말을 돌려라."

김진사의 말에 그 사람은

"말을 시험하신다면서 30리도 달려보지 않는 것은 사람을 시험하실 때 1년도 써보지 않는 것과 무엇이 다르리까?"

하고 말을 계속 몰아 30리를 더 갔다.

"그만 말을 돌려라."

김진사가 말했으나 그 사람은

"험한 산골의 좁은 길로도 시험해봐야지요."

하며 말을 채찍질하여 산중으로 모는 것이었다. 10리쯤 가서 또 소리
쳤다.

"말을 돌려라."

"좀더 가서 돌려도 늦지 않습니다."

하여 다시 10리쯤 갔다. 그때 건장하게 생긴 사내 5, 6명이 길에 엎드
려 아뢰는 것이었다.

"잠깐 쉴 자리를 마련했사오니 청하옵건대 말에서 내려 주찬을 드시
지요."

김진사는 필시 대도 무리가 자기를 불러들이려는 계교인 줄 알았지
만 지금 와서 어찌할 도리가 없었다. 이에 말에서 내려 술과 안주를 들
면서 곡절도 묻지 않았다.

다시 말을 타고 50여 리를 가자 숲 사이로 장막이 보였다. 침상까지
놓여 있어서 거기서 자고 새벽에 다시 길을 떠났다. 백여 리를 가서 바
라보니 한 골짝이 툭 트인 곳으로 고래등 같은 기와집에 삼문[1]이 서 있
었다.

삼문 밖 10리 되는 지점에 장막을 설치하고 병사들이 줄지어 검극劍
戟을 번쩍이며 부복해 있었다. 갑옷과 투구로 무장한 두 두령이 그에게
군례를 드리고 말에서 내려 장막에 들기를 청하는 것이었다. 장막 안에

---

1 삼문三門 관청의 대문. 가운데에 정문이 있고 동서로 협문이 있어서 삼문이라 한
  것이다.

서는 자색이 고운 두 여자가 두짝 장롱의 문을 열고 비단옷을 꺼내 그에게 입히는 것이었다. 삼도도통제사[2]의 복장과 같아 활과 칼을 띠고 작은 깃발이 꽂혀 있었다. 또한 음식을 차려놓고서 술을 올리는데, 김진사는 여전히 곡절도 묻지 않고 그들이 하는 대로 맡겨두었다.

김진사가 음식을 들고 일어서자 건장한 말을 장식해서 대령하였으며, 말 모는 자들도 의장을 갖추고 있었다. 말에 오르자 깃발과 일산日傘에 군악을 앞세우고 행진하는데 호식[3]하고 준마에 오른 병사들이 앞뒤로 열 쌍이 늘어섰다. 군문으로 들어설 때 하마포[4]가 울렸고, 대청에 좌정하자 두 두령이 좌우에 시립하고 두 여자가 옆에서 모시면서 다담상을 올렸다. 다담을 먹고 나자 점고로 들어가서 두령이 장부를 들고 호명하는 데 따라 "예." 하고 절하는 자가 천여 명을 헤아렸다.

사흘이 지났을 때 두령이 한 커다란 책자를 올리는 것이었다. 그 책자는 조선 팔도 364개 고을의 부자 이름을 기록한 명단이었다. 두 두령이 나란히 부복하여 아뢰는 것이었다.

"저희는 부장副將입니다. 원컨대 영을 내려 재물을 취해오도록 해주옵소서."

"너희는 나를 대장으로 삼으려느냐?"

"그렇습니다."

"그렇다면 전적으로 나의 명을 따르겠느냐?"

"그렇다뿐입니까."

---

2 삼도도통제사三道都統制使 통제사. 경상·전라·충청 삼도의 수군을 지휘했음. 통제영은 지금의 경상남도 통영에 위치했다.
3 호식虎飾 무관 복색을 꾸민 호수虎鬚를 가리키며, 주립朱笠의 전후좌우에 장식으로 꽂던 흰 빛깔의 깃털.
4 하마포下馬砲 군대의 예식으로 지휘관이 말에서 내릴 때 터뜨리는 포.

"불복하는 자를 내가 죽이려 하면 어찌하겠느냐?"

"감히 명대로 시행하지 않으리까?"

"옛말에 '도적이 떼로 모여 있으면 하루의 계책도 없다.'고 하더니, 너희들이야말로 그렇구나. 사람이 하루의 계책도 없다면 어떻게 일생을 살아갈 계책이 나오겠느냐?"

"소인들은 멀리 내다보는 지모가 없으니 대장께서 가르쳐주옵소서."

"지금까지 모아둔 재물에 남은 것은 얼마나 되느냐? 필시 장부가 있을 것이니 그것을 곧 나에게 가져오너라."

두령이 나가서 돈과 양곡·비단·의복 등속의 장부를 가져와서 올리는 것이었다. 김진사는 쭉 훑어보고 나서 말했다.

"한갓 많이 취할 줄만 알았지 절용할 줄은 몰랐으니, 이야말로 밑 빠진 독에 물 퍼붓기 아니냐? 어느 때라 충족해질 것이랴? 이제부터 내가 절제해서 쓰도록 할 터인데 너희는 나의 명령대로 따르겠느냐?"

"누가 감히 명령을 따르지 않으리까?"

"그렇다면 의복과 음식의 쓰임은 나의 명령을 준수하며 재물을 탈취해올 때도 나의 명령을 따르도록 하여라. 좇지 않는 자는 당장 칼로 목을 벨 것이다."

"오로지 대장의 명하심을 따르겠사옵니다."

이날 밤에 대장은 군사들에게 크게 회식을 시켰다.

두령이 부호의 장부에 점을 찍어서 명을 내려주십사고 청했다. 대장은 장부를 보고 백여 호에 점을 찍은 다음 큰 소리로 영을 내렸다.

"남이 너희의 재물을 빼앗아간다면 너희 심정은 어떻겠느냐? 너희 재물을 빼앗고 또 너희 몸을 살상하고, 그러고도 너희 집에 불을 지른다면 너희 마음이 어떻겠느냐? 나의 마음으로 남의 마음을 헤아려서 행동하는 것이 사람의 도리이다. 이제부터 너희들은 부호의 재산을 빼앗을 적에 반만 취하고 절대로 다 빼앗지 말 것이며, 조금이라도 사람을 해치지 말 것이며, 남의 집에다가 불을 지르지 마라. 하나라도 이 금령을 범하는 자가 있으면 그 전대원을 목 베어 죽일 것이다."

이후로 모든 쓰임을 제한해서 천여 인으로 하여금 주림을 면할 정도로 하고 나머지를 창고에다 비축했다. 두령을 시켜 자세히 장부를 만들고 관리하도록 했다.

그리하여 3년이 지나자 비축된 재물이 창고에 넘쳤다. 이에 두령에게 그것을 회계해보도록 했더니 1인당 돈 2만푼, 베 20필이 돌아갈 수 있었다. 대장은 즉시 무리 전원에게 회식을 시키고 나서 일렀다.

"너희들이 지금은 젊기 때문에 능히 빼앗아와서 이처럼 풍족하지만 8, 9년을 지나 노쇠하고 보면 그때도 지금 같을 수 있겠느냐?"

"참으로 그렇습니다."

다들 대답이 이러했다.

"그렇다면 지금 노쇠하기 전에 각자 돈 2만푼과 베 20필을 나누어 가지고 고향으로 돌아가 살림을 시작해서 평생 편히 살 도리를 차리는 것이 어떻겠느냐?"

"그래주신다면 더없이 다행이겠습니다."

대장은 두령을 시켜 장부에 의거해서 하나하나 지급해주었다. 그리고 또 잔치를 열고 파한 다음, 두령에게 물었다.

"이 두 여자는 내가 출신을 물어보니 양반집 처자로, 고향이 하나는 충청도요 하나는 전라도라는구나. 나는 안타까운 마음을 이기지 못해 저들을 차마 상관하지 않고 3년을 같이 지내는 동안 딸처럼 대했으며 저들도 나를 아버지로 불렀더니라. 이제 너희들을 흩어 보내고 나 혼자 집으로 돌아가니, 저들은 누구 미더운 사람에게 부탁해서 각자 저희 집으로 돌려보낼까 한다. 누가 가장 미더운 사람이겠느냐?”

두령이 대답하였다.

“전에는 군령으로 했기 때문에 미덥지 못할 염려가 없었지만 지금은 모두 해산하여 군령이 시행될 곳이 없는 판국에 미더운 자가 어디 있겠습니까? 두 여자도 대장께서 인자하고 의로우신 덕택에 3년을 모시는 동안 부녀의 관계를 맺어 다행히 몸을 깨끗이 지킬 수 있었으되, 한번이 산채를 벗어나면 딸려 보낸 자를 어찌 가히 신용할 수 있으리까?”

두 여자도 하소연하였다.

“이 말씀이 옳습니다. 그리고 장차 무사히 집에 돌아간다 해도 집안 사람인들 저희를 믿겠습니까? 저희는 버린 사람이 되고야 말 것입니다. 오직 아버님께서 저희들 몸이 더럽혀지지 않은 줄 아시니 원컨대 아버님 댁에 따라가게 해주시고, 딸자식으로 대하신 은혜를 끝까지 지켜주옵소서.”

김진사 또한 한숨을 쉬며 말했다.

“너희들 말이 사리에 맞구나.”

김진사는 마침내 두 여자를 데리고 자기 집으로 돌아갔다. 자기 일가와 친구 중에 적당한 배필을 택하여 두 여자를 결혼시켰다. 그런 다음 각기 부모 형제에게 편지를 써서 알리도록 했다. 이들의 부모 형제들이 달려와서 경위를 듣고 모두 감격해 붙들고 울었다.

그후로 김진사가 세상을 떠나자 두 여자는 부친의 상복을 입었다 한다.

아! 김진사는 과연 호걸이긴 하나 지모 있는 사람은 아니었다. 당초에 준마의 값을 헐하게 대고 말을 시험해보도록 했을 때 지혜 있는 사람이라면 응당 의심할 일이었다. 그럼에도 김진사는 의심할 줄 몰랐으니, 군도의 꾐에 빠져든 것이 당연하다 하겠다.

●**작품 해설**

『삽교별집』권4「만록」5에서 뽑았다. 제목이 원래 없었는데 새로 '선천 김진 사宣川 金進士'라고 붙였다.

재야의 한 유능한 인사가 군도에게 초대되어 대장 노릇을 하다가 나왔다는 여기 줄거리는 앞의「홍길동 이후」나 다음의「성동격서城東擊西」와 동일한 유형 에 속한다. 김진사가 산채에 납치되어 있던 두 젊은 여자를 인도적인 견지에서 잘 보호하여 나중에 결혼까지 시켜주는 것이 여기서 특이한 내용이다.

김진사가 살던 평안도 선천은 양반사회가 발달하지 못한 곳이지만 상업이 성했고 중국과의 접촉도 빈번해서 비교적 일찍이 개명한 지역이었다. 김진사의 경우 당시 체제를 긍정하는 위에서 무산농민들을 안정시키는 방향으로 자기 수완을 발휘했지만, 중앙정부로부터 계속 소외당하고 그들의 의식이 성장함에 따라 홍경래洪景來의 경우처럼 체제부정의 방향으로 발전하게도 된 것이다.

성동격서 聲東擊西

영남의 한 진사는 문장과 지모가 온 도내에 유명하여, 장래 도원수감으로 지목을 받고 있었다.

어느날 초저녁이다. 진사가 마침 혼자 앉아 있는데 어떤 사람이 준마를 타고 건장한 하인을 거느리고 찾아왔다. 객이 주인에게 건네는 말이었다.

"나는 만리 밖 바다의 섬에서 왔소. 우리 무리가 수천명인데 천성이 불행하여, 남의 지나친 이득을 빼앗고 남의 쌓인 재물을 실어온다오. 우리의 식량, 우리의 옷가지는 다 남의 것에 의지하고 있소. 대원수 한분이 있어 만사를 관장하고 거느리더니, 이번 대원수께서 돌아가시어 막 초상을 치렀습니다. 청유[1]가 문득 비니 이를테면 용을 잃은 못이요, 범이 떠난 산중이라. 우리 3천의 무리가 해이해져서 기율을 잃었고, 농사꾼도 아니요 장사치도 아닌 우리의 생애가 막연합니다. 선생은 불세출의 지모를 품어 경세의 재주가 있다고 들었소. 오늘 제가 여기에 달리

---

1 **청유淸油** 장수의 장막을 비유하는 말로, 청유가 비었다는 것은 장수의 죽음을 뜻한다.

온 것이 아니라 선생을 모셔다가 대원수 자리에 앉히려는 것이오. 선생은 뜻이 어떠신지 모르겠으나, 선선히 응하지 않을 시는 멸구滅口를 해버리는 것쯤 여반장如反掌이올시다."

객은 장검을 뽑아 들고 다가서서 위협하는 것이었다.

'내가 맑은 사족으로서 도둑의 괴수로 투신한다는 것은 치욕스런 일이다. 하나 저 사내의 칼날에 명색 없이 목숨을 빼앗기느니 잠깐 몸을 굽혀 눈앞의 화를 면하고 한편으로 흉악한 무리의 습성을 감화시키는 것이 어떠할지? 이 또한 권도權道로서 중도를 취하는 것이 아니겠는가.'

진사는 속으로 이렇게 생각하고 드디어 흔쾌히 허락하였다. 이에 그 객은 즉시 자신을 '소인'이라고 칭하는 것이었다. 객이 창밖에서 기다리던 하인에게 분부하였다.

"밖에 매어둔 말을 대령하여라."

말 두필을 끌고 왔다가 한필은 밖에 매어두었던 것이다. 진사는 말에 올라 객과 말머리를 나란히 하여 집을 나섰다. 바람에 날아가듯 빨리 달려 해구에 당도하니 주홍칠한 큰 배 한척이 대기하고 있었다. 말에서 내려 그 배에 올라탔다. 배는 쏜살같았다.

배가 어느 섬에 닿아 뭍에 올라가 보니 성곽이며 누각들이 감영이나 병영을 방불했다. 거기서부터는 가마를 타고 전후의 옹위를 받아 대문으로 들어갔다.

대청의 교의에 좌정하자 수천의 상하 장졸들이 차례로 현신을 하는 것이었다. 예식을 마치자 큰 찻상이 나왔다.

다음날 조사朝仕 끝에 처음 맞으러 왔던 사람이 행수 군관으로서 조용히 아뢰는 것이었다.

"지금 우리 산채에 재물이 고갈된 실정입니다. 어떻게 처분하올지?"

대장은 드디어 그에게 이리저리하도록 명령했다.

당시 전라도에 만석꾼 부자가 있었다. 그 집 선산이 자기 집에서 30리 밖에 있었는데, 산을 수호하고 나무를 함부로 베어가지 못하게 하면서 가꾸는 것이 세도 재상가에 못지않았다.

어느날 어떤 상주喪主 일행이 그 산지기의 집을 찾아왔다. 상주의 뒤에는 상복을 입은 이 두명과 지관地官 두명이 따랐으며, 안장마에 노복들을 거느린 품이 대단히 기세가 등등했다. 한눈에 거실대가巨室大家의 묏자리를 구하는 행차임이 틀림없었다. 산지기가 어디서 오신 분들인가를 물었더니 과연 서울의 모 대감댁 행차로, 상주는 이미 교리校理를 하신 분이고 상복을 입은 이들도 역시 명사라고 했다.

이들 일행은 잠깐 쉬고 일어나서 모두들 산소 뒤로 올라갔다. 나침반을 제일 위 봉분의 뒤통수 금정[2]의 땅에 놓고, 손가락질을 해가며 한참 평론을 하더니 치표[3]를 하고 내려오는 것이었다.

산행을 마치고 내려와서 좌정한 후에 행장에서 간지 네댓 폭을 꺼내놓고 붓을 저어 편지를 썼다. 즉시 하인에게 편지를 주고 각기 모 읍 모 읍과 감영에 전하고 답장을 받아오라고 지시하는 것이었다. 그리고 산지기를 불러서

"대감의 친산親山을 아까 치표한 자리에 쓰기로 하였다. 저 무덤이 아무 댁 산소요, 네가 그 댁 산지기인 줄 모르는 바 아니다. 이제 우리가 묘를 쓰고 못 쓰고 여부는 피차간의 세력의 강약에 매였느니라. 네가 상관할 일이 아니다. 장사는 아무 날 지내기로 정했으니 술과 양식은 미리

---

2 금정金井 무덤을 팔 때에 널이 들어가는 곳의 길이와 너비를 정하는 데에 쓰는 나무 틀. 금정틀.
3 치표置標 묏자리를 미리 잡아 표적을 묻고 무덤처럼 만들어두는 일.

준비해두어야 할 것이다. 우선 30냥을 줄 것이니 이것으로 쌀을 사다가 술을 빚어두고 기다려라."

하고 지시한 다음 그들 일행은 곧 떠나갔다.

산지기는 돈을 거절하려 했지만 자기로서는 어찌할 도리가 없었다. 산주山主댁에 달려가서 사정을 아뢰었더니, 산주인 만석꾼은 가소롭게 여기는 모양이었다.

"저희가 아무리 권세가라지만 내가 막는데 어찌 감히 묘를 쓰겠느냐? 장사를 지낸다는 날 이리이리할 것이니, 너희들은 어디 가지 말고 기다리고 있거라."

그날 이른 아침에 만석꾼은 집의 장정 7백여 명을 거느리고 산소로 올라갔다. 이들은 사방 10리 안통의 작인[4]들이다. 풍문을 듣고 모여든 사람이 또 5, 6백명을 헤아렸다. 저마다 새끼줄 한바람, 몽둥이 하나를 들고 산소를 향해서 몰려들었다. 산에 가득히 들에 총총히 박힌 것은 한 무리의 백의군白衣軍이었다. 이들을 산상으로 인솔하였다. 산지기 집에서 장사 때 쓰려고 담근 술을 마시며 진을 치고 종일토록 기다렸다. 그러나 진종일 개미새끼 하나도 얼씬하지 않았다.

삼경이 다 지날 즈음 멀리 만여 개의 횃불이 넓은 들판을 덮고 밀려오는 것이 보였다. 상여 소리가 밤하늘을 울렸다. 형세가 마치 만 기의 기병이 접근하는 듯했다. 그 행렬이 건너편 산모퉁이를 돌아서 쉬는 모양이었다. 산상군山上軍은 모두들 신발을 단단히 묶고 몽둥이를 둘러메고 용기백배하여 일전을 기다리고 있었다.

한 식경이 지나서 떠들썩하던 소리가 점차 죽어가고 불빛도 차츰 꺼

---

4 작인作人 소작인小作人을 가리키는 말.

져가더니 이윽고 쥐 죽은 듯 고요해졌다. 산상군은 수상한 생각이 들어 급히 사람을 보내 알아보도록 했다. 과연 사람은 하나도 없고 막대 하나에 횃불 4, 5개를 매어놓은 것이었다. 급히 달려가서 이 사실을 보고하자 만석꾼은 비로소 크게 깨달았다.

"아뿔싸! 우리 집 재산을 전부 도둑맞았다."

급히 대군을 몰아 자기 집으로 달려가니 과연 그 집의 재산이 몽땅 털려 남은 것이 없었다. 인명은 하나도 다치지 않은 것이 다행이었다.

이 성동격서[5]의 계교는 새 대장이 꾸며낸 것이었음이 물론이다.

대장은 만석꾼의 재물을 털어온 다음날 술을 거르고 소를 잡아서 군졸들을 크게 호궤하였다. 그리고 이번 걸음에 빼앗아온 것과 앞서 창고에 쌓인 재물까지 마당에 꺼내놓고 회계를 맡은 자에게 계산해보도록 했다. 3천명에게 분배를 하면 각기 백여 냥이 돌아갈 만한 것이었다. 대장은 이에 공시하는 글을 돌려서 회유했다.

"사람이 금수와 다른 것은 오륜과 사단[6]이 있음이다. 너희들은 임금의 교화에서 벗어난 무뢰한 백성들로, 멀리 섬에 잠복하여 부모 처자를 저버리고 나라를 배반하고 있느니라. 일하지 않고 놀며 의식을 취하니 약탈해서 살아가고 도적질이 업이로다. 무리를 모아 작당을 한 것이 몇백 몇천이고, 재앙을 내며 적악을 한 것도 몇년인 줄을 모르겠구나. 내가 여기에 온 것은 너희들의 악행을 돕기 위함이 아니고 너희들을 옳은 길로 인도하여 선한 사람이 되게 하기 위함이다. 사람이 아무리 잘못이

---

5 성동격서聲東擊西 동쪽에서 함성을 지르고 실은 서쪽을 침. 양동작전陽動作戰을 의미한다.

6 오륜五倫·사단四端 오륜은 사람이 지켜야 할 다섯가지 도리, 즉 부자유친父子有親·군신유의君臣有義·부부유별夫婦有別·장유서序長幼有序·붕우유신朋友有信을, 사단은 사람의 본성에서 우러나는 네가지 마음씨, 즉 인仁·의義·예禮·지智를 가리킴.

있더라도 고치면 귀하나니, 오직 한마음으로 개과천선하여 동서남북으로 각기 다 제 고향을 찾아갈지어다. 모름지기 우리는 부모를 봉양하고 조상의 무덤을 지키며 살아갈 것이로다. 성현의 교화에 젖어 선량한 백성으로 돌아감이 해상의 명화적에 대겠느냐? 하물며 너희들 각자에게 돌아갈 몫이 한 집의 가산으로 족하니, 농사를 짓든지 장사를 하든지 밑천이 없다고 근심하랴!"

이에 그 무리들은 감격해서 일시에 머리를 조아리고

"분부대로 거행하다뿐이옵니까."

운운하는 것이었다.

그중에 한두 놈 명령대로 따르지 않으려는 자가 있어 즉시 군령으로 참수하였다. 성곽이며 건물들을 소각하고 3천의 무리를 거느리고 바다를 건너 육지로 나왔다. 제각기 자기 고향으로 향했다.

진사는 조용히 자기 집으로 돌아갔다. 한 달포 동안 집을 비웠던 셈이다. 이웃 사람들이 혹시 물으면 그사이 서울을 다녀왔노라고 대답했다.

●작품 해설

『청구야담』에 실려 있다. 제목은 '의리로 타일러 군도를 양민으로 돌아가게 하다論義理群盜化良民'로 되어 있었는데 '성동격서聲東擊西'로 바꿨다.

앞의 「홍길동 이후」와 기본 유형은 비슷하나 구체적인 사건이 상이할 뿐 아니라, 작품이 의미하는 바도 다르다. 여기에는 전라도 어떤 만석꾼의 재산을 교묘한 전술을 써서 탈취하는 내용이 재미있게 묘사되어 있다. 그 전술은 제목으로 취해 쓴 '성동격서'이다. 이런 기발한 전술은 군도들이 월등한 힘을 가졌던 당시의 지주·관료세력과 싸우는 과정에서 도출되었을 것이다. 그런데 군도의 대장으로 모셔온 선비가 군도들을 회유해서 귀순시키는 것으로 결말이 맺어진다. 이때 그들을 회유시킨 포유문布諭文이라는 것이 관념적 도덕을 내세워 봉건질서에 순종할 것을 종용하는 내용이다. 이러한 내용에 감복해서 백냥씩 나누어 가지고 뿔뿔이 흩어졌다는 것은 설득력이 부족하다. 한둘 불복하는 자가 나와서 이들을 처단함으로써 무마한 것으로 되어 있는데, 실상은 결코 그렇게 용이하지 못하였음을 짐작게 한다.

광적獷賊

　구남양 구담[1]은 젊어서부터 용력이 출중하고 담대한데다가 지모도 있었다. 그뿐 아니고 노래를 잘하고 술을 좋아하는 풍채 좋은 미남자였다. 일찍이 무과에 합격, 상의원 주부[2]로 있었는데 당시 재상의 미움을 사서 벼슬이 떨어졌다. 신세가 신산해져서 뜻을 못 얻고 10여 년을 울울하게 지내었다.

　정조 때 양양의 대적 이경래[3]란 자가 힘이 엄청 장사이고 담력도 놀라운 사람이었다. 작당을 해서 동에 번쩍 서에 번쩍 하였는데 관군은 전혀 손도 써보지 못했다. 황해도 대적 임꺽정을 방불하였다.

　임금은 구담의 용력이 대단하다는 말을 듣고 즉시 선전관으로 임명한 다음 밀령을 내렸다. 양양 대적을 잡으러 보낸 것이다. 길을 떠날 즈음에 임금이 특별히 불러 신칙하였다.

---

1 **구담具紞** 정조 때 무인. 여기서 구남양具南陽이라 한 것은 그가 남양 부사를 역임한 바 있기 때문에 쓴 호칭이다.

2 **주부主簿** 돈령부敦寧府·봉상시奉常寺·상의원尙衣院 등에 속한 종6품 벼슬.

3 **이경래李景來** 강원도 양양 지역에서 활동한 군도의 우두머리로 1782년(정조 6)에 붙잡혔다.

"너에게 금오랑[4]으로 암행어사를 겸하도록 하니 도적을 잡음에 있어 편의종사便宜從事하여라. 제반 비용은 다소를 불문하고 군문에서 지원 하도록 비밀히 명을 내렸다. 잡지 못하고 돌아오면 응당 군율을 시행할 것이다."

구담은 명을 받들고 물러갔다. 집에 여든 노모를 모신 시하侍下의 처지로 마음이 아득했으나 이윽고 스스로 다짐했다.

"남아로 세상에 나왔다가 어찌 길이 파묻혀만 있으리오. 금년에 대적을 잡아서 말[斗]만 한 황금 인印을 취하리라."

이에 포교 변시진卞時鎭을 찾아가 만나서 함께 일을 도모하기로 약조했다. 변시진은 도둑 잘 잡기로 유명한 포교였던 것이다. 또 서울의 파락호破落戶 총각인 임완석林完石이란 사람을 얻었다. 임완석은 하루 3, 4백리를 걸어 신행태보[5]라는 별명이 붙은 인물이었다.

세 사람이 아무도 모르게 동행해서 길을 떠났다. 다 같이 광대의 복색을 하여 화려한 옷을 입고 진귀한 물건을 전대 속에 넣어서 임완석이 짊어졌다.

그들 일행은 도보로 양양 경내에 당도하였다. 이때 구담의 숙부인 구세적具世蹟도 양양 부사가 되어 와 있었다. 이 또한 추후 내려진 특지特旨였던 것이다. 구담은 숙부와 상의하여 본색을 숨기고 책객冊客으로 자처했다. 따로 정자에 거처를 잡고 날마다 향임[6]이나 이속들과 어울려 사장射場에서 활쏘기를 하고 술과 고기를 실컷 즐기는 등 돈을 물 쓰듯

---

4 금오랑金吾郞 의금부 도사都事. 죄인을 압송하는 임무를 맡았다.
5 신행태보神行太保 『수호전水滸傳』에 등장하는 대종戴宗의 별호인데, 워낙 걸음을 빨리 걸어서 그런 별명이 붙여졌다.
6 향임鄕任 좌수座首·별감 등 향청鄕廳의 직임을 가리키는 말.

썼다. 그리하여 향임이나 이속들의 환심을 샀을 뿐 아니라 그네들의 동정을 살피기도 하였다.

그네들 중에 별감[7] 하나가 풍신이 건장하고 언변이 좋았으며 수완도 있어서 제법 유력한 향임이었다. 구담은 이 별감과 친히 사귀어 심복으로 만들었다.

어느날 구담은 별감과 단둘이 술을 마시다가 밤이 이슥하고 술이 거나해졌을 즈음 돌연히 왼손으로 별감의 소매를 잡아 쥐고, 오른손에 칼을 들고서 대뜸 그의 가슴을 겨누었다. 별감은 금방 어찌할 줄 모르고 얼굴이 흙빛으로 변했다.

"이거 왜 이러십니까, 왜 이러십니까?"

"나는 다른 사람이 아니라 어명을 받들어 대적 이경래를 잡으러 온 사람이다. 네가 바로 이경래지? 여러 말 말고 이 칼을 받아라."

"소인은 이경래가 아니올시다. 진짜 이경래는 가까운 곳에 있지요. 제가 그놈 있는 곳을 가르쳐드리겠으니 제발 무죄한 목숨 잡지 마옵소서."

"그럼 그놈이 어디 있느냐?"

"일전까지 본읍 경내에 있다가 신관 사또께서 내려오신다는 말을 듣고는 낌새를 채고 도주하여 금강산 속에 숨어 있답니다. 그놈이 그곳에 간 것은 확실하지요."

"네 어찌 그리도 분명히 아느냐? 네가 대적과 한통속 아니냐?"

"소인을 한통속으로 지목하심은 실로 억울한 일이옵고, 다만 친숙히 지냈던 고로 그놈의 종적을 안 것입니다."

"나의 말을 들어보아라. 그놈이 비록 용력이 절륜하다지만 필경은 안

---

7 **별감別監** 지방 향청鄕廳의 직책으로 좌수의 다음 자리.

잡히고 견디겠느냐? 네가 만약 도적의 무리를 따른다면 너의 일족까지 몰살을 당하리라. 나를 도와서 대적을 잡아 공을 크게 세워보지 않으려느냐?"

이처럼 순리로 타이르자 별감은 "예예." 하고 명령을 따르겠다고 다짐하는 것이었다.

"이제 너를 놓아주겠다. 하나 네가 만약에 이 기밀을 누설했다가는 너부터 먼저 잡아갈 것이다."

"예예, 여부 있습니까?"

이에 별감을 특별히 놓아주었다.

이튿날 변시진, 임완석과 함께 비밀리에 금강산으로 들어갔다. 구담은 서울의 광대 구명창具名唱이라 자칭하고 변시진을 고수로 삼아서 가는 곳마다 「영산회상곡」[8]을 불렀다. 의복도 화려하게 했으며, 귀한 물건들을 흩어 여러 절의 중과 유산객遊山客들의 환심을 샀다. 일시에 그의 명성이 산중에 울려서 구명창의 노래를 듣겠다고 사람들이 구름처럼 몰려들었다. 구경꾼들 사이에서 이경래의 모습을 찾았으나 보이지 않았다. 별감을 통해서 이경래의 용모 파기疤記를 자세히 알아두었던 것이다. 내금강·외금강을 두루 밟고 다니며 모여드는 사람들을 눈여겨 살폈지만 종내 이경래는 나타나지 않았다.

구담은 비로봉에 올라가서 하늘에 기원한 뒤에 통곡을 하고 내려왔다. 그리고 장안사로 와서 일박을 하였다. 밤이 깊어 달빛이 창틈으로 들어왔다. 엎치락뒤치락 잠을 못 이루다가 신선루 쪽으로 발길을 옮겼다. 멀리 산 밑으로 초막에서 등불이 희미하게 비치는 것이 보였다. 마

---

8 「영산회상곡靈山會上曲」 세종 때 지어진 곡조. 석가여래가 설법하던 영산회靈山會의 불보살佛菩薩을 노래한 것이다.

음이 끌려 내려가보았다.

어떤 중이 혼자 있다가 구담이 방문을 열고 들어서는 것을 보고 뭔가를 다급히 무릎 밑으로 감추는 것이었다. 구담은 내처 들어가 앉아서 그 중과 말을 나누었다.

"어떻게 그런 명창이 되었나요?"

"스님은 내가 명창인 줄 어떻게 아우?"

구담은 이렇게 반문하며 아까 감춘 물건이 무엇인가 보려고 중을 떠밀었다. 중이 벌렁 나자빠질 적에 보니 반쯤 삼은 짚신인데 널판만 했다. 구담은 당장 그 중을 결박지었다.

"이게 경래의 신발이지? 너는 경래가 있는 곳을 알지? 사실대로 말하여라."

별감에게서 이경래의 발이 엄청 크다는 말을 들었던 때문이다. 중은 벌벌 떨며 자복하는 것이었다.

"나를 도와 경래를 잡으면 너도 큰 상을 받을 것이다. 만약에 숨기려 들다가는 곧바로 칼끝에 날아가는 외로운 혼이 됨을 면치 못하리라. 둘 중 어느 편을 택하려느냐?"

"예예, 그저 명하시는 대로 따르겠습니다."

"나는 왕명을 받들고 온 사람이다. 어떻게 하면 도적놈을 잡을 수 있겠느냐?"

"오늘밤 소승을 만난 것은 천우신조입니다. 소승이 도적을 잡을 꾀를 가르쳐드리지요. 경래가 진작부터 명창의 소리를 한번 들으려 했답니다. 내일모레 이 초막에 오기로 약속이 되었지요. 짚신을 삼아달라고 청해서 소승이 이걸 삼는 중인데 미처 다 삼지 못했습니다. 경래가 나타나면 제가 명창께 와서 노래를 부르시도록 청하겠습니다. 경래는 본래 술을 좋아하는 자이지요. 연방 술을 권해서 술에 곤죽이 되기를 기다려서 잡으면 실수가 없을 것이옵니다."

구담은 중의 결박을 풀어주고 그 역시 심복으로 삼았다.

그날 밤중에 임완석을 양양으로 보냈다. 날랜 교졸 4, 50인을 평복으로 갈아입혀 장안사로 오게 해서 길목을 잡아 파수를 보도록 하였다. 그리고 돌아오는 길에 독한 소주 두 병을 가져오라 했다. 그 술은 초막에서 임완석이 팔기로 하였다.

그날 과연 이경래가 초막에 나타났다. 중은 구명창을 청하여 노래를 들었다. 구명창은 첫 소리로 권주가인 「장진주사將進酒辭」를 불렀다. 이경래는 무릎을 치며 감탄성을 발하는 것이었다. 구명창은 임완석이 파는 술을 받아 들고서 한편으로 노래를 부르고 다른 한편으로 술잔을 이경래에게 권하였다. 이경래는 노래에 마음이 팔려서 술을 한 잔 한 잔 또 한 잔으로 그만 대취하여 눈이 벌써 게슴츠레하게 되었다. 연방 권해도 사양할 줄 모르고 계속 받아 마셨다. 이윽고 이경래는 곤죽이 되어 졸음을 청하고 있었다.

이 틈을 타서 구담은 소매 속에 숨겨둔 철퇴를 꺼내 힘껏 내리쳤다. 이경래는 용력이 워낙 뛰어난 자라 취중에도 불끈 일어나 뛰어서 초막 밖으로 나가 이리 뛰고 저리 뛰고 하였다. 이때 길목을 지키던 교졸들의 함성이 와아 일어났다. 이경래는 넋이 달아나서 어디로 갈 줄을 모르고 허둥지둥했다. 구담은 즉시 옷을 갈아입고 구경꾼 틈에 끼여 경황없이 내닫는 이경래의 뒤를 쫓았다. 몸에 감춘 철퇴로 다시 일격을 가해서 다리를 꺾어놓았다.

드디어 이경래는 오랏줄에 묶이게 되었다. 파수하던 교졸들이 일제히 달려들어 이경래를 결박하는데, 밧줄이 뚝뚝 끊어졌다. 구담이 다시 철퇴로 이경래의 두 팔을 내리친 다음에야 묶을 수 있었다.

관군을 다수 동원해서 이경래를 함거檻車에 싣고 서울로 압송했다. 그리하여 이경래는 참형을 당하게 되었다. 초막의 중과 양양의 별감에게 상을 후하게 내렸음이 물론이다.

구담은 복명復命하던 날 즉시 당상관 선전관으로 특진되었다. 전명傳命을 잘 거행하여 오랫동안 선전관의 직책에 있었으며, 여러 고을 수령을 역임하였다. 임금이 장차 중용하고자 했으나 경신년(1800)에 정조대왕이 승하하였던 것이다. 구담은 주야로 통곡하다가 병이 들어 얼마 지나지 않아서 세상을 떠났다.

●작품 해설

『해동야서』와 『청구야담』에 같이 실려 있다. 제목은 원제인 '구명창이 술수를 써서 사나운 도적을 잡다捕獷賊具名唱權術'에서 '광적獷賊' 두 자를 표출하였다.

여기 나오는 구명창은 성명이 구담具紞으로, 정조 때 실재했던 인물이다. 그가 임금의 특명을 받고 이경래란 대적을 붙잡는 내용이다. 작품에 그려진 이경래는 용력이 절등한데다 신출귀몰한 전법으로 활동을 벌였으며, 암암리에 지방의 향리들과 연결되어 있었다. 관군 측은 정규전으로는 도저히 제거할 수가 없었다. 그래서 구명창은 특수 편의대便衣隊를 조직해서 광대패로 변장하고 수색작전을 벌인 것이다. 비상한 용력을 소유했던 이경래가 마침내 구명창의 휼계에 말려들어 붙잡히고 마는 것으로 이야기가 끝난다.

내용이 대적을 기포譏捕하는 관군의 측면에서 서술되어 있긴 하나 이를 민중 쪽에 서서 볼 필요가 있다. 민중의 영웅들이 용맹이나 전술로 일시 승세를 취하기도 하지만 역량이 아직 지배층을 타도할 만큼 크지는 못했다. 당시 상황에서 농민의 저항은 좌절을 거듭할 수밖에 없었다. 그러나 그러는 가운데 저항의 힘이 점차 성장하였던 것이다.

도둑 사위盜婿

옛날 서울의 한 대적大賊이 딸을 두고 도둑질을 잘하는 사위를 골랐다. 한 놈이 자원을 해와서 그를 사위로 삼게 되었다.

대적의 사위는 날마다 낮잠이 일과였다. 장인이 성화를 대자 사위가 물었다.

"장인은 매일 밤 벌이가 얼마나 됩니까?"

"2, 3백금, 아니면 4, 5백금이지."

"그것도 돈이라고. 나는 그런 사소한 짓은 하기 싫소."

그날 밤 장인을 끌고 호조로 도둑질을 갔다. 지붕으로 올라가서 기왓장을 뜯어내고 구멍을 뚫은 다음, 장인을 내려보내 천은天銀을 훔쳐가지고 집으로 돌아왔다. 만여 금이 되는 것이었다.

다음날 밤에 장인이 한탕 더 하고 싶어서 사위 모르게 혼자 다시 호조로 갔다. 구멍으로 엿보니 은이 눈처럼 빛났다. 탐심이 크게 일어 기어내려가다가 잘못 꿀독에 푹 빠졌다. 호조에서 은을 도둑맞은 줄 알고 범인을 잡으려고 꿀독 위에 은을 뿌려 유인하였던 것이다.

그가 장인이 혼자 간 것을 알고 깜짝 놀라 급히 달려가보니 과연 장인은 꿀독에 빠져 고개만 내밀고 있지 않은가.

"장인어른이 이러구 있다간 필시 멸족의 화를 당하고 말 것이오."

사위는 그만 장인의 목을 베어가지고 돌아왔다. 장모가 기절할 만큼 놀라 울음보를 터뜨리려 하자 급히 말렸다.

"제발 울음을 참으세요. 큰 화가 닥칩니다. 뒷일은 제가 선처할 터이니 염려 마시고요."

이튿날 호조의 관리가 보니 머리 없는 시체만 남아 있었다.

"이런 꼴이라니, 괴상도 하다."

모두 크게 놀라 즉시 임금께 보고서를 올렸다. 임금 역시 크게 놀라고 노하여 포도청의 이완李浣 대장을 불러 하교하였다.

"국적國賊을 가볍게 둘 수 없느니라. 각별히 정탐하여 잡아내도록 하여라."

"성상의 지엄하신 분부, 신이 마땅히 힘을 다하겠나이다."

이대장은 물러나와서 머리 없는 시체를 종루 거리에다 내놓고 포졸들을 시켜 지키도록 하였다. 이에 장모가 사위에게 호소했다.

"장인의 시체는 어떻게 찾아올 텐가?"

"그건 염려 마세요."

어느날 밤에 그는 패랭이를 쓰고 소주병을 짊어지고 종루 거리로 나갔다. 한겨울이라서 시체를 지키는 포교들이 추위에 떨어 몸이 동태처럼 되었고, 게다가 여러날 눈을 붙이지 못한 끝이라 피곤함을 이기지 못하고 있었다. 그는 포교들 옆으로 가서 소주병을 내려놓고 덜덜 떨며 불을 쬐었다. 이내 거짓으로 꾸벅꾸벅 조는 모양을 지었다. 포교들이 그가 조는 틈을 타서 소주병을 몰래 가져다가 서로 한 잔 또 한 잔 따라 마시는 것이었다. 참으로 좋은 소주였다. 춥고 배고프던 끝이라 금방 술에 취하였다. 모두 쓰러져서 인사불성이 되었다. 이 틈에 그는 시체를 지고 도망친 것이다.

장모가 시신을 보고 반가워 곧 장사를 지내려고 했다.

"장인 장례는 아직 안 되지요. 나중에 무슨 도리가 나설 것이니 염려 마세요. 야단스럽게 굴지 마시고요."

포교들이 술에 곯아떨어졌다가 깨어보니 지키던 시체가 온데간데없었다.

"아뿔싸! 속았구나. 조심하지 않은 죄가 크지만, 일이 이 지경이 된 바에 사실대로 아뢰지 않을 수 있겠는가?"

이 보고를 듣고 이대장은 분통을 터뜨렸다.

"세상에 어찌 이런 놈이 있단 말이냐? 내 기어코 그놈을 잡아내서 버릇을 고쳐놓고 말리라."

하여 재차 명을 내렸다.

"필시 장사는 아직 지내지 못하였을 것이다. 이제부터 두 성문에 수직守直하여 성 밖으로 나가는 시체를 검색하여라."

그는 이런 사실을 알고서 우선 관을 구해 염殮을 하여 입관만 해두었다. 그리고 곧 주선해서 포교의 가출[1]이 되어 나다니며 조력을 하였다. 그는 워낙 영리한 사람이라 무슨 일이고 척척 해치웠다. 여러 포교들은 그를 가장 좋아하여 친분을 단단히 맺고 서로 만난 것이 늦었음을 탄식할 정도였다. 이렇게 상종하기를 몇달 계속하였다.

어느날 그가 삼베옷을 입고 나타났다.

"그간에 장인의 초상을 당했다네."

---

1 가출加出 관청에서 정원 외의 사람을 뽑아 부리는 것을 가리킴. 사정使丁과 비슷한 말.

여러 포교들은 백지며 양초 등속을 부조하는 것이었다. 며칠 후에 그가 다시 와서 말했다.

"아무 날 서대문 밖으로 운상運喪을 할 것이네. 여러분은 그 시각에 맞춰 오셔서 잘 조사해보라구. 대장의 명을 어기지 말아야지."

"자네 그 무슨 망발인가? 자네 집안일에 우리가 어찌 의심을 두겠나? 그런 염렬랑 아예 말게."

장례날에 상행喪行을 제법 볼만하게 꾸며가지고 서대문에 다다랐다. 포교들이 서로 위로의 말을 하였다. 그가 상여를 멈추고 관뚜껑을 열어 보이려 하자 포교들은 펄쩍 뛰었다.

"거 무슨 망령인가? 개의치 말고 나가래두."

"자네들 말이 옳기야 하지만 남들이 보는데 사정을 두는 듯해서 쓰겠나?"

"자네 집안일인데 남과 비할 수 있나. 공연스레 고집부리지 말게."

그는 못 이기는 척 상여를 떠메어 내갔다. 그래서 무사히 장사를 지내고 돌아왔다.

포교들이 여러달 조사를 했으나 진짜가 이미 빠져나갔는데 어디서 찾아낼 것인가. 그렇게 속임을 당하다니 가소로운 일이다.

시일이 많이 지나서 포교들이 들어가 대장께 아뢰었다.

"너희가 검문을 소홀히 해서 마침내 종적을 놓치고 말았구나. 아무래도 성문을 빠져나간 것이다. 검문은 그만 중지하여라. 이제 그 도둑놈 머리가 잘린 날짜를 잡아서 소상이 되는 날에 널리 사찰해보아라."

이대장의 새 지시였다.

그의 장모가 반우[2]하고 재를 지내려 하자 사위가 또 말렸다.

"아무리 마음이 아프더라도 그냥 참고 지냅시다. 그래야만 일가를 보전합니다."

이듬해 소상날 밤에 장모가 또 제사를 지내려 했다.

"안 됩니다, 안 돼요. 시방 포교들이 쏘다니며 염문廉問을 하고 있어요. 소상을 지내다니요? 당장 불측지화不測之禍를 부릅니다."

하여 다시 중지하게 되었다. 포교들이 성안을 뒤졌지만 잡아내지를 못하였음이 물론이다. 다시 이듬해 대상이 되었다.

"벌써 오래전 일이네. 이제 무슨 탈이 있겠는가?"

장모는 기어코 대상을 지내면서 묵은 설움까지 털어놓을 심산이었다.

"대상조차 제사를 못 지낸다면 인정에 몹시 한이 되겠죠만, 큰 화는 면하고 봐야지요. 오늘밤도 필시 염문하고 다닙니다. 아예 생각도 마십쇼."

장모가 결국 취중에 원한을 터트리고 말았다.

"사람으로 태어나 남처럼 제명에 죽지두 못하고 대소상도 남처럼 치르지 못하다니. 애고, 내 신세야."

"큰일 났소."

그는 방문을 열어젖히고 나가서 소리쳤다.

"여러분들, 다 들어오시오."

과연 포교들이 패를 지어서 정탐을 다니는데 그 집 근처에서도 귀를 기울이고 있었던 것이다.

"내 여러분이 두해 동안 실컷 고생하신 줄 알지요. 이왕 붙잡혔으니 구차히 도망가지 않으리다."

그러고서 좋은 술과 맛있는 안주를 푸짐히 내어 포교들과 함께 취하

---

2 반우返虞 장사 뒤에 신주神主를 집으로 모셔오는 일. 삼우三虞.

도록 마셨다. 그리고 자수하였다.

포도대장이 이튿날 그를 잡아들여 호령했다.

"이놈, 너는 온갖 간교한 꾀를 다 부려 포망을 빠져나갔다가 이번엔 어떻게 붙잡혔느냐?"

"소인이 전후에 꾀를 써서 화를 벗어난 것이 너무 심했다 하시겠지만, 사또께서 끝내 엄명을 내려 정탐을 계속한 것 또한 지독하십니다. 이 지경에 이르러 달리 무슨 아뢸 말씀이 있으리까?"

이대장은 그의 호걸다운 태도와 당돌한 언변에 감동한데다가 재주를 아껴

"내 너를 놓아주겠다. 그 대신 포청의 일을 부탁하니 잘 거행하여라."

하고, 즉시 방면했다.

그는 매사에 능란하여 칭찬을 들었다. 하루는 이대장이 그를 불러 분부했다.

"절해絶海의 아무 섬에 적굴이 있어 도둑의 무리가 수천이 넘는다. 내가 벌써 염탐을 해두고 아직 손을 못 대고 있다. 힘이 미치지 못해서이다. 너같이 신출귀몰한 수단이 아니고는 손댈 수도 없구나. 너를 보내면 모짝 잡아오겠느냐?"

"소인이 이미 장령將令을 받고 어찌 감히 소홀히 하리까? 붙잡는 대로 올려 보낼 터이오니 사또께서는 비밀히 처단하옵소서. 소인이 나가면 반년 정도 걸릴 겁니다."

그는 포교들을 거느리고 출발하였다. 그 섬 가까이 가서 따라온 포교들에게 이르기를

"너희는 여기서 머물러 있으면서 내가 처리하는 것을 기다려라."

하고, 적굴을 단신으로 들어갔다. 도둑들은 모두 그와 구면으로 함께

일하던 자들이었다. 그를 보고 크게 놀라서 일어나 모두 절을 하는 것이었다.

"수석님은 어떻게 여길 오십니까?"

"내 세상을 둘러보니 대사를 의논할 사람이 없더구나. 당세의 영웅이라면 이완 대장 한분이더라. 내 이분과 대사를 같이 하기로 결의했는데, 뜻을 같이하는 무리가 적어서 걱정이구나. 마침 너희들이 장차 대사를 도모하려는 줄 알고 평생 손을 잡고 일을 같이 하자고 찾아온 것이다."

"이완 대장이 출중한 인물인 줄은 우리도 배가 부르도록 들었소. 결교할 의향을 두고 길이 없어하던 차였소."

"너희들 진심으로 하는 말이냐? 그렇다면 내가 너희들을 천거하겠으니 나가보아라. 나가면 반드시 좋은 도리가 있어 대사를 도모할 수도 있을 것이다."

먼저 도둑 한명을 문서와 함께 올려 보냈다. 중간에 대기시킨 포교가 거느리고 갔으며, 도둑은 그 문서의 내용을 전혀 알지 못하였던 것이다. 도둑은 서울에 당도하자 즉시 이대장을 찾아갔다. 대장이 직접 나와 좋은 말로 대하는 것이었다. 도둑은 매우 기뻐하며 소원이 이루어지는 줄로 믿었다. 그러나 그 도둑은 다른 곳으로 이송되어 비밀히 처단을 당한 것이다. 명을 받은 포교가 또다른 도둑을 데려오면 서울서 역시 같은 방법으로 처치되었다. 몇달 사이에 수천의 도둑들이 차례로 서울로 올라가서 간단하게 제거되니, 죽는 놈은 죽는 줄도 모르고 죽어갔다. 나머지 수다한 졸개들은 포교들을 불러 모두 잡아가게 했다.

일을 끝내고서 그가 동료 포교들에게 말하기를

"나는 대장의 명을 받아 일을 마쳤네. 이제 더 할 일이 없으니 대장이 나를 용납하지 않을 것이라. 나는 다른 곳으로 가겠네. 자네들 돌아가면 그렇게 아뢰게. 잘들 지내게."

하고는 다른 곳으로 훌쩍 떠나갔다.

"참으로 영걸이야!"

포교들은 서로 바라보며 혀들을 찼다. 그들이 서울로 올라가서 이 사실을 아뢰자 대장은 무릎을 치며 분해하였다.

"아뿔싸! 분하다."

이대장의 본의는 일을 마친 후에 그 또한 해치우려는 속셈이었는데, 그가 이미 알아차렸던 것이다. 그 도둑이야말로 범상한 인물이 아니다.

● **작품 해설**

『계압만록雞鴨漫錄』에 제목 없이 실린 것을 '도둑 사위盜壻'라고 붙였다.

민담의 분위기가 농후하게 느껴지는 이야기다. 큰 도둑이 일부러 도둑질 잘
하는 사위를 고른다든가, 호조의 은을 훔치러 들어갔다가 꿀독에 빠진 장인의
머리를 베어온다든가 하는 줄거리는 대개 민담적인 발상이다. 그러나 개별 사
건의 묘사, 예컨대 파수 보는 포졸들에게 술을 먹이고 장인의 시체를 훔쳐오는
장면이나 장인의 상여가 서대문을 통과하는 장면 등을 보면 구체적 묘사가 재
미있게 되어 소설적인 서술에 근접하였다. 한편, 장인은 서울의 대적이라지만
실은 좀도둑에 지나지 못하였으나 사위는 부류가 전혀 다르다. 그가 마침내 포
교들에게 붙잡히게 되었을 때 보여준 호쾌한 태도가 우선 그렇거니와, 당시 활
약하던 녹림의 호걸들 사이에서 명성도 높았다. 이러한 그가 포도대장의 지령
을 받아 녹림의 호걸들을 죽음에 끌어들여 신의를 배반하고, 이렇게 지배층을
위해서 공을 세운 다음 스스로 종적을 감추는 행위는 어쨌건 여러모로 문제점
을 던지고 있다.

박장각朴長脚

　박장각은 어디 사람이며 이름이 무엇인지조차 모른다. 다만 두 다리가 유난히 길기 때문에 사람들이 박장각이라고 불렀던 것이다. 체구가 장대하고 생김이 우람하며 완력도 월등하였다.

　박장각은 일찍 아버지를 여의고 집이 매우 빈한해서 노동을 해서 어머니를 봉양하였다. 좋은 반찬을 떨어뜨리지 않았고 어머니의 뜻을 조금도 저버리는 법이 없었다. 총각 때에 누구와 주먹다짐을 하다가 잘못 사람을 죽여서 어머니를 업고 산중으로 도망가 나무를 하고 사냥을 해서 살아갔다.

　어느날 군도들이 와서 박장각의 외모가 비상한 것을 보고 입당할 것을 강요하였다. 박장각은 노모가 계셔서 안 되겠다고 사양했다.

　"아무 산이 우리의 소굴이라오. 우리들 가족도 같이 있지요. 당신 어머니를 모시고 오면 편히 거처하게 해드릴 터이거니와 고적하지도 않으리다. 함께 가십시다."

　박장각은 모친이 아무래도 입당하는 것을 허락하지 않을 줄 알고 고사했다.

"모친이 다른 곳으로 가기를 불편하게 여기신다우. 모친이 세상을 떠나신 뒤에 제 몸을 여러분들에게 허락해도 늦지 않소."

그들 또한 진심임을 알고 돈과 비단을 주고 가려 했으나 박장각은 그것도 끝내 사절하고 받지 않았다.

모친이 세상을 떠나자 비로소 적당에 투신했던 것이다. 일당은 부안의 변산[1]에 근거를 두고 전라·충청 양 도 사이를 횡행하였으며 무리가 3백명 정도였다. 그들은 박장각을 추대하여 우두머리를 삼았다.

박장각은 아주 용맹하고 날래서 4, 5길 정도를 획획 날았으며 걷고 달리기를 잘하여 하루 4, 5백리를 걷고도 지칠 줄 몰랐다. 또한 언변도 능했고 지략이 놀라웠다. 도둑질하는 수단이 교묘하여 개구멍이나 뚫는 좀도둑의 짓을 하지 않았다. 어떤 때는 거마에 별배·구종[2]까지 거느리고 백주에 남의 집에 버젓이 들어가서 재물을 탈취했으며, 혹은 관가에서 상납하는 복물卜物과 각처에서 운수하는 물화를 털기도 했다. 그러면서도 부하들을 경계하여 나라의 조세며 공납公納으로 들어가는 것이라든지 등짐·봇짐장수며 나그네의 보따리는 절대로 손대지 못하게 하였다. 오직 벼슬아치들의 뇌물과 부상富商들이 모리牟利해서 얻은 재물만 가차없이 빼앗았던 것이다. 더러 마을을 털기도 하는데 가난한 농가나 주막 따위는 피해를 주지 않고 오로지 부잣집만 들어갔다. 완강하게 저항하지 않으면 몽둥이나 칼을 쓰지 않고 위엄을 보이는 정도로 그쳤다. 탈취한 금전으로 종종 빈민을 구제하였으며, 폐포파립[3]이 그의 평소

---

1 변산邊山 전라북도 부안군에 있는 산. 연암燕岩 박지원朴趾源의 「옥갑야화玉匣夜話」
　에도 이곳이 도적의 소굴임을 말하고 있다. 바다로 둘러싸인 반도로 지형이 험해서
　군도群盜의 근거지가 되었다.
2 별배別陪·구종驅從 벼슬아치가 집에 부리던 하인 및 행차를 할 때 모시던 하인.
3 폐포파립弊袍破笠 해진 옷과 부서진 갓, 즉 초라한 차림새를 가리킨다.

행색이었다.

이 때문에 박장각이란 이름이 온 나라에 알려져서 대적으로 일컬어
졌으니, 사람들은 대개 그를 의적義賊으로 치고 있었다.

전라도 순찰사가 좌우 병영·수영 및 각 진의 토포사에게 명하여 매년
도둑의 기포를 엄하게 했지만 기껏 졸개 무리나 붙잡았을 뿐이요, 박장
각에 대해서는 손도 대지 못했다.

영조 26년(1750)에 이관상[4]이 전주 영장營將으로 와 있었다. 이영장은
박장각이 자기 일당 수십명을 거느리고 전주성 공북루拱北樓에 올라가
서 술이 취해 쓰러져 있는 사실을 탐지하고 군교를 풀어서 잡아오도록
명을 내렸다. 박장각은 다락에서 뛰어내려 도주하고 나머지 그의 부하
들만 붙잡혔다.

그 얼마 후에 문지기가 들어와 박장각이 뵙기를 청한다고 아뢰는 것
이었다. 이영장은 편복 차림으로 좌우를 물리치고 면대하기로 하였다.
박장각이 들어오는데 계절이 한여름임에도 무릎까지 오는 무명 잠방이
에 무명 저고리를 걸쳤으며, 패랭이를 쓰고 미투리를 신고 행전을 친 정
강이로 뚜벅뚜벅 걸어오는 것이었다. 키는 보통 사람이 허리 아래에 닿
을 정도인데 허리를 굽신하고 일어나서 관정의 중앙에 우뚝 섰다.

"너는 도둑놈이요 나는 도둑 잡는 관인인데, 어찌 죽을 곳에 자청하
여 들어왔느냐?"

박장각은 껄껄 웃으며 대답하는 것이었다.

"공북루 위에 있던 도둑 23인을 사또께서는 가만히 앉아서 알아내셨
다구요. 어찌 그리도 귀신 같으십니까? 사또를 한번 뵈옵고 싶어 이렇

---

4 이관상李觀祥(1716~70) 충무공의 5대손으로 무관으로서 명성이 높았다. 이관상의
  행장行壯은 박제가朴齊家가 지었던바 이관상은 박제가의 장인이었다.

게 찾아온 것입니다. 그렇지만 사또께서 저를 죽이지는 못하리다. 전에도 제가 이곳에 온 것이 한두번이 아니었습니다. 언제고 신관 사또가 도임하면 곧 달려가서 뵙기를 청했지요. 그때마다 사또들은 으레 위의를 차리고 급창[5]이 전갈을 해서 불러들입니다. 한눈에 그 위인을 알 수 있지요. 말위용치[6]들이 호령하며 부산을 떨지만 위엄이라곤 쥐뿔도 안 보입디다. 큰칼과 족쇄를 몸에 씌우면 소인은 멍청히 머리를 떨구고 하는 양을 두고 보지요. 그러다가 '하옥하라.'라는 말이 떨어질 적에 기지개를 한번 크게 켜면 결박이 뚝 끊어지고 목에 채운 칼도 부서집니다. 높은 자리에 버티고 앉은 분을 향해 침을 탁 배앝고 담장을 훌쩍 넘어가면 어느 누가 나를 막으리까? 이러구러 몇년을 지내왔지요."

"내가 칼을 뽑아 네 목을 치면 어찌하려느냐?"

"사또께서 나를 죽일 도리가 있으시다면 그야 박장각이 상관할 일이 아닙니다. 하나 살아날 도리는 내 스스로 차려야지요. 양호상박兩虎相搏에 이쪽저쪽 다 성치 못할 듯하옵니다. 천금지자千金之子는 마루 끝에 나앉지 않는다 하였소. 구구히 살아가는 이 천한 몸이야 아무럼 어떻습니까만, 사또께서 어찌 일시 불끈한 기분에 필부의 행사로 가볍게 처신하시겠습니까?"

이에 이병사가 태도를 고쳐서 박장각을 맞아들인 다음 그를 의리로 깨우치자 박장각은 마침내 깊이 감복하였다. 박장각에게 즉시 토포군관討捕軍官의 직을 내려주고 그 일당을 잡아오도록 하였다.

---

5 급창及唱 관청에서 위의를 차리기 위해 관장의 명을 받아 전하는 역할을 하던 남자. 일명 급장이.
6 말위용치鞁韋勇雉 원주에 '진영 장교들의 복장과 모자並鎭校之服裝冠飾'라고 나온다. 여기서는 그 복식을 한 장교들을 지칭함.

박장각이 떠나더니 한달이 지나도록 소식이 없었다. 모두들 그자에게 속았다고 생각했다. 그런데 오래지 않아 과연 일당 백여 명을 거느리고 와서 귀순하는 것이었다. 참으로 귀순을 한 것인지 여부를 조사해보고 나서 다들 양민으로 돌아가도록 했다.

이후로 박장각은 도둑 잡기에 수완을 발휘하여 그 지역에 도둑이 종적을 감추었다. 그리하여 백성들은 도둑의 화를 입지 않고 사방이 평온하게 되었다. 이병사는 다른 자리로 옮겨가게 되어 장차 떠날 즈음에 박장각을 불러 물었다.

"너는 장차 어디로 가려느냐? 앞으로 길이 선량한 백성이 되겠느냐?"

"이미 저를 알아주시는 은혜를 입었사오니 어찌 두 마음을 먹겠습니까? 하지만 저는 장차 타 도로 피해가려 합니다. 사또께서 후일에 만약 박장각이 다시 도둑이 되었다는 말을 들으신다면 저는 만번 죽임을 당해도 달게 받겠습니다."

박장각은 온양군의 북야촌으로 가서 신 삼는 일을 하고 살았다. 몇년 후에 어디론가 종적을 감췄다는 소문이 들렸는데, 혹은 머리를 깎고 중이 되었다고도 한다.

외사씨外史氏 가로되, 슬프다. 오로지 문벌로 인재를 등용한 이후로 여항의 빈천한 출신은 아무리 영재준걸이라도 세상에 진출할 도리가 없게 되었다. 자고로 영웅호걸들이 왕왕 녹림이나 양산박梁山泊 같은 데서 놀아 불평스런 심경을 풀기도 하였다. 다행히 때를 만나 왕상[7]·이적[8]

---

7 왕상王常 후한의 광무제光武帝를 도와 공을 세운 인물.
8 이적李勣 당나라 개국공신의 한 사람. 처음 이밀李密을 섬기다가 후에 당 태종太宗을 만나 큰 공훈을 세웠다. 본명은 세적世勣.

처럼 큰 공훈을 세운 사례도 있었으나, 그렇지 못하면 끝내 초야에 파묻히는 것이다. 박장각 같은 인물은 참으로 강호의 호걸이라 하겠거니와, 불행히 수호[9]에 떨어져 일시의 유쾌함을 취하더니 다행히 이병사를 만나서 마음을 고쳐먹게 되었다. 그럼에도 결국 세상에 쓰임을 얻지 못해 마침내 종적을 감추어 생을 마친 것이다. 서글프다.

---

9 **수호水滸** 호수를 가리키는 말. 수박水泊과 같은 뜻. 양산박의 『수호전水滸傳』은 양산박에 거점을 두었기 때문에 붙여진 제목이다. 여기서는 군도를 지칭한다.

●작품 해설

　장지연張志淵이 엮은 『일사유사逸士遺事』에서 뽑았다.

　여기 내용의 대부분은 이관상의 행장에서 따온 것이다. 이관상의 행장은 박제가가 지은 것인데, 박장각이 당시 전주 영장으로 있던 이관상과 면대하기 전후의 내용부터는 행장에 실린 거의 그대로이다. 전반의 박장각이 군도의 두목이 되어 활동하기까지의 경력은 행장에 없는 내용이다. 이 대목은 민간의 구전에 의거한 것이 아닌가 한다.

　민중적인 호걸이었던 박장각이 관군의 토벌작전에 견디어내지 못하고 형세가 지리멸렬해진 나머지 제 발로 걸어가 투항하고 동지들을 귀순시키는 데서 좌절의 쓰라림을 본다. 그리고 온양 북야촌에 은거하여 신 삼기로 살아가다가 마침내 어디론가 종적을 감추었다는 데서 역시 당시에 그를 용납할 현실이 없었음을 느끼게 한다.

갈처사葛處士

갈처사는 성명 거주도 알 수 없는, 무릇 기인이라 할 인물이었다. 평생 춥거나 덥거나 언제 보아도 갈포葛布옷 한벌을 걸치고 갈아입는 법도 없었다. 그래서 사람들이 '갈의거사', 줄여서 '갈처사'라 불러, 이로써 별호를 삼았던 것이다. 갈처사는 용모가 단정했고 풍자와 골계를 잘하였다.

지금으로부터 수백년 전 나라가 평온할 시절에 당쟁이 치열하여 기이한 재주를 가지고도 시대 상황에 울분을 품고 비가를 부르며 낙심한 무리 가운데, 위기에 목을 움츠리고 세상을 피해 망명하여 초야에 떠돌며 일생을 마친 사람이 많았다. 갈처사 같은 사람이 그러한 부류였다.

갈처사는 곤궁하여 살아갈 도리를 차리지 못하였으며 가정조차 이루어보지 못했다. 강개한 마음으로 팔도 명승을 두루 유람하고 다녔다. 괴나리봇짐에 죽장으로 산천을 돌아다니다가 우연히 길에서 도둑을 만났다. 도둑들은 그의 폐포파립을 수상하게 보고 보따리를 빼앗아 풀어보았다. 보따리에서 나온 것은 허름한 옷과 버선짝 몇개가 고작이었다. 도둑들이 그의 신세를 처량하게 보고 데리고 가서 입당을 시켰다.

갈처사가 도둑이 된 지 한해 남짓해서 도둑질에 능수가 되었다. 남의 집 장롱을 털고, 쇠통을 따고, 들보 위를 기고, 벽에 구멍을 뚫는 등등 못하는 짓이 없었다.

이윽고 혼자 탄식하기를

"내가 불행히 도둑으로 떨어졌지만 대장부 명색이 좀도둑질이나 하고 묻혀 있을 것인가! 세상 사람들에게 나의 본색이 녹림호걸임을 알려야겠다."

하고, 일당을 다시 편성하여 각 구역을 나누어 맡기고 스스로 두령이 되었다. 그리고 계략을 주어서 군읍을 횡행하며 여항의 재물을 탈취하니 온 도내가 소란하였다. 호남의 관장과 군교들이 힘을 모아 추적하고 사방에 그물을 치듯 기찰을 민완하게 했지만 끝내 잡아내지 못하였다.

갈처사는 제 발로 홀연히 관가에 출현하였다.

"내가 세상에서 일컫는 갈처사다. 나 한 사람 때문에 무고한 사람들이 많이 걸려든 줄 알고 나 스스로 법의 심판을 받으러 왔노라."

"너만 한 신수로 무슨 일을 못 하여 하필 강도질을 행하느냐? 이미 국법을 범하였으니 죄가 마땅히 용서받을 수 없다."

관장이 꾸짖는 말이었다. 갈처사는 입을 크게 벌리고 껄껄 웃으며 대답했다.

"자고로 이르되 대도는 나라를 훔치고 소도는 금전을 훔친다 하였소. 어찌 나만 강도요? 지금 세상은 온 나라 사람이 다 도둑인 줄로 아오. 소위 조정의 대관은 임금의 총명을 가리고 권세를 도둑질하여 자기 당은 편들고 그렇지 않은 사람은 배척하니, 자제 친척이 화직華職과 요직要職에 별처럼 박혀 있고 충신 호걸이 궁벽한 곳에서 불우하게 지내지 않소? 백성들을 도탄에 빠뜨리고 나라를 위태롭게 만들고도 오히려 부귀

영화를 누리고 형벌이 미치지 않으니, 이것들이야말로 진짜 도둑의 괴수가 아니고 뭐요?

그다음, 여우처럼 꼬리를 살랑살랑 흔드는 무리들, 권문세도가에 아첨을 떨어 요행으로 감사·병사·수령 자리나 하나 걸리면 가렴주구苛斂誅求를 일삼고 불법을 자행하여 백성의 살을 발라내고 고혈膏血을 짜서 자신의 보따리를 가득 채우는 자들, 기강을 문란케 하여 토지와 저택을 넓게 독차지하고 뇌물을 공공연히 상납하되 형벌이 내려지기는커녕 도리어 높은 지위 풍성한 자리로 옮기게 되니, 이것들은 강도의 졸개가 아니고 뭐요?

그다음은 토호들의 무단武斷이오. 스스로 양반입네 하고 으스대며 잔약한 백성을 토색하고 제멋대로 행패를 부리지만 관리라는 것들이 감히 어쩌지 못하니, 이것들은 양반을 빙자하여 못된 짓을 끝까지 하는 자들이오. 그다음 각 영營 각 사司와 밖으로 각 부府 각 군郡의 서리로 종사하는 자들, 무문롱필[1]하며 주구誅求가 끝이 없어 무리한 징수와 명분 없는 뜯어내기로 이루 말할 수 없으니 그 폐단이 한둘이 아니지만 관에서 이들에게 죄를 내리는 일이 없으니, 이것들은 강도의 힘을 믿고 개구멍을 뚫는 자들이올시다.

그밖에 자칭 산림학자山林學者라는 자들이오. 큰 갓에 넓은 도포를 입고 공손히 두 손을 잡고 느릿느릿 걸으며 무릎을 꿇고 앉아 『근사록近思錄』이며 정자程子·주자朱子의 책을 읽어 세상을 속이고 명성을 도둑질합니다. 남대[2] 좨주[3]의 직으로 성은이 이어서 내리지만 기실 무용지물들

---

1 무문롱필舞文弄筆 공문서나 법조문을 함부로 고치거나 왜곡하는 행위를 가리키는 말.
2 남대南臺 사헌부司憲府 소속의 대관臺官으로 학문과 덕행이 출중해서 내리는 벼슬임.
3 좨주祭酒 성균관 소속의 벼슬로 산림에 은거한 학자에게 주어지는 가장 권위가 높은

이라. 이것들은 강도를 응원하는 자들이지요.

그러니 세상이 온통 강도로 꽉 찼지만 법은 행하지 못하고 형벌이 베풀어지지 않거늘, 유독 우리만을 가리켜 강도라 하다니! 나의 옷을 보우. 여름이나 겨울이나 사시장철 이 갈포옷 한벌뿐이라오. 찢어진 삿갓에 헌 짚신, 괴나리봇짐에 죽장, 이것이 내 일평생의 행색이라오. 옷은 몸을 가리면 족하고 음식은 배를 채우면 그만입니다. 어찌 금의옥식錦衣玉食만이 꼭 귀하다 하겠소? 빈궁한 백성이 매양 배고픔과 추위에 쫓기다가 만부득이 도둑으로 나섰다오. 그러하나, 잔인하고 박덕한 짓이 대장부의 행할 바이겠소? 부하를 경계해서 부호가에 남아도는 재물이나 취하여 우리의 생계를 삼고 더러는 빈민도 구제할 따름이요, 일찍이 분에 넘치고 이치를 어긴 적이 없었소. 이러매 세상에서 나 갈처사를 가리켜 의적이라 한답디다. 만약 죽음을 두려워할진대 내 스스로 어찌 이 관정에 나타났겠소? 오로지 밝은 판결을 기다릴 뿐, 다른 말은 듣기를 원치 않소이다.”

이에 관장은 의리로 타일러 일당을 거느리고 귀순할 것을 청하였다. 갈처사는 표연히 떠나더니 끝내 소식이 없었다.

이후로 호남 일대에 도둑의 소문이 아주 끊어졌다 한다.

외사씨는 이렇게 말한다. 남도의 시골구석에 자고로 기남자奇男子가 많았다. 허다히 기개를 세워 한때에 날리다가 문득 기개를 굽혀 선량한 사람이 된 경우가 있었으니 박장각·갈처사 같은 부류가 그러하였다. 이런 인재를 잘 다듬어서 조정에 세웠다면 반드시 볼 만한 치적이 나타났으리라. 필경 영락하여 초야에 파묻히고 말았으니, 슬프다, 애석하도다!

직함. 일명 국자좨주國子祭酒 혹은 산림山林.

● 작품 해설

역시 장지연이 편한 『일사유사』에서 뽑았다.

갈처사는 가난 때문에 한 가정을 꾸려나갈 형편도 못 되어 떠돌아다니던 농민이었다. 그는 군도에 입당하자 바로 좀도둑 노릇이나 일삼던 데서 방향 전환을 단행하게 된다. 즉 여러 단위로 부대를 편성해서 각 지방에 출몰하여 광범하게 무장투쟁을 벌이도록 지도했던 것이다. 그리하여 갈처사는 의적이라는 칭호를 얻었으며, 그 자신도 양심에 부끄러움이 없었다. 그는 자기 발로 당당히 관가에 걸어가서 당시 집권 세도층과 거기에 아부하는 관인들, 지방 토호들 및 아전·서리, 그리고 산림학자에 이르기까지 지배층과 그 아류들이야말로 가장 음흉한 강도집단이라고 꾸짖을 수 있었다. 이러한 갈처사의 준열한 꾸짖음은 그대로 이조 말기의 실상이며, 울분에 찬 민중의 소리를 대변하는 것이기도 했다.

기우옹騎牛翁

선조 임란 때에 명나라 장수 이여송李如松 제독이 우리나라를 구원하러 나왔다. 평양 싸움에 이기고 입성해서 주둔한 다음, 조선의 산천이 아름다운 것을 보고 문득 딴마음이 생겨 선조 임금을 밀어내고 자기가 눌러앉을 뜻을 품었다.

어느날 여러 막료들을 거느리고 연광정鍊光亭에서 크게 연회를 벌이고 놀았다. 그때 강변 모래사장에 어떤 늙은이가 검은 소를 타고 지나가고 있었다. 군교들이 "물렀거라." 하고 고함을 쳤으나 노옹은 들은 척 않고서 고삐를 잡고 천천히 걸어가는 것이었다.

이제독은 대로하여 저 늙은이를 당장 잡아오라고 호령했다. 소의 걸음이 빠르지도 않은데 장교들이 따라잡지를 못하였다. 이제독이 분노를 이기지 못해 직접 천리마를 타고 칼을 뽑아 들고 쫓아갔다. 소는 멀지 않은 거리에 가고 있고 말은 나는 듯이 달리는데 끝내 따라잡지를 못했다. 산을 넘고 물을 건너 몇십리를 가서 어느 산골 마을로 들어갔다. 시냇가 수양버들 아래 검은 소가 매여 있고 초당의 사립문이 반쯤 열려 있었다. 이여송은 늙은이가 거기 있으리라 짐작하고 말에서 내려 칼을 들고 그 집으로 뛰어들었다.

노옹은 일어나 그를 맞이하여 마루 위로 모시는 것이었다. 이제독이 대로하여 꾸짖는다.

"너는 웬 시골 늙은이냐? 하늘 높은 줄 모르고 당돌하기 이에 이르다니. 내가 황제의 명을 받들어 백만의 대군을 거느리고 너희 나라를 구원하러 온 일이야 너도 필시 모를 이치가 없겠거늘, 감히 우리 군사 앞을 범한단 말이냐? 네 죄는 죽여 마땅하다."

노옹은 웃으며 대답하는 것이었다.

"제 비록 산야의 늙은이오나 어찌 장군의 높으심을 모르오리까? 오늘 제가 벌인 일은 오직 장군을 이 누추한 곳으로 모셔오고자 한 것입니다. 제가 삼가 한가지 부탁을 올릴 일이 있사온데 말씀드리기 어려운지라 부득이 이 꾀를 낸 것입니다."

"부탁할 일이 무엇인지 우선 말해보구려."

"저의 불초한 자식 두 놈이 글 읽고 농사짓는 일은 않고 오로지 강도짓을 하며 부모의 가르침을 따르지 않고 장유長幼의 구별을 알지 못하니, 일대 화근이올시다. 이 늙은이 기력으로는 제어할 도리가 없사오니 삼가 바라옵건대 장군의 위엄을 빌려 패륜아 두 놈을 제지하고자 하옵니다."

"지금 어디 있소?"

"뒤꼍의 초당에 있습니다."

이제독이 즉시 칼을 들고 집 뒤로 돌아가보니 과연 두 소년이 앉아서 글을 읽고 있었다.

"너희 두 놈이 이 집의 못된 자식이냐? 너희 아비가 나에게 너희를 없애달라고 부탁했으니 삼가 나의 칼을 받아라."

이제독이 큰 소리로 외치며 칼을 휘둘러 내리쳤다. 두 소년은 동요하는 빛이 없이 손에 든 서진[1] 막대로 막아내니, 끝내 일격도 가하지 못했다. 소년이 서진 막대로 칼날을 치니 칼이 쨍하는 소리와 함께 두 토막이 나서 땅에 떨어졌다. 이제독은 숨을 헐떡이며 땀을 흘렸다.

이윽고 노옹이 뒤꼍으로 들어와서 두 아들을 꾸짖어

"아이들이 어찌 감히 무례하게 구느냐?"

하고 물러나 앉게 했다. 이제독은 노옹을 향해 말했다.

"저 패자들은 용력이 워낙 비범해서 감당하기 어렵소이다. 노인장의 부탁을 저버리는가 싶소."

"아까 이야기는 우스갯소리올시다. 이 아이들이 완력이 좀 있다지만 저것들 열명이라도 이 늙은이 하나를 당하지 못할 것이외다. 장군께서 황상의 뜻을 받들어 우리나라를 도우려 오셨으매 이 땅에서 왜적을 몰아내어 우리나라를 다시 안정시키고 개선하여 돌아가시면 아름다운 이름이 천추千秋에 드리우겠지요. 이 어찌 대장부의 아름다운 일이 아니겠습니까? 장군께서 이렇게 하지 않고 도리어 딴마음을 품으시다니 어찌 장군께 바라는 바이겠습니까? 오늘 벌인 일은 장군으로 하여금 우리나라에도 사람이 있음을 보여주려는 계책이올시다. 장군이 만약 뜻을 고치지 않고 미혹한 생각을 고집하신다면 내 비록 늙은이이나 족히 장군의 목숨을 제거할 수 있소이다. 조심하시기 바랍니다. 산야의 늙은이가 말이 비록 당돌하오나 오직 장군은 살피시어 너그러이 용서하옵소서."

이여송은 한참을 말없이 머리를 떨어뜨리고 있다가 풀이 죽어 순순히 응답하고 떠나갔다 한다.

---

1 서진書鎭 책갈피를 눌러 표시를 하거나 책장이 바람에 날리지 않도록 나무나 돌 같은 것으로 만든 물건.

●**작품 해설**

『청구야담』에서 뽑았다. 제목은 원래 '노옹이 소를 타고 제독 앞을 범하다老翁騎牛犯提督'였던 것을 '기우옹騎牛翁'으로 바꾸었다.

명나라 대장 이여송이 임진왜란 당시 원군을 거느리고 나왔다가 조선 땅을 빼앗아 차지하려는 야망을 품었는데 일개 '소를 탄 노인'에게 단단히 혼이 났다는 이야기.

임진왜란을 소재로 한 설화 중에 명나라 장수 이여송의 능력을 과장하여 꾸민 이야기가 허다하다. 그런데 여기서는 반대로 이여송보다 윗길인 빼어난 인물이 초야에 묻혀 있는 것으로 그려진다. 외세의 침입과 간섭으로 곤경에 처한 민족의 처지를 우려하며 우리를 지킬 역량이 우리 안에, 민중의 힘 속에 있다는 것을 의식한 가운데서 만들어진 이야기일 것이다.

태백산太白山

임경업[1] 장군은 소싯적에 달천[2]서 살 적에 말달리고 사냥하는 것이
일과였다.

어느날, 월악산 기슭에서 사슴을 쫓아 손에 칼을 하나 쥐고 닫고 달려
서 태백산 속으로 들어갔다. 날이 금방 저무는데 길이 막혀 나무숲은 빽
빽하고 암석이 험난했다. 매우 걱정이 되던 차에 문득 한 나무꾼을 만나
길을 물었더니, 나무꾼이 저 재 너머 산등성 아래 인가가 있다고 가르쳐
주는 것이었다.

임경업이 나무꾼의 말대로 산등성을 넘어가서 바라보니 과연 굉장한
기와집이 있었고 곁에 다른 촌락은 없었다. 곧바로 내려가서 그 집 대문
에 들어섰을 때는 날이 이미 저물었다. 전혀 인기척도 없는 빈집이었다.
임경업은 종일 산을 돌아다니느라 몸이 몹시 지친 상태였다. 요행으로
방 하나를 얻어 숙소를 삼아서 옷을 벗고 혼자 자리에 누웠다.

---

1 임경업林慶業(1594~1646) 광해군 때 무과에 합격하여 인조 때 명성이 높았던 무
　장으로, 명청이 다투던 상황에서 명에 대한 의리를 지키다가 죽음을 만났다.
2 달천㺚川 속리산에서 발원하여 충주 지역을 통과, 남한강에 합류하는 개천.

홀연 창밖에 불빛이 비쳐서 마음에 의심이 부쩍 들었다. 도깨비 아니면 필시 무슨 요괴일까 생각하고 있는데, 웬 사람이 문을 열고 묻는 것이었다.

"당신이 이 방에서 주무시는구려. 요기나 하였소?"

임경업이 불빛 아래서 보니 아까 그 나무꾼이었다.

"아직 못 했소."

나무꾼이 방에 들어와서 벽장을 열고 술과 고기를 꺼내주며 말했다.

"다 자시구려."

임경업은 배가 텅 빈 참이라 주는 것을 단숨에 먹어치웠다. 그리고 서로 몇마디 수작을 끝내기도 전에 나무꾼이 문득 일어나더니 다시 벽장을 열고 긴 칼 하나를 꺼냈다.

"그게 무슨 칼이오? 나에게 시험해보려는 것이오?"

임경업의 물음에 나무꾼은 웃으며 대답했다.

"아니오. 오늘밤 볼만한 구경거리가 있는데, 당신 겁나지 않겠소?"

"무어 두려울 게 있겠소? 구경해봅시다."

그때가 아직 밤중이 되기 전이었다. 나무꾼은 칼을 가지고 임경업과 함께 어느 곳으로 향해 갔다. 문이 겹겹이고 누각이 늘어선 데를 돌아서 나아가니 홀연히 등불 그림자가 연못에 비쳤다. 연못 가운데 한 높은 누각이 있어 등불 그림자는 누각에 걸린 등불이 연못에 비친 것이었다.

누각 안에서 웃고 말하는 소리가 어지러웠는데, 창 앞에 비치는 그림자는 두 사람이 마주 앉은 것이었다. 나무꾼은 못가에 우뚝 서 있는 나무를 가리키며 지시했다.

"당신은 저 나무 위로 올라가 필히 허리띠로 나뭇가지에다 몸을 단단히 묶고 소리를 지르지 마오."

임경업은 나무로 올라가서 지시한 대로 몸을 나무에 묶고 기다렸다.

나무꾼은 한번 몸을 솟구쳐 누각 안으로 들어가는 것이었다. 누각에서 세 사람이 함께 앉아서 술을 마시고 수작을 하는 것 같았다. 이윽고 나무꾼이 같이 앉았던 사내에게

"오늘로 이미 약속을 정했으니 자웅을 결정함이 어떻겠느냐?"

하자 그 사내도

"좋다."

하였다. 두 사람이 함께 일어나서 같이 문을 열고 나오더니 연못 위로 몸을 솟구치는 것이었다. 사람은 보이지 않고 공중에서 칼이 부딪쳐 불꽃이 이는 소리가 한참이나 들렸다. 임경업은 나무 위에 앉아 있자니 오싹 한기가 들고 모골이 송연해짐을 느껴서 몸을 가누기조차 어려웠다. 홀연 무엇인가 땅으로 떨어지는 소리가 들렸다. 말소리를 들어보니 나무꾼이었다. 그제야 한기가 조금 풀리고 정신이 약간 돌아왔다.

임경업이 나무에서 내려오자 나무꾼은 그를 허리에 끼고 누각 안으로 몸을 날려 올라갔다. 누각 안에는 머리가 구름 같고 자태가 아리따운 여자가 있었다. 아까는 웃으며 말하더니 지금은 슬피 울고 있었다. 나무꾼이 야단치기를

"너 이 요망한 것 때문에 세상에 크게 쓰일 재목이 버려지게 됐으니 네 죄를 네가 알 것이다."

하고, 이어 임경업을 돌아보고 말했다.

"당신의 그 대단치 않은 담력으로는 세상에 나가서 설칠 것이 없을 것 같소. 내가 이제 당신에게 저만한 여자와 이와 같은 저택에다가 산중의 이 한적한 땅을 내주겠으니 공명을 사절하고 이곳에서 생애를 보내는 것이 어떻겠소?"

"주인, 나는 오늘밤의 일을 도무지 알 수가 없소. 자세히 듣고 난 후에 당신의 말에 따르든지 어쩌든지 하겠소."

"나는 범상한 사람이 아니라 곧 녹림호걸이오. 여러해 약탈을 하여 재물을 많이 모아, 이와 같이 온 골짝을 차지하여 배치해놓은 것이 여러 도道에 걸쳐 있다오. 각 곳에 모두 미녀를 하나씩 두고 팔도를 주유하며 이르는 곳마다 향락을 누려왔지요. 뜻밖에 저 계집이 틈을 타서 아까 죽인 남자와 간통을 하는군요. 그리고 도리어 나를 해치려는 것이 한두번이 아니었던 고로 부득이 아까의 그 일을 벌인 것이라오. 비록 내가 그 사내는 죽였지만 어찌 차마 계집까지 죽이겠소? 이 산채와 계집을 전부 당신에게 내맡기는 것은 실로 까닭이 있다오."

임경업은 그의 이야기를 듣고 다시 물었다.

"저 남자의 성명은 무엇이며, 어디 살던 사람이오?"

"저 사람도 훈련대장訓練大將이나 어영대장禦營大將 감이라오. 남대문 안 절초장[3]이랍니다. 밤을 타서 왔다가 새벽에 돌아가는 것이 벌써 오래전부터였는데, 남자가 꽃을 탐하고 계집이 담장을 넘는 것이 반드시 다 책할 일은 아닌지라, 내가 조심해서 피해주었지요. 지자가 계집의 아양에 끌려 나를 반드시 죽이고야 말려는 고로 오늘 이런 일이 벌어졌지만, 어찌 나의 본심이었겠소?"

나무꾼은 한바탕 통곡을 했다.

"애석하다. 가히 쓸 만한 남아를 내 손으로 죽이다니!"

그리고 다시 임경업에게 말했다.

"당신은 다시 생각해보오. 당신의 담력과 용맹도 가히 쓸 만한 재목

---

3 절초장折草匠 담배 써는 일을 하는 장인. 서울에서 담배 파는 상점을 연초전烟草廛 또는 절초전切草廛이라고 했다.

이라 할 것이오. 하나 한번 세상길에 나가면 장차 반쯤 올라갔다가 떨어지는 사람이 될 것이라. 천운의 소관이니 마음대로 할 수 없다오. 덧없이 수고로울 뿐이지요. 이렇다고 내세울 공적도 없을 것이니 모름지기 나의 말을 좇아서 이 산채를 차지하고 평생 향락을 누리시구려.”

임경업은 끝내 머리를 저었다. 이에 나무꾼이 말했다.

“다 끝났군, 다 끝났어! 당신이 끝내 원치 않는다면 이 여자를 남겨두어서 어디다 쓰겠소?”

곧 칼을 들어 그 여자의 머리를 베어버렸다. 그 머리와 몸뚱이를 연못에 함께 던지고는 즉시 누각에서 내려와 거적으로 마당에 죽은 남자의 시체를 싸서 역시 연못 속에다 던졌다.

그 이튿날 나무꾼이 또 임경업에게 말했다.

“당신이 기왕 공명에 뜻이 있으니 만류하지 못하겠구려. 하나 남자가 세상에 나감에 있어 불가불 검술을 알아두어야 하니, 모름지기 여기 며칠 머물면서 어느정도 요령이나마 배워 가구려.”

임경업은 6일 동안 그곳에 있으면서 대충 칼 쓰는 법을 익혔으나 그 신묘변환의 기술을 다 터득하지는 못했다 한다.

●작품 해설

『청구야담』에서 뽑은 것으로, 『해동야서』 『기문총화』 등 여러 곳에 실려 있다. 제목은 '임장군이 산중에서 녹림객을 만나다林將軍山中遇綠林'로 되어 있는 것을 사건이 일어난 장소를 따라 '태백산太白山'이라 했다.

한 무인이 산중에서 길을 잃고 헤매다가 용맹이 절륜한 장사와 어여쁜 여인을 만나 놀라운 일을 경험하고 나오는 줄거리는 다음의 「타호打虎」「척검擲劍」과 같은 유형이다. 그런데 이야기의 방향은 각기 다르다. 여기서는 주인공을 유명한 임경업으로 만들었고, 또 제3의 호걸로 절초장을 등장시키고 있다.

임경업은 공을 이루지 못하고 잡혀 죽게 된 그의 비극적인 생애가 민중에게 어필했던 것인지 설화적인 인물로 많이 각색이 되어 있고 『임경업전』이란 소설도 전한다. 여기 녹림호걸이 임경업에게 세상에 나가보았자 "반쯤 올라갔다가 떨어지는 사람이 될 것"이라고 당대 현실을 회의하면서 같이 산속에서 일하자고 굳이 붙들고, 또 절초장의 죽음을 "가히 쓸 만한 남아를 죽였다."고 애석해하는 것은, 그 구체적인 내용은 서술하지 않았지만 무언가 아주 시사적이다.

척검擲劍

이완 대장이 젊어서 산중으로 사냥을 가서 짐승을 쫓아 깊은 산속으로 들어갔다. 날은 저물고 사방을 둘러보아도 인가가 없어 마음이 다급해졌다. 고삐를 쥐고 숲을 뚫고 산등성을 여럿 넘어서 한 곳에 당도하니 산이 움푹한 자리에 웬 고래등 같은 기와집이 있었다.

그는 말에서 내려 대문을 두드렸다. 아무 응답이 없더니 한참이나 지나서야 한 여인이 안에서 나왔다.

"이곳은 손님이 잠시나마 머물 곳이 못 됩니다. 얼른 떠나십시오."

하고 말하는데 보니, 그 여인은 나이 스물 남짓으로 용모가 자못 단정하고 어여뻤다.

"산은 깊고 날도 저물어 호랑이가 득실거리는 곳에서 간신히 인가를 찾아온 걸 거절하면 어찌합니까?"

"여기 머무르시다가는 죽음을 면치 못할 우려가 있기 때문입니다."

"문밖에 나가서 호랑이에게 물려 죽느니 차라리 집 안에서 죽겠소."

그는 대문을 밀치고 들어섰다. 여인은 어찌할 도리가 없는 줄 알고 맞아서 방에 들어가 앉게 하였다. 그는 여인에게 머물러서는 안 된다고 말한 연유를 물었다.

"이곳은 도적 대장의 집입니다. 저는 양가의 딸로 연전에 대장에게 붙잡힌 몸이 되어 이곳에서 지낸 지 몇년이 되도록 아직 호구虎口를 벗어나지 못하고 있답니다. 대장은 마침 사냥하러 나가서 아직 돌아오지 않았는데, 밤이 이슥하면 필시 돌아올 겁니다. 만약 손님이 계시는 걸 보면 저와 함께 손님은 칼날에 목을 바쳐야 할 것입니다. 손님이 어떤 분이신지 모르겠으나 공연히 도적 대장의 손에 부질없는 죽음을 당하게 되는 것이 어찌 딱하지 않으리까?"

여인의 대답이었다. 그는 웃으며 말했다.

"아무리 죽음이 임박해 있더라도 밥을 굶을 수야 없겠지. 저녁이나 좀 차려주오."

여인은 적장의 밥으로 준비해두었던 것을 내놓았다. 그는 밥을 배불리 먹고 나서 곧 여인을 안고 드러누웠다.

"이러다가 장차 후환을 어찌하렵니까?"

여인이 한사코 거절하여 말했지만 그는

"이 판국에 이래도 의심을 사고 저래도 의심을 살 것 아니오? 고요한 밤중에 아무도 없는 곳에서 남녀가 한방에 같이 있는데 아무리 별 혐의가 없더라도 누가 그걸 믿어주겠소? 죽고 살고는 명에 달렸으니 겁을 내봤자 무슨 소용이 있소?"

하고 기어이 그 여인과 관계를 맺고 말았다. 그리고 태연히 드러누워 있는데, 여러 식경이 흘러 밖에서 툭 하는 소리가 들렸다. 무슨 짐을 부려놓는 소리였다. 여인은 벌벌 떨며 얼굴이 사색이 되었다.

"적장이 왔어요. 어쩌면 좋아요?"

그는 들은 척도 하지 않았다. 이윽고 신장이 10척에 하목해구요, 외모가 웅걸스런데다가 풍모도 험악해 보이는 사나이가 손에 긴 칼을 들고 반취해서 문을 열고 들어오는 것이 아닌가. 그 사나이는 웬 사람이 방에 떡하니 드러누워 있는 것을 보고서 소리쳐 꾸짖었다.

"네 웬 놈이냐? 감히 이곳에 들어와 남의 처를 건드린단 말이냐?"

그는 천천히 대답했다.

"산속에서 짐승을 쫓다가 날이 저물어 부득이 이곳에 유숙한 것이오."

적장이 또 크게 꾸짖었다.

"너는 대담한 놈이다. 이왕 이곳에 왔으면 바깥 행랑에나 있을 것이지, 어찌 감히 내실로 들어와서 남의 여자를 범한단 말이냐? 이것이 이미 죽을죄다. 게다가 너는 객으로 온 놈이 주인을 보고 인사도 않고 누운 채로 쳐다보다니 이 무슨 도리냐? 이러고도 죽음이 두렵지 않을까?"

그는 피식 웃으며 대답했다.

"이 판국에 객이 아무리 한결같은 마음으로 결백해서 남녀가 자리를 같이하지 않았다 한들 네가 그것을 믿어주겠느냐? 사람은 이 세상에서 한번 죽을 뿐이다. 죽음이 무어 족히 두렵겠느냐? 네 마음대로 하여라."

적장은 굵은 줄로 그를 묶어서 들보 위에 매달았다. 그리고 그 처를 돌아보고 호령했다.

"대청마루에 내가 사냥해온 짐승이 있으니 썰어서 구워오너라."

여인은 부들부들 떨며 방문을 열고 나가더니 멧돼지·노루·사슴 따위의 고기를 썰어서 불에 구워 큰 소반에 담아가지고 들어오는 것이었다. 적장은 또 술을 가져오라 하여 큰 동이의 술을 기울여 연방 여러 잔을 들이켜고 칼을 빼어 고기를 잘라 씹는 것이었다. 그러다가 고기 한 덩어리를 칼끝에 꽂아 들고 디미는 것이었다.

"사람을 옆에 두고 혼자만 먹겠느냐? 네놈은 당장 죽을 목숨이지만 맛이나 보아라."

그는 입을 벌려 받아먹는데, 조금도 걱정하거나 겁내는 기색을 보이지 않았다. 적장이 그를 뚫어지게 보면서 말했다.

"이놈이 참으로 대장부로구면!"

"죽이고 싶으면 얼른 죽여라. 무엇하러 이처럼 지체하고 있느냐? 그리고 무어 대장부 소장부 말할 것이 있느냐?"

적장은 칼을 던지고 일어나 그의 결박을 풀어주고 손을 잡아 자리에 앉히는 것이었다.

"당신 같은 천하의 기남자는 내 보기 처음이오. 장차 세상에 크게 쓰여 나라의 간성¹이 될 터인데, 내 어찌 당신을 죽이겠소? 오늘부터 당신을 지기知己로 허락하겠소. 저 여자는 비록 나의 처이지만 당신이 이미 범했으니 당신 차지요. 내 어찌 다시 가까이하겠소? 또한 창고에 쌓인 재물들을 모두 다 당신에게 주겠으니 사양하지 마오. 장부가 세상에 할 일이 있는데 손에 돈이 없으면 무엇을 경영하리오. 나는 이제 떠날 거요. 후일 나에게 큰 액운이 닥칠 터인데, 그때 그대는 부디 나를 구해주기 바라오."

적장은 말이 끝나자 일어서 표연히 어디론가 떠났다.

그는 타고 갔던 말에 그 여인을 태우고 마구에 매인 마필에 재물을 전부 싣고서 산에서 내려왔다.

뒷날 그는 과연 현달해서 훈련대장 겸 포도대장에 올랐다. 어느 지방에서 대적당의 두목이 붙잡혀 서울로 압송되어왔다. 그자를 심문하려

---

1 간성干城 방패와 성이라는 뜻으로, 나라를 지키는 믿음직한 군대나 인물을 이르는 말.

고 용모를 살펴보니 산속에서 만났던 그 사람이 아닌가. 이에 과거의 일을 임금께 아뢰고 석방을 시켜 장교 대열에 두었다. 그 사람은 차차 승진해서 무과에 합격하고 지위가 병사에 올랐다 한다.

●**작품 해설**

『선언편選諺篇』에서 뽑았다. 『청구야담』에도 실려 있다. 『선언편』에는 제목이 없고 『청구야담』에 '도적 괴수가 밤중에 장검을 버리다賊魁中宵擲長劍'라 하였는 데 '척검擲劍' 두 자로 줄였다.

주인공을 유명한 이완 대장으로 삼아, 산중에서 만났던 호걸이 후일 관군에 붙잡히자 구해준다는 줄거리다. 두 사나이를 호걸풍으로 그려낸 필치가 빼어나다. 특히 도적 괴수가 등장해서부터 이완을 들보에 매달았다가 마침내 칼을 던지고 말기까지의 필치는 그대로 생동하고 있다.

타호打虎

인조 때 서울의 무관 이수기李修己는 풍채와 기골이 준걸하고 용력도 대단했다.

그가 일찍이 강원도에 일이 있어 양양 땅을 지나갔다. 마침 해가 저물었는데 길을 잃어버려 산골의 험난한 길을 수십리 걸었으나 인가를 발견하지 못했다. 문득 멀리 등불이 수풀 사이로 보여 말을 채찍질해 나아갔다. 겨우 집 한채가 바위 언덕에 기대어 있는데 너와로 이은 판옥板屋이 제법 널찍해 보였다.

늙은 여자가 나와 문을 열고 맞았다. 들어가보니 나이 스물 남짓의 소복을 조촐하게 차려입은 아리따운 여자가 그 늙은 여자와 같이 있었다.

한 지붕 아래 상하칸 방이 벽을 사이해서 문이 통해 있었다. 손을 아랫방에 들게 하고 좋은 밥과 반찬에 향긋한 술을 내왔다. 손을 대접하는 품이 아주 은근했다. 수기는 대단히 이상하게 여겨 그 남편이 어디 갔는가를 물어보았다.

"마침 출타하였는데 이제 곧 돌아올 것입니다."

젊은 여자의 대답이었다.

밤이 깊어가자 과연 한 사내가 들어왔다. 신장이 8척이요, 생김이 기걸스럽고 건장하였고 목청도 우레 같았다. 사내가 여자에게 말했다.

"이런 깊은 밤중에 웬 사람이 부녀자만 있는 방에 들어와 있느냐? 아주 해괴한 일이다. 이건 가만둘 수가 없구나."

수기는 크게 두려움이 일어서 대꾸를 했다.

"먼 길의 나그네가 밤들어 길을 잃고 간신히 여기 당도한 걸 주인은 어찌 동정하는 마음이 없이 도리어 책망의 말을 하시오?"

이에 사내가 껄껄 웃으며 말했다.

"손님 말씀이 옳소이다. 내 일시 장난의 말을 한 것이니 어찌 생각 마시오."

마당에 관솔불을 환히 밝히고 사냥한 짐승들을 벌여놓는데 노루며 사슴·산돼지들이 산처럼 쌓였다. 이수기는 더욱 두려운 마음이 들었으나 주인은 그를 대하여 퍽 반가운 기색이었다. 산돼지·사슴 등을 잡아 가마솥에다 넣고 삶는 것이었다.

밤중이 지나 주인이 등불을 들고 방에 들어와서 그를 깨웠다. 좋은 술이 동이에 하나 가득이요 삶은 고기가 소반에 쌓였는데, 큰 술잔을 들어 그에게 거푸 권하니 뜻이 매우 은근했다. 그는 주량이 큰 사람이다. 주인 또한 협객이거니 생각하여 허리띠를 풀고 가슴을 열어젖히고 다시 사양하지 않았다. 이내 술이 오르고 기분이 흐뭇해서 피차 주거니 받거니 수작이 난만했다. 주인이 문득 그의 손을 잡고 말을 꺼내는 것이었다.

"당신의 기골을 보니 범상치 않구려. 필시 용맹이 남다르리라 생각되는군요. 내가 지극히 원통해서 꼭 죽여야 할 원수가 있는데, 의기가 있고 용감하여 가히 사생을 같이할 장사를 얻지 못하면 더불어 일을 꾀할 수 없다오. 당신은 능히 나를 가긍히 여겨 허락해주실는지?"

"우선 무슨 일인지 들려주오."

주인은 눈물을 뿌리고 이야기를 시작했다.

"어찌 차마 말하리오. 우리 집은 대대로 이 골짝에 살아 요족하다
는 말을 들었지요. 10년 전부터 홀연 한 사나운 범이 이 근방 깊은 산속
10여 리 되는 곳에 와 살며 날마다 마을 사람들을 해친 것이 부지기수
라, 이 때문에 사람들이 하나도 남지 않고 다 떠났지요. 우리는 조부모·
부모·형제 삼대가 다 호환虎患을 입었는데, 사리야 응당 즉시 이곳을 버
리고 갔어야겠지만 창졸간에 갈 곳도 마련하지 못하고 열흘 안에 잇달
아 화를 입고 오직 이 한 몸만 남아 있다오. 홀로 살아서 무엇하겠소? 나
역시 약간 완력이 있기로 반드시 그놈의 짐승을 죽인 연후에 거취를 정
하기로 하였다오. 그래서 그 짐승과 서로 겨루어본 것도 여러해이거니
와 나와 그 짐승이 힘도 비등하고 형세도 비슷해서 승부를 끝내 정하지
못했소. 만약에 용맹한 사람을 만나 조력을 받는다면 그놈을 죽일 수 있
을 것이오. 내 그런 사람을 세상에 구한 지 오래되었으되 아직 얻지 못
하였소. 지극한 통한이 마음속에 있어 매일 울화로 일을 삼다가 이제 손
님을 뵈오매 결코 범상한 분이 아니기에 지금 감히 입을 열었으니, 손님
은 측은히 여기고 마음을 써주실는지?"

수기는 듣고 크게 감동해서 주인의 손을 마주 잡고 말했다.

"슬프다, 효자여! 내 어찌 한번 손쓰기를 아껴 주인의 뜻을 이루어드
리지 못하리오. 주인을 따라 가겠소."

주인은 벌떡 일어나서 그에게 절을 하고 감사의 말을 하였다.

"한데 칼을 가지고 왜 그놈을 진작 찌르지 못하였소?"

그가 묻자 주인이 대답했다.

"그놈이 워낙 오래된 영물이라, 내가 만약 칼이나 총을 들고 가면 영락없이 숨어서 나타나지 않고, 만약 내가 병장기를 들지 않았으면 꼭 나와서 덤빈다오. 그래서 그놈을 죽이기 어렵고, 나 역시 누차 위험을 겪어 감히 자주 접근하지 못하지요."

"이미 나의 몸을 허락했으니 며칠 기운을 보충한 다음에 나가도록 합시다."

그는 그 집에서 쉬면서 매일 술과 고기로 잘 대접을 받아 양껏 먹었다. 10여 일이 지난 어느날 아침 일기가 쾌청했다.

"오늘 가봅시다."

주인은 이렇게 말하고 그에게 예리한 칼 한 자루를 주는 것이었다. 주객이 함께 나가 동쪽으로 10여 리를 가서 산골로 들어갔다. 몇고개를 넘어서니 점점 산이 겹겹이 쌓이고 물이 골짝마다 흘러 수목이 밀림처럼 빽빽했다. 앞을 바라다보니 골짜기가 툭 트인 곳으로 평평한 땅이 나왔다. 물굽이가 돌아 맑은 시내에 흰모래가 깨끗했으며, 시내 위에 바위가 높이 검푸르게 깎아질러 바라보기에도 음산했다.

주인은 그를 깊은 숲 사이에 숨어 있게 하고 단신 맨주먹으로 시냇가로 나아가 휘파람을 휘익 부는 것이었다. 그 소리가 비상히 맑게 울렸다. 홀연 보니 먼지와 모래가 바위 위에서 풀썩풀썩 몇차례 일어나 온 골짝에 가득 차서 햇빛이 어두울 지경이 되었다. 금방 바위 꼭대기에서 빛이 쌍횃불같이 꺼졌다 켜졌다 번쩍였다.

수기가 숲 속에 숨어서 자세히 보니 어떤 물건이 바위 사이에 걸려 한 자락 검은 비단 같은데 한 쌍의 빛이 그 사이에 박혀 있었다. 주인 사내가 그놈을 보고 팔을 뽑아 크게 부르짖자 그놈이 나는 새처럼 날아 뛰어서 사내와 서로 붙들고 싸우는데, 한마리 큰 흑범이었다. 머리와 눈알이 사납고 흉칙한 것이 예사 범과 아주 달라 사람을 놀라 넘어지게 하여 제대로 볼 수조차 없었다.

범이 사람처럼 서서 덤비자 사내는 자기 머리로 범의 가슴팍을 들이박아 그놈의 허리를 꽉 껴안았다. 범은 목이 곧아 굽히질 못해 앞발로 사내의 등을 후려쳤다. 사내의 등이 아주 생피갑[1]이라 철갑같이 단단해서 날카로운 범의 발톱도 소용이 없었다. 사내는 발로 범의 뒷다리를 걸어 범을 기어이 넘어뜨리려 하고, 범은 두 다리로 딱 버티고 서서 한사코 넘어지지 않으려 했다. 한발짝씩 밀고 밀치고 진퇴를 거듭해서 방휼지세[2]로 서로 어쩔 도리가 없었다.

수기는 비로소 숲 속에서 뛰어나가 달려들었다. 범이 보고 크게 으르렁대니 그 소리에 바위가 무너질 것 같았다. 범이 아무리 몸을 빼내 달아나려 해도 사내에게 꼭 안겨서 어쩌지 못하고 미친 듯 발버둥을 쳐 눈에서 번갯불이 났다. 수기는 조금도 동요하지 않고 곧 덤벼들어 칼로 범의 허리를 찔렀다. 몇번 찔러대자 비로소 범은 몸부림치며 부르짖다가 땅에 쓰러졌다. 피가 샘솟듯 흘렀다.

주인은 그 칼을 가지고 범의 배를 가르고 골을 부숴서 육장을 만들고 심장과 간을 꺼내 입에 넣고 씹는 것이었다. 그러고 나서 목을 놓아 울었다.

---

1 생피갑生皮甲 갑옷은 대개 가죽으로 만드는데 살아 있는 사람의 등이 갑옷처럼 견고하다 해서 쓴 표현.

2 방휼지세蚌鷸之勢 방蚌은 조개, 휼鷸은 황새. 황새가 물가에 나와 있는 조개의 속을 쪼았더니 조개가 그만 황새 부리를 꼭 물어버렸다. 그래서 황새나 조개나 서로 잡아먹을 수도 놓아줄 수도 없이 난처하게 되었다. 이때 어부가 지나가다가 조개와 황새를 한몫에 잡았다 한다. 이 우화에서 유래하여 서로 붙들고 싸워 어쩌지 못하는 형세를 '방휼지세'라 하며, 이때 제3자가 이득을 보는 것을 '어부지리漁父之利'라 한다.

해가 석양으로 향해 갈 무렵 주객이 함께 집으로 돌아왔다. 주인은 수기에게 머리를 조아리고 눈물을 흘리며 절하여 마지않으니, 수기 역시 느껴 자기도 모르게 눈물을 흘렸다.

이튿날 주인은 밖에 나가서 큰 소 다섯마리와 건장한 말 세필을 끌고 왔는데 모두 사람이 딸려 있었다. 피물皮物과 인삼 등속을 거기에 잔뜩 싣고 또 작은 칠궤 몇벌을 내왔는데 거기에도 재물이 담겨 있었다. 그리고 그 젊은 여자를 가리키며 말했다.

"이 사람은 내가 일찍이 가까이하지 않았다오. 값을 후하게 치르고 얻은 양민의 딸이라오. 내가 몇년 이 재물을 모은 것은 오직 원수를 갚아주는 분을 기다려 은혜에 보답코자 함이었소. 사양하지 말고 거두어 주오. 나는 다른 곳에 전장田莊이 있어 족히 생계를 삼을 만하다오. 이제 나는 그곳으로 떠나겠소."

그러고서 또 눈물을 흘리며 절하는 것이었다. 수기는 주인을 의기로써 도운 것인데 재물을 좋아할 이치가 있겠는가!

"내가 비록 무변이지만 어찌 이런 물건을 받겠소? 그런 말씀 다시 꺼내지 마오."

"내가 여러해 마음을 여기에 쏟은 것은 오로지 오늘을 위해서였소. 손님은 어찌 사양하시오?"

주인은 즉시 일어나서 절하여 인사하고 여자를 돌아보며 말했다.

"너는 이 물건들을 가지고 가서 은인을 잘 섬기어라. 만약 딴 사람을 섬기거나 재물을 함부로 허비하는 일이 있으면 내 비록 천리 바깥에 있더라도 필히 알게 될 것이니 반드시 네 목숨을 그치게 할 것이다."

주인은 말을 마치자 훌쩍 떠나버렸다. 수기가 주인을 불렀으나 돌아보지도 않았다. 수기는 어찌할 도리가 없어 여자와 재물을 함께 싣고 돌아왔다. 적당한 남자를 골라 그 여자를 시집보내려 하였으나 여자가 한 사코 마다해서, 마침내 부실副室로 삼아 일평생을 해로했다.

　『파수편破睡篇』에서 뽑은 것으로,『청구야담』에도 실려 있다. 제목은 '이무변이 막다른 골짝에서 맹수와 싸우다李武弁窮峽格猛獸'를 '타호打虎'로 바꾸었다.

　한 무관이 강원도 산골에서 한 힘센 장사와 함께 범을 잡아죽여 그 장사의 원수를 갚는 이야기다. 두 사람이 범을 찾아 들어갈 때 전개된 산골의 경치, 그리고 암벽 사이에서 흑범이 출현하는 장면 묘사가 특히 뛰어난 솜씨를 보이고 있다.

　원수는 기어이 갚고야 말며, 남의 옳은 일에 목숨을 내걸고 돕는 그것이 곧 민중의 기질이기도 한데, 엄청나게 크고 사나운 흑범과 맨손으로 싸우는 데서 민중의 기상을 실감케 한다.

이비장 李裨將

　이여매[1] 제독의 후손 모씨는 완력이 있었으며 검술도 놀라웠다. 그가 전주 감영에 막료로 부임하러 갈 때 길이 금강 나루에 닿았다. 마침 한 내행內行과 배에 같이 타고 강을 건너게 되었는데, 중류에 이르러 웬 중이 강가에 서서 사공을 부르는 것이었다.

　"얼른 배를 돌려라."

　사공이 노를 돌리려 하자 이모 비장이 꾸짖어 배를 돌리지 못하도록 했다. 중이 몸을 솟구쳐 공중을 날아 선상으로 뛰어들었다. 중은 부인이 탄 가마의 주렴을 걷어올리고 들여다보면서

　"자색이 썩 묘하구먼."

　하고 멋대로 못된 수작을 부리는 것이었다. 그는 한주먹에 그 중을 때

---

1 이여매李如梅　임진란 때 명나라 제독으로 나왔던 이여송의 아우. 기록에 의하면 이여송의 아우인 이여백李如栢과 이여매도 함께 조선에 출정했다. 이여매의 손자인 이성룡李成龍이 명청이 각축하는 과정에서 조선땅으로 들어와서 장만張晩의 휘하에 있었다. 이 자손들이 더러 무관으로 진출했던바 『강화지江華志』에는 강화의 만수산 아래 보명保明이란 마을에 자손이 살고 있으며, 영조 때 왕명으로 이여송·이여매와 그 부친 이성량李成樑의 사당이 세워졌다 한다.

려죽이고 싶었지만 중의 용력이 어떤지 몰라서 참고 있다가 배가 건너편에 닿아 뭍에 오르자 크게 꾸짖었다.

"네 아무리 못된 중놈이라지만 승속僧俗이 서로 다르고 남녀가 유별하거늘 어찌 감히 내행에 대해 행패를 부린단 말이냐?"

그러고서 가지고 있던 철편을 들어서 힘껏 내리쳤다. 중은 그 자리서 즉사했다. 그는 중의 사체를 들어서 강물에 던져버렸다.

그는 전주 감영에 당도하자 감사를 뵙는 자리에서 금강의 일을 아뢰었다. 그리고 막부에 머물러 있었다.

여러달이 지난 어느날 포정문 밖에서 요란한 소리가 들리는데, 제어하지 못하는 것 같았다. 감사가 웬일인가 물으니 문지기가 아뢰었다.

"웬 중놈이 와서 사또님을 뵙겠다 하옵니다. 못 들어오게 해도 막무가내입니다."

말이 끝나기도 전에 웬 중이 대뜸 대청으로 올라와 배알하는 것이었다. 감사가 소리쳐 꾸짖었다.

"너는 어디 중놈이며 여기는 무슨 일로 왔느냐?"

"소승은 강진 사람이온데, 이비장이 지금 여기 있사옵니까?"

"그건 왜 묻느냐?"

"이비장이 소승의 스승을 살해하였기로 소승이 원수를 갚고자 온 것입니다."

"이비장은 마침 서울에 올라갔다."

"언제쯤 돌아오옵니까?"

"한달 말미를 얻어가지고 갔다. 내달 열흘경에 내려올 것 같다."

"그때 소승이 다시 오겠습니다. 제아무리 높이 날고 멀리 달린다 해도 면치 못할 것이니 아예 달아나거나 숨을 생각일랑 말라고 이비장에게 일러주옵소서."

그 중은 곧 하직하고 나갔다. 감사가 이비장을 불러 경위를 말하고 물었다.

"네가 능히 저 중을 대적할 수 있겠느냐?"

"소인은 집이 가난하여 육고기를 별로 먹지 못해서 기력이 충실치 못합니다. 만약 소인이 매일 큰 소 한마리씩 먹어 30일을 한정하고 30마리를 먹으면 제깟 녀석을 무어 두려워하겠습니까?"

"그거야 천냥 비용에 지나지 않는데 어렵다 할 것이 있겠느냐?"

감사는 푸줏간을 담당한 자에게 명하여 이비장에게 매일 소 한마리를 제공하도록 지시했다.

이비장은 또 감사께 황색 비단 협수[2]에 자색 비단 전복戰服을 지어줄 것을 청하였다. 감사는 모두 들어주었다. 그리고 공인에게 부탁해서 쌍검을 백번이나 단련해 만들었는데, 그 쌍검은 날카롭기가 무쇠라도 끊을 정도였다.

이비장이 10일 동안 소 10마리를 먹어치우자 그의 몸은 아주 비대해졌고, 20일이 지나 소 20마리를 먹어치우자 몸이 도리어 수척해졌으며, 한달이 지나 소 30마리를 먹자 몸이 비대하지도 수척하지도 않고 보통 사람과 다름없어 보였다. 이때부턴 예기銳氣를 쌓고 용맹을 기르면서 기다렸다.

강진 중은 기약한 날짜에 찾아와서 감사를 뵙고 아뢰는 것이었다.

"이비장이 돌아왔습니까?"

"이제 막 돌아왔다."

---

2 **협수**夾袖 군복의 일종. 두루마기 모양으로 생겼는데 뒤 솔기를 길게 텄다. 동달이.

이비장이 마침 옆에 있다가 나서서 꾸짖었다.

"내 시방 여깄다. 네 어찌 당돌하게 이러느냐?"

"여러 말 할 것 없다. 오늘 나와 사생 결판을 내자."

중은 즉시 뜰로 내려가서 바랑 속에 싸둔 칼을 꺼내어 들어 올리는데 서릿발이 도는 장검이었다. 이비장 또한 뜰아래로 내려섰다. 황색·자색의 협수 전복을 입고 손에 한 쌍 백련검百鍊劒을 들고, 발에 한켤레 착추화[3]를 신었다.

두 사람이 마주 서 피차 춤추듯이 나아가고 물러나기를 거듭하더니 이윽고 검광이 번쩍번쩍하여 은항아리 속처럼 되었다. 둘은 하늘로 솟아올라 높이 구름 속으로 들어가서는 사람들 눈에 보이지 않았다. 뜰에 가득 모인 사람들은 너나없이 혀를 내둘렀다.

사람들이 하늘을 바라보며 승부가 나기를 기다리고 있는데, 해가 기울어진 뒤에 붉은 피가 점점이 땅에 떨어졌다. 이내 중의 몸뚱이가 선화당 아래 떨어지고 머리는 포정문 밖에 떨어졌다. 그래서 모두들 이비장이 이겨서 무사한 줄로 알게 되었다. 그런데 엷은 어둠이 깔릴 때까지 이비장은 그림자도 비치지 않았다. 다들 이상하게 여길 즈음 초저녁 무렵 이비장이 칼을 짚고 내려오는 것이었다. 감사가 치하를 하자 이비장이 사례하며 아뢰었다.

"다행히 사또의 은덕을 입사와 육고기를 먹어 원기를 보충한데다 황색·자색의 복색으로 놈의 눈을 현란케 했기 때문에 그자를 이길 수가 있었습니다. 그렇지 않았다면 저는 이기기 어려웠겠지요."

감사가 물었다.

---

3 **착추화着錐靴** 미끄러지지 않도록 바닥에 못을 박은 가죽신.

"중의 머리는 진작 땅에 떨어졌는데 너는 어찌 내려오는 것이 더디었던가?"

"소인은 이왕 칼기운을 탔던 고로 고국 땅이 그리워 농서[4] 선영으로 가서 성묘를 하고 일장통곡한 다음 돌아온 것입니다."

이비장의 대답이 이러했다.

---

4 농서隴西 중국의 감숙성甘肅省을 가리킴. 중국 이씨의 본관지이기도 하다.

『파수편』에서 뽑았다. 『청구야담』에도 실려 있다. 제목은 '이비장이 검술로 겨루어 중을 죽이다鬪劍術李裨將斬僧'인데 '이비장李裨將'으로 줄였다.

두 장사가 검술로 겨루는 이야기. 거칠고 흉악한 중이 여성에게 무례하게 구는 것을 보고 당장 때려죽이는 이비장은 물론, 자기 스승의 원수를 갚으려고 목숨을 걸고 싸우는 강진의 중도 다 같이 민간 호걸의 기질을 소유한 인물이다. 30일 동안에 혼자 소 30마리를 먹어치운다든지, 칼기운을 타고 멀리 중국까지 갔다가 온다든지 하는 과장된 내용들은 불합리한 그대로 재미난 민간적 상상력을 표출한 것이다.

웅투熊鬪

노귀찬盧貴贊은 재상가의 하인으로서 죄를 짓고 상전을 배반하여 도주한 사람이었다. 여주로 도망와서 배를 부려 살아갔다. 본래 성질이 우악스럽고 무뢰하여 '흉악한 사공'으로 여강¹ 연변에 널리 알려졌다.

어느날 귀찬은 장사꾼들을 싣고 배를 띄워 서울로 향했다. 강안을 스치며 내려가는데 강둑에 한 선비가 서 있었다. 몸이 작고 야윈데다가 머리는 반백에 갈포옷도 이기지 못하는 주제로 보였다. 등에 괴나리봇짐을 지고 손에 지팡이 하나를 들고 강 언덕에 서서 소리치는 것이었다.

"나를 실어다오. 고달픈 다리를 좀 쉬어야겠다."

귀찬은 얼굴을 들어 흘깃 바라보더니 턱으로 아래쪽에 배 댈 곳을 가리키면서 말했다.

"저기 가서 기다리우."

선비는 배를 놓칠까보아 그의 말대로 강안을 따라서 달음질쳤다. 숨을 헐떡이며 아래쪽에 가 서서 기다렸다. 귀찬은 가까이 이르자 못 본

---

1 여강驪江 경기도 여주 지역을 통과하는 남한강.

척하고 그냥 배를 지나쳐 내려갔다. 선비가 다시 배를 부르자 귀찬은 또 아래쪽을 가리켰다. 선비는 다시 또 강안을 따라서 달려 숨이 차서 거의 죽을 지경이었다. 지팡이에 의지해 서 있는데, 귀찬은 역시 못 본 척하고 배를 저어 지나쳤다. 이렇게 하기를 세번이나 거듭했는데도 끝끝내 선비를 배에 태워줄 의향이 없었다.

선비는 그래도 행여나 하고 배를 쫓아가다가 내려가는 배를 흘겨보고 서 있었다. 배는 강안으로부터 약 20보 정도 거리였다. 선비는 몸을 약간 웅크리는 자세를 취했는데 휙 하는 소리와 함께 몸이 이미 배에 들어와 있었다. 배에 탄 사람들이 모두 크게 놀랐다.

귀찬은 애당초 일개 선비라고 가소롭게 여겼다가 그의 용맹을 목격하고는 즉시 뱃전에 엎드려 살려달라고 빌었다.

선비는 아무 말도 하지 않고 배의 동쪽 머리로 가 앉아서 푸른 보자기를 끌렀다. 한자 남짓의 총이 나왔다. 거기에 탄약을 재고 불을 붙이더니 돌아와 앉아서 귀찬에게 호령을 했다.

"너는 저쪽 머리로 가서 나를 보고 무릎을 꿇어라."

귀찬은 감히 말 한마디도 못 하고 서쪽 이물로 물러나서 무릎을 꿇었다. 고개도 들지 못하고 오직 선비를 곁눈으로 흘깃흘깃 훔쳐보는데 선비가 총을 들어서 귀찬의 이마를 겨누었다. 그리고 곧 방아쇠를 놓을 듯 말 듯 일부러 머뭇거리는 것이었다. 귀찬은 얼굴이 흙빛으로 변하여 두 손을 모아 빌며 입에서는 "죽을죄를 지었습니다." 하는 소리가 끊이지 않았다. 몸을 꼼짝달싹도 못 하였다.

선비는 두 눈을 딱 부릅뜨고 한동안 말없이 쏘아보았다. 별안간 백일하에 총성이 울리자, 귀찬이 배 가운데에 넘어졌다. 배에 탄 사람들은 모두 놀라고 두려워하여 귀찬이 죽은 줄로 생각하면서도 감히 나서는 자가 없었다.

선비는 천천히 총을 싸서 도로 넣어둔 다음에 귀찬에게 다가섰다. 그의 멱살을 잡아 일으키고 숨을 쉬나 보는 것이었다. 귀찬은 한참 후에 깨어났는데 전신에 아무런 상처도 없었고 머리만 홀랑 벗겨져 상투 꼭지가 간 곳이 없었다. 이에 귀찬을 호령해서 배를 대게 했다.

선비는 배에서 내려 강안의 높은 곳에 앉아 귀찬을 배에서 끌어내렸다. 귀찬이 배에서 내리자 또 땅에 엎드리도록 했다. 귀찬이 땅에 엎드리자 바지를 내려 볼기를 드러나게 했다. 귀찬은 볼기를 드러낸 채 엎드려 오직 처분만을 기다렸다. 선비는 지팡이를 들어서 귀찬의 볼기에 세 번 매질을 가하는 것이었다. 매는 각각 볼기의 다른 곳에 떨어졌는데 살 속으로 매가 보이지 않을 만큼 파고들었다. 매를 뽑아 들 때 피가 솟아 흥건하였다. 귀찬은 또 기절을 했다가 이윽고 살아났다. 선비는 수염을 거스르며 노기를 띠어 귀찬을 꾸짖는 것이었다.

"너는 공주 금강 나루의 이사공[2] 이야기도 듣지 못하였느냐? 어떤 사람이 하루 일곱번 건너갔다가 건너왔어도 조금도 귀찮게 여기지 않았더란다. 그 사람이 강 위의 산을 가리키며 '네가 죽게 되면 저곳에 묘를 쓰라.'라고 일러주었더니라. 그 사공이 죽어 그곳에 장사를 지냈더니 과연 그 자손들이 크게 번창했다 한다. 지금도 금강 나루를 지나가는 나그네들이 산을 바라보며 '저게 이사공의 무덤이라네.' 하고 이야기를 한단다. 아까 내가 두 발에 온통 물집이 잡혀서 몹시 아파 촌보도 옮기기 어려웠던 고로 너에게 좀 태워달라고 청했던 것이다. 너는 나를 태워주지 않았다. 태워주기 싫으면 그만둘 것이지 세번이나 배가 닿을 곳을 지

---

2 금강 나루의 이사공 금강 나루에서 선행을 한 것으로 전하는 인물. 전의全義 이씨의
  옛날 조상으로 '이도李棹'라고 일컬어진다.

시하고서 어찌 그다지 나를 곤경에 빠뜨리고 속이려 들었단 말이냐? 앞으로는 다시 이런 악행을 저지르지 마라. 오늘 다행히 나를 만나서 너의 생명을 건진 줄 알아라. 누가 너 같은 것을 살려두겠느냐?"

귀찬은 머리를 조아리며 은덕에 감사해 마지않았다.

그때에 나귀를 타고 지나가는 한 길손이 있었다. 생김새가 글깨나 해 보이는 나이 젊은 양반이었다. 이 양반은 귀찬을 징치하는 현장에 다가와서 읍하고 말하였다.

"거 아주 상쾌합니다. 나도 일찍이 배에서 이놈에게 욕을 보았습니다. 일껏 제 배에 실어놓고 곧 떠날 줄 알았더니 돛을 달아놓은 채 어디로 도망을 쳤던 것입니다. 나는 하는 수 없이 터덜터덜 서울까지 걸어서 가느라 하마터면 과거 기일을 놓칠 뻔하였지요. 귀로에 또 저놈을 두미포[3]에서 만나 동행들과 짜고서 저놈을 붙잡아 물속에 집어넣었지요. 그런데 저놈이 헤엄을 얼마나 잘 치던지 물오리처럼 능수로 물속에 잠겼다 떴다 하면서 발헤엄을 치고 두 팔을 뽑아 우리에게 욕을 먹이지 않겠습니까? 분이 상투 끝까지 올랐지만 어찌할 도리가 없었지요. 오늘 선생이 저놈 버릇을 고치시니 전날의 분이 다소 풀리는가 합니다."

선비는 아무 대꾸도 않고 표연히 용문산을 향해 가는 것이었다. 걸음이 나는 듯했다.

귀찬은 사람들에게 떠메어져서 자기 집으로 돌아갔다. 한해 남짓 치료를 받아서 비로소 움직일 수 있었고, 머리털도 부얼부얼 돋아났다. 그러나 볼기에 맞은 매 흔적은 색이 불긋푸릇 뱀 세마리가 기어가는 모양

---

3 **두미포斗尾浦** 두뭇개를 가리킨다. 현재 경기도 팔당에서 서울에 이르는 중간 지대를 가리키는데, 지금 검단산에서 하남시 사이의 강을 두미협斗尾峽이라 하며 두미포는 그 하류에 있었다.

으로 자국이 남아 있었다. 이로부터 귀찬은 뱃일을 버리고 어영부영 놀았는데, 마음은 항상 울울하여 즐겁지 않았다.

뒤에 재상댁으로부터 반역한 죄를 용서받고 다시 예전처럼 서울을 내왕하게 되었다. 어느날 밤중에 종루길을 거닐다가 푸주에 들러 술이 잔뜩 취해서 밖으로 나왔다. 나졸에게 붙잡히게 되자 나졸을 발길로 차서 가슴에 상처를 입혔다. 여러 나졸들이 일제히 달려들어 그를 묶어 끌고 가서 포도대장에게 보고하였다. 대장은 귀찬을 잡아들이라 하고 노발대발하여 꾸짖었다.

"이놈, 밤에 통금을 범하였으니 용서치 못할 죄이거늘 게다가 나졸에게 발길질까지 하다니, 얼마나 큰 죄이냐? 너는 반드시 죽일 놈이다."

장차 치도곤을 내리려다가 볼기에 나 있는 세 흉터자국을 보게 되었다. 대장은 뱀을 아주 싫어하는 성미라서 그 비슷한 것도 보기 싫어했다. 그래서 종사관從事官에게 맡겨 다스리게 했기 때문에 곤장이 조금 가벼워졌던 것이다.

귀찬은 도망을 쳐 여주로 돌아갔다. 그리고 3년 동안 감히 나다니지 못했다.

어느날 귀찬이 상류로 배를 띄워 두루 돌아다녔다. 상류에 절벽이 우뚝 강물에 접해 서 있는데 백암白巖이라고 부르는 곳이었다. 한 나무꾼이 도망쳐오면서 귀찬을 보고 외쳤다.

"저 벼랑 꼭대기에 시방 큰 곰이 한마리 자고 있어요. 아주 살진 놈이라 그놈을 잡으면 백명이라도 포식하겠데요."

귀찬은 급히 배를 저어 바위 밑에 붙이고 상앗대를 들고 곧바로 벼랑을 타고 올라갔다. 곰이 쿨쿨 잠든 틈을 타서 상앗대로 힘껏 갈겼다. 곰은 놀라 일어나더니 큰 돌을 들어 아래로 던지고 입을 크게 벌리며 포효

하고 곧장 귀찬을 향해 덤벼들었다.

귀찬이 내빼자 곰은 뒤를 쫓았다. 급히 배를 저어 중류에 가서 머리를 돌려 보니 곰은 벌써 고물에 붙어 있었다. 귀찬은 다시 상앗대를 들어서 갈겼다. 곰이 그 상앗대를 빼앗아서 꺾어가지고 도로 던지는 것이었다. 귀찬은 또다른 상앗대를 들고 갈겼지만 다시 곰에게 빼앗기고 말았다. 배에 있는 물건이라곤 손에 잡히는 대로 죄다 곰에게 던져서 이제 맨주 먹이 되고 말았다. 곰이 뱃전을 움켜쥐자 배는 곧 뒤집히려 했다. 귀찬 은 다급해져서 피하였다. 헤엄을 잘 치는 것만 믿고 몸을 날려 물속으로 뛰어들었던 것이다. 곰도 뒤미처 물속으로 들어왔다.

이날 강의 좌우로 구경꾼이 구름같이 몰렸다. 사람과 곰이 물속으로 들어가더니 잠잠히 자취가 없었다. 이윽고 배가 떠 있던 곳으로부터 두 마장쯤 가서 물결이 소용돌이치는 형상이 용이 싸우는 것 같았다. 얼마 후 귀찬이 물 위에 시체로 떠올랐다. 곰은 물이 얕은 곳으로 나와서 사 람처럼 서 있는데, 아무도 접근하지 못했다. 곰은 어슬렁어슬렁 지평현[4] 쪽으로 향해 갔다.

후일에 들으니 추읍산[5] 속에서 곰 한마리가 포수의 총에 맞아 죽었다 는데 바로 이 곰이라고 한다.

---

4 지평현砥平縣 현재 경기도 양평군에 속한 고을 이름으로 양수리에서 북한강 쪽 지역.
5 추읍산趨揖山 지금 양평군 개군면에 있는 산.

●작품 해설

『청구야담』에 '못된 버릇을 부리다가 곰과 강에서 싸우다肆舊習與熊鬪江中'라는 제목으로 수록된 것이다. 여기서는 간략히 '웅투熊鬪'라 하였다. 『동야휘집』의 「사공이 배를 돌리다가 승객에게 매를 맞다篙漢回蓬被客杖」도 유사한 줄거리이다. 원래 박준원朴準源의 『금석집錦石集』에 '뱃사공 노귀찬 사적書船人盧貴贊事'이라는 제목으로 실렸던 것인데 『청구야담』에 전재되었다.

한 하층민의 저항적인 기질을 그린 것. 그 주인공 노귀찬은 재상가에서 도망쳐나온 노비 신분으로 나졸들도 마구 두들겨패고 잠자는 곰을 건드려서 싸우는 무분별하고 강포한 기질의 인간이었다. 특히 양반에 대한 적대감정이 과격해서 양반 욕보이기를 일삼아 저질렀다. 그러다가 단단히 혼이 나게 된다. 노귀찬을 혼내준 그 사나이의 정체를 알 수 없으나, 노귀찬은 애당초 그를 허약한 선비로 잘못 보고 골리려 들었다가 도리어 된통 당한 것이다. 강포하고 무분별하게 감정적인 저항으로 시종하는 노귀찬의 성격은 민중기질의 일면이겠으나, 그것이 높은 의식으로 성장하거나 조직적으로 행사되지 못하면 패배의 연속이 될 수밖에 없음을 보여준 것이다. 공연히 곰과 싸움을 벌이다가 죽음을 자초한 노귀찬의 최후에서 이런 점이 더욱 뚜렷이 그려지고 있다.

완강頑强

경상우도[1]의 무변 최씨는 방어사[2]를 역임한 인물로서 완력이 월등했고, 항상 몸에 철퇴를 지니고 다녔다.

최씨가 처음 영남에서 서울로 벼슬을 구하러 올라가던 때의 일이다. 일곱필 말을 앞에 몰고 어느 큰 마을 앞에 당도했을 즈음 비가 쏟아지는데 들어갈 주막도 없었다. 그래서 말을 늘어세우고 그 마을로 들어갔다. 어떤 할멈이 보고서

"저 양반 또 무한히 욕을 보겠구먼."

하고 혼잣말로 중얼거리는 것이었다. 그는 그 말이 이상하게 들렸지만 내처 들어가서 말에 실린 짐바리를 토방에 풀어놓고 여덟필 말을 마구간에 들여 맨 다음 자기는 대청마루로 올라가 앉았다.

그 집에 바깥주인이 없는 모양이었다. 젊은 아낙이 안대문을 열고 나와서 맞으며 말했다.

---

1 **경상우도** 이조시대 경상도를 좌우로 구분하여 낙동강의 서쪽 지방을 일컫는데 진주가 그 중심지였다.
2 **방어사防禦使** 경기도·강원도·함경도·평안도의 요긴한 곳을 방어하기 위해 둔 무관직.

"손님, 단령³이 흠뻑 젖었습니다. 벗어서 주시면 말려드리지요."

그녀는 나이가 스물쯤으로 용모나 행동거지가 선명하고 단정하며 슬기로워 보였다. 단령을 가지고 들어가더니 따뜻한 구들에 말리고 다리미로 싹 다려서 이내 들고나왔다.

"행차께서 비를 피해 드시긴 길갓집이 좋겠으나, 이 집의 주인 노인은 나이가 환갑을 넘긴 분인데, 저는 주인의 후처로 들어와 겨우 몇년 지났습니다. 주인 성질이 사납기로 천하에 견줄 곳이 없는데다가 아들 오형제가 울타리 밖으로 가까이 살고 있지요. 여섯 부자 성질이 다 호랑이 같아서 고을의 관가에서도 능히 억제하지 못한답니다. 전후에 들른 손님치고 낭패를 보시지 않은 분이 없답니다. 주인이 시방 이웃에 가서 곧 돌아오실 텐데 행차께서 필히 큰 욕을 보실 겁니다. 그러니 미리 다른 데로 가시는 것이 좋겠습니다."

"비가 이렇게 쏟아지는 걸 나가서 어디로 가란 말인가?"

하고 최씨가 이어서 물었다.

"네가 사나운 너의 지아비를 좀 타이르지 못할까?"

"제가 지성으로 타이르지 않는 바 아니오나 끝내 고약한 성질을 죽이지 못하는군요."

이윽고 얼굴이 흉악해 보이는 한 늙은이가 청면원모⁴를 쓰고 밖에서부터 고함고함을 지르며 달려오더니

"어떤 놈의 길손이 남의 집 내정에 들어왔느냐?"

하고 짐짝들을 들어서 마구 울 너머로 내던지는 것이었다. 최씨의 일곱 하인이 나서서 막으려 하자 하인들도 잡아서 울 밖으로 던졌다. 그리

---

3 단령團領 무관의 윗옷의 한가지. 직령直領이라고도 한다.
4 청면원모靑綿圓帽 글자의 뜻으로 미루어 푸른 면으로 만든 둥근 모자.

고 말고삐를 끊어버리고 채찍질해서 내몰았다.

"비만 그치면 떠날 걸 왜 이러오?"

"비가 오건 안 오건 내게 상관없는 일이오. 좌우간 나는 손님을 머물게 할 수 없소."

늙은이는 성난 눈을 부라리며 토방 위로 올라섰다. 그때 곰만 한 개 한마리가 최씨 앞으로 지나가고 있었다. 최씨는 철퇴를 단령의 소매로 싸서 외부로 드러나지 않게 해가지고 개의 콧등을 한대 갈겼다. 개는 깩 소리 한번 못 하고 그 자리에서 고꾸라졌다. 늙은이는 소매 속에 철퇴가 숨겨진 줄 모르고 주먹이 그렇게 센 것으로만 여겼다. 한번 주먹으로 겨뤄보고 싶어 부엌문 앞에 서서 다른 개를 불러가지고 주먹으로 갈겨보았다. 개는 깨갱 소리를 지르고 달아나더니 여전히 쌩쌩하였다. 늙은이는 최씨의 힘이 자기보다 훨씬 센 것으로 짐작하고 자못 두려워하는 기색이 나타났다.

마침 비가 뜸해져서 최씨는 처소를 동리의 다른 집으로 옮겼다. 인마가 함께 쫄쫄 굶었다. 날이 저물어 최씨는 하인들이 쓰는 벙거지를 쓰고 윗옷을 벗어버리고 몸이 날래게 소매가 좁은 옷을 입었다. 철퇴를 들고 앉아서 밤이 깊어지기만 기다렸다. 늙은것을 때려죽이고 나서 그 여자까지 겁탈하고 밤중에 도망가겠다는 심사였다. 그러는 판에 그 여자가 여덟 그릇의 밥과 여덟필 말의 말죽을 마련해서 하인들에게 들려가지고 왔다.

"내가 여깄는 줄 어떻게 알고 오는가?"

"생각기에 행차께서 다른 마을로 가시지는 못했을 것 같은데, 노주奴主의 식사는 거를 수 없고 말도 역시 그렇기에 변변찮으나마 준비해왔습니다. 지금 행차께서 벙거지를 쓰고 윗옷을 벗고 앉아 계신 품이 뭇잖

아도 무슨 생각이신 줄 알겠네요. 저이의 흉악한 구습이야 혈기가 있는 사람이라면 누군들 죽이고 싶지 않으리까? 하나 한 사람은 제거할 수 있다더라도, 다섯 아들이 있는데 일시에 인명 여섯을 해치는 일이 어찌 쉽겠습니까? 더더구나 다른 엉뚱한 생각을 품고 계시다면 결코 이루어질 수 없는 일입니다. 어떻게 그런 망상을 할 수 있겠어요? 행차를 위해 생각해보옵건대 이 저녁을 드시고 말죽도 먹인 다음 여기서 조용히 주무시고 새벽에 떠나시면 그 어찌 후덕한 어른의 만전의 계책이 아니겠습니까?"

최씨는 그녀의 말을 듣고 벙거지를 벗고 철퇴를 던지며 껄껄 웃었다.

"네 말이 정말 옳구나. 내 어찌 어기겠나?"

최씨는 밤을 무사히 보내고 그곳을 떠났다.

그는 서울로 올라와서 오래 지나지 않아 경상도 수사水使에 임명되었다. 그는 임금의 관심을 받는 처지여서 하직을 고할 적에 임금께 직접 아뢰었다.

"아무 고을에 왕화王化를 외면한 사나운 백성이 있어 공사 간에 해되는 바 크옵니다. 신의 관내 소관은 아니오나 편의종사함이 어떠하올지?"

이에 임금의 윤허가 내렸다. 최씨는 노문路文을 그 고을로 보내 지난번 그 여섯 부자를 붙잡아 가두고 기다리도록 했다. 본고을에서 여섯 부자를 체포하려고 하자 완강히 저항해서 속오군[5]을 동원하여 그 집 주위를 포위하고서야 잡아 묶을 수 있었다. 모두 큰칼을 씌우고 옥중에 엄중히 가두었다.

---

5 속오군束伍軍 지방에 거주하면서 평시에는 군포軍布를 바치고 훈련시와 유사시에 동원되는 군사 편제.

최씨는 그 고을에 당도한 즉시 객사에서 형구를 위엄 있게 차리고 죄인들을 잡아 올리도록 명했다. 늙은이의 처가 먼저 산발을 하고 맨발로 달려와서 간곡한 어조로 애걸하는 것이었다.

"쇤네가 설령 입장을 바꾸더라도 죽이고 싶은 마음이 들 것이옵니다. 그러나 지아비가 사납다 하여 그 처 된 도리를 다하지 않을 수 없사옵니다. 지아비가 형벌을 받아 죽게 되면 쇤네 또한 스스로 목숨을 끊어 지아비를 따를 수밖에 다른 도리가 없지요. 지난번 쇤네가 행차께 심히 죄를 지은 바 없사오니 비옵건대 쇤네의 낯을 보아 살려주옵소서."

늙은이와 다섯 아들이 큰칼을 쓰고 들어왔다. 늙은이는 여전히 패악한 말을 해대는 것이었다.

"사람을 어떻게 마음대로 죽일 수 있소?"

그리고 고개를 들어 최씨를 주시하더니

"저번 우리 집에 들렀던 양반 아뇨? 사람을 함부로 죽일 수 없는 법이오."

하고는 이윽고 눈물을 주르르 흘렸다. 그 연유를 묻자 대답이 이러했다.

"저번 행차가 다녀가신 후 제 처가 '조만간 그 양반 손에 죽게 될 것이라.' 하더니 과연 그렇게 되는구려. 그래서 슬퍼하는 것이오."

"내 이미 너를 죽여 민간의 해독을 제거하기로 결심을 했다. 성상의 윤허를 받았거늘 너는 이제도 죽음을 피할 성싶으냐?"

잠시 후 늙은이가 눈물을 흘리며 말했다.

"내가 지금 슬퍼하는 것은 죽음이 두려워서가 아니외다. 지금까진 행패를 부리는 것이 그른 일인 줄 몰랐고 능사로만 여겼더니, 오늘 이 자리서 비로소 사람이 되는 도리가 그래서는 안 되는 줄로 깨달았소이다.

지난 60 평생을 미욱한 가운데 허송해서 남의 단 하루의 삶보다 못한 것을 이제 깨달았지요. 지금 비록 새 출발을 하여 전의 잘못을 뉘우치고자 한들 한번 죽어버리면 도리가 없겠지요. 어찌 슬프지 않으리오까? 엎드려 바라옵건대 저의 말을 목전의 죽음을 면하려는 술책으로 보지 마시옵고 한번 용서해주시어 후일 저의 소행을 살펴보아 개전하지 못하거든 그때 가서 죽여도 안 될 것이 없겠지요. 저의 자식 손자가 이곳에 넓게 뿌리를 내리고 있어 하루아침에 일족이 도망칠 도리도 없사옵니다. 행차께서 혹시 지나는 길에 우리 부자를 관찰하셔서, 설령 개를 꾸짖는 데 큰소리를 쳐도 곧 죽여주옵소서. 달게 받지요. 당장 죽을 목숨을 살려 새사람이 될 길을 열어주신다면 큰 은혜를 어떻게든 갚겠습니다.”

최씨가 늙은이의 기색을 살펴보니 진심에서 나오는 말로 여겨졌다.

“너는 비록 과오를 뉘우치려 한다지만 네 자식들도 다 그렇겠느냐?”

다섯 아들이 일제히 나서서 아뢰는 것이었다.

“아버지가 기왕 이러시는 걸 자식들이 좇지 않으면 하늘이 필시 큰 벌을 내리시리다.”

늙은이가 또 말을 이었다.

“오늘 저희를 너그러이 살려주신다면 죽음을 벗어날 뿐 아니라 금수에서 사람이 되는 것입니다. 이제 저희 전가족이 댁의 노비가 되어 어떤 방도로건 은덕을 보답할 것이옵니다. 이후로 행차께서 상경하실 적에 주막에 들지 마시고 곧 제 집으로 오시되 하인의 집으로 여겨주시옵소서.”

최씨는 늙은이 일가를 방면해주었다. 그리고 술을 주어 위로하고 타이르니 다들 감격해서 돌아갔다.

그후에 최씨가 그 집에 들러보았더니 완전히 순직한 사람으로 바뀌

어 있었다. 말도 조심하고 몸가짐도 차분해서 털끝만 한 구습도 찾아볼
수 없었다. 실로 선량한 일등 백성이었다. 이들은 종신토록 충직한 하
인 못지않게 최씨를 잘 받들었다. 최씨를 볼 때마다 넘어질 듯 반겼다고
한다.

　　『동패낙송東稗洛誦』에서 뽑았다.『기관奇觀』에도 같이 실려 있다. 제목은 원래
달려 있지 않았는데 내용에서 취하여 '완강頑强'이라 하였다.『동야휘집』의 「용
맹한 무인이 철퇴를 숨겨가지고 패악한 백성을 길들이다勇弁袖椎警悖民」도 비슷
한 내용이나, 고담조로 흘렀다.

　　줄거리를 한마디로 요약하면 경상도의 최씨 무관이 한 포악한 촌민을 징치
해서 선량한 백성으로 만든 이야기다. 그런데 이렇게만 보는 것은 피상적인 이
해에 그친 것이다. 문제는 '왕화를 외면한 사나운 백성'이라는 여기 늙은이가 어
떤 성격의 인물인가이다. 작품에 그려진 바로 미루어 그는 상민이지만 생활 기
반이 확고한 자영농민이었던 것 같다. 그의 다섯 아들 또한 각기 분가해서 담을
연해 살고 있어 이들 호랑이 같은 여섯 부자를 관에서도 감히 억누르지 못했다
는 것이다. 최무관이 7필의 말에 7명의 하인을 거느리고 거드름을 피우며 그가
사는 마을로 들어섰을 때 그는 조금도 놀라지 않고 도리어 욕을 보이려고 덤벼
들 만큼 뻣뻣한 상민이다. 최무관이 권력을 이용해서 죽이려고 협박하자 그는
"사람을 어떻게 마음대로 죽일 수 있느냐?" 하고 대들었다. 즉 그는 사람이라는
인격을 내세워 관권의 위압에 순종하지 않고 저항하는 기질을 소유한 민중의
한 형상인 것이다.

　　그의 저항은 끝까지 버티지 못하고 협박에 무릎을 꿇는 것으로 되어 있다. 그
런데 인간을 함부로 죽일 수 있느냐고 대들다가 금방 회개의 눈물을 흘리는 급
전환은 납득하기 어려운 비약이다. 이 대목은 저항의 좌절이 왜곡을 초래한 것
으로 여겨진다.

홍경래洪景來

1

정조 경자(1780) 연간에 평안도 용강군龍岡郡 사람 홍아무개가 아들을 낳으니 이가 곧 경래이다. 그의 선대는 알 수가 없다. 경래는 어려서부터 총명하고 준수하며 지략과 용력이 출중하였다.

당시 중화군中和郡에 유학권柳學權이란 사람이 살았는데 바로 경래의 외숙이었다. 유학권은 상당한 학식이 있어 향리에서 아이들을 가르쳤으므로 경래도 거기 가서 글을 배우게 되었다. 경래는 지각이 빨리 나고 소견이 보통보다 뛰어나 얼마 배우지 않아서 대략 문리가 트였다. 벌써 8세 때 시를 지어서 이런 시구가 전한다.

해압산에 걸터앉아
요포강에 발을 씻노라.[1]

---

1 원문은 '距坐海鴨山, 洗足腰浦江'. 여기에 "해압산과 요포강은 중화군에 있는 산과 강의 이름이다."라는 주가 달려 있다.

항상 여러 아이들과 모여 놀 때면 경래는 저 스스로 대장이 되어서 많은 아이들을 거느리고 행군하고 싸우는 모양을 지으며, 또한 언덕이나 흙담 같은 데를 뛰어오르고 넘는 등의 일을 연습하는 것이었다. 『사략』[2]을 읽다가 "왕후장상王候將相이 어찌 따로 종자가 있을까." "장사壯士가 죽지 않으면 모르겠거니와 죽게 되면 큰 이름을 떨칠 것이다."[3]와 같은 구절에 이르러는 반드시 두번 세번 읽고 감탄해 마지않는 것이었다. 유학권은 경래가 이러는 것을 보고 그의 총명함을 기뻐하면서도 한편으로 장래가 어떨지 은근히 걱정하였다. 12세 때에 '송형가'[4]라는 제목으로 시를 지었다.

추풍이수秋風易水 장사권壯士拳

백일함양白日咸陽 천자두天子頭

이 구절을 두고 유학권은 대對를 잘 맞춘 것으로 칭찬하였다. 경래는 칭찬을 받고 좋아하는 기색이 없이 한참을 묵묵히 있다가 대답하는 것이었다.[5]

"저는 본래 대구對句로 지은 것이 아닙니다."

---

2 『사략史略』 중국의 역사를 편년체로 약술한 책. 어린아이들의 교재로 많이 읽혔다.
3 진秦나라를 반대해서 무장봉기를 일으킨 지도자 진승陳勝이 한 말. 그는 농민 출신이었다(『사략』 권2).
4 송형가送荊軻 형가는 중국 전국시대의 인물. 연나라를 위해서 진시황을 암살하려다 실패했다. 그가 진나라로 들어가려고 이수易水를 건널 때 전송 나온 친구들과 비장한 노래를 불렀다.
5 이 시구를 대구로 보면 "가을바람 이수에서 장사의 주먹이요, 대낮에 함양에서 천자의 머리로다."로 풀이된다. 이를 대구로 풀이하지 않으면 "가을바람에 이수에서 장사의 주먹으로 함양의 대낮에 천자의 머리를 친다."는 말이 된다.

"무슨 말이냐?"

경래는 문득 옷깃을 여미고 무릎을 꿇고 앉아 소리를 높여 크게 글을 읽는데 그 형상이 마치 주먹을 들어서 무언가 치려는 기세였다. 대개 이 구절은 장사의 주먹이 천자의 머리를 갈긴다는 의미로 썼던 것이다. 유학권은 그의 태도를 눈앞에 보고 모골이 송연해져서 한마디 말도 못 하였다. 이튿날 경래를 불러 일렀다.

"나는 다시 너를 가르칠 수 없겠구나. 네 집으로 돌아가거라."

그리고 그의 아버지 앞으로 편지를 보냈다.

"경래는 글재주가 비범하나 말과 생각이 불순하니 그 장래가 적잖이 우려됩니다. 특별히 주의하셔야겠습니다."

경래는 집으로 돌아가 혼자 글을 읽어 경서와 역사서를 대략 통하게 되었다.

　　달이 뭇 별을 거느리고 하늘에 진을 치자

　　바람은 나뭇잎을 몰아 가을 산에서 싸운다.[6]

경래가 읊었던 시구다. 그는 매일 아침저녁으로 뛰놀며 검무를 일과로 삼았으며, 하루에 능히 2, 3백리를 걸을 수 있었다. 항상 주장하기를 "글을 읽는 자는 필히 무예를 겸비해야 한다는 말이 옳다." 하고서 3척 장검을 책상머리에 세워두고 매양 출입할 때에 그것을 찼으며, 또한 병서나 제반 술서術書까지 모두 읽었다. 영특한 재주에 다방면으로 박학을 겸해서 사람들과 담화하는 자리에선 논의가 바람처럼 일어나 경탄

---

6 원문은 '月將衆星屯碧落, 風驅木葉戰秋山'이다.

하지 않는 자가 없었다.

신미년(1811) 의병장 현인복玄仁福의 『진중일기』[7]에 "경래는 그릇이 크지 못한데 행사가 교활해서 사람을 속이고 대중을 현혹시키는 재주가 있었다. 스스로 용력이 있다고 하였으나 실제로 본 사람은 없다. 자못 재빠르고 걸음을 잘 걸어서 각 도로 돌아다니며 부랑배들과 결교했던 것이다."라고 썼다.

또 수와守窩 백경해白慶楷의 『창상일기』[8]에는 "경래는 사람이 교활하고 걸음을 잘 걸었으며 속임수를 능사로 삼아 원근에 돌아다니며 좋지 않은 무리들과 사귀었다."라고 했다. 이로 미루어보면 그의 사람됨을 알 수 있을 것이다.

경래는 사람됨이 극히 대담하고도 쾌활하였으며 의협심과 남을 측은히 여기는 마음이 있었다. 평소에 하는 행동을 보면 이해득실을 돌아보지 않았고 뒤에 후회하는 법도 없었으며, 일찍이 가사를 돌보지 않고 또한 돈이 있건 없건 마음에 두지 않았다.

경래는 19세 때에 평양의 향시鄕試에 응시하고 나서 진사시를 보려고 상경했다. 당시는 국정이 부패하고 기강이 문란하였으며, 온 나라가 당쟁에 몰두해서 참소·모략·중상·아첨·비굴을 일삼고 온통 염치를 상실하여 공정한 논의가 전혀 없었다. 양반들은 비루한 세속에 휩쓸려 선비의 정다운 기풍을 찾아볼 수 없었다. 국가의 기틀과 정권이 모두 척족戚

---

7 『진중일기陣中日記』 2책 사본으로 현재 전하고 있다.
8 『창상일기滄桑日記』 『진중일기』와 비슷한 성격의 기록인 듯하며, 현전하는지 여부는 미상.

族의 농단에 들어가서 뇌물이 공공연히 행해지고 사사로이 농간을 부려 거리낌이 없었다. 그뿐 아니라 관리를 등용하는 데 오로지 문벌을 숭상하고 지방 차별까지 하여, 참으로 양반집 자제로 기호 지방 사람이 아니면 아무리 재질이 빼어나더라도 도무지 출세할 가망이 없었다.

특별히 세도가 자제들을 위해 불시에 별시과[9]를 보이는데, 비록 유치하고 우매한 자이더라도 애당초 과장科場에 가보지도 않고 진사나 급제를 하기도 하며, 전혀 학문이 없어도 으레 교리·수찬[10]에 오르고 나이가 스물이 지나면 바로 당상관堂上官에 이르렀다. 그러나 먼 시골의 선비는 아무리 각고해서 학문을 닦아 글을 잘하고 글씨를 잘 쓰더라도 한갓 몇백리 몇천리 길에 노자와 다리힘을 소비할 뿐이니, 비록 과장에 들어가 삼가 정성을 다해 시지試紙에 글을 지어 올리더라도 버려져서 재생지로 돌아가고 말 뿐이었다. 그런 가운데도 평안도 사람들은 더욱 무용지물처럼 되었다. 대개 태조 때부터 서북 사람들은 고려 왕조의 유민遺民 중에 걸출한 자들이라 위험해서 쓸 수가 없다 하였는데, 이 말이 궁중에 비밀히 전하여 역대 임금들에게 전승되어 서북 사람들이 왕조의 덕화를 받지 못했던 것이다. 처음에는 두려워 쓰지 않았고, 나중에는 천하게 되어 쓰지 않았다. 이 때문에 서울의 하인배나 충청도의 졸개붙이들에 이르기까지 서북인을 칭하여 '사람'이라 않고 반드시 '놈'자를 붙였으니 지극히 천하게 보았기 때문이다. 보통 서북 지방을 맡은 감사·수령들은 반드시 백성들의 재물을 토색하기를 일삼았으니 이 또한 천하다고 멸시했기 때문이다. 보통 서북인이 혹 우연히 등과를 하고 혹 서울의 벼슬아치에게 뇌물을 바쳐 참봉이나 변방의 군대 직함을 얻었다 해

---

9 별시과別試科 3년마다 정기적으로 보이는 시험 이외에 따로 보이는 것.
10 수찬修撰 홍문관 정6품 벼슬.

도 10년이 걸려야 출륙[11]을 하고 20년이 걸려서야 가자[12]를 해서 3품 이하의 미관말직과 한산한 직위로 생을 마친다. 이 때문에 제법 포부와 기개를 가진 인사들은 자포자기하여 술과 노래로 방탕하며, 열등한 부류들은 비굴한 태도가 버릇이 되어 서울의 양반집에 10년이고 20년이고 문안을 드리며 별 소득도 없이 분주히 갖다 바치고 말 뿐이었다. 그래서 서산대사西山大師와 같이 영특한 재주로서도 불가에 들어가지 않을 수 없었던 것이다.

경래도 사마시司馬試에 응시하였지만 결국 합격하지 못했다. 당일에 이름을 날린 자들을 알아보니 모두 귀족의 자제들이었다. 이에 그는 성난 눈에 번갯불이 번쩍하였지만 어찌할 도리가 없어 다만 쓴웃음을 짓고 돌아왔을 뿐이다. 자포자기할 수도 없었거니와, 어찌 서울 양반집에 아첨하여 한자리 얻어 하기를 구할 것인가. 대개 반역을 도모하여 세상을 뜯어고칠 마음을 품은 것은 이때부터라 한다.

2

경래는 낙방한 후 10년 동안 동지들을 규합하는 데 전력하면서 한편으로 국내의 지형을 시찰해보는 것이 일이었다. 절간에 들어가 글을 읽는다는 핑계로 집을 나가 돌아다녔던 것이다.

전일에 부친상을 당했을 적에 마을 서낭당 뒤에 장사를 지내고 나서 자랑하였다.

---

11 **출륙出六** 6품에서 5품으로 승진하는 것으로, 관직에 진출하는 데 중요한 고비가 되었음.
12 **가자加資** 관계官階를 올리는 것. 정3품 통정대부 이상의 품계에 오르는 것을 가리켰다.

"이곳은 견줄 곳이 없는 대지라, 오래지 않아 마땅히 크게 발복할 것이다."

이는 대개 진승의 꾀를 쓴 것이었다.[13] 그러나 당시 동리 사람들은 그의 말을 장차 벼슬길에 오를 것이라는 의미로만 알아들었지 반역할 계획이 있는 줄 깨닫지 못했다.

경래는 돌아다닐 적에 혹 풍수라고 자칭하기도 하고, 혹 스승을 찾아 글을 읽으러 간다고도 말했다. 먼저 서울로 올라가서 안팎의 정세를 자세히 살펴보았다. 때가 마침 봄철이었다. 어느날 문안의 양반집 자제들이 북한산에 놀이를 나간다는 말을 듣고 따라가보았다. 백운대의 결단암決斷岩에 이르러 사람들이 벌벌 기며 굽어보고 입에서 무서워하는 소리가 끊이지 않았지만 경래는 홀로 착착 발을 옮겨 평지를 밟는 것 같았다. 옆에서 본 사람들이 눈을 둥그렇게 뜨고 놀라지 않을 수 없었다. 날이 저물어 사관으로 돌아오는데 한 젊은이가 경래를 따라왔다. 서로 인사를 나누고 보니 다름 아닌 영성군寧城郡 박문수朴文秀의 손자 박종일[14]이었다. 박종일은 별다른 말이 없었으며, 다만 경래의 용력에 놀라 결교하려는 것이었다. 경래도 자기의 심사를 드러내지 않고 대충 서로 속마음을 통하였을 뿐이다.

경래는 발길이 동으로 부산에 이르고 남으로 광주·나주에 이르고 북

---

13 원주에 "진승陳勝이 일찍이 총사叢社에 숨어서 신이 말하는 것처럼 가장하여 복을 빌러 온 남녀들에게 '대초흥大楚興·진승왕陳勝王'이라고 했다."라고 했다. 총사는 어떤 공동체의 수호신을 모시는 장소로 서낭당과 유사한 곳이며, '대초흥 진승왕'은 초楚나라가 부흥하고 진승이 왕이 될 것이라는 의미이다.

14 박종일朴鍾一(1778~1812) 아버지는 박명규朴命圭. 『만가보萬家譜』에 따르면, 증조부가 박민수朴民秀인데 박문수와 육촌간으로 되어 있다. 박문수의 손자라 한 것은 잘못이다.

으로 회령會寧·종성鐘城에 이르고 서로 황해도·평안도에 이르기까지 두루 답사하여, 각처의 인정·풍속 및 지형의 형편, 도로와 물산, 사람들이 잘사는가 못사는가, 용감한가 비겁한가, 그리고 백성들이 어떤 어려움에 처했는가 등등 두루 살펴보지 않은 것이 없었다. 각 도를 둘러본 다음에 마침내 평안도를 거사의 근거지로 잡았으니, 자기의 고향이어서 인정과 풍속을 잘 알고 있을 뿐 아니라, 그곳 인민들이 오랫동안 불평을 품어 언젠가 한번 확 풀어보려는 소망을 안고 있어 진실로 한번 큰 소리로 외치는 자가 있으면 온 도내가 바람에 휩쓸리듯 호응할 형세이기 때문이었다. 그래서 경래는 먼저 본도 내에서 동지를 얻기 위해 사찰과 서당을 일일이 찾아다녔던 것이다.

경신년(1800) 모월에 가산군嘉山郡 청룡사靑龍寺에서 우군칙禹君則(일명 용문龍文)을 만났다. 우군칙은 태천泰川 사람이니(관군의 기록에는 우禹씨 집천한 자식이라 했다) 경래보다 여섯살 위로(당시 경래는 21세였고 우군칙은 27세였다), 재략이 비상했으며 경·사·자·집經史子集을 걸쳐 두루 섭렵하였고, 천문·지리·의약·복서卜筮·병학兵學 및 여러가지 술서에 이르기까지 통달하지 못한 것이 없었다. 군칙은 본래 불평불만에다 비범한 포부를 품고 있었는데 항상 자신을 제갈공명諸葛孔明으로 자부하였으며, 세속을 좇아 과장에 나아가는 데 뜻을 두지 않았다. 또한 풍수라고 하면서 여러 고을을 돌아다니며 기회가 생기지 않나 엿보던 터였다. 경래와 함께 흥망의 원리와 고대 영웅들과 시국 형편 및 용병술 등에 걸쳐 이야기를 나누어보고 흔연히 기뻐 서로 지기가 잘 맞았지만, 정작 마음속에 계획한 바는 아직 털어놓지 않고 후일을 기약하고 작별했다. 다음해 신유년(1801)에 다시 만났을 때 경래는 비로소 거사할 뜻을 비쳐서 말했다.

"난세가 극에 다다르면 좋은 세상이 오기를 생각하는 법이지요. 오늘

날 정치는 부패하고 혼탁하여 공도公道가 없고 평등하지 못하며 백성들은 침노와 빼앗김을 당해 굶주리고 있으니 하늘이 반드시 세상을 바로잡을 사람을 내실 것이요, 백성은 애민하는 군주를 바랄 것입니다. 이때가 바로 한 사람이 부르짖으매 만 사람이 호응할 시기올시다. 또한 현 정부는 외척의 사유물이요 노론의 소유로 되어 있지 않소? 지금 당장 정부를 전복시킨다 해도 백성들과 남·소·북인들은 필시 기뻐하며 방관할 것이오. 그리고 태평한 날이 오래되어 무가 위축되고 문이 기세를 얻어 이른바 오위영五衛營이니 친위영親衛營이니 하는 것들도 명색뿐이라, 용사 몇십명만 거느리고 가도 족히 무너뜨릴 수 있을 것이오. 또 나의 동지로 각 도에 흩어져 있는 사람이 적지 않은데 강계江界·연려延閭 등 폐사군[15] 지역에는 진인眞人 정시수鄭始守(일명 제민濟民)가 호병[16]과 연락을 취해서 많은 군사들을 채삼군採蔘軍으로 가장시켜 은밀히 집결해놓고 시기를 기다리고 있지요. 진작 귀하의 큰 이름을 듣고 모사로 초청코자 했습니다."

우군칙은 즉시 공감하여 일을 같이 하기로 나섰다.

이희저李禧著란 사람은 가산嘉山의 역속驛屬으로 당시 도내의 거부였다. 그는 체구가 매우 큰데다 사람됨이 대담하고 용감하였으니, 무과 출신으로 성격이 진취적인 데에 치우쳐서 한번 결심한 일이 이루어지지 않으면 그냥 두는 법이 없었다. 그래서 우직하다는 평을 듣기도 했다. 이희저의 가까운 친척들로 유력한 장교나 이름난 이속 및 부호·대상大商들이 도내의 여러 고을에 흩어져 있어, 희저가 한번 움직이면 여러 고

---

15 폐사군廢四郡 평안북도 변경의 연려延閭·자성慈城·무창茂昌·우예虞芮 등 네 고을을 가리키는 것으로, 이조 초에 국방상 폐군 조치를 취했다.
16 호병胡兵 만주의 상마적上馬賊을 가리킴.

을이 뒤따를 것은 필연적인 형세였다.

경래가 우군칙과 의논하여 군칙으로 하여금 꾀를 써서 희저를 끌어들이게 했다. 우군칙은 먼저 자기 처 정씨를 점장이로 가장시켜서 이희저의 집으로 보냈다. 그 처가 이희저의 처를 위해 점을 치더니 굉장히 칭찬하는 말을 했다.

"10년 내로 필시 운수가 대통합니다. 물 수水 자 성의 사람을 만나면 길할 것이오."

이듬해 우군칙이 풍수로 꾸미고 희저를 방문해서 그의 부친의 묏자리를 잡아주고서 말했다.

"이곳에 쓰면 당대에 크게 발복할 것입니다."

몇달 뒤에 경래가 도사 모양을 차리고 이희저의 집에 들러 간단하면서도 함축성 있는 말로 그의 정신을 끌리게 만들고 훌쩍 떠나버렸다. 그리고 우군칙이 종종 내왕하면서 수단을 써서 그를 포섭했던 것이다. 몇년 후에 경래가 다시 찾아가서 며칠 유숙했는데 이때 드디어 이희저도 사생을 같이하기로 약속했다. 이에 경래는 자본주를 얻었으니, 이희저의 집이 대사를 도모하는 본영이 된 것이다.

김창시金昌始 진사는 곽산郭山 사람이다. 문장과 재주가 도내의 으뜸이라 명성이 경향에 울렸고 덕망이 사림 사이에 높았다. 성격도 재물을 가벼이 여기고 베풀어주기를 좋아해서 '곽산 김도사' 다섯 글자는 비록 삼척동자라도 모를 사람이 없었다. 경래는 김창시를 포섭하려고 항상 그의 동정을 정탐하도록 했다. 마침 김창시가 서울서 고향으로 내려오는 것을 알았다. 경래는 미모의 동자에게 청의靑衣를 입혀 봉산鳳山의 동선령洞仙嶺에서 대기하고 있다가 영접하도록 했다. 김창시를 보고 동자가 나서서 공손히 말을 붙였다.

"어르신이 곽산 김진사 아니신지요?"

"그렇다."

동자가 인사를 드리고 아뢰는 것이었다.

"오늘 저희 선생님께서 김진사 어른이 이곳을 지나실 것을 미리 아시고 소생으로 하여금 영접토록 하셨습니다."

김창시는 성격이 본래 호활해서 성급한 폐단이 없지 않았다. 이 정경을 대하고 한편 의심하면서도 한편 놀라서 물었다.

"너희 선생님은 누구시며, 지금 어디 계시느냐?"

"저희 선생님은 아무개이신데 가보시면 자연 아실 것입니다. 계시는 곳을 소생이 안내하겠사오니 곧 저와 같이 가시지요."

김창시는 더욱 기이하게 여겨 쾌히 허락하고 일어섰다. 동자는 김창시의 말과 하인을 고개 아래 주막에서 기다리게 하였는데 이는 편의를 취한 것이라 했다. 김창시는 단신으로 동자의 뒤를 따라갔다. 차차 산속으로 들어가니 산골이 깊어지면서 길은 더욱 희미했다. 계곡의 모래와 자갈을 따라 올라가니 다래넝쿨이며 머루넝쿨이 잔뜩 얽혀 하늘을 가렸는데, 다만 새 울음과 물소리가 들릴 뿐이요 구름이 끊기고 안개가 걷히는 것이 보일 따름, 그윽하고 적막하여 거의 속세의 경치가 아니었다. 30리 길을 힘겹게 걸어가자 이윽고 산골짜기가 툭 트여 햇빛이 환한데 멀리 바위 위로 삼간 초당이 바라보였다. 집 앞으로 푸른 넝쿨이 서로 얽혀 있었고 집 뒤로 노송이 가지를 펼쳤으며, 인적이 드문지라 닭의 울음이나 개 짖는 소리도 들리지 않고 오직 바위 사이로 떨어지는 물소리가 골짝의 적막을 깨뜨릴 뿐이었다.

김창시는 처음에 마음속으로 수상쩍게 여겼다. 집 앞에 당도해서 보니 집 안에 우람하고도 잘생긴 젊은이가 책상 앞에 조용히 앉아서 책을 읽고 있었다. 동자가 나아가 읍하고 아뢰었다.

"손님이 오십니다."

이에 그 젊은이가 마루에서 내려와 맞이하여 인사하고 방으로 들어가기를 청했다. 주객이 자리에 앉자 동자가 차를 내오는 것이었다. 차를 마신 다음 젊은이는 세련된 언사와 공손한 태도로 조용히 말을 꺼냈다.

"나는 산속의 한 오활한 사람으로, 약을 캐고 책이나 읽는 것으로 소일하며 세상을 등진 지 오래되었지요. 근자에 우연히 점괘를 뽑아보니 효상[17]이 심히 불길하여 세상이 장차 크게 어지러워지고 민생이 도탄에 허덕일 것 같았습니다. 이런 속세의 일이 나에게는 비록 무관한 문제이긴 하나 아무 죄 없는 생명들이 가긍하지 않습니까? 이러한 대란의 때를 만나 하늘을 받들어 세상을 구제할 사람이 반드시 서북 지방에서 나올 것이오. 강태공[18]의 고사와 같이 그이를 보좌할 분은 선생 말고 달리 사람이 없을 것 같습니다. 그래서 여기 앉아서 기다려 한편으로 나의 소회를 말하고 다른 한편으로 선생의 경륜을 듣고자 한 것입니다. 예의로야 마땅히 나아가 뵈어야겠으나 산사람이 세상에 출입하는 것이 심히 용이치 못하니 선생은 관대히 용서해주시기 바랍니다."

김창시는 반신반의하여 한번 토론해서 그의 학식을 시험해보고 싶었다. 젊은이는 대답이 물 흐르듯 했다. 무릇 흥망의 원리와 왕패[19] 법제와 도술의 사정邪正 및 크게는 천문·지리·손무孫武와 오기吳起의 병법으로

---

17 효상爻象 역易의 괘卦를 이룬 여섯개의 가로 긋는 획을 효爻라 하며, 이 효의 형상을 풀이해서 점을 친다.

18 강태공姜太公 무왕을 도와 은殷을 정복하고 주周 왕조를 성립시킨 인물. 원문에는 사상보師尙父로 나와 있음.

19 왕패王覇 왕도王道와 패도覇道. 정도正道로 나라를 다스리는 것을 왕도라 하고, 인의仁義를 명분으로 내세우지만 무력으로 다스리는 것을 패도라 한다.

부터 작게는 시문·글씨에 이르기까지 정통하지 않은 것이 없었다. 김창시는 대단히 특이하게 여겼다. 해가 지고 밤이 다할 때까지 의론이 도도하였는데 모두 마음에 승복할 내용이었다. 김창시는 차츰차츰 무릎이 굽혀지며 자기도 모르게 경래의 수단에 빠져들어갔던 것이다.

경래는 이들 세 사람을 얻어 서로 마음이 깊이 통하게 되었다. 그런 연후에 각처의 용사들과 결교하였으니, 그들의 거주 성명은 다음과 같다.

태천泰川: 김사용金士用·변기수邊己守·변대언邊大彦

곽산郭山: 홍총각洪總角(일명 이팔二八)·김국범金國範

개천价川: 이제초李濟初·이제신李濟臣·이하유李夏有(일명 해유海有)

봉산鳳山: 윤후유尹厚瑜

중화中和: 차종대車宗大

평양平壤: 양소유楊少有

철산鐵山: 정인범鄭仁範

자산慈山: 황재청黃再淸

순안順安: 김희태金希泰

안주安州: 양수호楊秀浩·양수점楊秀漸

박천博川: 한신행韓信行·김지헌金之軒·최대운崔大運

재령載寧: 김석하金石河·장지환張之煥

황주黃州: 신덕관申德寬

용천龍川: 채유린蔡裕隣

영변寧邊: 김운룡金雲龍·차남도車南道

의주義州: 김희련金禧鍊

송도松都: 권경백權景伯·임사항林思恒

정주定州: 김택련金宅連·박이두朴以斗·엄이련嚴以鍊·엄계량嚴季良·
한처곤韓處坤

가산嘉山: 김린보金獜甫의 아들

거주 미상: 이성항李成沆

이 여러 사람들 중에서 김사용·홍총각·이제초 세 사람은 용력이 출
중했는데, 김사용은 지략을 겸비했고, 홍총각은 모험을 좋아했고, 이제
초는 말타기와 사격의 명수였다.

처음에 경래가 이제초를 만나기 위해서 개천价川으로 가는 도중 마운
령摩雲嶺에 이르러 시 한 구를 읊었다.

마운령 위에 구름을 헤치고 앉으매
만학천봉萬壑千峰이 차례차례 조회하더라.[20]

이제초는 일찍이 절간에서 글을 읽을 때 음수차력법[21]을 산승에게 배
워서 용력을 얻었다 한다. 후일에 이제초는 체포되어 진술할 때 조도사
趙道士에게 유인되어 다복동多福洞에 들어온 것으로 말했다 하는데, 조
도사가 누구인지는 알 수 없다.

경래는 또한 각지의 부호·대상들과도 연결을 가졌다. 그가 어떻게 이
들과 결교하였는지 술책이 전하지 않으니 애석한 일이다. 그와 연락이
있던 사람들의 거주 성명은 다음과 같다.

---

20 원문은 '摩雲嶺上披雲坐, 萬壑千峰次第朝'로 되어 있다.
21 원주에 '계곡의 물을 마시는 방법飮澗下水法'이라고 나와 있다. 어떤 약이나 신통
   한 힘을 빌려 놀라운 힘을 발휘하는 것을 차력借力이라 한다.

정주: 김리대金履大 현직 좌수座首 · 이방욱李邦郁

안주: 박성저朴聖箸

곽산: 박성신朴星信 첨사僉使 · 장홍익張弘益

박천: 한지겸韓志謙

선천: 유문제劉文濟 수리[22] · 계형대桂亨大

거주 미상: 장억대張億大 · 김치용金致用

이밖에 또 의주 · 평양 등지의 거상巨商들이 많이 가입해 있었다 한다.
또 서로 연락이 있었던 각지 유력자들의 거주 성명은 다음과 같다.

철산: 정경행 · 정성한鄭聖翰(숙질간) · 정복일鄭復一 수교首校 · 정사용鄭
士容 · 정대성鄭大成

선천: 최봉관崔鳳寬 수교 · 원대천元大天 · 원대유元大有 · 문영기文榮基

곽산: 고윤빈高允彬 · 양재학楊再鶴 · 김지욱金之郁 · 김대훈金大勳 · 심대
흘沈大屹 · 양재익楊再翊

정주: 최이륜崔爾崙 수리 · 이정환李廷桓 · 정진교鄭振喬 · 강신원康信元 ·
이심李琛

가산: 윤원섭尹元燮 · 강윤혁康允赫 · 김대덕金大德 · 이맹억李孟億

박천: 김혜철金惠喆 · 한일항韓日恒 · 김성각金成珏

안주: 김명의金銘意 진사 · 김대린金大麟 · 이인배李仁配

영변: 김우학金遇鶴 좌수 · 남명강南明剛 수리

---

22 수리首吏 이방의 우두머리 아전.

태천: 김윤해金允海 좌수·변대익邊大益 창감倉監·이인식李寅植 수교
首校·이취화李就和 수리

구성龜城: 차용수車龍秀·허우許瑀·장주국張柱國·조금룡曺今龍·이용
태李龍泰

삭주朔州: 이팽년李彭年

위원渭源: 김가金哥(이름 미상)

초산楚山: 김경모金景模

창성昌城: 강석모姜碩模

강계江界: 김택련金宅鍊

이밖에 은밀히 내통한 사람들이 많이 있었으나 다 기록할 수가 없다.
현인복의 『진중일기』에 "의주로부터 개성에 이르기까지 부호·대상들
이 거의 경래의 수중에 들어가 있었다. 그리고 황해·평안 양 도의 파산
난당[23]들이 모두 그의 앞잡이가 되었다."라고 했다.

백수와의 『창상일기』에는 "형세가 서울에까지 비밀히 연결되어 있었
고 도당들이 황해·평안 두 지방에 깔려 있었다."라고 했다. 이것으로 미
루어보면 그 형세가 대단히 컸음을 알 수 있다.

정경행鄭敬行은 병자호란 때 공신인 정양무鄭襄武의 후손이다. 도내의
갑족甲族으로서 일찍이 군수를 역임했고 사람됨이 특출해서 명망이 김
창시와 비등했다. 이 때문에 정부 측은 경행이 경래편에 가담한 것을 알
지 못하고 명망을 지닌 사람을 거두어 쓴다는 뜻으로 정경행을 곽산 군
수로 임명했던 것이다.

---

23 파산난당破産難當 파산은 파락호를 가리키며, 난당은 대적하기 어려운 자라는 뜻으
로 난당적難當敵이란 말이 있다.

대개 경래와 연결된 사람들은 태반이 각 군의 향장·수임[24]들로 실력이 자기 고을에서 권세를 장악한 자들이었다.[25]

3

신미년(1811) 7월에 혜성이 건방[26]에서 출현했다. 팔도의 농작물이 대흉을 만났는데 그런 중에도 평안도 지방이 더욱 심했다. 가을에서 겨울로 바뀔 철에 벌써 양식이 떨어져 백호가 되는 마을에 양식 걱정을 안 해도 좋을 집이 한 집도 안 되었다. 인심이 흉흉했으나 위로 조정으로부터 지방의 감사 및 수령에 이르기까지 전혀 진휼賑恤하는 정책을 쓰지 않았다. 그리고 도적이 일어나면 관에서는 오직 잡아 족치는 것만 일삼았기 때문에 백성들은 난을 일으킬 것을 생각했던 것이다.

경래는 이러한 기회를 보고 내심 기뻐했다.

그해 9월에 경래는 고향으로 돌아왔다. 근 십수년 만에 찾아온 것이었다. 집안사람들을 시켜서 술을 빚고 소를 잡아서 향리의 부로父老들에게 큰 잔치를 열어 오래 고향을 떠났던 정회를 풀면서 말했다.

"저는 학문을 아직 성취하지 못해서 여러 어르신들을 뵈올 낯이 없습니다. 이제 다시 집을 나가서 본래 품은 뜻을 기어이 이루고야 말겠습니다. 여러 어르신께서 때때로 도와주시기 바라옵니다. 저의 가권家眷이 시방 빈곤한 처지라 불가불 구해야겠기로 이번에 솔가하여 이사를 갈까 합니다."

---

24 향장鄕長·수임首任 좌수를 위시해서 지방의 수리·수교들을 가리킴.
25 원주 "이상은 모두 홍경래 진중의 서기인 박삼옥朴三玉의 공사供辭에서 나온 내용이다".
26 건방乾方 24방위의 하나로 정서와 정북의 사이.

부로들은 모두 측은히 여겨 혹 눈물을 머금기도 했다. 경래의 사촌형 응래應來와 덕래德來가 같이 서글픈 기색을 지으며 물었다.

"떠나가면 생계는 장차 어떻게 하려느냐?"

경래는 웃으며 대답했다.

"저의 전답, 저의 의복이야 어디 간들 없겠습니까?"

하여 모친과 형님을 모시고 처자를 거느리고 가산의 다복동으로 이사를 했다. 다복동은 가산과 박천 어름에 끼여 있는데, 지형이 버드나무잎 같아서 좌우로는 별로 험준하지 않지만 울창한 산비탈이 가려 보호가 되었고, 후면으로 경의간京義間 대로가 통하였으며 전면으로 대녕강[27]이 띠를 둘러 있었다. 골짝의 안이 아주 넓지는 않았으나 길이는 약 20리가 되었고 그 안팎에 수륙의 통행이 매우 편리했을뿐더러, 깊고 얕은 것이 알맞아서 숨었다 나타났다 출몰하는 데 자유자재로 할 수 있었다. 몇년 전부터 경래는 이희저를 시켜서 수십 칸의 기와집을 짓고 우군칙과 이희저를 그곳에 거처하도록 하여 거사의 본부를 삼았던 것이다. 대개 지휘 연락은 우군칙에게 일임하고 경래 자신은 마을 앞에 흐르는 강의 섬인 신도薪島에 몸을 숨기고 있었다.

경래는 신도에 머문 지 얼마 후 밀사를 보내 각처의 두령들을 섬으로 불러들였다. 비밀 회의를 해서 피를 마시고 맹세하였으니, 임신년(1812) 정월에 기병하기로 할 것이 결의 사항의 제1조였고, 군기·군수물자를 예비하고 군인을 모집할 것이 제2조였으며, 동지들이 단결하여 비밀을 엄수할 것이 제3조였다.

회의를 마치고 경래는 곧 다복동으로 와서 바로 이희저를 시켜 박천

---

27 대녕강大寧江 평안북도 삭주군 천마산에서 발원하여 청천강으로 흘러들어가는 강.

나루에 있는 추자도楸子島 가운데 토굴을 파고 동전을 주조하도록 했다. 한편 호피虎皮·화포花布·연철鉛鐵·화살대〔竹箭〕 등속을 사들여 마을에 비축했다. 또 한편으로 다복동에 새로 금광을 개발하여 광부를 모집한다고 널리 광고했다. 그래서 각처의 장정들이 금을 캐려고 그곳으로 들어왔던 것이다. 장정들이 그곳에 한발짝만 들여놓아도 붙잡아서 밖으로 나가지 못하게 하고 땅을 얼마나 깊이 파는가로 기운을 시험하고, 새끼줄을 쳐놓고 높이뛰기를 시험하고, 사격·기마·검술을 가르쳐 그들의 우열을 가려서 사졸士卒의 등급을 정하였으며, 상으로 주는 것을 후하게 하여 그들의 마음을 기쁘게 했다. 그리고 김창시를 시켜서 '임신기병壬申起兵' 네 글자를 18자로 파자破字해서 "일사횡관一士橫冠에 귀신이 탈의脫衣하고 10필十疋에 가일척加一尺하고 소구小丘에 유양족有兩足이라."[28]라고 참요讖謠를 지어 민간에 퍼트렸으며, 유언비어를 꾸며내서 민심을 교란시켰다.

또한 각지의 유력한 동지들에게 명해서 군수물자를 실어오게 하였다. 이에 선천의 유문제와 최봉관은 칼·창·조총을 수송해왔고, 정주의 정진교는 탄환과 촉롱燭籠을 수송해왔으며, 철산의 정복일은 위포[29]와 각색 기치를 배로 실어왔고, 의주의 한 유력자는 군복과 비단 등속을 보냈고, 선천의 계형대桂亨大는 수로로 군량 백여 석을 운송해왔으며, 곽산의 박성간朴聖幹은 돈 5백냥과 쌀 15석을 보냈고, 영변의 남명강·김우학은 돈 2천냥과 말안장 12개를 보내왔다. 이것들은 모두 후일 붙잡힌

---

28 한 사람의 선비〔士〕가 갓이 삐뚤어졌다 함은 '壬' 자를 가리키고, 귀신〔神〕이 옷〔衣〕을 벗었다 함은 '申' 자를 가리키며, '10필十疋'〔走〕에 한 자〔尺〕를 더하면 '起' 자가 되며, 작은 언덕〔丘〕에 다리가 둘 있으면 '兵' 자가 되는 것이다.
29 위포葦包 갈대로 만든 군복의 일종.

자들의 공초에서 나온 말인데 이밖에 보내온 사람과 물자의 수량은 자세히 기록할 수 없다.

준비가 거의 다 되자 서울 이서로부터 의주에 이르는 지역에서 모여든 동지들이 천여 명이었고 각 도의 유민流民·기민飢民으로 완력과 용맹을 지니고 모여든 사람들 또한 천여 명이었다. 이에 형세가 크게 떨쳐 민간에 소문이 퍼지매 사세가 도저히 이듬해 봄을 기다려 일어날 수 없었다. 부득이 신미년(1811) 12월 20일에 거병하기로 정했다.

부서를 정하는데 홍경래는 스스로 평서대원수平西大元帥가 되어 서울을 향해서 남진하되, 참모장에 우군칙, 부참모에 김창시, 선봉장에 홍총각·이제초, 후군장에 윤후검尹厚儉, 그리고 이희저로 도총都總을 삼아 군량과 군수를 맡게 했다. 한편 김사용으로 부원수를 삼아서 의주를 향해 북진하되, 김희련·김국범·이성항·한처곤 등 여러 장수들을 부하로 거느리게 했다. 그리고 심복들을 골라 수십명씩 한 조로 편성해서 혹은 거지로 가장하고 혹은 포목상으로 가장해서 평안·황해 양 도의 각 고을에 분포시켜 그 고을의 동지들과 시기를 보아 내응하도록 했고, 정경행·김리대·남명강·유문제·김명의 등을 시켜 각자 자기 고을에서 동지들과 연락하여 군수물자를 준비하고 파견한 장졸들과 함께 약조한 시기가 되면 거사하되, 그 고을의 군사로 그 고을을 점령하도록 일일이 지시했다. 장졸과 내응할 동지들에게 모두 암호를 주고 은패銀牌로 병부를 대신케 하고 또 공쇼 자 배背 자 등의 깃발을 배포했다.

경래는 먼저 평양을 점령할 계획을 세웠다. 날짜를 12월 15일 밤중으로 잡고 많은 장졸들을 파견, 내응하도록 약속했다. 대동관에 불을 질러 관민들이 불을 끄려 몰려드는 틈을 타서 각 관서에 불을 놓아 관장을 겁박하여 죽이고 평양을 점령하려는 계책이었다. 일이 이미 계획대로 진행되었는데, 대동관 밑에 매설했던 화약통과 도화선이 눈 녹은 물에 젖어서 정한 시간에 폭발하지 않고 12월 16일 오후에 폭발이 되었다. 그래서 일을 일으키지도 못하고 군교들의 수색이 삼엄해져서 파견 나온 장사들은 다급하게 여겨 각자 다복동으로 도망해가고 말았다.

그리고 12월 17일에는 선천 읍내 민가 10여 집이 가족을 이끌고 도망해 나왔다. 부사 김익순金益淳이 도망치는 사람을 붙잡아 그 연유를 조사했더니 방영중군[30] 유문제, 별장[31] 최봉관이 며칠 후 틀림없이 큰 난리가 날 것이라고 말해서 피란차 도망가는 길이라 했다. 이에 부사는 군졸들을 풀어서 유문제와 최봉관을 잡아오도록 했다. 유문제는 이미 달아났고 최봉관만 잡혔다. 최봉관을 심문하였더니 철산의 정복일과 곽산의 김창시, 박성신 등이 결당한 것으로 진술했다. 부사는 18일 아침에 곽산 군수에게 공문을 보내 김창시와 박성신을 체포하도록 했는데, 김창시는 집에 있지 않았고 박성신만 붙잡혀왔다. 또 경래의 부하 한명이 12월 17일 밤에 박천 군수에게 붙잡혀서 다복동의 일을 실토했다. 박천 군수는 가산 군수에게 공문을 띄웠고, 이에 따라 가산군수는 12월 19일을 기하여 이희저의 집을 습격하려고 했다.

그들의 계획에 이처럼 차질이 생겨 사방으로부터 급보가 잇달았다. 경래는 일은 신속한 편이 좋다고 생각하고 18일을 기해 기병하기로 정하고 각처에 잠복시켜두었던 인원을 소집해서 모두 무장을 갖추었다.

그날 황혼 무렵에 경래는 대원수의 복장으로 단에 올라 하늘에 제를 지내고 고유告諭했다. 김창시가 격문을 낭독하였는데, 지금 세상에 전해오는 격문의 내용은 "(평안도 사람은) 문과 출신자는 전적·정자[32]에 그

---

30 **방영중군防營中軍** 선천 방어사 밑에 있는 군 간부직.
31 **별장別將** 산성山城·도진渡津·포구浦口·소도小島 등의 수비를 맡은 무직.

치고 무과 출신자는 만호·첨사[33]에 지나지 못하니……." 하는 것이지만 다른 기록과 고로古老들의 구전에 따르면 이러하다.

　관서 지방은 단군檀君·기자箕子의 오랜 도읍지요, 고구려의 옛 강토이다. 혹 소중화라 일컬어지기도 하였으며, 혹 막강한 나라로 불리기도 했다. 강산이 수려하매 인물도 영특하니 옛날에는 을지문덕乙之文德·양만춘楊萬春이 있었고, 근래에는 서산대사西山大師·김경서[34]·정봉수[35] 같은 이들이 배출되었다. 국난에 노고를 바치고 국위를 떨치는 데 공을 세움이 지대하였으되, 조정은 도리어 서북 지방 사람이라고 해서 천시하는 것은 무슨 이유인가? 정부는 곧 국가의 공기公器요 인민은 국가의 기본이라. 지금 척족이 세도를 해시 국정이 부패 문란하고 천재지변에 해마다 흉년이 들어 백성들이 곤핍한데도 조정은 구제할 뜻이 없도다. 하물며 우리 서북 지방 사람은 소민은 착취에 신음하고 군자는 등용될 길이 없으니, 이야말로 궐기해서 일어날 때이다.

　격문의 낭독이 끝나자 모든 장졸들이 군례로 술잔을 들었다. 여러 장수들이 축하를 드리매 뭇 군졸들이 따라 외쳤다.

---

32 전적典籍·정자正字　전적은 성균관의 정6품 벼슬, 정자는 홍문관·승문원·교서관 등의 정9품 벼슬. 문과 급제자에게 내리는 첫 관직이다.

33 만호萬戶·첨사僉使　만호는 각 도의 여러 진에 배치한 종4품의 무관, 첨사는 각 진영의 종3품 무관직.

34 김경서金景瑞(1564~1624)　무장으로 임진왜란 때 전공을 세웠다. 뒤에 강홍립姜弘立과 함께 건주위建州衛 후금後金을 치러 출정했다가 강홍립이 후금에 항복하자 그는 포로가 되어 죽었다.

35 정봉수鄭鳳壽(1572~1645)　무장으로 임진왜란 때도 참전했고 정묘호란 때 의병장으로 용골산성龍骨山城에서 크게 공을 세웠다.

경래는 곧 군사를 거느리고 바로 가산을 향해 진격하니 형세가 바람이 일고 우레가 치는 것 같았다. 선봉장 홍총각이 정예병 백여 명을 이끌고 관문으로 돌입하자 내응한 고을 아전 이맹억 등이 군악을 연주하며 삼교三橋 주변에 나와 환영하는 것이었다. 관아의 뜰에 장교나 졸개는 하나도 볼 수 없었다. 그때 군수 정시鄭蓍는 다복동의 실정을 감영에 알리려고 바야흐로 보고문을 기초하던 즈음에 함성이 들리고 불빛이 일어나서 놀라 문밖으로 뛰어나갔다. 마침 홍총각이 칼을 휘두르며 뛰어올라 "군수는 항복하라." 하고 꾸짖었다. 정시와 그의 부친 정노鄭魯는 모두 굴하지 않고 항거의 말을 하다가 죽임을 당했다. 경래는 입성하여 윤원섭으로 주관장主管將을 삼아서 가산을 지키도록 했다. 그리고 옥문을 열어 죄수를 석방하고 창고의 곡식을 풀어 백성을 구휼하였다.

12월 18일 이른 아침에 선천의 포교들이 김창시의 가족과 박창신朴昌信 등을 묶어갔다. 그때 김사용과 그 부장 김희련 등이 장사꾼 모양으로 꾸미고 곽산에 숨어 있었다. 급보를 듣고 달려가서 신현新峴에 매복해 있다가 포교들을 기습해 죽이고 곽산의 연무演武 장터로 갔다. 밤 이경이었다. 그들은 읍내 사는 박성신의 형 성간星幹을 불러내어 의논하였다.

"계획이 이미 누설되었으니 불가불 거사해야겠소."

각기 병장기를 가지고 장거리 가겟집 문과 창, 솥과 냄비며 동이 등속을 깨뜨려 들고 북을 울리며 함성을 지르고 관아로 돌진해 들어가니 내응하는 자들이 일제히 나와서 영접했다. 김사용은 동헌에 올라앉아 군수를 찾아오라 호령을 했다. 당시 군수 이영식李永植이 벽장 속에 숨어 있는 것을 발견하고 끌어다가 뜰아래 묶어놓았다. 군수의 아우 되는 사람은 저항하다가 그 자리에서 참살당했고 군수는 옥에 갇혔다. 군수가 군교 장재흥張再興이란 자에게 애걸을 해서 묶인 것을 풀고 탈주했다.

처음에 여덟살 난 아이를 업고 도주하다가 추격병이 바로 뒤따르는 것이 두려워 아이를 길에 버리고 단신으로 달아나 정주로 갔다.

김사용은 관인官印과 명부名符를 거두고 박성신으로 주관장을 삼아 곽산을 지키도록 했다. 김사용은 다시 능한산성凌漢山城을 쳐서 병장기를 빼앗고 임해진臨海鎭 별장을 사로잡고 정주를 향해 진군해나갔다.

정주 목사 이근주李近冑는 12월 19일 아침에 곽산의 변보變報를 듣고 처음에는 성문을 닫고 성을 지키려고 했다. 정오경에 곽산 군수가 농군의 나무 실은 소를 타고 도주해왔다. 몸에 상처 입은 자국이 있었으며 숨을 헐떡여 가누지 못하였다. 이윽고 아전들이 들어와서 아뢰기를, 최이륜이 일당 수십명을 거느리고 와서 옥문을 깨뜨리고 간밤에 음모 혐의자로 잡아두었던 정진교란 자를 빼어갔다고 했다. 목사는 혼이 몸에서 달아나 좌수 김리대, 중군 이정식李廷植과 상의했다. 이 두 사람도 실은 반군에 내응한 자들이라 성을 지키는 것은 불가능하고 투항하는 것이 유리함을 역설했던 것이다. 목사는 혼자 힘으로 버티기 불가능한 줄 알고 당황하여 어찌할 줄 몰랐다. 날이 저물 무렵 가산에서 난리가 났다는 소문과 함께 경래의 격문이 성내로 전파되어 민심이 물 끓듯 했다.

이윽고 김련金漣이 장사들을 거느리고 관문으로 뛰쳐들어왔다. 김리대와 이정식은 목사에게 투항할 것을 강요하였다. 목사는 놀랍고 두려워 필마로 도망쳐 나와서 안주 병영을 향해 달아났다. 김사용은 곽산에서 정주로 왔고, 홍총각은 가산으로부터 와서 모였다. 김리대와 이정식이 큰 깃발을 세우고 군악을 울리며 나와 환영하자 김사용 등이 당당히 입성을 했다. 홍총각이 본부의 명을 전하여 최이륜으로 수성장守城將을 삼았으며, 김리대 등은 소를 잡고 술판을 벌여 군사들을 배불리 먹이고 관아 창고의 전곡을 풀어서 군민들에게 나누어주었다. 한편 각 면과 마을에 명령을 전해 병정·군마와 군복을 징발해서 본진으로 보냈다.

그때 경래는 가산에 있었다. 각 군에 명령을 내려 복색은 청색을 숭상하되 붉은 비단을 가슴과 등에 붙여 표시를 삼았으며, 장교는 전립 호피관을 쓰고 병졸은 붉은 수건으로 머리를 싸매게 하였고, 또 군사들에게 엄히 주의시켜 규율을 준수케 했다. 그들이 지나가는 곳에 추호도 범하는 것이 없이 오로지 백성을 편안케 하고 경내를 깨끗이 하는 일에 힘쓰도록 했던 것이다. 본진의 장졸 가운데 규칙을 범한 자 2, 3명을 길가에서 효수하고 각 방면으로 명을 전해 방을 붙여 기율을 엄히 했다. 그리고 평안도 병영 소관하에 있던 갈마창渴馬倉의 양곡 수백석을 몰수해서 병사들에게 나누어주었다.

한 방면은 박천나루 머리를 따라 나갔고 또 한 방면은 경래 자신이 직접 거느리고 박천 읍내로 향해 진공하였다. 12월 20일 아침에 경래가 보병 5백명과 기병 40여 명을 거느리고 박천 읍내로 들어갔다. 군수 임성고任聖臯가 약졸들을 거느리고 있다가 멀리서 바라만 보고 도주했다. 경래가 정병精兵으로 관군을 추격하니 혹 항복하기도 하고 혹 달아나기도 했다. 군수의 노모를 사로잡아 옥에 가두자 군수는 서운사棲雲寺에 숨어 있다가 이 소식을 듣고 곧 내려와서 자기 몸으로 대신하기를 청했다. 경래는 군수를 가상하게 여겨 죽이지 않고 가두어두었다. 한일항韓日恒으로 박천 진수鎭守를 삼고 이어서 박천나루 머리로 향해 갔다.

김사용은 정주에서 열병을 하고 12월 24일에 선천을 향해 북진했다. 선천 부사 김익순은 최봉관을 체포해서 족친 끝에 철산의 내응자 정복일을 붙잡았고, 다시 그를 심문해서 그들의 계획을 알게 되었다. 선천 부사는 놀라고 겁내어 검산산성劍山山城으로 도피해 들어갔다. 김사용이 부장을 시켜 검산산성에 격문을 보내 유혹하고 협박하니 선천 부사는 크게 두려워한 나머지 항복하기를 청했다.

12월 25일 김사용이 선천 관아에 들어와서 항복한 선천 부사를 잡아들여 진심으로 항복했는지 여부를 심문했다. 김익순이 땅에 엎드려 대답이 없자 김사용은 머리를 베라고 호령했다. 김익순은 구화·납자[36]를 하고서 진심으로 항복하겠다고 애원을 하였다. 김사용은 즉시 술잔을 내려주고 그를 군관에 임명했다. (김익순은 곧 시인 김병연金炳淵, 즉 김삿갓의 조부이다. 뒤에 그는 의금부에서 능지처참을 당했으니, 그 손자 김병연은 불우하게 생애를 마쳤던 것이다.)

김사용은 유문제로 선천 군수를 삼은 다음 곧 군사들을 거느리고 철산으로 향했다. 경래가 사람을 태천으로 보내서 현감에게 투항하도록 권했다. 현감 유정양柳鼎養은 크게 두려워 좌수 이하 여러 관속들에게 대책을 물었다. 그들은 이미 반군에 내응한 자들이어서 모두들 항복할 것을 권하는 것이었다. 유정양은 부득이 자기 고을을 버리고 영변으로 달려가서 영변 부사와 의논하였다. 이에 좌수 김윤해·수교 이인식·수리 이취화 등이 반군의 본진으로 보고했다. 경래는 변대익으로 태천 수장守將을 삼고 이제신으로 부장을 삼았다. 12월 25일에 변대익은 남창南倉의 곡식을 풀어서 백성을 구휼하고 병기를 몰수해서 본진으로 보내고 관고의 물자를 내어 병졸들에게 상으로 나누어주었다.

철산에서 내응한 사람으로 전에 울진 부사를 지낸 정경행과 정복일 등이 당초부터 자객이 부사를 죽일 것이다, 또는 관아에 불을 지를 것이다 하는 등의 소문을 퍼뜨렸다. 곽산·선천에서 변이 난 소식을 듣고 부사 이장겸李章謙은 두려워 떨며 계책을 세우지 못한 나머지 수하 2,

---

36 **구화**具靴·**납자**納刺 구화의 구체적 의미는 미상인데 관복을 갖춘 모습인 듯. 납자는 '통자通刺'와 같은 말로 명함을 바치는 것.

3명을 거느리고 적정을 탐지하려고 나갔다가 선천 경계에서 반군에 붙잡혔다. 정복일이 선천의 옥중에서 나와 철산으로 진격하다가 길에서 부사를 조우했던 것이다. 이장겸은 곧 항복하기를 청하고 관인과 명부를 받들어 정복일에게 바쳤다. 정복일은 이를 봉해서 김사용 앞으로 보냈다.

이때 김사용은 이미 선사포宣沙浦·동림진東林鎭을 빼앗고 정복일로 선사포 첨사를 삼고 고기중高起中으로 동림진 별장을 삼았으며, 김국범에게 3백의 병마를 이끌고 구성龜城으로 진공하게 하고 자신은 대군을 거느리고 12월 28일에 철산을 공격했다. 깃발과 창검이 수십리에 연했고 군악이 하늘을 울렸다. 촌민들이 다투어 구경하였고 엎드려 항복을 청하는 자들도 많았다.

김사용은 철산 부중에 들어와 부사 이장겸을 불러 수항례受降禮를 행하고 군관으로 임명했다. 장졸들을 별도로 파견해서 서림진西林鎭을 치니 첨사 김인후金仁厚는 싸워보지도 않고 항복했다. 김사용이 비웃으며 김인후에게 말했다.

"국록을 먹으매 절의를 지켜 죽음이 신하 된 직분이겠거늘 너는 어찌 싸우지도 않고 항복하느냐?"

"여러분들은 의인이요 의병인데 어찌 감히 항거할 수 있겠습니까?"

김사용은 군사를 나누어 용천부龍川府로 접근해갔다. 이때 부사 권수權琇가 읍내의 장졸 및 향촌의 무사들을 불러들여서 방비할 대책을 세우는데 갑자기 성 밖에서 총성이 어지럽게 들려왔다. 여러 부류들이 겁부터 냈고 그중에는 안에서 부응하는 자들도 있어 부사에게 얼른 항복할 것을 권유하는 것이었다. 권수는 심히 분개하였으나 사면초가四面楚歌라 어찌할 도리가 없었다. 그는 충성 충忠 자를 팔에다 떠서 새긴 다음

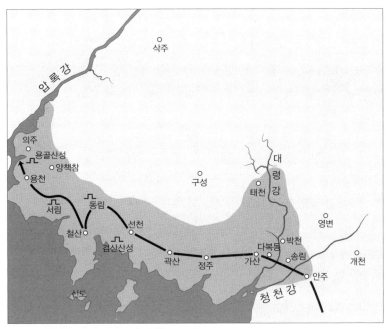

홍경래군 점령 지역과 관군의 진격로

수하 병졸을 거느리고 성 밖 북쪽의 용골산성龍骨山城으로 들어갔다. 그리하여 용천은 성이 텅 비게 되었다. 김사용은 입성하자 정성한을 진장으로 삼은 다음, 군사를 거느리고 나아가 용골산성을 포위했다.

이때 김국범·한처곤 등이 구성 남창의 양곡을 풀어서 빈민들에게 나누어주고 사방에 격문을 전달하여 장정과 우마를 모집하자 응모한 자가 천여 명을 헤아렸다. 이에 용사들을 장사꾼으로 가장시켜 읍내로 잠입시키고 허우··이용태·조금룡·김진구金振九·박여진朴汝珍·장주국 및 여러 내응 동지들과 더불어 성을 들이칠 의논을 했다. 부사 조은석趙恩錫이 방비하려고 했지만 성은 그야말로 위기일발이었다.

영변의 좌수 김우학과 수리 남명강 등이 난이 일어난 당초부터 유언

비어를 읍내에 퍼뜨려 인심을 선동하더니, 부사에게는 성을 지킬 수 없음을 역설했다. 그리고 동지들과 더불어 관아에 방화하고 부사 오연상吳淵常을 암살한 다음 관아를 점령할 계획을 세웠던 것이다. 그때 운산雲山 군수 한상묵韓象默과 개천价川 군수 임백관任百觀이 각기 관군을 인솔하고 영변으로 모여 힘을 합해서 성을 지키니 방비가 매우 엄했다. 남명강 등은 이러한 형편을 보고 늦추어서는 안 된다고 생각하여 예정을 앞당겨 관아에 방화하려고 하다가 일이 발각되었다. 남명강 이하 수십인은 관군에 체포되어 죽임을 당했다.

4

이때 여덟 고을이 반군에게 연달아 함락당하고 도로가 막히매 인심이 흉흉하여 물 끓듯 했다. 남북군이 경래의 명령을 받들어 이르는 곳마다 옥을 파하여 갇힌 자들을 석방하고 창고를 풀어 백성을 진휼하며 군기를 엄하게 단속하고 노약자를 위무하니, 민심이 기꺼이 감복해서 병정을 모집할 때나 음식을 풀어 먹이는 데 사람들이 장터처럼 모여들었다.

경래는 박천을 함락시키고 나서 12월 23일에 안주를 공격하기 위해 송림松林에 진을 쳤다. 송림 땅은 안주와 바로 청천강을 사이에 두었으나 쉽게 진격하지 못했다. 안주는 성곽이 견고한데다 평안도 42고을의 병마를 호령하는 병사의 본영이라 쉽게 도모할 수 없기 때문이었다. 먼저 평양을 교란시키려던 계획도 안주를 견제하려는 계교였던 것이다.

안주 병사 이해우李海愚는 난을 방관한 혐의가 있었다. 12월 18일 밤중부터 유언비어가 성내에 나돌고 백성들이 문득 동요해서 혹은 온 가족이 도주하기도 하고 혹은 패를 지어 횡행하기도 해서 사태가 매우 불안했다. 그럼에도 병사는 하나도 조사하지 않았으며 비장이나 장교들이 많이 다복동 막하로 가서 병영이 거의 비다시피 했는데도 역시 아랑 곳하지 않았다.

12월 19일에 변란의 소식을 듣고도 역시 군대를 소집하는 조처나 성을 지킬 준비도 차리지 않았다. 이에 목사 조종영趙鍾永이 크게 분개하여 앞장서 북을 두들겨 군사를 불러모았으나 응하는 자가 하나도 없었다. 대개 김명의가 진사로 유력한 사람인데 인심을 선동했던 까닭이었다. 목사가 대로하여 영을 어긴 자 4, 5명을 참수하여 길가에 목을 달아매니, 그제야 인심이 좀 안정되고 차츰 군졸들이 모여들었다. 병사는 이에 부득이 군병을 불러모아 문을 닫고 수비할 계획을 세웠던 것이다.

당시 안주의 비장과 장교 중 경래의 진중에 와 있던 사람은 김대린·이인배·이무경李茂京·이무실李茂實 등이었다. 이들이 경래에게 안주 병영이 텅 비어 있는 틈에 공격하여 기회를 놓치지 말기를 청하자 경래도 허락하였다. 그러나 우군칙이 홀로 반대했다.

"안주는 병영이 소재한 곳이라 성곽이 견고할뿐더러 번군[37]이 적지 않으니 가벼이 칠 수가 없어요. 또한 적을 쉽게 여기는 것은 병가兵家에서 금하는 바라. 우선 북군의 후원을 기다리는 것이 옳습니다."

김대린이 주장했다.

"군사軍師의 말씀이 지당합니다. 하나 우리가 원병을 기다리는 사이에 안주에는 다섯 진영의 군졸들이 모여들 터이니 장차 어찌하시렵니까?"

우군칙은 그래도 동의하지 않았다. 경래도 부득이 군칙의 계책을 따랐다. 김대린 등은 초조한 나머지 두번 세번 간청하였으나 우군칙이 끝

---

37 번군番軍 번상番上하여 온 군인. 당시의 제도는 양인 중의 일부를 돌아가며 군인으로 근무하도록 했는데, 이를 번군이라 한다.

내 듣지 않았던 것이다. 김대린 등은 대사를 이미 그르쳤으니 차라리 경래의 목을 베어서 병영에 바침으로써 공을 세워 속죄하리라 생각했다. 곧 경래의 방에 들어가 칼을 들어 그의 목에 들이댔다. 경래는 몸이 워낙 날랬기 때문에 손으로 칼날을 잡고 호위병을 급히 찾았다. 김대린 등 네 사람이 그 자리서 죽음을 당했다. 그러나 경래도 머리와 손에 중상을 입어 유혈이 그치질 않았다. 이 일을 비밀에 붙여 발설하지 않고 군대를 출동시켜 싸움을 걸었으나, 용기가 많이 꺾여서 힘껏 싸울 수 없었다.

이때 조정에서는 난이 일어났다는 보고를 받고 이요헌李堯憲을 양서 순무사兩西巡撫使에 명하고 박기풍朴基豊으로 순무중군巡撫中軍을 삼아서 훈련도감·금위영·어영청 등 삼군영의 기병과 보병의 정예부대가 출정했다. 한편 함경도의 친기위[38]와 개성부의 기병도 후원부대로 참가시켰다. 이에 안주 병사는 상사의 엄한 훈령을 받고 급히 문서를 예하 각 고을에 보내 군사 징발을 독촉했다. 그래서 숙천 부사 이유수李儒秀를 위시하여 중화·순천順川·함종咸從·덕천德川·영유永柔·증산甑山·순안 등 각 고을의 수령들이 자기 고장 군사를 이끌고 차차 모여들었다. 관군은 2천여 명에 이르렀다.

12월 29일에 관군은 세 길로 나누어 진군하여 청천강을 건너 송림으로 육박해갔다. 평안도 병영의 우후虞候 이해승李海昇으로 중로주장中路主將을 삼아 송림 동구에 진을 치게 한 뒤에, 함종 부사 윤욱열尹郁烈은 좌익이 되어 우후의 서쪽에 진을 치고, 순천군수 오치수吳致壽는 우익이 되어 우후의 동쪽에 진을 쳤는데, 삼진이 서로의 거리를 백보로 정했다.

경래도 역시 세 길로 나누어 맞서니, 한 방면은 윤후검으로 주장을 삼

---

38 친기위親騎衛　활쏘기·말타기·힘쓰기로 빼어난 자를 선발해서 변방에 주둔시킨 군대.

아 우후 진의 후면을 둘러서 나가고, 한 방면은 변대언으로 주장을 삼아 적현赤峴으로 좇아 둘러 나갔으며, 또 한 방면은 홍총각이 곧바로 우후의 진을 향해 쳐들어가는 것이었다.

홍총각이 말을 달리고 칼을 춤추며 나와 크게 외친다.

"양군의 성패는 오늘 결판이 날 것이다. 누구 감히 나를 당할 자가 있느냐? 얼른 나와서 싸우자."

우후 진중에서 아무도 응전하는 자가 없었다. 홍총각의 진중에서 먼저 어지러이 총을 쏘아대자 홍총각이 좌충우돌하며 앞으로 나갔다. 우후는 진의 형세가 위태해지매 윤욱열에게 합진合陣을 하자고 청했다. 윤욱열은 약세를 보일 수 없다 해서 단지 군사를 나누어 싸움을 도울 뿐이었다. 우후는 점점 곤경에 빠졌으며, 이때 반군 측의 윤후검이 또 포위해서 들어왔다. 관군이 조금 후퇴하자 홍총각이 승세를 타서 돌격해들어가니 우후는 기가 꺾여 차츰 뒤로 물러섰다. 이때 안주 병사가 백상루[39]에서 진세가 혼란해지는 것을 바라보고 급히 전 곽산 군수 이영식을 후원장으로 삼아 성중에 남아 있던 군졸들을 독책해서 모두 끌고 나가 재빨리 풍진楓津을 건너 우후의 후면에서 응원케 했다.

이에 관군은 2천 명이었으며 반군은 1천 5백 명에 지나지 못했다. 윤욱열이 후퇴하는 병졸들을 목 베어 독책하니 홍총각이 아무리 용감해도 중과부적임을 걱정하여 멈칫하던 차에, 변대언의 기병 수십 명이 연달아 탄환을 맞고 말에서 떨어지매 반군 측 진의 일각이 무너지기 시작했다. 홍총각은 큰 소리로 부르짖어 막으려 하였으나 어쩔 도리가 없었다. 나머지 반군 측 두 진의 병사들도 모두 패주하니 사상자가 많았다. 경

---

39 백상루百祥樓 안주의 북쪽 성안에 있는 큰 누각.

래 이하 여러 장졸들이 한편 싸우고 한편 달아나며 물러나 박천나루 머리에 진을 쳤다. 그때 벌써 황혼이어서 양편 모두 군사를 거두어들였다.

경래는 야밤에 남은 군사를 수습하고 가족과 함께 가산과 박천을 버리고 북으로 정주성에 들어갔다. 대개 정주의 견고한 성곽에 의지해서 전열을 정비하고 또 창성·강계 등지의 원병이 오기를 기다리며 북군이 의주를 탈취하면 그 군사도 남으로 돌리도록 해서 합세하려는 계획이었다. 그래서 경래는 정주성에 웅거한 다음 곧 감영 관하 창고의 곡식과 물자들을 성중으로 거두어들여서 오래 지탱할 계책을 세우고 창성의 강석모와 강계의 송지렴宋之濂·김택련金宅鍊 등이 있는 곳으로 사람을 보내어 명포수와 호병을 독촉해 보내라 해서 구원병을 삼으려 했다. 그리고 김창시를 북군의 참모로 보내어 김사용으로 하여금 속히 의주를 빼앗고 남으로 내려오도록 했다.

이때 김사용은 가는 곳마다 승전해서 먼저 용천을 빼앗은 다음에 신도를 빼앗고 첨사 유재하柳載河의 항복을 받았다. 임신년 정월 초하루에 용골산성을 포위하였으나 산성이 워낙 험해 형세가 졸지에 함락시킬 수 없었다. 그래서 산성의 건너편 산에 깃발을 어지럽게 벌이고 군악을 크게 두들기고 야단스럽게 불어대어 의병疑兵을 꾸몄다. 그리고 촌가의 남녀들을 많이 불러올려 관군의 부모 자녀처럼 꾸며서 밤중에 건너편 산에서 성중을 바라보고 부르짖으며 통곡하게 했다. 이 때문에 하룻밤 사이에 성을 지키던 군졸 중에 태반이 달아나버렸다. 용천 부사 권수는 산성을 능히 지킬 수 없을 줄 알고 단기로 산성에서 빠져 달아났다. 이에 용골산성도 드디어 함락되었다. 김사용은 장홍익으로 용골산성 수장을 삼고 장한우張漢羽로 신도 첨사를 삼고 김익명金益明은 동림진東林鎭을 머물러 지키게 하고 김운룡은 서림진을 머물러 지키게 했다. 그 자신은 직접 대군을 거느리고 양책참良策站에 주둔해서 김창시와 더불어 의주를 공략할 의논을 했다. 당시 용천·철산 지방의 선비로 불리는 축들 중에 김사용의 군영에 찾아와 계책을 낸 사람이 자못 많았다 한다.

이때 관군은 정주성 밖에 당도했으며 각지에서 의병[40]들이 일어나 반군은 남북군 간에 교통이 두절될 형편이었다. 이에 김사용은 김창시와 의논해서 이제초를 보내 선천을 고수하여 교통을 편하게 하려고 했다. 지난번 경래가 가산에서 박천으로 향해 갈 때 이제초를 김사용의 선봉으로 삼아 북군으로 보냈기 때문에 이제 다시 남으로 내려보낸 것이다.

관군은 정월 초3일에 정주성 밖 달천강撻川江 변에 진을 쳤다. 그리고 성 밑까지 육박하여 반군과 수차 싸웠으나 불리했고 달리 뾰족한 계책도 없었다. 관군의 여러 장수들이 상의한 결과 먼저 남북군의 연락을 차단해서 우익을 끊고 군량 운반로를 막아 반군을 고립무원의 형세로 만드는 것이 상책이라고 판단했다. 정월 초8일에 후군장 이영식과 우영장右營將 오치수로 하여금 2천 군을 거느리고 곽산을 공격하도록 했다. 조정에서 이영식이 송림전에 공이 있다고 다시 곽산 군수를 제수했던 까닭에 그는 자원해서 앞장서 출전했던 것이다.

관군이 출전하여 불의의 기습을 했을 때 곽산 반군의 장수 박성신은 바야흐로 소와 술로 군사들을 풀어 먹이며 잔치를 벌이던 중이었다. 원래 병졸도 적은데다 아무 방비도 없이 갑자기 대군과 부딪치자 어떻게 손을 써보려야 미치지 못했다. 싸워보지도 못하고 전열이 무너지고 사상자가 적지 않았다. 박성신은 간신히 몸을 빼내 선천으로 달아나 이제초에게 다급함을 알렸다. 그래서 관군은 다시 곽산을 수복했던 것이다.

---

40 의병義兵이란 외적의 침입이나 반란이 일어났을 때 관이 아닌 민간에서 조직된 군대인데, 여기서는 홍경래를 반대하여 일어난 비정규군을 관례적으로 칭한 것이다.

관군이 곽산을 수복하던 날이 곧 이제초가 선천에 도착한 날이었다. 이제초가 갑옷을 입은 채로 자고 있는데 밤중쯤 문득 박성신의 소식이 들어왔다. 시각을 머무를 수 없어 즉시 군사를 거느리고 곽산으로 향해 달렸다. 이튿날 1월 9일 아침에 곽산의 운흥관雲興舘에서 파수 보느라 매복해 있는 관군을 조우하여 이들을 일격에 모두 죽였다. 관현舘峴을 지나갈 무렵에는 어제 패하여 흩어졌던 박성신 군대의 병졸들이 차차 모여들어 1천 2, 3백 명을 헤아렸다.

이때 관군도 또한 선천에서 반군 측의 구원병이 이르러 성천成川과 연락하여 박천을 탈환하려는 작전이 있을 것을 예상했다. 그래서 1월 9일 이른 아침에 좌영장 윤욱열로 하여금 군사 7백명을 거느리고 가서 곽산의 관군을 지원하도록 했다. 그래서 곽산의 관군은 숫자가 2천 7백 명이 되었다. 곧 곽산 서쪽 사송야四松野에서 양군이 접전하게 되었다.

이제초가 말을 달려 비 오듯 하는 탄환 속으로 뛰어들어 좌충우돌하며 관군을 쳐죽였다. 그러나 이제초 군대와 박성신 군대는 진세가 서로 결속되지 못한데다가 관군이 수적으로 많았다. 처음에는 관군들이 이제초의 예봉을 피해서 그가 부딪는 곳에서 관군이 무너졌으나 싸움이 계속되어 일각, 이각이 지나자 이제초의 군대가 차차 관군에 에워싸였다. 이제초 군대는 점점 어지러워지더니 한 곳 두 곳 무너지기 시작했다. 이제초는 노하여 소리지르며 막아보려 했으나 별수 없었고 수습하려 해도 도리가 없었으니, 제아무리 용맹해도 그 혼자의 힘으로는 지탱하기 어려웠던 것이다.

이제초는 부득이 포위망을 뚫고 북쪽으로 빠져 달아났다. 그가 포위망을 뚫을 때 관군 장졸들은 하나도 접근해서 가로막는 자가 없었다. 그의 용력을 두려워했기 때문이다. 이제초가 달아나 관현 서편에 이르자 일대의 관군이 길을 가로막았다. 그는 마상에서 몸을 날려 길을 가로막는 군사들을 마구 죽이다가 힘을 너무 써서 밟고 있던 등자鐙子가 그만 끊어져 말에서 떨어져 땅에 뒹굴었다. 이때 관군의 군관 김재명金再明이 창을 들어 그를 찌르려 하였다. 그가 손으로 창끝을 잡아 끌어당기니 김재명도 말에서 떨어졌다. 이때 관군 장사대壯士隊의 김계묵金啓墨·박종묵朴宗默 등이 김재명이 위급함을 보고 일제히 달려들어 겹겹이 둘러쌌다. 이제초는 기운이 꺾여서 칼을 쥐고 가운데 서 있었다. 장사대 가운데 누구도 감히 이제초에게 덤벼들 자가 없었다. 이 때문에 한 식경이나 서로 바라만 보고 피차 어찌할 바를 몰랐다. 관군은 응원병이 계속 밀려와서 천천히 에워싸 그 수를 헤아릴 수 없었다. 이제초는 벗어나기 어려울 줄 알고 크게 부르짖었다.

"관군 대장아! 너희가 만약 나를 살려준다면 내가 정주성에 들어가서 홍경래의 머리를 베어 관군에 바치겠다."

관군의 장수는 거짓말로

"좋다."

하고 이어 말했다.

"네가 항복한다는 것이 참말인지 거짓말인지 믿기 어렵다. 만약 참으로 항복하겠다면 그 표적으로 결박을 달게 받아라. 그래야 우리가 믿을 것이다."

이제초도 말했다.

"너희들이 약속을 어기지 않는다는 뜻으로 하늘을 가리켜 맹세한다면 나도 결박을 받겠다."

관군의 여러 장수들이 일제히 맹세를 했다. 이제초는 본래 솔직한 무인이었다. 이에 얼굴에 처참한 기색을 띠고 입으로 한숨을 쉬며 칼을 던지고 결박을 받았다.

곧 곽산 군수가 나와서 이제초를 직접 심문하는데 주리를 틀고 뭉둥이로 족치면서 전후 사실을 불게 했다. 이제초는 언사가 태연자약하며 전혀 고통스러운 기색을 드러내지 않았다. 관군의 장수들은 의심해서 마구 다리를 부러뜨리게 했다. 이제초는 대로하여 언약을 배반하고 무례함을 꾸짖으며 부러진 다리로 불끈 뛰자 포승줄이 전부 끊겨졌다. 그리고 당장 주먹으로 관군의 장수 넷을 쳐죽였다. 관군의 장졸들이 칼날로 마구 내리쳤으나 그의 몸에 칼날이 들어가지 않았다. 모두 덤벼들어 다시 결박을 짓고 그의 몸을 검색해보니 전신에 철망을 입고 있었다. 목을 자르려고 했으나 목이 워낙 단단해서 칼이 먹지 않았다.

이제초가 껄껄 웃으며 말했다.

"너희들이 정 나를 죽이고 싶거들랑 먼저 나의 턱 밑을 찔러라."

그의 말대로 해서 그를 죽일 수 있었다. 관군 병사들도 모두 탄복해 마지않았다 한다.

지금까지 김사용이 연전연승하였던 것은 실로 이제초의 용맹 때문이었다. 방금 이제초가 죽었다는 소식을 듣고 김사용과 김창시 이하 여러 장졸들이 모두 애석해하며 낙심천만이었다. 김창시가 김사용에게 건의하기를

"오늘의 형세로는 일이 성공하기 어렵겠소. 훈련이 안 된 오합지졸로 명장이 있다 한들 어찌할 도리가 없네요. 사송야 전투에서 참패한 것도 이제초의 죄가 아니고 군사들의 죄올시다. 내가 산중 고을로 가면 비록 수백명이라도 모집해올 수 있으니 명포수를 얻어온 뒤라야 가히 해볼 수 있습니다. 이것이 바로 홍원수의 뜻이니, 비록 홍원수의 명령을 듣지 않고 행하더라도 무방할 것입니다."

하자, 김사용도

"좋소."

하고 동의했다.

김창시는 호위병 두명을 데리고 걸어서 사잇길로 창성 읍내 소길호리小吉號里로 찾아갔다. 동지인 권관[41] 호윤조胡胤祖를 찾아갈 계획이었던 것이다. 길이 선천과 구성의 접경에 이르러 한 행인을 만났는데 행색이 매우 수상해 보였다. 호위병을 시켜 그 행인을 탐문하였더니 그자의 대답이 이와 같았다.

"나는 본래 철산 사람인데 일찍이 김사용 부대의 졸개로 따라다녔습니다. 서림진의 수졸 노릇을 하다가 며칠 전에 도망쳐나와 몸을 피해 여기까지 왔는데 성명은 조문형趙文亨이라 합니다."

김창시는 그놈이 군법을 어긴 것을 꾸짖고 칼을 뽑아 죽이려 했다. 그놈이 벌벌 떨며 땅에 엎드려 백배사죄하고 목숨을 살려달라고 애걸하니, 김창시는 가련하게 여겨 그놈을 용서해주고 졸개에 끼여서 함께 따라오도록 했다.

며칠 뒤 산골 길에서 날이 저물어 장막을 치고 유숙할 계획이었다. 마침 김창시의 품속에서 은패가 밖으로 내보이는 것을 보고 그놈이 그것이 무슨 물건인가 물었다. 김창시는 웃으며 대답을 않다가 뒤에 일러주었다.

"너희들은 알아도 무방할 것이다. 이것은 군사를 움직이는 병부兵符란다. 산중 고을의 여러 동지들도 모두 이런 것이 있어서 동지들을 찾아갈 때는 서로 가지고 있는 패를 맞추어보아 부합하면 일을 함께하는 동

---

41 권관權管 변경의 각 진에 두었던 무관직으로 종9품.

지가 틀림없는 줄 알 수 있는 것이다."

이야기를 마치고 김창시는 문득 마음에 짚이는 것이 있어서 점괘를 뽑아보고 혼잣말로 중얼거렸다.

"이상하다. 북으로 백여 리를 가면 크게 길하되 중도에 자객이 있으리라 하니, 걱정이로구나."

김창시는 장막 밖에서 서성이다가 이윽고 들어가서 곤히 잠이 들었다. 그놈은 혼자 자지 않고 있었다. 먼저 은패를 보고 탐이 났거니와 또 속으로 생각하기를 만약 김창시의 머리를 베어서 관군에 바치면 반드시 죄를 용서받을 뿐 아니라 필시 큰 상을 얻으리라 생각했다. 그래서 그놈은 몰래 천막 속으로 들어가 김창시의 칼을 빼어서 그의 머리를 베어들고 곧장 다시 도망질을 쳤다. 뒤에 선천 읍내로 가서 김창시의 머리를 관군에 바치려다가 공교롭게도 김익순을 만나 천냥에 그것을 팔았다. 김익순이 김창시의 머리를 들고 정주 관군 진영으로 가서 자기 손으로 베어왔노라고 말하며 그 공으로 속죄해줄 것을 빌었다. 얼마 지나지 않아 그 사실이 탄로가 나서 김익순과 함께 그놈도 참형을 당했다.

한편 의주의 의병장 허항許沆·김황신金晃臣 등이 용천을 수복하고 1월 11일에는 양책참으로 달려들었다. 김사용은 이제초의 패보를 받고는 사기가 떨어져서 싸우고 싶은 마음이 없어 양책참을 버리고 물러가 동림진을 방어하고 김운룡으로 하여금 서림진을 지키게 했다.

선천의 반군 유문제는 사송야 싸움의 패보를 듣고 매우 낙담하였으나 정주와의 연락로를 회복하려고 자주 군사를 출동하여 곽산을 습격했지만 그때마다 패하고 말았다.

관군 측에서는 정주 반군의 형세를 고립시키기 위해서는 필히 곽산을 고수해야 하고, 곽산을 고수하자면 반드시 먼저 선천을 탈환해서 후환을 없이 하는 것이 상책이라고 생각했다. 순천 군수 오치수와 함종 부사 윤욱열을 시켜 대군을 거느리고 선천을 공격했다. 양군이 여러날 버티다가 마침내 반군 측이 패배하여 도망을 쳤다.

1월 14일 밤중에 의병장 허항 등이 서림진을 공략해서 김운룡이 맞서 싸우다가 패하여 도망했다.

1월 16일에 관군은 철산을 수복해서 정경행·정복일 등을 사로잡고 승승장구하며 북진했으며, 의병은 남진하여 양군이 함께 동림진으로 육박해 들어갔다. 또한 당시 삭주 부사 윤민동尹敏東도 그곳 군사를 이끌고 합류하니 관군의 형세가 크게 떨쳤다. 그리고 반군 측의 누차의 패보가 성내에 퍼지매 병졸들은 사기가 떨어져서 싸우지도 않고 도망하는 무리가 많았다. 김사용은 어찌할 도리가 없어 부하들과 함께 의논하는데, 눈물만 흘릴 뿐이었다. 병졸들에게 마음대로 성중 창고의 재물을 가져가게 하고 직접 잔류병을 이끌고 정주성을 향해 떠났다. 그리하여 이른바 경래의 북군은 전멸하여 정주 이서 지역이 모두 평정된 것이다.

경래의 북군이 붕괴되자 태천·구성·남창 등지에 버티고 있던 반군들도 차례차례 흩어지고 달아나서 경래의 위세와 명령이 행해지는 곳은 오직 정주성 한 곳에 그칠 따름이었다. 사태가 여기에 이르러 정주성은 그야말로 고립무원에 놓였다. 관군 측은 각지에서 나누어 싸우던 군사들이 하나둘 정주성으로 집결하였고, 또 각처에서 일어난 의병들도 점점 모여들어서 이에 관군의 총수는 만여 명을 헤아리게 되었다.

5

이때 관군 측 순무중군의 중앙 본부는 달천의 동편에 주둔해 있었다. 정주 목사 서춘보徐春補와 가산 군수 정주성鄭周誠은 본부 후면의 군량이 있는 곳을 지키게 하고, 평안도 순영중군巡營中軍 이정회李鼎會와 박천 군수 이운식李運植은 남산 봉우리 위에 진을 치게 하고, 우영장 순천 군수 오치수는 서소문 밖에 진을 치게 하고, 좌영장 함종 부사 윤욱열은 훈련야訓練野에 진을 치게 하고, 우림장羽林將 허항은 서문 밖 적현赤峴에 진을 치게 하고, 태천 현감 김견신金見臣은 북문 밖에 진을 치게 하고, 삭주 부사 윤민동尹敏東은 동문 밖에 진을 치게 하고, 나머지 의병장 현인복·송지렴 등은 각 진의 사이에 진을 쳐서 상호 연락을 취하도록 했다. 이에 정주성은 완전히 관군에 포위된 가운데 놓이고 말았다.

경래는 성문을 굳게 닫고 수성하는 장비를 단단히 준비하면서 윤후검으로 남문 수장을 삼고 김석하·이하유로 동문 수장을 삼았으며, 김지형金之衡이 서문 수장이 되고 신덕관이 북문 수장이 되었다. 경래는 우군칙·홍총각과 함께 서장대[42] 성곽 위에 자리했다. 성 주위에 초소를 배치하는데 일정한 간격을 유지했으며, 초소마다 군막을 설치해서 수성하는 병사들을 편케 했다.

이때 홍경래 군대의 총수는 각처에서 패하여 돌아온 병졸들까지 합쳐 3, 4천명에 불과했다. 그러나 일찍이 다복동에서 훈련을 받은 장졸들은 경래의 심복들이라 군기가 엄했으며 단결력이 있었다.

관군이 정주성을 포위한 지 어언 4개월이 지나도록 좀처럼 함락이 되지 않았다. 정월 15일·19일, 2월 4일·25일, 4월 3일 전후 5차에 걸쳐 맹렬히 공격을 가했지만 매번 관군 측이 불리해서 도리어 관군 측에 손실이 많았다. 정월 15일 남문 싸움에서 제경욱諸景彧이 전사하고 동문 싸움에서 김대택金大宅이 전사했는데, 모두 관군의 이름난 장수였다. 그

---

42 서장대西將臺 성곽의 서쪽에 만들어놓은 높은 대. 작전시 장수가 위치하여 지휘하는 곳.

리고 공성하던 전차들이 많이 파손되었으며 관군에 사망자가 적지 않았다. 이 때문에 정부에서는 평안 감사 이만수李晚秀·병사 이해우·순무 중군 박기풍을 '양란완구'[43]라는 명목으로 모두 면직시키고 정만석鄭晚錫·신홍주申鴻周·유효원柳孝原으로 그들 관직을 대신케 하여 토벌 평정을 독촉했다. 그러나 성을 공격한 전과가 없었을 뿐 아니라 도리어 반군의 습격을 받아서 손실 또한 많았다.

3월 19일에 홍총각이 이제초의 원수를 갚는다고 하면서 정병 5백을 거느리고 윤욱열의 진을 습격해서 관군이 거의 전멸하기에 이르렀고, 3월 20일에 홍총각이 다시 서북진을 습격해서 우림장 허항이 전사했다. 이날 싸움에 경래가 쓴 전술은 제법 볼만한 것이었다. 이른 아침에 경래는 많은 병사를 동성에 집결시켜 어지러이 사격을 가했는데, 오시경에 이르러 수백명의 군사가 서문으로 나와 서문 밖에 있던 관군에 도전했다. 잠시 후에 또 정병 천여 명이 북문으로 나가 홍총각의 지휘하에 삼각진을 만들어 그 뾰족한 모서리로 허항의 진과 함종의 진을 맹렬히 들이쳤던 것이다. 양 진의 관군에 사상자가 무수했는데 다른 관군 진에서 구원하러 오지 못했던 것은 대개 경래가 의병疑兵을 두어 견제했기 때문이었다.

3월 21일 밤에 경래가 우군칙, 홍총각과 함께 정병 7백명을 거느리고 순무대진을 습격하였다. 먼저 군사를 세 길로 나누어, 한 길로는 남산 아래에 진을 이루어 남쪽에서 오는 관군을 차단했고, 다른 한 방면으로는 동문길에 진을 이루어 동쪽에서 오는 관군을 차단했으며, 중앙의 한 길로는 곧장 달천대진으로 돌격하여 불을 지르며 습격하여 살상하

---

43 양란완구養亂玩寇 도적을 공격하지 않고 방치하여 후환을 키우고 있다는 의미.

였는데 군량과 군기가 무수히 들어 있던 관군의 군막에 불을 질렀다. 대진 가운데를 마음대로 횡행하기를 마치 무인지경에 달리는 것 같았다. 관군 진영의 머리와 꼬리가 서로 구할 수 없도록 만든 것이다. 순무중군 이하 장졸들이 모두들 간이 떨어질 지경이었다고 한다.

당시 공릉령恭陵令을 지낸 한호운韓浩運이라는 이는 정주 사람이었다. 그는 효성이 지극하여 부친이 위중하여 돌아가시게 되자 손가락을 잘라 피를 내어 마시게 했다고 한다. 과거에 합격하여 녹봉이 나오자 이것은 임금님이 처음 주시는 것이니 제가 먹어서는 안 되는 것이라 하고 짊어지고 내려가 모친이 자시도록 했다고 한다. 사람됨이 매우 강직하여 수양을 돈독하게 했다. 관에 있을 때 항상 회초리를 비치하고 매양 사심이 조금이라도 움직일 것 같으면 자기 손으로 자신에게 매질을 가했다. 한호운은 정주성이 좀처럼 함락되지 않는다는 말을 듣고 스스로 분을 이기지 못해 조정에 글을 올려 자기가 단신으로 경래를 찾아가서 설득, 귀순케 하겠다고 아뢰었다. 조정에서는 그의 뜻을 장하게 여겨 허락했다.

한호운은 도보로 정주에 도착했다. 자기 집 문전을 지나면서도 들르지 않고 곧장 정주성 아래로 가서 크게 소리쳤다.

"나는 너희 대장 홍경래를 만나 할 이야기가 있어 왔다. 성문을 열고 나를 들어가도록 하라."

수문장은 그가 한호운이란 양반인 줄 알고 수문水門으로 끌어들여 결박해서 홍경래 본진으로 보냈다. 경래는 한호운의 명성을 들었던 터라 그가 뜰아래 이르자 좌우에 명하여 결박을 풀고 위로 맞아 자리에 앉히고 흔연히 인사를 했다.

"오래전부터 존형의 큰 이름을 우러러 보았더니 오늘 다행히 대면하게 되었군요. 어찌 서로 만남이 이렇게 늦은지. 형은 무슨 긴한 일이 있어 이렇게 위험을 무릅쓰고 오셨소?"

한호운이 큰 소리로 꾸짖는다.

"너를 깨우치려고 온 것이다."

경래는 빙긋이 웃고 대답했다.

"존형이 잘못 알았소. 형은 필시 우리의 의리와 우리의 마음을 모를 것이오."

한호운은 더욱 소리 높여 꾸짖었다.

"너 같은 역적놈이 무슨 의리가 있다는 것이냐?"

경래는 그래도 성을 내지 않고 부드럽게 말했다.

"형은 하나만 알지 둘은 모르는구려. 내가 역적인 줄만 알고 내가 애국 애민하는 사람인 줄은 모르는군요. 형이 나를 역적이라 하는 것은 선입의 편견에 불과한 것이오. 나의 말을 자세히 들어보구려."

한호운은 또 크게 꾸짖었다.

"너 역시 임금의 덕화 가운데 살아가면서 4백년이나 받아온 나라의 은혜를 생각지 않고 감히 반역할 마음을 일으켜 무고한 백성을 몰아 왕사[44]에 항거하다니, 너의 죄는 더없이 커서 반드시 천벌을 면치 못할 것이다."

이에 경래도 소리 높이 꾸짖었다.

"쥐새끼 같은 녀석이 여기가 어디라고 무례히 방자하게 이러느냐? 네가 명색 과거에 합격했다지만 무슨 벼슬자리를 얻어 했느냐? 너 역시 평안도 출신인데 무슨 나라의 은혜, 임금의 덕화가 대단히 컸단 말이냐? 무릇 나라 안의 백성은 마땅히 함께 즐거움을 누려야 하겠거늘 지

---

44 왕사王師 중앙정부의 군대라는 의미.

금 관서 서북인에 대해 나라에서 대우하는 바가 어떠하냐? 흉년을 만나 기근이 들어 먹을 양식이 없을 때 일찍이 조정에서 구휼을 베푼 적이 있더냐? 구휼하지 않을 뿐 아니라 한술 더 떠 탐관을 보내 가렴주구케 하니, 백성들이 어떻게 살아가겠느냐? 서북인은 아무리 탁월한 재능과 빼어난 학문이 있어도 이 세상에 어디 쓰일 곳이 있더냐? 내가 너를 불쌍히 보아 용서하겠으니, 너는 마음을 고쳐먹도록 하여라."

한호운은 그래도 지지 않고 크게 꾸짖었다.

"너 같은 짐승 무리에게 어떻게 사리를 분변해서 가르치겠느냐?"

이때 좌우에서 한호운을 죽이려 하자, 경래는 껄껄 웃으며

"가엾고 불쌍하다."

하고 좌우의 수하들을 제지하였다.

"내 듣기로 이 사람은 효성이 지극하다고 하더라. 내가 어찌 차마 효자를 죽이겠느냐?"

한호운을 곧 성 밖으로 쫓아내도록 명했는데, 마침 우군칙이 이 이야기를 듣고 그를 자기의 처소로 보내줄 것을 청해와서 경래는 승낙했다. 한호운은 마침내 우군칙에게 죽임을 당하는 바 되었다.

이때 관군 측의 8진이 성벽 밖을 포위해서 정주 한 성은 곤경이 극에 다다라 있었다. 관군 측으로 볼 것 같으면 성벽이 견고하고 적세가 완강한지라 좀처럼 공격해서 무너뜨리기 어려웠고, 반군 측의 형세로 볼 것 같으면 고립된 성에서 약한 군사로 저항하려니 고심이 이만저만이 아니었다. 게다가 염병이 창궐하여 평안도 각처에 사망자가 매우 많이 발생하고 관군의 장졸 중에도 환자가 속출했다. 정주성 안은 더욱 심했다. 반군 측은 군량 또한 떨어져서 처음에는 매일 쌀 50여 석을 먹다가 차차 감해서 30여 석으로 줄었으나 그래도 이어갈 도리가 없었다. 성내 민가

의 이른바 신상미[45]까지 한톨 남지 않았으며, 더러 밤중에 틈을 보아 성을 나가 강제로 부민富民들의 양곡을 빌려 근근이 견디냈던 것이다. 3월 중순부터는 종종 밥에다 밀가루를 섞어 먹었고, 성내의 송피松皮를 다 벗기고 가축도 모두 잡아먹었으며, 소가죽을 말려서 대용식을 삼았다. 이 때문에 반군 측은 병사자·아사자餓死者·전사자·도망자가 반수를 넘었다. 더구나 관군 측에서 혹 연鳶을 띄우거나 편지로 성중의 군민들을 깨우치고 달래되 벼슬을 준다거니 상을 준다거니 여러가지로 미끼를 던져 귀순하도록 종용했다. 경래는 이를 방지하지 못해 이제신과 이방욱 등이 귀순하려고 도모하다가 발각되어 피살된 일까지 있었다.

경래는 성중 사람들의 마음을 위안하기 위해 때때로 연훈루延薰樓 아래서 말을 달리고 칼춤을 추어 장졸들로 하여금 그의 무용을 보고 탄복하게 했으며, 군졸 가운데 전사자가 생기면 자기가 직접 제를 지내주었고, 병자에 대해서는 몸소 문병을 갔다. 혹 군민들이 모인 자리서 통곡을 하여 그들을 감동시킨 일도 있었다. 혹 또 자신을 가리켜 자랑삼아 말하기도 했다.

"외양이 이만하고서 사업이 어찌 여기서 그칠 것인가?"

그러면서 때때로 군악을 울리고 술을 마시며 사람들과 더불어 즐겼다. 어느날 경래가 칼을 뽑아 들고 일어나 춤을 추며 입으로 시 한 구절을 읊었다.

천지가 뜻이 있어 한 남아를 낳았거늘乾坤有意生男子

---

45 신상미神箱米 민간에서 신앙적인 의미로 모아둔 쌀인 듯하나 구체적인 내용은 미상.

여러 장수들에게 화답을 하도록 하니 한 장수가 나서서 답하였다.

일월이 무정하매 장부가 늙어가네.日月無情老丈夫

경래는 추연히 노기를 띠어 그 장수의 목을 벨 기세였다.
"시에 짝을 맞춘 것으로야 방불하다 하겠으나 뜻과 기상이 어찌 그다지 졸拙하고 못됐단 말이냐?"
경래가 이처럼 고단하게 성에서 버티고 있었던 것은 실은 벗어날 도리가 전혀 없어서가 아니었고, 대개 기다리는 바가 있었기 때문이다. 하나는 박종일이 서울에서 난을 일으키기로 한 것이요, 다른 하나는 북방 각 고을에서 원군이 오기로 한 것이요, 또 하나는 정시수(일명 제민濟民)란 자가 호병을 이끌고 오기로 한 것이었다. 그러나 이 세가지 일 중에 어느 하나도 뜻대로 되지 않았던 것이다.
박종일이란 곧 영성군 박문수의 손자로 전에 경래가 유경游京할 적에 북한산에서 서로 만나 여관으로 찾아왔던 그 사람이니 그사이에 깊이 서로 사귀었던 것이다. 경래가 평안도에서 봉기했다는 소식을 듣고 박종일은 반드시 성공하리라 생각하고 충청도의 불량배들을 규합해서 장차 서울의 요로에 잠복시켜 각 관서와 민가에 불을 지르고 혼란한 틈을 타서 도성을 점거하려는 계책이었다. 미리 경래에게 기별을 하고 임신년 3월 11일 밤에 난을 일으켰다가 마침내 조정에 의해 진압되고 말았다.
다음 북방의 원병이란 것은 산간 고을의 명포수를 말한 것이다. 곧 창성의 호윤조·강석모와 강계의 김택련, 초산의 김성모金星謨, 위원의 김모金某, 삭주의 이팽년 등이 각각 군사를 모아두고 경래의 지휘만 기다리고 있었다. 경래는 정주성에 포위된 상태에서 사람을 보내 출병을 독촉했으나 그 전령이 번번이 관군의 손에 붙잡히고 말았다. 그래서 통신이 되지 못했을뿐더러 관군 측의 형세가 점점 커지자 이른바 경래의 동지들은 붙잡히기도 하고 붙잡힐까 두려워 도주하기도 했다. 더러는 반군의 형세가 고립되어 일이 성공할 수 없음을 보고 주저하다가 그만 물러나 움츠리고 약속을 어겨 움직이지 않았던 것이다.

그리고 소위 호병을 동원한다는 설은 후일 우군칙의 공초에 근거한 말이다. 정시수란 원래 선천 검산劍山 밑 청수면淸水面 사람이다. 5세 때 중국으로 들어갔는데, 사람이 용맹했으며 기마와 사격을 잘해서 마적의 우두머리가 되었다. 일찍이 경래와 교분이 두터워 같이 일을 도모하기로 약조했다는 것이다. 경래가 기병했을 때 정시수는 수하의 군대를 이끌고 강계·연려延閭 등지로 잠입했다 한다. 관군의 기록에 의하면 정시수에 관한 말은 경래가 대중을 의혹시키려고 조작한 것이며 기실 그런 일은 없었다고 했다. 그러나 의병장 송지렴의 행사를 보면 실제로 호병과 공모했던 것 같다. 송지렴이란 자는 강계의 향임이었다. 굉장한 공금을 결손 내고 갚을 길이 막연하여 몹시 고민하던 차에 마침 다복동에서 기병했다는 소식을 듣고 즉시 달려가서 경래의 부하로 가담했다. 정주성으로 들어갈 때 송지렴은 급히 호병을 불러올 것을 청했다. 경래가 허락하고 군비 중에서 거액의 돈을 그에게 주어 만주로 들여보냈다. 송지렴은 북행하여 압록강을 건너기 직전에 김사용의 북군이 궤멸되었다는 소식을 듣고 일이 도저히 성공할 수 없으리라고 판단했다. 그는 바로 발길을 돌려 강계로 돌아와서 가지고 있던 돈으로 결손 낸 공금을 청산하고 나머지 돈으로 의병을 일으켜 스스로 대장이 되어 관군의 편이 되었던 것이다. 호병이 오지 않은 것과 경래가 앉아서 기다리다가 패망한 것 모두 송지렴이 군자금을 가로챘기 때문이었던 것 같다.

3월 15일에 청국에서 조선에 내란이 났음을 듣고 심양둔군瀋陽屯軍 부도통副都統으로 하여금 군대를 거느리고 가서 중강中江에 진을 쳐 변방의 불의의 사태에 대비케 한 바 있었다. 경래는 이 소문을 듣고 기다리던 원병이 나오는 것으로 생각하고 밤낮 고대했다. 어느날 홍총각이

"일개 성을 고수하는 것이 장구한 계책이 아닙니다. 나가서 결전을 하여 승부를 가립시다."

하고 주장했으나 경래는

"북방의 원병이 머지않아 올 것이다. 그때 나가서 안팎으로 협공을 할 것이다."

하고 대답했다.

지난 3월 3일에 경래가 밀사를 보내 편지로 강계의 구원병을 독촉하였는데, 그 편지를 가지고 가던 보병 김삼홍金三弘이 관군에 붙잡혔다. 그 밀서의 겉봉에는 '평서대원수平西大元首 공사公事, 우모령 행군소牛毛嶺行軍所 개탁開坼'이라 썼고 편지 내용은 암호로 원병을 급히 청하는 것이었다. 그러나 소위 구원병은 단 하나도 오지 않았으니, 대개 통신이 두절되었기 때문이었다.

관군 측도 역시 낭패를 많이 보아 조정으로부터 '양란완구'란 문책이 있었고 성을 빨리 공략하라는 독촉을 받은 것이 한두번이 아니었다. 또 만여 명 장졸의 군량도 이어 대기 어려웠다. 4월 14일의 군중일기軍中日記에는 군사들이 하루 반을 굶주렸다는 기록이 있을 정도였다. 그래서 병사 가운데 도망자가 속출했다. 또한 농사철이 임박했는데 각 고을 수령들과 종군한 농민들이 돌아가지 못해서 권농하고 농사짓는 일이 철을 놓치지 않을 수 없었다.

4월 3일에 전차·화전[46]·등성제[47]·화완구[48] 같은 공성 장비들을 많이

동원해서 힘을 다해 공격했으나 성이 함락되지 않았다. 또 틈을 이용하여 달래고 위협하고 퉁소를 부는 등 온갖 방법을 다 썼지만 모두 별로 효과가 없었다.

순무중군 유효원이 여러 장수를 소집하고 의논해서 성을 깨칠 방책을 하나 세웠으니, 그것은 곧 성 밑을 뚫고 폭파할 계교였다. 4월 4일부터 18일까지 날마다 땅을 굴착하는 작업을 진행했다. 경래는 이 일을 알고 맹렬히 포격을 가해서 관군 측에 사상자가 상당히 많았으며 후퇴하여 작업을 중단하기도 했다. 경래는 한편 내성內城을 쌓아서 방비하고 또 한편 여러 장수를 불러 방비책을 의논했다.

"토굴 속의 화약은 반드시 위로는 견고한 성을 깨치지 못하고 앞으로는 두꺼운 땅을 뚫지 못하니 필시 후면의 파고 들어간 구멍으로 폭발해 나올 것입니다. 저것은 적군 저희들이 타죽을 꾀입니다. 염려할 것 없지요."

선봉장 홍총각이 주장하여 경래는 방비를 소홀히 하고 말았다.

임신년 4월 18일에 동편 굴은 다 뚫지 못했으나 북편 굴이 먼저 서장대 밑까지 다 뚫렸다. 그날 밤 굴속에 화약 2천여 근을 매설하고 화기가 밖으로 분출될까 염려해서 진흙과 큰 돌로 굴의 입구를 틀어막았다. 화승火繩의 한 끝을 화약덩이 속에 집어넣고 다른 한 끝을 굴 밖으로 끌어내서 입구를 막은 다음 화승 끝에 불을 붙였다. 즉시 각 군영에 명령을 하달했다.

"닭이 울면 새벽밥을 먹고 화약이 폭발해서 성이 무너지는 것을 기다

---

46 화전火箭 불을 달고 쏘는 화살. 화공火攻에 쓰인다.
47 등성제登城梯 성을 공격할 때 위로 오를 수 있는 사다리.
48 화완구火碗口 화통완구火筒碗口의 준말. 큰 화포.

려 일제히 공격하라. 가산 군수 정주성·숙천 부사 이유수·의병장 현인복·태천 현감 김견신·병영 우후 이익李榏·의병장 송지렴 등 동로군은 대오를 정돈하고 폭발 시점을 기다려 북장대로 향해 진격하고, 함종 부사 윤욱열과 장사군관壯士軍官 김계묵金啓默 등 북로군은 북문을 향해 대기하고, 순천 군수 오치수 등 서로군은 서문을 향해 대기하고, 순영중군 이정회와 박천 군수 이운식 등 남로군은 남문을 향해 대기하라."

이튿날 4월 18일 해 뜰 무렵에 폭발하는 소리가 굉장하게 일어나며 북장대의 성벽 수십길이 무너졌다. 천지가 뒤흔들리고 성 안팎의 사람들이 놀라 혼이 몸에 붙어 있지 않았다. 북장대에서 수성하던 반군의 군졸들은 치여죽고 파편에 맞아죽어 하나도 살아남지 못했으며, 신축한 내성 역시 진동으로 인해 붕괴되고 말았다.

이에 관군들은 용기백배하여 북을 둥둥 울리고 함성을 지르며 바람이 몰아치는 형세로 입성을 하고 한편으로 사대문을 활짝 열어젖혔다. 문밖의 관군들이 일제히 밀려드니 반군들은 사방으로 흩어져 도망했다. 홍총각은 그래도 군기령軍器嶺 위에서 말을 달리고 칼을 춤추며 크게 부르짖었다.

"흩어지지 마라! 흩어지지 마라!"

뭇 병졸들이 황겁해서 도망질하는 판에 누가 이 말을 들으려 할 것인가. 한 패 한 패 남문 밖으로 빠져나가다가 관군에 낱낱이 생포되거나 총살되어 벗어난 자가 없었다. 오직 서문으로 빠져나간 중에 약간이 벗어났다 한다.

경래는 우군칙·홍총각과 더불어 급히 의논하여 보병으로 변장하고 몇명의 심복 장졸만 데리고 남문으로 나갔다. 장차 배를 타고 해상으로 도주할 계책을 세운 것이었다. 막 남문을 빠져 몇보 걸어나갔을 때 경래는 마구 쏘아대는 총탄에 흉부를 맞고 길 위에 넘어졌다. 그래도 정신을 차리고 일어나 걷고자 하는데 관군들이 덤벼들어 난도질하여 참살했다. 이때 경래의 나이 33세였다. 혹은 29세라고도 한다.

이는 관군 측의 기록이고, 정주의 야담에는 경래가 성벽이 무너질 때 몸을 날려 성을 넘어서 멀리 달아났으며, 그날 살해된 것은 가짜 홍경래라고 한다.

홍총각·이희저·양시위楊時緯 이하 여러 두령들이 하나하나 붙잡혔고 우군칙과 최이륜은 도망했다. 그밖에 생포된 장졸들이 무려 2천 6백여 명이었는데 19, 20 양일 사이에 모두 참살되었다.

성이 함락될 때 관군들은 함부로 총질을 하고 창질을 해서 무릇 성중 사람들은 남녀노소를 불문하고 죽여서 쌓인 시체가 성중에 가득했다. 관군의 한 장수가 마침 길가에서 어린아이가 머리 없는 여자의 젖을 빨고 있는 것을 보고 마음에 퍽 측은하게 생각하고 즉시 명을 내려 부녀자와 10세 이하의 남자는 모두 죽이지 말도록 했으나, 이미 어쩔 수 없이 된 경우가 많았다.

우군칙과 최이륜은 강계 쪽으로 도주하여 4월 22일 밤에 구성 읍내에 사는 우군칙의 처사촌 정몽량鄭夢良을 찾아갔다가 정몽량의 밀고로 관군에 잡힌 바 되었다.

마침내 홍경래의 반란은 완전히 평정되었다.

●작품 해설

'홍경래전'이라는 이름의 사본으로 독립된 책자를 여기 옮긴 것이다. 이것의 존재가 널리 알려지지 않았지만 1930년대에 집필된 현상윤玄相允의 『홍경래전』에서 이 내용을 많이 섭취했던 것으로 보이며, 그래서 이것의 상당한 부분은 오늘날 통설처럼 되었다. 작자는 밝혀져 있지 않으나 문체나 용어로 보아서 애국계몽기에 씌어진 것으로 추정된다. 당시 정교鄭喬에게 동명의 저작이 있는데 곧 이것이 아닌가 한다.

홍경래의 봉기에 대한 관군 측의 기록이 여러가지 있지만 대개 관의 입장에선 반란 토벌기이다. 그리고 고소설투로 꾸며진 「신미록辛未錄」이라는 것도 있는데 극히 통속적인데다 관군 편의 의병장을 예찬하는 조로 되어 있다. 여기 소개하는 「홍경래전」은 이와 달리 홍경래 쪽을 이해하고 공감하는 바탕 위에 사실의 객관성을 유지해서 서술한 점이 특히 관심을 끄는 것이다. 따라서 소설적으로 윤색된 것은 아니지만 하나의 기록문학으로 흥미롭게 읽힐 수 있다.

여기서 보듯 당시 중앙정부에 대한 민중의 끊임없이 지속된 저항운동은 1811년 평안도의 무장봉기로 크게 폭발했다. 이 기록은 봉기하게 된 배경, 그 동지들의 성분 및 규합과정의 서술을 통해서 민중의 성장한 역량이 어떠한 주도세력에 의해 결속되고 그것이 왜 평안도에서 먼저 일어날 수 있었던가를 잘 파악하고 있다. 홍경래라는 인물이 그의 저항적 기질과 비상히 발휘하는 권술權術의 묘사를 통해서 영웅 형상으로 부각되었으며, 홍총각·이제초의 민중영웅적 기질 또한 선명히 그려졌다.

또한 내용이 썩 풍부하게 구성되어 있다. 서울의 양반층 내에서도 박종일 같은 저항적이고 활달한 기질의 인간과 함께 시인 김삿갓의 조부인 김익순 같은 비굴하고 치사한 인간을 제시했고, 또 평안도 출신 중에도 한호운 같은, 봉건교리를 충실히 신봉하면서 강직한 인간과 의병장 송지렴 같은 기회주의적 배신자가 대조되고 있다. 끝에 정주성이 함락되고 관군에 의해 양민들이 무차별 학살되는 정경을 통해서 저항의 좌절이 얼마나 쓰라린 것이며, 홍경래가 결코 죽지 않았고 '몸을 날려 정주성을 넘어서 먼 곳으로 달아났다'고 믿는 정주 사람들의 생각을 통해서 패배를 인정하지 않으려는 민중의 의지가 얼마나 굳은 것인지를 느끼게 한다.

제6부

●

민중 기질 II
∵ 풍자와 골계

김홍도「무동舞童」(국립중앙박물관 소장)

꼭지딴丐帥

서울 도성 안에는 거지들이 늘 수백명이나 들끓었다. 거지들은 그들의 법대로 한명을 뽑아 두목을 삼는데 '꼭지딴'[1]이라고 불렸다. 모이고 흩어지는 모든 행동을 꼭지딴의 지시를 따라 조금도 어기는 법이 없었다. 거지들이 아침저녁 빌어온 것으로 정성껏 받들어 꼭지딴은 기거와 음식이 편안하였다.[2]

영조 경진년(1760)에 큰 풍년이 들었다. 임금이 널리 영을 내려 잔치를 열고 즐기도록 했다.

용호영[3]의 풍악이 오영[4] 중에서도 제일인데 이가 성의 사람이 그 우두머리로 있었다. 소위 패두牌頭라 하는 것이다. 그는 본래 호탕하기로

---

1 꼭지딴[丐帥] 거지떼의 우두머리, 즉 거지 대장을 일컫는 말.
2 원문에 다음과 같은 말이 주석으로 달려 있다. "서울에 꼭지딴이 하나 있고, 서문시장과 배오개 시장에 각기 인을당人乙堂 한 자리가 있어 두 대장이 나누어 거처하면서 여러 거지들을 관장하였다. 사람들이 이들을 보기 어려웠다."
3 용호영龍虎營 대궐의 숙위宿衛. 왕가王駕의 호종扈從 등을 맡아보던 기관.
4 오영五營 서울에 있던 다섯개 친군영親軍營. 훈련도감·어영청·총융청摠戎廳·수어청守禦廳·금위영으로 이루어져 있었다.

이름이 있어 서울의 기생들이 모두 그를 따랐다. 당시 금주령이 엄하여 상하의 연회에 술은 못 쓰고 대신 기악妓樂을 숭상하였다. 특히 용호영의 풍악을 불러오는 것으로 큰 자랑을 삼아, 불러오지 못하면 수치로 생각할 정도였다.

이패두는 연회에 불려 다니느라 아주 피곤해서 더러 칭병하고 집에 있었다. 하루는 웬 거지가 찾아와서 전갈을 하는 것이었다.

"우리 두목 아무개가 패두님에게 청하는 말씀이오. 나라의 명으로 만백성이 다 함께 즐기는 좋은 시절에 소인네들은 비록 거지이오나 그래도 나라의 백성이라. 아무 날 거지들이 모두 모여 연융대鍊戎臺에서 잔치를 벌이려 하오매 감히 패두님께 수고로움을 끼쳐 풍악으로 흥취를 돋우고자 합니다. 소인들 또한 그 덕을 잊지 않을 것이옵니다."

이패두는 화가 상투 꼭대기까지 올라서 호통을 쳤다.

"서평군[5]·낙창군[6] 대감이 초청해도 내가 갈지 말지 한데, 아니, 거지 잔치에 부른단 말이냐?"

하인을 불러 내몰자 거지는 헤헤 웃으며 나갔다. 이패두는 더욱 분통이 터졌다.

"음악이 천하여 이 지경이 될 줄이야! 거지까지 나를 부려먹으려 하다니."

이윽고 패두의 집 대문을 두들기는 소리가 거세게 들려왔다. 내다보니 온통 해진 옷에 체구가 장대한 사나이였다. 그가 꼭지딴이다. 눈을 부릅뜨고 이패두를 쏘아보며 소리치는 것이었다.

---

5 서평군西平君 이씨 왕족의 한 사람으로 이름은 요橈. 외교에 공로가 있어 영조의 신임을 받은 인물이다.
6 낙창군洛昌君 이씨 왕족의 한 사람으로 이름은 당樘. 영조 때 활동했음.

"패두님, 이마에 구리를 깔았우? 집을 물로 지었우? 우리 떼거지 수백명이 장안에 흩어져 있어 포도청 순라군도 어쩌지 못하는 줄 모르우? 몽둥이 하나 횃불 하나면 족합니다. 패두가 능히 무사하실 듯 싶우? 우리를 이다지 업신여긴단 말이오?"

이패두는 본디 풍악으로 한평생을 굴러먹은 사람이라 시정의 물정에 훤하였다. 껄껄 웃으며 그의 말을 받는다.

"자네야말로 정말 남자로군. 내가 모르구 실수하였네. 자네의 청을 기꺼이 따름세."

"내일 조반을 드신 후에 패두님이 아무아무 기생과 아무아무 악공들을 거느리고 총융청[7] 앞 계단에 크게 풍악을 차려주우. 언약을 어기지 말기루 합시다."

이패두는 선선히 승낙하였다. 꼭지딴은 한번 더 이패두를 뚫어져라 바라보고 나갔다.

이패두는 자기 단원을 전부 불러모아, 거문고·젓대·피리·장고 등 악기를 각기 새것으로 준비해오라고 지시했다. 기생 몇명도 함께 동원하였다. 그들이 어디로 갈 것이냐고 묻자 이패두는 웃으며 말했다.

"나만 따라오너라."

총융청 앞뜰로 가서 풍악을 벌였다. 온갖 악기들이 자지러지게 울고 기생들은 한바탕 춤을 추었다. 이때 거적을 둘러쓰고 새끼로 허리를 동여맨 거지떼들이 춤추며 모여드는 것이 아닌가. 개미들이 장을 선 듯했다. 와글와글 어울려 춤이 그치자 노래가 나오고 노래가 그치자 다시 춤

---

7 총융청摠戎廳 인조 2년에 설치한 군영. 처음에 수원 등 진鎭의 군무를 맡았다가, 영조 23년에 경리청經理廳을 대신하여 북한산성을 담당하였다. 지금 서울의 세검정에 본청이 있었다.

을 추면서 외치는 것이었다.

"얼씨구 좋네, 절씨구 좋아. 우리네 인생도 오늘이 있도다."

꼭지딴은 상좌에 떡 앉아서 자못 득의연해 보였다. 기생들이 입을 가리고 웃음을 참지 못하자 패두는 눈짓을 하고 타일렀다.

"아서라, 이것들, 웃지를 마라. 저 꼭지딴은 내 목숨도 마음대로 빼앗아갈 수 있단다. 너희 같은 것들이야."

해가 좀 기울자 뭇 거지들이 차례대로 둘러앉아서 저마다 자루 속에서 고깃덩이며 떡조각을 꺼내는데, 다 잔칫집에서 얻어온 것들이었다. 깨어진 기왓조각이나 풀잎에 그것들을 싸가지고 어지럽게 바치는 것이었다.

"소인들 잔치가 시작되므로 감히 나리께 먼저 드시라고 바치옵니다."

이패두는 웃으며 사양했다.

"내가 너희를 위해 풍악을 잡혀주지만 너희들 음식은 받지 못하겠네."

거지들은 희희 하고 굽실굽실하였다.

"나리들이야 귀한 분들인데 거지의 음식을 잡숫겠습니까? 그럼 소인들이 다 듭죠."

이패두는 더욱 풍악과 가무를 울려 흥을 돋우게 하였다. 음식 잔치가 끝나자 거지들은 다시 일어나서 어깨를 들썩거리며 춤들을 추는 것이었다. 한참이 지나 거지들은 또 자루에서 과일 부스러기와 말린 음식을 꺼내서 기생들 앞으로 내밀었다.

"아씨들의 노고에 보답할 길이 없습니다. 이것이나마 가져다 집의 애기들에게 주시라굽쇼."

기생들도 모두 마다하여 받지 않았다. 거지들은 또 다 먹어치우고 굽신거리면서 말했다.

"여러분들 덕분에 배불리 먹습니다."

석양이 될 무렵 꼭지딴이 나와서 사례하는 것이었다.

"우리들은 이제 또 저녁밥을 빌러 나서야 한답니다. 여러분들 노고에 깊이 감사드리옵니다. 다른 날 길에서 뵙겠지요."

그리고 나서 거지들은 일시에 흩어졌다.

기생들은 진종일 지치고 시장한 끝에 원성이 패두에게 돌아갔다. 그러나 이패두는

"나는 오늘 비로소 쾌남아를 보았노라."

하고 탄성을 발하는 것이었다.

이패두는 후에 길에서 거지를 보면 그 꼭지딴이 마음에 떠올랐으나 끝내 다시 만나지는 못하였다.[8]

---

8 원문의 끝에 "박연암의 「달문전達門傳」과 같은 가락이라 하겠다."라는 평어가 달려 있다. 「달문전」은 「광문자전廣文者傳」을 가리킨다.

●**작품 해설**

　성대중成大中의 작이다. 원래『청성잡기靑城雜記』에 실려 있던 것으로『해총海
叢』에도 '개수전丐帥傳'이란 제목으로 수록되어 있다. '개수'가 어려운 한자어이
기에 우리말 제목으로 '꼭지딴'이라 하였다. 이 작품을 처음 소개한 김화진金和
鎭이 "예전에는 거지를 '딴군'이라 하고 그 두목을 '꼭지딴'이라고 하였음.(「거
지와 名技宴樂」,『圖書』6, 1964)"이라고 밝힌 바 있다. 이밖에도『동야휘집』에
는 '연융대에서 거지대장이 풍악을 베풀다鍊戎臺丐帥張樂'란 제목으로 옮겨져 있
다. 여기서는『청성잡기』소재 자료를 대본으로 삼고『해총』의 것을 참조했다.

　18세기 농촌사회에서 밀려난 유민들의 상당수가 상공업 부문이나 광산으
로 흡수되긴 했으나, 일부는 산중에서 군도를 형성하였으며 대다수는 도시에
서 거지떼를 이루고 있었다. 특히 서울의 거지떼는 심각한 사회문제로까지 대
두되었다(예컨대 우하영禹夏永의『천일록千一錄』은 '유개流丐'라는 제목으로 이
에 대한 대책을 거론하였음). 우리는 박연암의「광문자전廣文者傳」에 거지들이
등장하는 것을 보았거니와, 이 작품은 거지떼를 정면으로 다루었다. 거지떼의
생활모습을 묘파하면서 그 우두머리인 꼭지딴의 호쾌한 면모를 부각시킨 것이
다. 용호영의 악사들이 동원되어 거지들을 위한 잔치가 벌어지는 전후의 장면
이 이야기의 중심부인데, 매우 이색적인 장면일뿐더러 연예인들의 활동의 단
면을 엿보게도 된다.

장오복張五福

장오복은 영조 때 사람인데 협객으로 이름을 날렸다. 그가 이조吏曹의 서리로 있을 때의 일이다. 이조의 한 낭관[1]이 젊고 풍채가 아름다웠다. 오복이 그 낭관의 등을 어루만지며 말했다.

"아들을 낳으려면 마땅히 이렇게 낳아야지."

젊은 낭관은 오복을 파면시키려 하다가 그만두었다.

장오복은 한길을 가다가도 다투거나 싸우는 사람을 만나면 옆에서 지켜보고 섰다가, 강자라고 약자를 업신여기거나 사리를 그르쳐 어거지를 쓰는 경우가 있으면 반드시 강자는 누르고 사리는 밝혀서 상대편으로 하여금 사과하고 승복하게 한 연후에 그만두는 것이었다. 사람들이 이 때문에 오복을 두려워하였다. 혹 다툼이 생겨 옆사람이 뜯어말릴 수 없으면 겁을 주느라고 "장오복이 온다."라고 외치기까지 하였다.

언젠가 장오복이 취해서 광통교[2]를 건너가고 있었다. 마침 가마 한채

---

1 낭관郎官 각 관아의 당하관堂下官의 총칭. 이조에는 정랑과 좌랑이 있었는데, 특히 요직으로 명망이 높은 인물이 맡는 것이 관행이었다.
2 광통교廣通橋 현 남대문로를 통과하는 청계천에 놓였던 다리. 돌난간이 있었으며 서

가 지나가는데 하님이나 구종을 거느린 모양이 굉장히 호사스러웠다. 가마꾼이 오복이가 취한 걸음으로 스쳐 지나가는 것을 손으로 후려쳤다.

오복이 노해서

"네까짓 하인놈이 감히 이러는 것은 가마 속에 탄 사람을 자세하고 이러는 것이렷다."

하고, 칼로 가마 아래를 찔렀다. 칼이 공교롭게도 가마 속의 길요강[3]에 부딪쳐 쨍 소리가 났다. 시중 사람들이 모두 깜짝 놀랐다.

이 가마에는 장지항[4] 원수의 애첩이 타고 있었다. 장원수는 그때 포도대장으로 있어서, 포졸들을 동원해서 오복을 잡아다가 죽일 판이었다. 오복은 조금도 두려워하는 기색이 없이 껄껄 웃었다.

"이놈, 웃기는 왜 웃느냐?"

"대장께서 위에 계시매 도적이 자취를 감추고, 장오복이 밑에 있으매 분분한 다툼이 그칩니다. 당세의 대장부는 오직 대장님과 장오복뿐인가 하옵니다. 그런데 일개 천한 계집 때문에 대장부를 죽이려 하시다니, 소인은 한번 죽음이 두렵지 않사오나 대장님의 장부답지 못함이 우습게 보일까 걱정됩니다."

장원수도 껄껄 웃고 그를 풀어주었다.

오복의 이웃에 갓바치가 살고 있었다. 갓바치가 매달 갓신 한켤레를 그에게 선사하는 것이었다. 오복이 이상해서 까닭을 물었더니 갓바치는 말했다.

"한가지 소청이 있습죠만, 감히 여쭙기가……"

울 안에서 가장 큰 다리였다. 일명 대광통교大廣通橋.

3 길요강 가마를 타고 외출할 때 비치해두는 놋요강.

4 장지항張志恒(1721~78) 어영대장·훈련대장·한성우윤漢城右尹 등을 역임한 무장.

"뭔가? 우선 말하여보게."

"쉰네가 모 기생을 사모하옵는데 힘이 못 미칩죠. 쉰네를 위하여 한 번 힘을 써줍쇼."

"어렵겠다만 우선 생각해보세."

하루는 갓바치를 불러 한가지 꾀를 가르쳐주었다.

"대담하게 해야 하네. 그렇잖음 실패하네."

이튿날 오복이 갓바치가 연연해하는 그 기생의 집에 들어갔다. 젊은 한량패들이 방에 가득 앉아 있는데 오복이도 동석을 했다. 이윽고 갓바치가 아주 부랑한 모양으로 옷을 헤치고 팔을 뽐내며 들어와서는 소리 쳤다.

"장오복이 있느냐?"

오복은 이 소리를 듣고 얼른 뒷문을 박차고 도주하는 것이었다. 여러 한량패들이 그에게 물었다.

"장오복이를 찾아 무엇하려우?"

"그놈은 시중의 우환이야. 내 사람들을 위해 그놈을 없애려구 하지."

이에 한량패들이 서로 수군거렸다.

"이 사람은 장오복이도 겁내는구나. 우리들쯤이야……."

그리고 모두들 슬금슬금 내빼버렸다. 갓바치가 기생에게 일렀다.

"내 여기 유숙하면서 장오복이를 기다리겠다."

기생의 공대가 한량없었음이 물론이다. 갓바치는 하룻밤 기생과 기 쁨을 누리고 나왔다. 오복에게 고맙다는 인사를 하자, 오복은 이렇게 말 했다.

"가서 자네 일을 하게. 이 말은 다시 입 밖에 내지 말아야 하네."

●작품 해설

조희룡趙熙龍(1789~1866)이 편한 『호산외사壺山外史』에서 뽑았다.

장오복은 시정에서 이름을 날리던 협객으로, 그의 협객다운 호쾌한 일화들을 엮은 것이다. 여기 등장하는 장오복은 한갓 주먹이나 휘두르는 필부가 아니다. 포도대장을 대해서도 조금도 굴하지 않고 대장부의 기개로 당당히 맞서고, 불의를 만나면 결코 그냥 지나치는 법이 없이 대들어 시정해놓고야 말며, 약한 자를 적극 옹호하는, 그야말로 민간 호걸의 한 전형이다. 그의 행동이 기존의 법질서나 도덕규범에 꼭 들어맞는 것은 아니다. 오히려 파괴적이고 무법자가 되기도 불사하는데, 바로 이 점에서 보다 창조적인 인간형으로 보일 수 있다.

광인狂人

호남의 한 원님이 정령政令이 엄하고 급한데다 형벌이 가혹하여 사람들이 모두 벌벌 떨었다. 아전들은 아침저녁으로 안심하기 어려워 가슴을 죄고 숨을 쉬었으며 서 있을 때도 살얼음을 밟듯 했다.

하루는 수리가 이속들을 모아놓고 의논했다.

"원님이 정사는 엉망이요 형벌이 가혹하니 하루의 정사가 그대로 하루의 폐해가 되고 있소. 만약 몇년을 지나고 보면 비단 우리들이 장차 씨가 없어질 뿐 아니라 고을의 백성들도 거의 유리 분산하고 말 것이오. 이리고서 우리 고을이 어떻게 되겠소? 안전님을 추방할 계책을 세우지 않을 수 없소."

좌중에 앉았던 한 이속이 꾀를 내놓았다.

"이리이리해보면 어떻겠습니까?"

좌중이 모두 찬성이었다.

"그 꾀가 아주 용하구면."

드디어 다 같이 약속을 하고 왁자지껄하다가 헤어졌다.

어느날 원님이 일찍 일어나 조사를 마치고, 마침 별 공사가 없어 혼자 앉아서 책을 보고 있었다. 그때 뜻밖에 나이 어린 통인[1] 녀석이 가까이 다가서더니 손을 들어 원님의 뺨을 냅다 갈겼다. 원님이 몹시 화가 나서 다른 통인을 불러서 저놈을 당장 잡아 묶으라고 호령을 하였다. 통인들이 모두 멀뚱멀뚱 바라만 보며 누구 하나 명을 거행하려는 자가 없었다. 다시 급창 사령들을 불렀으나, 역시 응하지 않고 도리어 입을 가리고 웃으면서 하는 말이었다.

"안전님이 실성하신 것이 아닐까? 아무럼 통인 녀석이 안전님 뺨을 칠 리가 있나?"

원님은 본래 조급한 성미인데다 분노가 속에서 복받쳐 창문을 밀치고 책상을 박찼다. 고함을 지르며 야단을 치는 것이 그야말로 거동이 해괴하였고 언어가 뒤죽박죽이었다. 통인들이 얼른 책실[2]로 달려가서 이 사실을 알렸다.

"안전님께서 문득 병환이 나서서 안정을 못 하시고 아주 광태를 보이십니다. 시방 보기에 대단하십니다."

자제들과 다른 책객들이 황급히 나와보았다. 과연 일어섰다 앉았다 좌불안석하며 손으로 책상을 두드리기도 하고 발로 창문을 차는 등 온갖 광기를 부리는 것이 만분 수상하였다. 책방 사람들이 오는 것을 보고 원님은 통인이 자기 뺨을 때린 일과 관속들이 영을 거행하지 않는 일을 말했으나, 분기가 올라서 말이 두서가 없는데다 마음에 불이 나서 눈이 벌겋게 뒤집혔고 전신이 땀으로 젖었으며, 입에 거품을 가득 물었다.

---

1 **통인通引** 지방 관아에서 원님의 심부름을 하던 아전. 방자라고도 하며 별칭 지인知引이다. 말이 전환되어 토인이라고도 했다.

2 **책실册室** 감사나 지방 수령의 아들, 또는 아들의 거처를 지칭하는 말. 지방관의 비서 업무를 맡은 사람을 일컫기도 한다. 책방册房.

책실들이 보기에도 그 모양이 미친병이 발작하였음은 십분 의심할 나위가 없었다. 또한 통인 녀석이 뺨을 쳤다는 일을 두고 말하더라도 누가 눈으로 본 바가 아니요, 상식으로 생각건대 그럴 이치는 만무하였다. 아들이 가까이서 조용히 아뢰기를

"아버지, 편히 앉아 고정하시지요. 통인 아이들이 아무리 몰지각해서 인사를 모른다 해도 어찌 감히 뺨을 때릴 이치야 있겠습니까? 병환이 나신 듯하옵니다."

원님은 더욱 화를 이기지 못해 욕설을 퍼부었다.

"너는 내 자식이 아니다. 너희들 역시 통인놈들과 한통속이로구나. 썩 물러가라. 다시는 내 앞에 나타나지도 마라."

그 자제는 읍내의 의원을 청하여 진맥을 하고 약을 써볼 생각이었다. 원님은 손을 내저으며

"내가 무슨 병이 있다고 약을 쓰려 하느냐?"

하고, 의원을 꾸짖고 약을 물리쳤다. 그리고 진종일 길길이 날뛰었다.

책실에서조차도 병짓으로 인정하고 있는 걸 누가 원님의 말을 귀담아듣겠는가? 오늘도 이러하고 내일도 그러하여 잠도 안 자고 밥도 안 들고 진짜 미친병을 이루고 말았다. 읍내나 촌의 관민들까지 모르는 사람이 없게 되었다.

감사는 소문을 듣고 즉시 파직을 시키고 말았다. 원님은 부득이 치행治行하여 상경하지 않을 수 없었다. 귀로에 감영에 들러 감사에게 인사를 드리자 감사가 물었다.

"듣건대 신병이 있다더니 이제 좀 어떠시오?"

"제가 참으로 병이 있었던 것이 아니올시다."

그는 자신이 억울하게 당한 일의 전말을 하소연하려 했다. 감사는 얼

른 손을 저어 말을 막았다.

"병짓이 재발하는군. 서둘러 떠나셔야 하겠소."

그는 감사에게 더 말을 못 하고 하직하였다. 자기 집으로 돌아가서도 조용히 그때 일만 생각하면 분한 마음을 이길 수 없었다. 그러다가 혹 그 일에 대해 발설을 할라치면 가족들은 곧 병짓이 재발하는 것으로 보고 의원을 부른다, 약을 짓는다, 생야단이 나는 고로 끝내 입을 떼지 못하였다.

그가 늘그막에 이르러 이제는 나이도 많고 세월이 많이 흘렀으니 그야말로 옛날 일이었다. 이제는 발설을 하더라도 옛날 병이 발작하는 것으로 보지 않으리라 싶어서 여러 자제들을 불러놓고 입을 열었다.

"내가 모년 모 고을에 있을 때 통인에게 뺨을 맞았던 일을 너희들은 아직도 나의 광증으로만 알고 있느냐?"

여러 자식들은 깜짝 놀라서 서로 바라보았다.

"아버지의 그 증세가 오랫동안 나타나지 않더니 오늘 다시 일어나는구나. 이를 장차 어찌한담?"

모두 일시에 근심하고 초조해하는 기색이 현저하게 드러났다. 그래서 다시 더 말을 잇지 못해 껄껄 웃고 치웠다.

그는 죽을 때까지 마음에 분을 품고서 사실을 토로하지 못했다 한다.

●작품 해설

『청구야담』에 '통인이 관장의 뺨을 쳐서 쫓아내다逐官長知印打頰'란 제목으로
실린 것을 '광인狂人'이란 제목으로 수록하였다.

호남의 어느 고을에서 가혹한 수령을 그 지방 이속들이 짜고 꾀를 써서 쫓아
낸 이야기. 당시 지방의 군현에서는 토착의 기반을 가지고 실무 행정을 담당하
던 이속들의 세력이 워낙 완강해서 중앙에서 파견된 수령이 제어하기 어려운
실정이었다. 이속들이 수령과 결탁해서 온갖 부정을 자행하기 일쑤였으므로
그 폐단은 흔히 지적되어온 터이나, 여기서는 이속들의 동태가 향토를 사랑하
고 백성을 위하는 쪽으로 돌려진 것이 특이하다. 원님이 통인에게 난데없이 뺨
을 얻어맞고 급기야 광인으로 낙인이 찍혀 버슬이 떨어지는 경쾌한 웃음 속에
풍자의 칼날이 감추어진 재미난 소품이다. 이 서사의 내용을 각도를 달리해 생
각하면 밖에서 부임한 수령은 그 고을의 토착적인 집단에 의해서 완전히 따돌
림을 받아 농락당한 것으로 해석할 수 있다.

부채扇

　어느 고을 원님이 백가지 일에 불민하면서도 성격이 오만하였다. 그 원님 뒤통수에서 흔들거리는 부챗살이 보기에 사뭇 가증스러워서 노소 이속배들의 조소를 자아내었다.

　하루는 젊은 아전이 나서서 물었다.

　"내가 만약 안전님 뒤통수의 부채를 턱 밑으로 내려오게 하면 여러분들은 내게 무슨 보답을 하겠소?"

　"정말 그러면 술과 안주를 사서 보답함세."

　모두들 대답을 하였다.

　젊은 아전이 동료들에게 삼문 밖에 들어와서 엿보게 하고 혼자 살금살금 조심스럽게 동헌 마루로 다가갔다. 원님은 갓의 패영[1]을 길게 늘어뜨리고 엄숙히 정좌하고 있는데, 넓게 펼쳐 든 부채가 뒤통수에서 무릎 사이를 한번씩 서서히 오르내리는 것이었다.

　"너는 무슨 일로 들어왔느냐?"

---

1 **패영貝纓** 산호·호박琥珀·밀화蜜花·대모玳瑁·수정 등으로 만든 갓끈.

젊은 아전은 원님에게 좌우를 물리게 한 연후에 가장 은밀히 아뢴다.

"아까 남루한 차림새의 걸객 하나가 길청²으로 구걸을 온 것이 심상하게 보이지 않습디다. 방금 또 오리정³ 근처에서 행색이 영락 서울 양반 같아 보이는 몇사람이 역마와 보종⁴ 4, 5명을 거느리고 어정거리는데, 누굴 기다리는 것 같습디다. 소인이 우연히 목견하고 십분 수상해 보여서 감히 은밀하게 아뢰옵니다."

원님은 깜짝 놀라서 금방 얼굴이 흙빛으로 변했다. 접부채가 겨우 서너 살 펼쳐져 턱 밑에서 까딱까딱 움직였다.

"아뿔싸, 그거 분명 암행어사로구나! 왜 진작 달려와서 고하지 못했느냐? 얼른 나가서 잘 살펴보아라."

그리고 일어섰다 앉았다, 앉았다 일어섰다 좌불안석이었다. 젊은 아전이 돌아서 나오는 동안에도 원님은 동헌 마루를 몇번이고 빙빙 돌다가 부채를 재게 흔들며 성화를 댔다.

젊은 아전이 나와서 동료들에게 뽐냈다.

"내 꾀가 과연 어떠하우?"

"매우 기특하다. 네가 또 무슨 수를 써서 안전님 부채를 처음처럼 부치게 하겠느냐? 만약 그러면 술과 안주를 곱빼기로 사겠다."

젊은 아전은 그러기로 대꾸하고 곧 가뿐한 걸음으로 들어갔다. 원님은 부채를 흔들어 다급히 불렀다.

"무슨 소문이 있더냐?"

2 길청 군현의 아전·서리들이 사무를 보는 곳. 이청吏廳 혹은 작청作廳, 연청椽廳.
3 오리정五里程 읍으로부터 5리 정도의 거리. 여기서 사람을 마중하고 전송하였다. 오리정五里亭.
4 보종步從 도보로 수행하는 하인.

"아까 걸객들이 무리 지어 대로로 내려갔는데, 어디로 갔는지 모르겠습니다."

원님은 희색이 만면해서

"어느 암행어사가 감히 우리 경내를 범하겠느냐?"

하고 다시 부채를 높이 들어 뒤통수에서 무릎 사이로 아까처럼 서서히 움직이기 시작하였다.

엿보던 이속들은 원님의 어리석음에 허리를 잡았다.

●**작품 해설**

　장한종의 『어수신화』에 '부채를 다시 높이 들어 부치다擧扇更高'라는 제목으로 실려 있는 것이다. 여기서는 '부채扇'로 제목을 삼았다.

　지방 관아인 동헌의 한때의 스케치. 동헌에 앉아 부채나 흔들며 오만을 부리지만 암행어사 소문만 듣고도 얼굴이 그만 흙빛으로 변하는 어리석은 원님이 이속들에 의해 조소를 당하는 내용의 경쾌한 꽁뜨이다.

명창 박남名唱 朴男

한천[1] 이공이 일찍이 혼자 앉아 있는데, 어떤 낯선 손이 명함도 들이
지 않고 불쑥 나타났다. 의관을 아주 산뜻하게 차린 사람이었다. 한천은
그가 누구인지 알 수 없으면서 영접을 하고 주객 간의 예절을 차렸다.
그 사람은 다른 말은 없이 대뜸

"글을 보는데 의문이 있어 감히 묻고자 왔습니다."

하여, 한천이

"무슨 일이오?"

하고 물었다.

"『논어·무우장舞雩章』의 관동冠童 수가 몇인지요?"[2]

그가 묻는 것이었다.

---

1 **한천寒泉** 18세기의 이름난 도학자 도암陶庵 이재李縡가 살았던 곳으로 그의 별호
  이기도 함. 한천이란 마을은 지금 경기도 용인시 처인구 이동면 천리에 있다.
2 『논어·선진편先進篇』에 제자들이 공자로부터 각자 자기 뜻을 말해보라는 질문을 받
  고 증석曾晳이 "늦봄에 봄옷이 지어지면 관자 5, 6인, 동자 6, 7인과 함께 기수에서
  목욕하고 무우에서 바람을 쏘이다가 돌아오겠다"라고 한 말이 나온다. 이러한 증석
  의 취향을 옛날 선비들은 고상한 것으로 생각했다.

"관자 5, 6인, 동자 6, 7인 외에 무슨 딴 뜻이 있소?"

"저의 소견으로서는 그렇게 볼 것이 아닌 듯합니다."

한천은 무슨 특별한 견해가 있는가 싶어서

"고견을 듣고 싶소."

하고 청했다.

"관자는 30명이요, 동자는 42명이 아닌가요?"

한천은 비록 해괴한 언설이나, 초면인 까닭으로 심히 책망하지 않고
다만

"존객은 어디 사시오?"

하고 물었다.

"호남 사람 박남朴男이올시다. 이번 걸음은 선생께 인사드리러 온 것
이 아니고 관동의 수를 물어보려는 것이었습니다. 답하시는 바가 극히
선명하지 못합니다. 선생의 학문을 짐작하겠군요."

그러고서 그는 곧 작별을 고하고 일어섰다. 한천도 읍하고 보내면서
마음속으로 심히 괴이하게 여겼다.

한천이 후일 호남 사람을 만나자 물었다.

"귀도 유생으로 박남이라 이름하는 사람이 있소? 얼굴 모양은 이러
이러한데 나에게 이런 해괴한 질문을 던집디다. 대체 어떤 사람이오?"

그 사람이 한참 생각하다가

"유생에 박남이란 이는 없고, 명창에 박남이란 놈이 있지요."

하고 대답하는 것이었다. 한천은 비로소 속임을 당한 줄 알았다.

박남은 창을 잘하여 국중에 으뜸으로 손꼽히는 사람이다. 사람들을
능히 웃기고 울리고 했던 것이다. 그때 마침 과거철을 당하여 한천점寒
泉店에 당도했다. 주막은 한천이 사는 앞마을이었다. 과유[3] 4, 5인이 함

께 들어서 한천의 경학에 대해 서로 다투어 칭송하고 있었다.

"선생을 뵈면 저절로 존경하는 마음이 없을 수 없지."

이때 박남이 말참견을 하였다.

"제가 한천 어른을 찾아가서 기롱하여 골려드리지 못하면 소인이 샌님들께 벌을 받기로 하고, 기롱하여 골려드리고 오면 샌님들이 소인에게 술을 잘 받아주시기로 내기를 하십시다."

하여 한천의 집에 가서 그런 장난질을 했던 것이다. 사람들은 듣고 모두 포복절도하였다.

한번은 한동네에 사는 상번 군사[4]의 처가 서울서 온 제 서방의 편지를 들고 박남에게 와서 부탁했다.

"무슨 말이 적혔나 좀 자세히 보아주셔요."

박남은 편지를 받아서 한참을 펼쳐 들고서 말없이 눈물만 비 오듯 흘리는 것이었다. 그 여자는 남의 편지를 보고 이와 같이 슬퍼하다니 틀림없이 편지 속에 대단히 기막힌 사연이 적힌 것으로 생각하였다. 사뭇 마음이 아득해서 그만 닭의똥 같은 눈물을 뚝뚝 떨어뜨리며 편지의 사연을 재촉해 묻는 것이었다.

"속이지 말고 얼른 말해줘요."

"내가 슬퍼한 건 편지 내용을 보고 운 것이 아니라오. 나이 환갑이 다 된 놈이 언문도 못 읽어서 편지 사연을 막연히 모르겠단 말이오. 그래서 나도 모르게 눈물이 나온 거라오."

여자는 성을 내서 와락 편지를 빼앗아 들고 가버렸다.

---

3 과유科儒 과거를 보러 가는 선비를 일컫는 말.
4 상번 군사上番軍士 지방에서 교대로 서울이나 기타 근무지에 올라가서 번을 서던 군사.

어느날 박남이 노상에서 한마을에 사는 존위[5]를 만났다. 그 존위는 말을 타고 있었고 박남도 말을 타고 있었나. 박남은 말에서 내리지 않고 마상에서 허리만 굽신하였다.

"소인 문안이오."

존위가 대로해서 박남을 당장 잡아다가 야단을 쳤다. 박남이 아뢰었다.

"존위 어른, 생각해보옵소서. 만약 어르신이 보행을 하시고 박남도 보행을 할 적에 노상에서 상봉한다면 사세가 정히 노상에서 뵙지 않겠습니까? 이제 존위 어른과 소인이 다 같이 말을 탄바, 이로써 미루어보건대 보행과 마행은 일반이지요. 만약 어르신 하교대로 시행키로 들면 보행 중에 상봉할 시는 박남은 땅을 파고 들어가서 절을 해야 옳겠습니다. 소인은 일찍이 저 한천 대감과도 마주 서서 읍을 하였다오. 화음령을 겁내지 않은 지 오래입니다."[6]

존위도 크게 웃고 말았다.

---

5 **존위尊位** 면의 풍헌風憲이나 약정約正을 이르는 말. 향촌에 거주하면서 관의 연락 업무를 맡은 사람.

6 **화음령華陰令을 겁내지 않은 지 오래입니다** 화음華陰은 지금 중국 섬서성陝西省에 있는 지명으로 화산 남쪽에 있어서 붙여진 이름. 당나라 때 시인 이백李白에 관련된 고사로, 이백이 술에 취해 말을 타고 화음의 수령 앞을 지나가자 화음령이 무례하다고 그를 잡아들였다. 이백이 말하기를 양귀비가 자기를 위해 벼루를 들었고 고력사高力士가 자기 신발을 벗겼다고 했다. 이에 화음령은 미처 못 알아보았다고 이백에게 사과를 했다 한다.

● **작품 해설**

구수훈具樹勳의 『이순록二旬錄』에 실려 있는 것으로 『기문습유記聞拾遺』에 전재되어 있다. 여기서는 『이순록』의 자료를 대본으로 삼았다.

명창 박남의 해학적인 에피소드 셋을 엮은 소품이다. 박남이 도학자로 명성이 높은 도암陶庵 이재李縡와 시골 향임을 재치있게 조롱하고 상번 군사의 아낙과 스스럼없이 웃음을 만드는 이야기에서 우리는 판소리를 부른 광대들의 사회의식 및 창조력의 일단을 엿볼 수 있다.

가면假面

생원이 같은 동네에 사는 포수의 아내가 얼굴이 제법 반드르르한 것을 보고 항상 마음에 두고 있었다. 다만 포수가 늘 집에 붙어 있어서 틈을 얻지 못하였다.

어느날 생원이 포수를 불러 물었다.

"왜 요즘은 산에 안 가느냐?"

"경비가 없어 못 갑죠."

"경비는 얼마나 있으면 되느냐?"

"그야 물론 다다익선이옵죠만 적게 잡아도 엽전 열 꿰미는 있어얍죠."

"웬걸 그리 많이 드느냐?"

"어디 오고 가고 노자뿐인가요? 산신령님께 고사도 지내야 하니 열 꿰미도 많은 게 아닙죠."

"내가 마련해줄 것이니 너는 아무쪼록 많이만 잡아오너라. 나하고 반분하자."

생원은 즉시 10꿰미의 돈을 마련해주었다.

포수는 생원이 자기 처에게 흑심을 품고 있는 줄 이미 눈치채고 있었다. 10꿰미 돈을 받은 다음에 자기 처에게 당부하였다.

"내가 이러이러할 것이니 자네는 저러저러하게."

그리고 생원에게 하직을 여쭈었다.

"쇤네가 떠나고 나면 집에 여자 혼자뿐이니 샌님께서 괴로우시더라도 보살펴줍시기 바라옵니다."

"그 일이야 너의 부탁이 없더라도 내 어찌 소홀히 하겠느냐? 조금도 염려하지 마라."

그날 저녁 후에 생원이 장죽을 빼어 물고 어슬렁어슬렁 나타나서 포수의 아낙에게 말을 붙이는 것이었다.

"오늘 너의 남편이 집에 없어 독수공방이 어렵지 않겠느냐?"

"만약 샌님 같은 분이 놀러 오신다면야 어려울 것이 무어 있겠습니까?"

포수 아낙이 대답하는 말이었다. 생원은 즉시 방으로 들어가서 주접을 떠는데, 그 여인은 샐쭉 웃으면서 붙이는 말을 척척 받아넘기고 손으로 희롱을 해도 피하지 않고 곧잘 응하는 기색이었다. 생원이 마음속에 자못 기쁨을 느끼고 여인에게 달려들자 여인이 하는 말이 이러했다.

"샌님, 저와 교합하고 싶은 맘이 있으시면 저걸 꺼내서 얼굴에 쓰도록 하셔요. 안 그러면 죽어도 말을 듣지 않을래요."

"저게 무엇이냐? 우선 내려보아라."

여인은 시렁 위에서 탈바가지를 꺼내 샌님의 얼굴에 씌우려 들었다.

"이런 걸 얼굴에 덮어쓰면 무엇이 좋단 말이냐?"

"제 남편과 동침할 때는 언제고 이걸 얼굴에 쓰는데, 그래야 좋지 그러잖음 좋지 않아요."

"네 말이 그러하니 우선 써보기나 하자."

그 여인은 탈바가지를 생원의 얼굴에 씌우고 뒤에 달린 끈을 꽁꽁 묶었다.

이처럼 장난을 치고 있을 즈음 포수가 뒤꼍에서 몽둥이를 들고 고함을 치며 뛰어나왔다.

"웬 도둑놈이 남의 집에 들어와서 남의 여자를 손대느냐? 이런 놈은 반드시 때려죽여야 한다."

포수는 벽과 방문을 몽둥이로 탕탕 치며 을러댔다. 생원은 크게 겁을 집어먹고 탈바가지를 벗으려 하였으나 끈으로 단단히 옭아매놓아서 벗을 수가 없었다. 그래서 탈바가지를 쓴 채로 도주했다.

포수는 뒤를 쫓으며 연방 고함을 지른다.

"도둑이야, 도둑! 저 도둑놈이 샌님댁으로 들어간다. 도둑놈이 샌님댁으로 들어갔어!"

생원 집에서 부리나케 내다보니 웬 괴물이 안마당으로 돌입하지 않는가. 모두들 몽둥이를 찾아 들고 나서서 마구 두들기고 발길질을 해댔다. 온 동네가 놀라서 남녀노소 없이 급히 몽둥이를 하나씩 들고 구름처럼 몰려들어 난타하는 것이었다. 생원이

"나다, 나야!"

하고 호소했으나, 탈바가지 속의 소리를 누가 알아들을 것인가. 한참이나 두들김이 계속되었다. 그가 간신히 탈바가지를 떼어내서 보니 생원이 아닌가.

"이게 웬 꼴입니까?"

생원의 가족들이 어쩔 줄 모르고 즉시 방 안으로 떠메다놓았다. 동네 사람들은 어이없어하며 흩어졌다.

이후로 생원은 낯을 들고 밖을 나다닐 수 없었다. 포수에게 돈을 내놓으라는 말은 비치지도 못하였다.

●작품 해설

『성수패설醒睡稗說』에 '가장을 구타하다毆打家長'라는 제목으로 실린 것을 여기서는 '가면假面'으로 바꾸었다.

어떤 샌님이 한동네 사는 포수의 처를 탐낸 나머지 기회를 얻고자 포수에게 돈을 대주고 사냥을 나가게 하는 데서 사건이 발단한다. 포수는 그의 흑심을 간파하고 기지를 발휘해서 음흉한 샌님을 단단히 혼내준다. 이때 왜 하필 샌님에게 가면을 씌웠을까? 물론 포수로서는 샌님의 위엄에 직접 도전할 수 없었으므로, 가면을 둘러쓰도록 해놓고 마음껏 두들겨 패준 것이다. 장죽을 물고 점잔을 빼는 샌님의 위엄이 일단 가면으로 차단되었을 때, 여자의 정조를 강탈하려는 그 정체는 무엇으로도 위장할 수 없었다.

수달피水獺皮

두메에 사는 한 양반이 어떻게 수달피 한장을 얻었다. 그는 그것을 세상에 둘도 없는 보물로 여겨서 장사꾼만 만나면 불러서 흥정을 벌였다.

"값은 얼맙지요?"

장수가 물으면 샌님은 서슴없이

"백냥은 받아야지."

하여, 장수는 입을 딱 벌렸다.

"수달피 한장 값이 백냥이라니요?"

하고 더이상 말을 걸지 않고 가버렸다. 그후 이런 식으로 당한 사람이 4, 5명만이 아니었다. 드디어 장수들이 장터에서 만나 의논을 하기에 이르렀다.

"아무 산골 양반이 수달피 한장을 가지고 값을 백냥이나 부르니, 그렇게 얄미울 수가 있나. 우리가 한번 다 같이 골려주지 않겠나?"

모두 대찬성이어서 같이 약속을 하였다. 한 장수가 일부러 그 두메 마을을 찾아갔다. 샌님이 또 수달피를 사가라고 불렀다. 장수는 수달피를 보더니 극구 찬미하며 잔뜩 탐을 내는 모양을 지었다.

"야아, 이런 희한한 물건이……. 참으로 보물이다. 샌님, 이걸 파신다면 가격은 얼마나 될까요?"

"2백냥이란다."

"값이 외려 헐한 편입죠. 하지만 소인은 밑천이 몇푼 돼얍죠. 겨우 50냥뿐입니다. 귀 한 짝을 떼서 파시겠습니까?"

샌님은 속으로 생각해보니 귀 한 짝이 50냥이라, 수달피 온 장으로 셈해본즉 금방 큰 부자가 될 성싶었다. 그래서 한쪽 귀를 잘라주고 50냥을 받았다.

그뒤 샌님이 또 어떤 장수를 불러서 수달피를 사가라고 하였다. 그 장수는 수달피가 귀 한 짝이 떨어져나간 것을 보고 발을 동동 구르면서 탄식을 연발했다.

"쯧쯧, 애석하다. 이게 한쪽 귀가 달아나다니! 이젠 아무짝에두 못 쓰게 되었구나."

샌님은 귀를 떼어 판 것이 후회막심이었지만 이미 별도리가 없었다. 그후 수달피의 귀를 사간 상인을 만났다. 샌님이 보고 야단을 쳤다.

"네가 나를 속여서 귀를 떼갔것다. 가죽을 통째로 못 팔게 하다니, 네 죄는 용서할 수 없다. 만약 귀를 물어내지 않았다간 네놈이 크게 욕을 볼 줄 알아라."

장수는 일부러 매우 당황하는 모양을 지으면서 자기 봇짐을 풀고 수달피 귀를 꺼내 바쳤다. 샌님은 수달피 귀를 받고 돈 50냥을 돌려주었다. 장수는 그 돈을 받아가지고 돌아갔다.

샌님은 아주 기뻐하며 이제 온 장으로 팔리라 치부하고 있었다. 뒤에 또다른 장수를 불러서 수달피를 사가라고 하였다.

"떨어진 귀를 다시 달 수 있나요? 이제 단 한푼에도 안 사갑니다."

장수가 말했다. 샌님은 와락 성을 내고는 수달피를 깊이 간직해두었
다. 그해 무더운 여름철 계속되는 장마에 털이 빠져서 수달피는 아무짝
에도 못 쓰게 되어버렸다.

●**작품 해설**

『기문』에서 뽑았다. 원제는 '수달가죽의 귀를 되사기獺耳還賣'인데 줄여서 '수달피水獺皮'라 하였다.

세상 물정을 모르고 물욕만 부리는 산골 양반을 조롱하는 내용의 이야기. 수달피 한장을 가지고 무슨 대단한 보물이라도 되는 양 지나가는 장수들을 불러서 턱없이 많은 값을 요구하는 양반의 모습은 얄밉고 초라하기 그지없고, 그 양반을 골려주는 상인들의 재치가 썩 기발하다.

사당祠堂

　한 어리석은 샌님이 하인 하나를 신임하여 매사를 상의하였다. 어느 날 사당에 배알하려고 들어가다 보니 사당 앞에 한 무더기 개똥이 눈에 띄었는데, 쇠털이 듬성듬성 섞여 있었다.

　그 하인이 주인에게 고하였다.

　"이 똥은 결코 보통 사람의 것이 아닙니다."

　샌님도

　"실로 괴이한 일이로구나."

　하고 사당에서 나오는 걸음에 하인을 불러 물으니 대답이 이러했다.

　"이게 분명 무두장이[1]의 소행이올습니다. 쇤네가 당장 그놈을 끌고 올 터이니 샌님은 이웃에 산다고 사정을 두지 마시고 각별히 엄하게 다루어 차후로는 이런 폐단이 없게 해얍죠."

　샌님은 그렇겠다 싶어 무두장이를 잡아오게 했다. 하인은 무두장이 집에 가서 땅땅 을러대어 뇌물을 받은 다음에 그자를 끌고 왔다.

---

1 무두장이[毛工] 모피 다루는 일을 전업으로 하는 사람.

"이놈, 네가 어디 뒤볼 곳이 없어, 어디라고 감히 반가의 사당 앞에다 똥을 싸놓았단 말이냐?"

샌님은 무수히 꾸짖는 것이었다. 무두장이가 물었다.

"샌님, 무엇을 가지고 소인이 한 짓으로 단정하십니까?"

"똥에 털이 섞였더라. 네놈이 아니고 털이 어디서 나왔겠느냐?"

"쇤네가 손으로 피물皮物을 다루어 털옷을 지읍죠만, 털을 먹을 까닭이야 있겠습니까?"

하인이 옆에 있다가 거들었다.

"딴은 저놈 말이 그럴 법한뎁쇼."

샌님도 생각해보니 그도 그러하겠다 싶었다.

하인이 무두장이를 돌려보낸 다음에 다시 아뢰었다.

"이게 필공筆工 소행에 틀림없습니다."

하여 이번에는 필공이 끌려오게 되었다. 필공 역시

"쇤네가 붓을 맬 적에 황모黃毛를 잠시 입에 넣고 빨았다가 내놓지만, 어찌 털을 삼켜서 털똥을 누어놓을 이치가 있습니까?"

하고 대답하는 것이었다. 샌님은 다시 분별해내기가 어려워서 하인을 돌아보았다. 하인은 또 이미 필공에게서 인정을 받아먹은 터였다.

"딴은 그렇겠는걸입쇼."

필공을 돌려보내고 나서 샌님이 하인에게 물었다.

"대체 이 똥이 누구의 소행이란 말이냐?"

"쇤네는 진작부터 의심할 만한 단서를 얻었지만, 황공해서 차마 여쭙지 못하였습지요."

"너와 나 사이에 무슨 숨길 말이 있겠느냐? 얼른 말하여라."

"저번 제사상에 올린 우족牛足이 털을 그슬릴 때 잘 제거되지 않은 연고이옵죠."

"종년들이 정히 못 해서 그리된 모양이다. 한데 똥은 누가 누었단 말이냐?"

"혼령께오서 제사 음식을 흠향하시고 누신 것이 분명하옵지요."

샌님은 일이 과연 그렇구나 싶어, 개똥을 집어다가 정한 처소에 묻었다.

●**작품 해설**

　『어수신화』에서 뽑은 것으로, 제목은 원래의 '필공의 털이 섞인 똥^{筆工毛糞}'을
'사당^{祠堂}'으로 바꾸었다.

　간교한 종이 어리석은 양반을 우롱하고, 그 양반의 위세를 빙자해서 상민을
등쳐먹는 풍자적인 이야기다. 양반댁 사당 앞에서 발견된 개똥을 종놈의 꾐에
넘어가서 모피를 다루는 무두장이나 붓을 매는 붓장이의 소행이라고 각각 잡
아들이는 우스꽝스러운 일이나, 조상의 혼령이 싸놓은 것이라는 종놈의 말을
곧이듣고 개똥을 경건하게 다루는 양반의 어리석은 행동이 마치 봉산탈춤의
양반 과장을 연상케 한다.

꿩 雉

한 무과 출신[1]이 풍채가 좋은데다 지모가 많았다. 그러나 등과해서 10여 년이 지나도록 벼슬 한자리도 얻어 하지 못했다. 참으로 담도 벽도 의지할 데가 없는 사람이었던 것이다.

무변은 희한한 꾀를 하나 생각해냈다. 생꿩 한마리를 구해서 화살로 그 꿩의 눈을 꿰뚫었다. 당시에 아주 서슬이 퍼런 세도 재상집 후원의 담장 밖으로 가서 그것을 안으로 집어던졌다. 그리고 허리에 화살을 차고 손에 활을 들고 재상댁 대문 앞으로 달려가서 외쳤다.

"내 꿩이 댁의 후원 담장 안에 떨어졌다. 얼른 찾아다오."

말소리가 아주 컸다. 대감이 물었다.

"어떤 자가 무슨 일로 와서 야료를 부리느냐?"

"웬 한량이 활을 들고 와서 후원 안에 제 꿩이 떨어졌다고 찾아달라고 하옵니다."

하인이 아뢰는 말이었다.

---

1 출신出身 주로 무과에 합격하고 아직 벼슬에 나가지 못한 사람을 가리키는 말.

대감이 그를 데려오라고 명했다. 무변이 활을 들고 화살을 차고 들어와서 섬돌로 올라서는데 좋은 풍채에 언변이 능란하였다. 대감이 물었다.

"자네는 웬 사람인가?"

"소인은 명색 출신으로서 집안이 가난하여 놀고 있는 고로 더러 수렵을 다니옵니다. 활재주가 좀 있습지요. 아까 활과 화살을 들고 대감 댁 뒷담 곁으로 지나가다가 꿩 한마리가 나무 위에 앉아 있는 걸 발견했지요. 소인이 그놈 눈을 쏘아 맞혀 후원으로 떨어뜨렸사옵니다. 그 꿩을 찾아갈 양으로 댁의 문전으로 돌아와서 노자배에게 청한 것이 대감님 귀에 들려 일시나마 놀라게 하였으니 황송하기 그지없사옵니다."

"정말 눈을 명중시켰다면 참으로 신궁이다."

"소인이 활을 쏘면 허발虛發은 없지만 눈알에 명중된 것이야 우연이지요."

대감이 하인에게 후원으로 가서 꿩을 찾아오게 했다. 과연 화살이 눈을 꿰뚫었는데 아직도 푸덕푸덕하였다. 대감이 칭찬해 마지않던 끝에 물었다.

"자네 지체는 어떠하며 무과는 어느 해 하였던고?"

"소인의 아비는 변방의 무변으로 일찍이 돌아가셨고, 조·증조 이상에는 더러 방어사를 역임하기도 했고 병사도 몇자리 있습니다."

"그렇다면 지체 좋은 무변이로다."

"소인은 조실엄부早失嚴父하고 달리 가까운 친족도 없이 고단하게 노모에 의지하여 가난해서 견디기 어려운 처지올습니다. 등과는 이미 10여 년 전에 하였으나 무세無勢한 고로 지금껏 자리 하나 얻지 못하고 지내옵니다."

"군은 만사가 이러한데 일없이 방황하다니 참으로 딱하네. 내 곁에 있으면서 발신할 도리를 차리는 것이 어떨까?"

"고소원이나 불감청이로소이다. 염려하옵심이 이에 미치시니 황감함을 이기지 못하겠사옵니다."

대감이 그 무변을 좌우에 두고 보니 과연 성심껏 섬길뿐더러 매사에 민첩하고 능란한 사람이었다.

몇달이 지나 무변이 아뢰었다.

"선전관 한 자리가 비었다 하옵니다. 만약 대감께오서 병판 어른께 서신 한장을 써주시면 무난할 듯하옵니다. 어떠하올지……."

"그래, 그리하지."

하고 대감은 병조판서에게 편지를 썼다. 병조판서의 답장이 '금번은 마침 긴한 사람의 청탁이 먼저 있삽기로 후과[2]에는 꼭 거행하오리다.' 운운한 내용이었다. 대감이 이 회답을 무변에게 내보이며

"병판의 답장이 이러하니 우선 후과를 기다리는 것이 좋겠다."

하고 타일렀다. 무변은 아무런 대꾸도 없이 횡 밖으로 나가더니 수직하는 하인을 보고

"내가 지금 집으로 돌아가야겠다. 네가 들어가서 대감께 아뢰고 지난번 꿩값도 좀 말씀드려다오. 내가 받아서 가야겠다."

하고 시켰다. 하인이 들어가서 아뢰자 대감은 대로하였다.

"아니, 이런 고얀 놈! 배은망덕하고 말도 없이 떠나면서 뉘라서 꿩값을 달래? 이제야 그놈이 천하에 못된 인간인 줄 알았다."

대감은 돈 한냥을 꺼내 던지면서 말했다.

---

2 **후과後窠** 과窠란 자리, 즉 결원缺員이란 의미. 후과는 다음번 관원을 임명할 때를 가리킴.

"이걸 갖다주고 당장 쫓아내라."

그러고도 분이 가라앉지 않아서 다시 병조판서에게 편지를 썼다.

전자에 청탁한 바의 무변이 실은 절친한 사람은 아니온데, 그자의 위인이 가장 불가한 줄 이제 알게 되었기로, 이번뿐 아니오라 후과에도 아예 올리지 마옵기 바라나이다.

병조판서는 이 대감께옵서 후일로 미루니 노하여 이런 불쾌한 언사로 편지를 하셨구나 하고 생각했다. 그래서 다시 답장을 쓰려는 즈음에 마침 선전관을 급히 새로 차출하라는 명이 내려왔다. 즉시 그 무변을 수망[3]으로 올렸다.

무변은 선전관 벼슬을 얻게 되자 즉시 대감을 찾아가 뵈었다. 대감이 호령한다.

"네가 무슨 면목으로 감히 내 앞에 다시 나타나느냐?"

무변이 껄껄 웃으며 아뢰는 것이었다.

"소인이 죽은들 어찌 대감님께서 사랑하옵신 은정을 잊으리까? 병판 어른의 답장을 보고 소인이 물러나와 폄값을 말씀드리고 나서 물러가면 대감께 노여움을 사서 필시 소인에게 벼슬을 영영 주지 말라는 의미로 병판 어른께 편지를 보내시리라 생각했습니다. 병판 어른은 청을 들어드리지 못하여 대감께서 노하신 줄로 알고 불안하여 즉시 소청을 거행하리라 믿고 그런 버릇 없는 꾀를 내어본 것입니다. 대감님과 병판 어른이 과연 소인의 계교에 말려드셔서 소인이 지금 벼슬을 얻게 된 것이

---

3 **수망首望** 이조와 병조에서 관원을 추천할 때 세 사람의 후보자[三望] 가운데 첫번째.

옵니다. 대감님, 굽어 헤아리시어 죄를 용서하여주시기 복망하옵니다."

대감은 노기를 띠었던 얼굴이 희색으로 바뀌어 책상을 치고 침을 튀기며 무한히 칭찬했다.

"거참 용하군, 용해! 허허, 기특한지고. 족히 장수 재목이야!"

무변은 그후 길이 대감의 심복의 사람이 되었다. 대감이 극력 밀어주어서 그는 벼슬이 통제사에 이르고 후에 곤수⁴도 되었다 한다.

---

4 곤수閫帥 병사兵使나 수사水使의 별칭.

『고수잡사攪睡襍史』에서 뽑았다. 원제는 '계교를 써서 벼슬을 얻다用計得官'이다.

한 무변이 기지를 발휘해서 벼슬을 얻는 이야기다. '민중기질' 편에 꼭 맞는 내용은 아니지만, 실세한 무변이 기발한 계략으로 세도 재상을 속이고 이용하는 것이 민중적인 기질의 일면에 통한다고 보아 같이 편입시켰다. 주인공이 쓴 기발한 계략이 오로지 한마리 꿩을 이용한 데에 초점을 두어서 제목은 '꿩雉'으로 바꾸었다.

봉鳳

옛날 상번한 시골 군사가 매우 능청스러워서 사기를 능수로 쳤다. 사람들이 곧잘 그 군사의 술수에 빠져들곤 하였다.

어느날 그가 닭전 앞을 지나다가 보니 수탉 한마리가 예사 닭과 달리 덩치도 유난히 크고 모양도 아주 아름다웠다. 그 군사는 마음속에 한 꾀가 떠올라서 닭전으로 다가갔다. 손으로 보물이나 다루듯 수탉을 어루만지며 몹시 신기하게 여기는 듯 감탄을 금치 못하는 것이었다. 그러다가 닭전 주인에게 물었다.

"이게 대체 무슨 짐승이오?"

닭전 주인은 그가 짝없이 어리석은 위인인 줄로 알고 속으로 웃음을 참으면서 대답해주었다.

"그게 봉이라우."

그 군사는 눈을 둥그렇게 뜨고 혀를 내두르며 말했다.

"나는 봉이란 말만 듣고 아직 구경두 못 한 걸 오늘 정말 보는구려! 나한테 이 봉을 팔지 않으려우?"

"사가구려."

"값이 얼마유?"

"스무냥을 내우."

그 군사는 기쁨에 넘쳐서 곧 20냥을 주고 수탉을 샀다. 닭을 붉은 보자기에 싸서 새 칠그릇에 담아 두 손으로 받들어 들고 즉시 형조로 들어 갔다.

좌기를 차리자 그 군사가 뜰아래 무릎을 꿇고 아뢰었다.

"소인이 마침 봉 한마리를 얻었습죠. 듣잡건대 봉은 나라의 상서로운 물건이라, 소인이 미천한 정성으로 진상코자 하옵니다. 대감님께옵서 진상해줍시면 하정下情에 더없이 다행이겠나이다."

형조에서 그것을 가져오라 하여 보자기를 끌러 보니 한마리 수탉이 었다.

"이건 닭이 아니냐? 이놈, 어디라고 이와 같이 망언을 놀리느냐?"

형조의 당상관이 책망을 하자 그 군사는 펄쩍 뛰었다.

"아이쿠, 이게 정말 봉이 아니고 닭이라니요? 그러하오면 제발 봉값을 찾아서 돌려주기 비옵나이다."

형조에서 물었다.

"도대체 몇전이나 주고 누구에게서 샀더냐?"

"종루 거리에서 닭장수가 봉이라고 하면서 값은 50냥이라 하는 고로 소인은 돈을 아끼지 않고 50냥에 샀습지요. 이게 정말 닭이라면 그는 사람을 속인 죄가 있을뿐더러 50냥을 도둑질한 것이 아니옵니까? 서울 사람 맹랑하다더니 이럴 수가……. 밝으신 정사로 소인 돈을 찾아주옵소서. 천만 비옵나이다."

그는 무한히 눈물을 흘리며 애원하는 것이었다. 형조에서는 즉시 명령을 내려 그 닭전 주인을 잡아들였다.

"네가 이 닭을 봉이라고 속여 저 사람에게 팔았느냐?"

"예, 과연 소인이 팔았습죠."

닭전 주인의 대답이었다. 이에 형조에서 엄하게 꾸짖었다.

"이놈, 닭을 봉이라고 속여서 값을 50냥이나 받다니, 백주에 강도가 아니냐?"

닭전 주인이 아뢰었다.

"저 사람이 이 닭을 보고 무슨 기이한 것으로 여기고 무엇이냐 묻는 고로 소인은 저 사람의 하는 양이 하두 우스워서 우스갯소리로 봉이라 대답해보았습죠. 그리고 값을 물어서 역시 농담으로 20냥이라 했더니 저 사람이 바로 20냥을 내고 사갔습니다. 소인은 속으로 포복절도하면서 짐짓 돈을 받았습니다만, 저 사람이 곧 깨닫고 물러달라고 찾아오면 즉시 돌려줄 양으로 기다렸습지요. 어찌 고의로 사람을 속여서 이런 짓을 하였겠사옵니까?"

그 군사는 엉엉 울면서 애걸하는 것이었다.

"소인이 정녕 50냥을 준 걸 저놈이 20냥이라 우기다니……. 공명한 처결을 받는 앞에서 남의 생돈 30냥을 거저 앗아가려 합니다. 하늘과 해가 내려다보는 밑에서 이런 원통한 일도 있습니까? 엄히 조사하여 돈을 찾아주셔서, 무식한 촌놈이 큰돈을 날리지 않도록 하여주시기 비나이다, 비나이다."

형조에서는 닭전 주인을 꾸짖어 엄하게 다스리려 했다.

"어리숙한 촌사람을 속여서 백주에 재물을 탈취하고 이제 발명하여 죄를 감추려 하다니, 이놈! 닭 한마리 값이 많아야 7, 8냥에 불과한데, 네 입으로 20냥을 받았다 하니 그건 도둑놈 짓이 아니냐? 이로써 보건대 저 촌사람이 50냥을 주었다고 하는 말을 허언으로 돌릴 수 없다. 닭 한마리에 20냥을 받았다는 놈이 50냥인들 못 받았겠느냐?"

닭전 주인은 입을 가지고 변명할 말이 없었다.

"소인이 잠깐 장난을 쳤다가 도리어 저놈의 속임수에 걸려들었습니다. 여기에 이르러는 발명할 도리가 없사옵니다."

형조 당상관은 마침내 닭전 주인에게서 50냥을 받아 그 군사에게 지급하게 했다. 그는 백번이나 절하며 감사하고 물러갔다.

대개 지극히 간교한 데 이르러서는 송사로 분변하기 어려운 법이다. 이 일이 웃음거리 이야기로 전해지고 있다.

●**작품 해설**

『교수잡사』에서 뽑았다. 제목은 '어리석음을 가장하여 간교를 부리다知奸飾
愚'로 되어 있던 것을 '봉鳳'으로 바꾸었다.

상번한 시골 군사가 일부러 어리석은 바보처럼 의뭉을 떨어 닭전 주인으로
부터 돈을 빼앗는 줄거리. 하나의 서민적 인간 유형으로서 교활한 인물을 그린
것이다. 상번한 시골 군사의 교활성이 과히 밉게 보이지 않고 경쾌하고 생동하
는 느낌을 준다. 20세기로 들어와서 한때 널리 유행했던 '봉이 김선달' 이야기
에 이 내용이 주요한 삽화로 들어가기도 했다. '봉이'라는 그의 별호는 바로 이
삽화에서 유래한 것으로 되어 있다.

술막炭幕

원숭이 흉내 내기弄猿

서울 동대문 밖으로 40리쯤에 의정부 술막[1]이 있으니, 곧 양주 땅이다. 어느날 도붓장수[2] 10여 명이 자러 들어왔는데 원숭이를 놀리는 사람이 그중에 끼여 있었다. 첫닭이 울자 장꾼들이 모두 일어나 각기 짐들을 챙겨가지고 바야흐로 장에 나갈 채비를 했다. 그중 한 사람이 짐을 잃어버려서 장꾼들이 모두 놀라 소동이 났다.

"창문의 자물쇠나 울타리가 다 전과 다름없이 그대로 있고 외부 사람이 출입한 흔적도 없는데 짐이 없어지다니 실로 괴이한 일이로군."

술막 주인이 나와서

"의심 둘 곳은 오직 집 안이지요. 여러분들이 한번 찾아봐 주인의 의심을 풀어주는 것이 좋겠소."

---

1 **술막** 주막과 같은 말. 길목에서 행인에게 술과 밥을 팔고 숙소도 제공하는 집. 숯막이라고도 불러서 한자로 '炭幕'이 되었다. 원문에서는 '숙막宿幕'과 '탄막炭幕'을 혼용하고 있는데, 이두어적인 용법이다.
2 **도붓장수[到付]** 물건을 가지고 이곳저곳 돌아다니며 장사하는 사람. 도부꾼. 행상行商.

하고 말하여, 여러 장꾼들도 "그럽시다." 했다.

잃어버린 짐 임자가 안으로 들어가 찾아보지 않은 곳 없이 다 찾아보았으나 짐은 끝내 흔적도 보이지 않았다. 그런데 원숭이가 어디 간 곳이 없었다. 원숭이 임자는 '혹시 원숭이란 놈 소행이 아닐까?' 하고 마음에 의심이 들기도 했지만 적실히 알 수 없는 일이어서 나중에 천천히 결과를 보기로 하고 우선은 그냥 두었다. 먼동이 트기 시작하자 비가 부슬부슬 오는데 짐 임자가 문밖으로 나가 울타리 주위를 둘러보았다. 집 뒤꼍 밤나무 아래 나무숲이 우거지고 안개가 어슴푸레한 가운데 무슨 물건이 조금 움직이는 것도 같고 가만있는 것도 같았다. 짐 임자가 이상해서 자세히 보니, 귀신도 아니요 사람도 아닌데 자기 짐이 거기 있는 것이 아닌가. 그는 본래 겁쟁이라 도깨비가 나온 줄 알고 혼이 빠져 돌아와서 장꾼들에게 말했다.

"내 짐이 저기 있는데 도깨비가 옆에 지키고 있어서 감히 다가서지 못했소."

장꾼들이 일제히 나가서 바라보았다. 그때는 동방이 이미 환하였고 이슬비도 살짝 그쳐 있었다. 원숭이란 놈이 갈삿갓[3]을 쓰고 가죽끈으로 모반[4]을 목에다 걸고 짐을 죄다 풀어서 앞에다 벌여놓고 저는 자리에 앉아 있었다. 영락없이 장수가 전을 벌인 형상이다. 대개 원숭이란 놈이 장사하는 것을 흉내낸 짓이었다. 여러 장꾼들이 그 꼴을 보고 모두 허리를 꺾어쥐었다.

---

3 갈삿갓[蘆笠] 갈대로 만든 삿갓.
4 모반 네 모나 여섯 모의 나무로 만든 그릇. 물건들을 담거나 벌여놓는 데 쓴다.

신원新元

광주廣州 새원[5] 술막에 상인 10여 명이 들어와 자고 있었다. 이경쯤 도둑놈 다섯이 교졸을 가장하여 횃불을 들고 술막으로 들어왔다. 주인을 불러 비밀히

"도둑놈 일당이 당신 집에 들었네. 시방 잡아가려고 하는데 집 안에 사람들이 드나들지 못하도록 해야겠소."

하고 말하여, 주인이 바깥문을 걸어잠갔다. 그들의 용모를 보니 둘은 모양이 포교였으며, 둘은 모양이 포졸이었고, 한명은 머리에 수건을 덮어씌우고 결박을 지운 것이 틀림없이 도둑놈이다. 사람들은 낯빛이 숯빛이 되어 서로 얼굴들만 바라보고 모두 정신을 잃고 있었다. 포교들이 머리를 덮어씌운 도둑에게 묻는 것이었다.

"너와 한패가 어디 있느냐?"

"쭉 둘러보고서 적발해냅죠."

그 도둑의 대답이었다. 그자는 윗방의 상인들이 있는 곳으로 들어가서 쭉 둘러보고 나오더니

"없는걸입쇼."

했다. 또 아랫방으로 들어가서 쭉 둘러보고 나오더니

"역시 없는걸입쇼."

했다. 포교들이 성내어 꾸짖으며

"네놈 잘도 속인다. 이실직고하지 못하겠느냐?"

하고 차고 때리며 독책하는 것이었다. 그자는 고통을 이기지 못해 다시 말했다.

---

5 새원[新院] 현재의 서울 서초구 신원동이 여기에 해당하는 것으로 추정된다.

"다시 보고 적발해냅죠."

또 윗방으로 들어가서 쭉 둘러보더니 한 상인을 가리켰다.

"저이가 한패입죠."

포교들은 곧 잡아서 묶는 것이었다. 그리고 아랫방으로 들어가서 또 그렇게 했다. 상인들은 절대로 억울하다고 호소했으나 아니라고 해명할 도리도 없었다. 한 차례 두 차례 그러는 동안 여러 상인들이 다 붙잡혀 묶였다. 포교가 주인에게 말했다.

"도둑놈 수가 많아서 다 끌고 갈 수가 없네. 우리가 원님께 아뢰어 군사를 데리고 올 것이니 자네는 내가 다시 올 때까지 마음 써서 이놈들을 잘 지켜야 하네."

포교들은 두번 세번 당부하고 여러 상인들의 물건을 장물이라고 하여 전부 실어갔다.

이윽고 동창이 밝아오는데, 종내 누구 하나 관에서 나오는 기척이 없었다. 주인이 집안 심부름꾼을 시켜 관아에 가서 탐문해오라 했더니 원래 그런 사실이 없다는 것이었다. 그제야 모두들 도적놈들이 거짓으로 꾸며낸 연극임을 알게 되었다. 사람들이 사방으로 흩어져 도둑들을 찾아 고함을 질렀지만 끝내 형적도 잡을 수 없었다.

늦게야 원님께 아뢰어 포교가 나왔으나 도둑들은 역시 어디로 갔는지 알 길이 없었다. 여러날이 지나도록 하나도 잡지 못했다.

대개 도둑들이 은밀히 계교를 써서 사람들이 허다히 그 술수에 빠져들고 있다. 병법에 적군의 꾀는 측량키 어렵다 했는데, 과연 옳은 말이다.

●작품 해설

『기관』에서 뽑았다. '원숭이의 장수 흉내 내기 놀이猿效商戲' '도적이 계교로
물화를 훔치다賊奪商貨'란 제목으로 나란히 실려 있던 것을 '술막[炭幕]'이라는
제목으로 한데 묶었다.

술막, 즉 주막은 행인들이 술잔을 나누며 묵어가기도 하는 집으로, 나그네들
사이에 이야기가 꽃피던, 지난 시대의 정조가 가득히 담긴 곳이다. 특히 서울
주변에 상업이 활기를 띠면서 이들 지역의 술막이 자못 성업을 이루었는데, 이
에 따라 양주·송파 등지에 가면극이 발달하는 한편, 그곳을 배경으로 재미있는
이야기들이 꾸며지기도 했던 것이다. 제1권 제1부에 나오는 「거여 객점巨余客
店」이 좋은 예이다.

'농원'은 의정부의 어느 술막에서, 그리고 '신원'은 광주의 어느 술막에서 일
어난 한 토막의 에피소드이다. 전자는 원숭이의 장난으로 빚어진 해학적인 일
화이고, 후자는 술막에 든 상인들의 재물을 정체불명의 도적이 기발한 꾀를 써
서 털어가는 이야기이다.

이홍李泓

　예전 사람들은 소박하였는데 요새 사람들은 기지를 숭상한다. 기지는 기교를 낳고, 기교는 간사를 낳으며, 간사는 속임수를 낳는다. 속임수가 횡행하면 세상길이 어려워지기 마련이다.

　서울의 서대문 밖에 큰 시장[1]이 있다. 이곳은 가짜 물건을 파는 자들의 소굴이다. 가짜로 말하면 백통을 가리켜 은이라 주장하고, 염소뿔을 들고 대모[2]라 우기며, 개가죽을 가지고 초피[3]로 꾸민다. 부자간 형제간에 서로 물건을 흥정하는 모양을 꾸며 값의 고하를 다투고 왁자지껄하자, 한 시골 사람이 흘낏 보고 진짜인가 싶어서 부르는 값을 주고 사게 된다. 판 놈은 꾀가 들어맞아서 일거에 이문을 열 곱 백 곱 보는 것이다. 그뿐만 아니라 소매치기가 그 사이에 끼여 있다. 남의 자루나 전대에 무엇이 든 것 같으면 예리한 칼로 째어 빼간다. 소매치기를 당한 줄 알고

1 　서대문 밖에 큰 시장　남대문 밖의 칠패七牌나 서소문 밖에 있던 장시를 가리키는 것으로 추정된다.
2 　대모瑇瑁　열대 지방에 사는 거북의 일종인데, 그 등껍데기를 대모 또는 대모갑瑇瑁甲이라 하여 공예와 장식품으로 귀중하게 쓰였다.
3 　초피貂皮　담비 종류 모피의 일종.

쫓아가면 요리조리 장 종류를 파는 뒷골목으로 달아난다. 꼬불꼬불 좁은 골목이다. 거의 따라가 잡을라치면 대광주리를 짊어진 놈이 어디서 불쑥 튀어나와

"광주리 사려!"

하고 길을 막아버려 더 쫓지를 못하고 만다. 이 때문에 시장에 들어서는 사람은 돈을 전장에서 진을 지키듯, 물건을 시집가는 여자 몸조심하듯 하지만 곧잘 속임수에 걸려드는 것이다.

우리 삼한의 백성이 옛날엔 순박하다고 일컬어졌는데 근세로 와서 백면선[4] 같은 부류처럼 속임질로 유명한 자도 허다하다. 혹시 민풍民風이 날로 타락하여 순박하던 것이 변해 간사하게 된 것일까? 상고의 몽매하던 세상에도 역시 간사한 무리들은 끼여 있었을까?

이홍은 서울 사람이다. 풍신 좋고 구변이 좋아서 처음 대하는 사람은 전혀 사기꾼인 줄 알지 못하였다. 성질이 재물을 가벼이 여기고 의복과 음식을 호사하여 사람이 그럴듯해 보이지만 실은 집이 가난하였다.

이홍이 일찍이 대가거족에 출입하면서 수리水利 사업으로 유혹해서 돈을 여러 만냥 얻어냈었다. 청천강에서 역사役事를 벌이는데 매일 소를 잡고 술을 거르고 원근의 이름난 기생들을 끌어들이는 것이었다. 불러서 안 오는 기생이 없었지만 유독 안주의 기생 하나가 재색이 평안도의 으뜸으로 병사의 총애를 받고 있어, 아무리 별성행차라도 그 낯짝도 구경하지 못하였다. 이 기생만은 불러올 도리가 없었던 것이다.

이홍은 자신이 안주로 가서 10일 이내에 일을 이루고 돌아오겠노라

---

4 백면선白勉善 다음에 나오는 '백문선白文先'과 동일 인물. 위조와 사기의 명수여서 '백문선이 헛문서'라는 속담까지 있었다.

고 동류들과 내기를 걸었다. 말에 짐을 싣고 비단 쾌자[5]를 걸치고서 구종도 없이 다만 갓 쓴 이 하나만 데리고 채찍을 울리며 안주 성내로 들어갔다. 물색을 분변할 줄 아는 사람이라면 이홍을 보고 누구나 '개성의 대상인'으로 알아보았다.

이홍은 그 기생 집을 찾아가서 숙소를 성하였다. 기생의 아비가 군교로 늙어서 주막을 내고 있었다. 이홍이 약속하는 말이다.

"내가 가진 것은 값진 물건이라네. 주막에 다른 손님은 받지 말아주게. 나의 이번 걸음은 사람을 기다려야 하는데 그 사람이 언제 올지 예측할 수 없다네. 떠나는 날 모든 걸 청산하지. 그리고 내가 원래 입이 짧으니 조석을 각별히 정히 차려주게. 값의 고하는 염려치 말고 연채[6]도 주인 마음대로 정하소."

기생 아범이 보니 사람은 상인이요, 싣고 온 물건은 가볍지 않고 묵직한 품이 대개 은자인가 싶었다.

"이크, 좋은 손님이로구나!"

하고 거처를 깨끗이 치워 맞이하였다. 이홍은 거처에 들어가서 둘러보더니 잔뜩 상을 찌푸리고 종자를 불렀다.

"얼른 장지를 사오너라. 사람이 단 하루를 묵더라도 이런 데 누워 있겠느냐?"

방 안 도배를 말끔히 끝내더니 짐을 머리맡에 옮겨다놓고 양털 요와 비단 이불을 깔았다. 그리고 행장 속에서 두툼한 장부 한권, 주판, 조그만 벼루를 꺼내었다. 문을 닫아걸고 종자와 함께 회계를 하는 모양인데 종일토록 끝나지 않았다. 기생 아범이 문틈으로 귀를 기울여 들으니 비

---

5 쾌자快子 등솔을 길게 트고 소매가 없는 군복.
6 연채烟債 담뱃값에서 유래한 말로, 숙식의 비용을 뜻함.

단이며 향료·약재 등속을 셈하는 것이 아닌가. 기생 아범이 자기 아내인 퇴기와 의논하기를

"저 손님은 거상이렷다. 우리 아이를 보면 영락없이 반하겠지. 반하면 필시 얻는 것도 많을 거야. 병사님 덕에 비기겠나."

하고 딸을 병영으로부터 살짝 불러왔다. 그 기생이 이홍의 방문 앞에서 절하며 아뢰는 말이다.

"귀하신 어른이 누추한 처소에 오래 유숙하시기로 젊은 주인이 감히 현신하옵니다."

"이러지 말게. 여주인이 하필 이럴 것이 있겠나?"

홍은 분주한 듯이 계속 주판알을 굴렸다. 도무지 눈에 들어오지 않는 것 같았다. 기생 아범은

"저 양반 대단한 거상이로구나. 안목이 워낙 도저하고 또 재물이 크기 때문이렷다."

하고 저녁에 다시 조용히 말을 꺼냈다.

"제 아이가 보시기에 누추하신지? 손님께서 냉담하게 대하시니 애가 아주 무색해하는 모양입니다."

홍은 누차 사양하고 별로 의향을 보이지 않다가 마지못해 응하는 듯했다. 기생은 술상을 차리고 노래와 춤으로 실컷 즐겁게 하고 나서 요행으로 동침을 하게 되었다. 그로부터 기생은 3, 4일 동안에 틈틈이 이 손님을 모실 수 있었다.

하루는 홍이 눈썹을 찌푸리고 근심하는 기색으로 주인을 불러서 묻는 것이었다.

"서도西道에 근일 명화적이 안 났던가?"

"못 들었는데."

"의주에서 여기까지 며칠이면 대어오나?"

"얼마 걸립죠."

"그럼 일자가 지났는걸. 말이 병이 났나?"

"손님, 무슨 상심되는 일이라도 있으십나요?"

"연경燕京에서 오는 물화가 며칟날 압록강을 건너 며칟날 여기 닿기로 약조하였다네. 그런데 여태 나타나지 않으니 걱정인걸."

종자를 불러 일렀다.

"너 서문 밖으로 나가서 기다려보아라."

하고 종자는 저녁때 돌아와서 소식이 전혀 없다고 회보하는 것이었다. 그후 근심으로 날을 보내더니 3일째 되는 날 주인을 불러 이렇게 말했다.

"내가 나가보지 못한 까닭은 재물이 워낙 중하기 때문이었네. 이제 주인이 나와 한집안이나 진배없구려. 내 갑갑해서 병이 날 것 같아 도저히 앉아서 기다릴 수 없구먼. 내 물건을 주인에게 맡기겠으니 잘 좀 간수해주게. 직접 나가서 알아보고 오겠네."

드디어 그 방문을 잠그고 총총히 나서는 것이었다. 이홍은 샛길로 빠져 청천강으로 돌아왔는데, 전후에 걸린 날짜가 과연 10일이었다.

기생의 집에서는 손님이 영 돌아오지 않는 것이 수상해서 행장을 열어보니 거위알만 한 조약돌이었다.

어느 시골 아전이 군포[7]를 바치러 돈 천여 꿰미를 가지고 상경하였다. 여관을 정하지 못하고 있는 것을 보고 이홍이 자기 집으로 데리고

---

7 군포軍布 군적軍籍이 있는 사람에게 복역을 면해주는 댓가로 받는 삼베나 무명베.

가서 꾐수를 썼다.

"내게 한가지 좋은 수가 있소. 노자나 화비[8]쯤은 벌 것이오."

아전은 좋아라고 돈을 몽땅 이홍에게 맡겼다. 이홍은 아침저녁으로 자문[9]을 받아왔다. 10여 일이 지나서 이홍이 문득 남산이 경치가 좋다고 떠벌렸다. 그래서 술 한 병을 들고 아전을 앞세우고 남산의 팽나뭇골[10] 인적이 드문 곳으로 올라갔다. 이홍이 혼자서 술 한 병을 마시더니 목을 놓아 우는 것이었다.

"원, 한 병 술도 못 이기구 이러우?"

"서울이 이렇게 아름다운데 이곳을 버려야 하다니, 내 어찌 눈물이 나지 않겠소?"

그러더니 이홍은 소매 속에서 끈을 꺼내 소나무 가지에 걸고 목을 매려 했다. 아전이 깜짝 놀라 손으로 붙잡고 까닭을 물었다.

"당신 때문이라우. 내가 어디 남의 돈 한푼인들 속일 사람이우? 남을 잘못 믿고 그만 당신 돈을 몽땅 떼이고 말았구려. 물어내자 하니 가난한 놈이 도리가 없고 그냥 두자니 당신이 성화같이 독촉할 것이라. 죽느니만 못하니 말리지 마오."

금방 목을 걸고 밑으로 뛸 기세였다. 아전은 당황해서 무릎을 꿇고 말렸다.

"제발 죽지 말아요. 이제부턴 돈 얘기를 하지 않으리다."

"아니야. 당신이 시방 내가 죽으려니까 이런 말을 하지. 말이 무슨 증

---

8 화비花費 여자를 사고 주는 돈. 해웃값이라고도 한다.
9 자문[尺文] 이두어로, 영수증에 해당하는 것.
10 팽나뭇골 지금의 서울 남산 필동 지역에 있는 골짝 이름. 한자로는 팽남동彭南洞, 팽목동彭木洞으로 쓰기도 했다.

거가 되우? 나중에 내가 당신의 독촉을 어떻게 감당한단 말이오? 죽는게 낫지."

아전은 혼자 생각하기를

'저 사람이 죽으나 사나 돈 못 받기는 매일반이라. 죽으면 또 말이 있을 것이다.'

하고, 분주히 주머니에서 필묵을 꺼내 돈을 받았다는 증서를 써주고 죽지 말도록 타일렀다.

"당신이 정 이런다면야 내 죽을 까닭이 있소?"

이홍은 옷을 탈탈 털고 집으로 돌아갔다. 그날 저녁으로 당장 그 아전을 쫓아내 대문 안에 들어서지도 못하게 하였다.

법관이 이 사실을 바람결에 듣고 이홍을 잡아다가 곤장으로 볼기를 백대 갈겼다. 이홍은 거의 죽게 되었으나 아주 죽지는 않았다.

이홍이 활은 더러 쏘아보았지만 아무 해 무과에 오른 것은 활재주로 합격한 것이 아니었다. 방이 나붙자 이홍은 유가[11]의 치레를 합격자 중에서도 가장 으뜸으로 야단스럽게 하였다. 악공들은 모두 청모시 철릭을 입고 침향사[12] 석자를 늘였다. 그리고 수건·전錢·포布 이외에도 각기 모란 병풍 한벌과 포도 서장도[13] 하나를 선물로 주었던 것이다. 사람들은 이홍이 먼 시골로 나가서 남의 집 분묘를 많이 벌초하더니 그 제위전[14]을 팔아서 쓰는 것이라고 하였다.

---

11 유가游街 과거에 급제한 사람이 풍악을 잡히고 시관과 선진자先進者와 친척을 방문하는 일.
12 침향사沈香絲 무엇을 가리키는지 미상.
13 포도 서장도葡萄犀粧刀 포도 무늬의 무소뿔로 자루를 한 장도칼.
14 제위전祭位田 조상의 묘를 받들기 위해서 마련해둔 농토. 제위답 또는 제수답祭需畓.

이홍의 집이 서대문 밖에 있었다. 어느날 꽃무늬 비단 창옷을 입고 왼손으로 만호 갓끈[15]을 어루만지면서 오른손으로 호박 선추[16]를 굴리고 어슬렁어슬렁 남대문으로 들어섰다. 그때 남대문 밖에서 중이 권선[17]을 하여 목탁을 치며 시주를 구하는 것을 보았다. 이홍이 스님에게 말을 건다.

"스님, 예서 며칠 서 있었습나?"

"사흘 동안입죠."

"몇푼이나 들어왔어?"

"겨우 2백여 푼밖에 안 됩죠."

"저런, 늙어 죽겠다. 종일 '나무아미타불'을 불러 사흘 동안에 고작 2백 푼이야. 우리 집은 부자이고 아이들이 많다네. 진작부터 부처님께 한가지 아름다운 일을 지으려고 하였더니 스님 오늘 대복을 만났어. 내 무엇으로 시주할까?"

이홍은 생각에 잠겼다가 이윽고 묻는다.

"유기鍮器가 있는데 쓸 데가 있을까?"

"유기로 불상을 지으면 게서 더 큰 공덕이 없습죠."

"그래, 나를 따라오게."

이홍은 앞장을 서서 남대문으로 들어갔다. 등불이 비치는 집을 가리키면서

"스님, 저기서 좀 쉬어 가세."

---

15 만호鏝胡 갓끈 무늬가 없고 거친 갓끈.
16 선추扇墜 부채고리에 매다는 장식품.
17 권선勸善 불교에서 신자들에게 보시普施를 청하는 일.

한다.

술어미가 술을 데우고 푸짐한 안주를 내놓았다. 홍은 거푸 10여 잔을 비우고 나서 비단 주머니를 만지작거리다가 껄껄 웃으며 말했다.

"오늘 나오면서 술값을 잊고 왔네. 스님, 우선 자네 바랑 속의 것을 좀 빌리세. 가서 곧 갚음세."

하여 중이 술값을 치렀다. 그리고 나와서 가다가 중을 돌아보고 소리친다.

"스님, 따라오는가?"

"예예, 따라가구 말굽쇼."

"유기가 오래된 물건이야. 사람들이 혹 막을지 몰라. 잘 가져가야 할 걸."

"주시는 건 시주님에게 달렸고 가져가는 건 중에게 있습죠. 것도 잘 못하겠습니까?"

"그래."

다시 또 술집으로 들어가서 중의 돈으로 술을 마셨다. 서너 차례 술집을 들락이는 동안에 중의 바랑에 담긴 돈은 홀랑 털리고 말았다.

걷다가 또 중을 불렀다.

"스님, 사람이란 무슨 일에나 눈치가 있어야 하는 법일세."

"소승은 이와 같이 반평생을 보낸 사람이라오. 남은 거라곤 눈치밖에 없습죠."

"그래."

다시 몇걸음 옮기다가 머리를 돌리고 중에게 말한다.

"스님, 유기가 원체 커. 자네 무슨 힘으로 가져갈까?"

"크면 클수록 좋지요. 줍시기만 한다면야 만근이라도 무엇이 어렵겠습나요?"

"그래."

이때 이미 대광통교를 건넜다. 홍은 동쪽으로 돌아서면서 부채를 들어 종각 속의 인정종[18]을 가리켰다.

"스님, 유기가 저기 있어. 잘 가져가야 하네."

중은 이 말을 듣고 자기도 모르게 벌떡 몸을 돌이키더니 남산을 바라보고 한참을 멍하니 서 있다가 달음질쳐 사라졌다.

이홍은 어슬렁어슬렁 철전다리[19] 쪽을 향해 걸어갔다.

이홍의 생애는 대개 이러하였다. 이는 그의 가장 유명한 일화들을 들어본 것이다. 그는 사람을 속이는 것으로 이름났거니와 이 때문에 나라의 벌을 받아 먼 곳으로 귀양을 가게 되었다.

외사씨는 이렇게 말한다. 큰 사기는 천하를 속이고, 그다음은 임금이나 정승을 속이고, 또 그다음은 백성을 속인다. 이홍 같은 속임수는 하질이니 족히 시비할 것도 없겠다. 그런데 천하를 속이는 자는 천하의 임금 노릇을 하며, 그다음은 자기 몸을 영화롭게 하며, 그다음은 집을 윤택하게 한다. 이홍 같은 자는 속임질을 하다가 마침내 법망에 걸려들었으니, 남을 속인 것이 아니고 실은 자기 자신을 속인 셈이다. 슬프다.

---

18 인정종人定鐘 밤에 통행을 금지하기 위해 치던 종. 지금 종로2가 종각에 있는 종이 바로 이것이다.

19 철전鐵廛다리 종로의 탑골공원 옆에 있던 다리. 철물교鐵物橋.

●작품 해설

이옥李鈺의 작이다. 『담정총서潭庭叢書』 중의 「도화유수관소고桃花流水官小藁」
에서 뽑았다.

여기 주인공 이홍은 앞의 「봉」에 나오는 인물이나 다음에 나오는 백문선白文
先 따위와 같이 익살맞고 때로는 협잡도 부리는 그런 인간이다. 다만 이홍은 좀
더 크게 놀고 보다 세련된 인상을 준다. 수법 또한 앞의 「봉」이나 「백문선」처럼
소박하게 스토리를 전하는 데 그치지 않고 경묘한 필치로 전개된 묘사에서 하
나의 작품을 만들어낸다는 뚜렷한 창작의식을 보게 된다.

이 역시 삽화를 연결하는 형식의 구성법을 쓰고 있다. 이홍이 큰 상인인 듯이
차리고 나타나 평안도 안주의 미희를 유혹하는 첫번째 일화에서는 인정물태를
잘 묘사하면서 특히 상인의 활동상을 재미있게 반영하였다. 끝의 절에 시주를
하겠다고 중을 남대문에서부터 끌고 가면서 술값을 알겨내고 급기야 종각 앞
에 이르러 인정종을 가리키며 가져가라고 하는 이야기는 익살과 위트로 넘친
다. 이홍 같은 인물은 서두에서 작자가 언급한 바와 같이 상업이 발달한 시대의
한 특징적 인간형인데, 경제적 빈곤 내지 열등한 사회적 지위에 처한 서민의 생
활 여건 속에서 형성되었을 것이다. 진지한 저항의 자세는 찾아볼 수 없지만 도
덕규범에 얽매인 종래의 행동이나 사고방식과 달리 발랄한 감각을 느끼게 한
다. 서구문학의 피가로Figaro에 대응되는 인간형이다.

백문선白文先

반송지盤松池

민가에서 소를 몰래 잡아 파는 자가 있었다. 마침 금도禁屠꾼이 나와서 이웃집에 몸을 숨기고서 쇠고기를 내가나 엿보는 중이었다. 소 잡는 집에서 이 눈치를 채고 도감 포수[1]로 있는 백문선을 찾아가 사정했다.

"당신이 내가 잡혀가는 화를 면케 해준다면 쇠고기로 듬뿍 사례하리다."

백문선은 그 집으로 따라가서는 기름종이에다 술지게미를 몇됫박 단단히 싸서 옆구리에 끼고 문밖으로 나섰다. 두리번두리번하다가 쏜살같이 내빼는 것이었다. 금도꾼들이 그 뒤를 쫓았다.

백문선은 본래 발이 날랜 사람이었다. 곧장 남대문을 빠져나와 반송지[2]에 이르렀다. 못을 삥삥 돌다가 살얼음을 밟고 반송지 속의 섬으로 건너갔다. 발은 적시지 않았다. 금도꾼들은 따라서 건너가지 못하고 못

---

1 도감 포수都監炮手 훈련도감訓練都監 포수.
2 반송지盤松池 서울의 성 밖에 반송지라는 이름의 연못이 남대문 밖과 서대문 밖에 각기 있었는데, 여기서는 남대문 밖에 있던 것을 가리킨다.

가에 서서 발을 구르며 소리 지르고 공갈을 쳤다. 백문선은 끄떡도 않고 나올 기색도 없었다.

금도꾼들이 발을 죄다 망치고 건너가서 간신히 문선을 붙들었다. 기름종이에 싼 것을 빼앗아 풀어보니 쇠고기가 아니고 술지게미였다.

"이놈, 고기도 아니면서 왜 싸들고 여기까지 도망질을 하였느냐?"

"아니, 금도꾼이 아니오? 내 잘 몰랐네. 나는 금주형리禁酒刑吏인 줄만 알았구려. 그런 걸 예까지 도망왔지."

그사이에 그 집에서는 쇠고기를 이미 다른 곳으로 빼돌려서 무사히 화를 면했음이 물론이다.

백문선의 꾀를 쓰는 수단이 대개 이와 같았다.

중부자中部字

백문선이 한번은 종루 거리에서 뒤가 다급하였다. 뒤볼 곳이 없어 두리번거리다가 자리장수를 보고 물었다.

"여보, 자리가 기장이 훨씬 긴 것이 없우?"

"있습지요."

"이 자리를 병풍처럼 둘러치고 내가 그 안에 들어가 앉으면 내 갈모가 밖에서 안 보일까?"

"그러문입쇼."

백문선은 그 속에 들어가 앉아 시험해보는 척하다가 또 말하였다.

"짤막한 막대 하나 집어주어요, 견양見樣을 좀 하여보게."

자리장수는 막대를 찾아주었다. 백문선은 막대를 받더니 한참 후에 일어서서 자리장수에게 물었다.

"이곳이 중부자中部字 안이우, 서부자西部字 안이우?"[3]

"아니, 그게 무슨 말이오?"

"자리 흥정은 시방 급한 일이 아니고, 여보 얼른 부리部吏를 불러오우. 이걸 먼저 수거해야겠어."

그 안을 굽어보니 아까 그 막대를 밑씻개[4]로 써서 한 무더기 똥을 싸놓지 않았는가.

자리장수는 속임을 당한 것을 절통해하였다.

치재致齋

중들이 서울 성내를 드나들던 시절. 한 중이 재상 행차 앞에서 길을 범한 죄로 잡혀서 마침 백문선 집 앞에 억류되어 있게 되었다.[5] 문선은 중이 등에 물건을 지고 있는 것을 보고 물었다.

"자네, 지고 있는 것이 뭔가?"

"쌀 서말과 돈 스무냥입죠."

"나이는 몇살인가?"

"스물다섯입죠."

문선이 눈물을 흘리며 안타까워하는 투로

"쯧쯧, 안됐구나. 젊은 나이에 이 무슨 횡액을 만났더람!"

하고 동정을 표시했다.

"무슨 말씀인가요?"

그 중이 무슨 영문인지 몰라서 물었다.

---

3 이조 때 서울을 중부·동부·서부·남부·북부의 다섯으로 구획하였다.
4 원주에 '浴木은 뒤씻개라'라고 나와 있다.
5 관인官人 행차에 길을 범한 죄로 걸린 사람은 길갓집에 임시 맡겨졌다가 형조 사령이 나와서 끌어갔다.

"시방 잡혀가면 반드시 죽고야 말 것이다. 설사 옥문을 살아서 나온다 치더라도 반드시 멀리 귀양을 가게 될 터이니 어찌 애처롭지 않으리오?"

그 중이 이 말을 듣고 그만 간담이 써늘해져 다가서며 물었다.

"어찌하면 무사할 도리가 있을까요?"

"나의 수단으론 전혀 잘 변통할 도리가 없고, 우선 한가지 수가 있긴 있네."

"무슨 수인가요?"

"이 동네에 아주 가난한 사람이 있어. 처자도 없고 집도 없이 주야로 죽기만을 소원하니, 자네 정 살고 싶거들랑 지고 가는 물건이 비록 약소하나 그 사람을 주어서 목숨을 대신하도록 해보는 것이 좋을 듯하네."

"그 사람이 어디 있습나요?"

"자네가 그 사람을 대신 보내고 싶으면 여러 말이 필요 없어. 그 물건을 여기 벗어두고 뒤도 돌아보지 말고 얼른 달아나버리게. 내가 알아서 충분하든지 부족하든지 간에 처리해줌세."

그 중은 이 말을 곧이듣고서 지고 있던 물건을 내버리고 뒤도 안 돌아보고 달아났다. 때마침 다른 중이 그 앞을 지나갔다. 문선이 그 중을 불러서 물었다.

"스님, 어느 절에 계시오?"

"아무 절에 있습니다."

"마침 잘 만났구려. 내가 그 절에 재齋를 올리려고 시방 나가는 판에 요행히도 스님을 만났구먼. 좀 여기 앉아 계시우."

그리고 중에게 다시 물었다.

"재를 올리려면 얼마나 드려야 될까?"

"많고 적고 여부가 없지요. 혹 수백냥이면 좋고 혹 단돈 백냥도 좋고 혹 7, 80냥도 좋지만, 적어도 50냥은 되어야지요."

"우리 집 형편에 백냥은 너무 과하고, 집에 있는 물건으로 문서를 작성해봅시다."

하고 문선이 지필묵을 꺼내놓고 문서를 작성하려는 즈음에 난데없이 사령이 돌입하여 대뜸 그 중을 잡아갔다. 그 중은 아무 영문도 모르고 붙들려 어떤 아문으로 잡혀가서 매 열대를 맞고 풀려났다. 그러고도 영문을 모르는 채 다시 문선의 집으로 찾아왔다. 문선이 물었다.

"정신을 차릴 새도 없이, 대체 무슨 까닭으로 잡혀갔소?"

"소승 역시 이유도 모르고 매 열대를 맞고 나왔습니다."

"일수가 불길했구먼."

"아까 그 문서는 어디다 두었소?"

"재를 올리는 것은 정성을 들이는 일인데 스님은 매를 맞았으니 몸이 정결하지 못한지라, 달이 바뀐 다음에나 다시 와보슈."

문선의 말이었다.

백문선이란 인물의 세가지 에피소드를 묶어놓은 것이다. 앞의 '반송지'와 '중부자'는 『어수신화』에 실린 것으로, 원제는 각기 '문선이 술지게미를 싸들고 달아나다 文先挾糟' '문선이 똥을 싸다 文先放糞'이다. 뒤의 '치재'는 『성수패설』에 실린 것으로, 원제는 '남을 속여 재물을 취하다 欺人取物'였다. 『기관』에도 '반송지'와 '치재'를 포함한 3편의 일화가 실려 있다.

백문선은 18세기 무렵 서울에 실재했던 사람이다. '백문선의 헛문서'라는 속담은 곧 그를 두고 말한 것이다. 그의 이름자가 『성수패설』에는 '明善'으로 되어 있는가 하면 「이홍李泓」에는 '勉善'으로 되어 있고, 『기관』에서는 박명선朴命善으로 되어 있다. 서민사회의 인물이므로 취음해서 기록했기 때문에 서로 다르게 표기된 것이라 생각된다. 그의 소행을 보면 '반송지'에서처럼 제법 의협심도 보이지만 '중부자'에서와 같이 심한 장난꾸러기로, '치재'에서 그렇듯이 협잡기도 없지 않다. 엄숙·진지와 반대되는 경망하고 익살맞은 인간 유형인 것이다.

장복선張福先

우리나라에는 자고로 협객이 없다. 왕왕 협객으로 일컬어진 사람이
있긴 했지만 대개 기생방에 작당해서 드나들며 자객 노릇이나 하는 옛
날 청릉계¹와 유사한 부류였다. 더러는 집안 살림을 돌보지 않고 술을
마시거나 마작을 일삼기도 한다. 이 어찌 진짜 협객인가.

　근래 달문²이 서울에서 협객으로 이름을 날렸다. 달문을 협객이라 한
것은 나이 쉰에도 장가를 가지 않고, 남루한 옷을 걸치고서도 비단옷 입
은 부호들과 서로 형님 동생 하고 지냈기 때문이다. 그가 어느날 친구
집에 놀러 갔는데, 그 친구가 마침 은 한 봉지를 잃어버리고 달문을 의
심해서

　"여기 있던 은을 못 보았는가?"

　하고 묻자 달문은

　"그래, 거기 있었지."

　하고 자기가 미처 말하지 않고 가져간 것으로 사과했다. 그리고 즉시

---

1 청릉계靑陵契　무슨 뜻인지 미상.
2 달문達文　연암 박지원의 「광문자전」의 주인공인 광문의 다른 이름.

누구에게 빌려서 그 액수의 은을 갚아주었다. 얼마 후에 잃어버렸던 은이 그 친구의 집에서 나왔다. 그 친구는 대단히 부끄럽게 여기고 달문에게 받은 은을 돌려주며 거듭 사과를 하자 달문은 웃으며 말했다.

"괜찮네. 자넨 자네의 은을 찾았고 나는 나의 은을 돌려받은 걸, 사과할 것이 무엇인가?"

이로부터 달문의 이름이 세상에 널리 알려졌던 것이다.

경금자[3]는 말한다.

"구달문具達文은 여항의 점잖은 사람이지 협객은 아니다. 협객의 장점은 능히 재물을 가볍게 여겨 남을 돕기 좋아하고, 의기를 숭상하여 남의 곤란하고 급한 사정을 보아주되 보답을 바라지 않는 데 있다. 이런 사람이야말로 협객이 아니겠는가?"

장복선이란 사람은 평양 감영의 은고銀庫를 맡은 고지기였다. 채제공蔡濟恭 판서가 평안 감사로 있을 때 은고를 조사했더니 약 2천냥이 결손이 나 있었다. 복선의 집이 본래 가난해서 그것을 변상할 능력이 없고 법이 사형에 해당하므로 그를 하옥하여 가두었다. 내일 형을 집행할 판인데 평양 사람들이 너나없이 그가 죽게 되는 것을 애석하게 여겨서 다투어 술과 밥을 옥중으로 들여보낸다는 말이 들렸다.

채판서는 밤에 사람을 시켜 옥중을 엿보게 했다. 과연 장복선은 옥중에서 술잔을 들며 태연히 담소하고 있었다. 복선이 문득 종이와 붓을 찾더니 사람들에게 이르기를

"죽는 것을 아까워할 것은 없으나 죽은 후 혹시 내가 관청의 재물을 훔쳐 사욕을 채웠다는 말이 있으면 또한 장부의 치욕이 아닌가. 내 장차

---

3 경금자絅錦子 작자인 이옥의 별호.

기록을 남겨서 증거를 삼도록 해야겠다."

하고 곧 쓰기 시작했다.

"아무개가 초상에 가난해서 염殮도 못하고 있을 때 내가 은 몇냥을 주었으며, 아무개의 장사에 내가 은 몇냥을 주었노라. 내가 모랑某娘을 시집보내고 아무개를 장가들일 때 몇냥의 은을 썼고, 모씨가 환자를 탄 것과 아무 아전이 포흠진 것을 갚아주는 데 다 해서 은 몇냥이 들었노라."

이렇게 적고 나서 합산을 해보니 도합 2천여 냥이 되었다.

이튿날 정패[4]를 세우고서 복선을 뜰에 꿇리고 바로 사형을 집행할 판이었다. 평양 사람들이 다투어 큰 소리로 널리 알렸다.

"오늘 장복선이 죽는다네."

남녀노소 모두가 둘러싸고 바라보는데 너나없이 눈물을 흘렸다. 기생 백여 명이 모여 쪽 찐 머리에 비단 치마를 입고 뜰아래 줄지어 절하고 합창해서 노래하는 것이었다.

비나이다 비나이다

장복선이 살려줍사 천번 만번 비나이다.

미동[5] 대감 채판서님

저 장복선을 살리소서.

장복선을 살리시면

정승 자리 오르시리!

정승을 못 하셔도

---

4 정패旌牌 관원이 행차할 때나 업무를 처리할 때 앞에 세우는 깃발.
5 미동美洞 지금 서울의 서대문 밖 충정로에 있는 지명. 약현과 가까이 있는 지역이다. 채제공이 이곳에 살아서 미동 대감이라고 일컬었다.

전반[6] 같은 비단 댕기

작은 도령 얻으시와 슬하에 두시리다.

비나이다 비나이다

장복선이 용서하사 명대로 살게 하옵소서.

노래가 끝나기도 전에 행렬 중에 있던 장교가 커다란 버들고리를 땅에다 놓고 여러 사람들에게 말했다.

"오늘은 장복선이 죽는 날입니다. 그를 살리고 싶은 분들은 각자 가진 은을 여기에 내어놓으시기 바랍니다."

평안도는 본래 은이 많고 풍속이 호사스런 곳이라 은장식을 갖지 않은 사람이 거의 없었다. 이에 은장도나 은잠銀簪이며 부녀자들의 은가락지·은비녀·은노리개 등속을 다투어 던져서 마치 눈이 내리듯 했다. 금방 은이 고리짝 서너개 분량이 되었다. 아전이 그것을 달아보니 천여냥이 되는 분량이었다. 채판서는 장복선의 사람됨을 기특하게 여겨서 백성의 소망대로 석방을 시키는데 은 5백냥을 내어 도와주었다. 그 이튿날로 장부가 깨끗이 정리된 것이다.

장복선이 석방되고 사흘째 되는 날 멀리 떨어진 고을에서 은을 싣고 온 사람이 두셋 있었다. 이들은 그 이야기를 듣고 기뻐하는 한편 자기들이 늦게 도착한 것을 부끄럽게 여겼다.

경금자는 말한다. 장복선이야말로 협객이다. 그가 관의 재물을 축내서 사사로이 은혜를 베푼 것은 법에 있어서는 실로 사형에 처함이 마땅하다. 그런데 만약 장복선의 집에 쌓인 은이 있었던들 어찌 관의 재물

---

6 전반剪板 종이를 도련할 때에 쓰는 좁다랗고 얇은 나뭇조각.

을 훔치고 나라의 법을 범했겠는가? 우리나라 사람들은 성격이 옹졸할 뿐더러 재물에 인색해서 남을 크게 돕는 것으로 이름을 낸 자가 드물다. 장복선은 지방의 하찮은 아전이었지만 훌륭하게 옛 대협大俠의 풍이 있다. 관서 지방은 우리나라에서도 풍기나 토속이 상당히 달라서 재물을 가벼이 알고 의를 중히 여기며 기절氣節을 숭상하고 이름을 좋아하는 습속이 있어 그러한 것일까?

얼마 전 어떤 친구가 평양을 지나는 길에 장복선을 찾았더니, 그는 마침 안주에 가서 아직 돌아오지 않았다고 했다.

●**작품 해설**

　이옥의 작으로『담정총서』중의「도화유수관소고」에 실린 것이다.

　주인공 장복선이 돈을 가볍게 여기고 의기를 숭상해서 남의 어려운 사정을 앞장서 돕다가 관청 창고에 엄청난 결손을 내고 그 때문에 사형을 당하게 되자 평양 성중의 사람들이 모두 나서서 구명운동을 벌여 살려낸 이야기.

　장복선의 서민적인 의리가 잘 그려져 있는데, 작자는 장복선이야말로 진정한 협객이라고 규정짓고 있다. 평양과 같은 상업중심지에서 서민들의 지지를 받는 협객으로 부각된 점이 흥미롭다.

매품代杖

평안도 안주의 한 백성이 볼기로 매품을 팔아서 살아갔다. 어느 지방 고을의 아전이 병영에서 곤장 7대를 맞게 되매 돈 5꿰미를 걸고 대신 매 맞을 사람을 구하였다. 그 매품팔이가 흔연히 나섰다.

집장執杖 사령은 그가 자주 나타나는 것이 얄미워서 곤장을 독하게 내리쳤다. 매품팔이는 곤장이 갑자기 사나워질 것을 예상하지 못했던 터라 우선 참아보기로 했다. 두번째 매가 떨어질 때 도저히 견뎌낼 수 없어 얼른 다섯 손가락을 꼽아 보였다. 5꿰미의 돈을 뒤로 바치겠다는 뜻이었다. 집장 사령은 못 본 척하고 더욱 치도곤을 내렸다. 매품팔이는 곤장 7대가 끝나기 전에 자기는 벌써 죽게 될 것임을 깨달았다. 재빨리 다섯 손가락을 다시 펴 보였다. 뒤로 먹이는 돈을 배로 올리겠다는 뜻인 줄 알 것이었다. 그로부터 매는 한결 가볍게 떨어졌다. 매품팔이는 나와서 사람들을 보고 자랑삼아 말했다.

"내가 오늘에야 돈이 귀한 줄 알았어. 돈이 없었으면 오늘 나는 죽을 사람이었지."

매품팔이는 10꿰미로 죽음에서 면한 줄은 알았지만 5꿰미가 화를 불러온 것은 깨닫지 못하고 있으니, 심하구나, 촌사람의 어리석음이여.

이보다 더 어리석은 사람도 있었다.

형조의 곤장 백대는 속전이 7꿰미였고, 대신 매를 맞는 사람이 받는 돈도 마찬가지였다.

대신 매맞기로 살아가는 자가 있었다. 그는 무더운 여름날에 백대 품을 하루 두 차례나 팔고 돈을 차고서 비틀비틀 자기 집으로 돌아갔다. 그 여편네가 또 백대 품을 선금으로 받아놓고 있다가 남편을 보고는 기쁜 듯이 말하였다. 사내는 상을 찌푸렸다.

"내가 오늘 죽을 똥을 쌌어. 세번은 안 되겠네."

했으나, 여편네는 돈이 아까워서

"여보, 잠깐 고통을 참으면 여러날 편히 배불릴 수 있잖우. 당신이나 나나 얼마나 좋겠우? 돈이 천행으로 굴러온 걸 당신은 왜 굳이 마다허우?"

하고 술과 고기를 마련해서 대접하였다. 사내는 취해서 자기 볼기를 쓰다듬고 허허 웃었다.

"옳거니."

하고 나가서 다시 곤장을 맞다가 그대로 즉사하고 말았다. 그후 여편네는 이웃의 미움을 사서 구걸도 못 하고 길에 쓰러져 죽었다.

슬프다! 이 두 이야기는 족히 세상에 경계가 될 것이다.

● **작품 해설**

성대중의 『청성잡기』에서 뽑았다.

『흥부전』을 보면 흥부가 굶주림에 견디다 못해 병영으로 매품을 팔러 가는 장면이 나오는데, 이 작품은 매품팔이를 아주 업으로 해서 살아가는 이색적인 하층민의 생활을 그린 것이다. 안주의 매품팔이 이야기와 서울의 매품팔이 이야기의 두가지 에피소드로 한편이 구성되어 있다. 볼기로 매품을 팔아서 하루하루 연명해야 하는 눈물겨운 정경임에도 해학적인 감각으로 그려져서 웃음을 자아낸다.

광산촌礦山村

    강계 땅은 은광이 흥성하여 사람들이 사방에서 운집했다. 집이 산꼭대기까지 올라갔는데 대개 떠돌이 무뢰한들이다.

    그들은 머리를 모으고 눈독을 들여 오로지 광산 입구만을 노리고 있었다. 거기에는 지키는 사람이 있고 항상 굳게 닫혀 있었다. 어쩌다 입구가 조금 열렸다 하면 엿보던 놈이 재빨리 몸을 던져 입구를 뚫고 들어간다. 굴은 깊이를 헤아릴 수 없는데, 진흙과 돌이 정수리에 떨어져서 죽거나 다치거나 해도 돌보지 않고 굴 안으로 들어온 것만 천행으로 여겼다.

    굴을 따라 뱀처럼 기어 은을 캐내는 장소에 다다른다. 커다란 은덩이가 망치에 맞아 쪼개진다. 그자는 날쌔게 은 한 덩이를 끌어안고 죽어도 놓지 않는다. 욕설과 채찍을 엿처럼 달게 여긴다. 지키는 사람도 어찌할 도리가 없어 먹고 떨어지라고 밀어내고 만다.

    그자는 은덩이를 끌어안고 굴 밖으로 나오자 비로소 하늘을 쳐다보고 후유, 한숨을 내쉰다. 이때 돈을 가진 자들이 득달같이 덤벼들어 흥정이 벌어진다. 각다귀처럼 값을 다투느라 험한 말이 오가는데, 개돼지 등이 들어간 욕설이 입에서 떠나지를 않는다. 그자는 마침내 돈으로 바꿔 들고 돌아간다. 이제 아주 의기양양하여 사방을 둘러보며 으스댄다.

"히히, 이 몸이 일개 거지로서 백냥을 손에 쥘 줄 누가 알았으랴!"

길을 따라서 노래를 높이 부르며 걸어가는데, 사방에서 달라붙은 무리들이 소매를 붙들고 늘어진다. 이 통에 돈은 열에 두셋은 달아난다. 그자의 계집 역시 제 서방이 노래를 흥얼거리며 돌아오는 소리를 듣고 벌써 벌이가 생긴 줄을 알아차리고 부산하게 문밖으로 뛰어나와 환영하는데 마치 장원급제한 사위를 맞이하듯 한다. 그자는 짐짓 느릿느릿 걸어오며 거드름 피우는 소리로 욕지거리를 한다.

"요년, 어떤 놈과 서방질을 하다 이제야 문을 여니? 내 돈 봐라. 내가 진짜 네 낭군이다."

계집 역시 성깔을 내지 않고 함께 거드름을 피우는 기색으로 남들을 둘러본다. 술과 고기를 재촉해다가 떼거리들을 불러놓고 마구 먹어치우는 것이다. 그리고 포목을 바꿔다가 의복까지 새로 하고 보면 열흘이 못 가서 돈은 바닥이 난다.

이제 또 전과 같이 구걸을 나선다. 헌 누더기에 머리털이 더부룩해가지고 날마다 광구를 엿보고 있다. 문지기가 욕설을 퍼부으며 몰아내면 그자는 굽신굽신 "잘 봐줍쇼." 하고 떠나지를 않는다. 심지어 여자를 내놓아 몸을 팔아 밥을 먹기도 한다고 한다.

어떤 손이 이 일을 이야기하기에 한번 웃고 여기 적어둔다.

평하는 말: 추악한 모습을 잘 그렸는데 필력 또한 기발하고 강건하다. 아! 내가 생각건대 의관을 그럴듯이 차리고 발을 거만하게 옮기며 말을 공교하게 하는 자들 중에 광구를 노리던 자가 하루아침에 얼굴을 뒤바꾼 사례도 있지 않을까.

●**작품 해설**

앞의 「매품」과 함께 성대중의 작으로, 역시 『청성잡기』에 실린 것이다. 평안
도 강계의 은광촌에서 취재한 작품.

주로 금과 은을 채취하는 광산업이 이조 후기로 들어와서 제법 활기를 띠기
시작하였다. 특히 평안도 지방이 그러하였다. 이에 농촌에서 밀려난 인구의 일
부가 광산노동자로 흡수될 수 있었는데, 유민이 많이 밀려들면서 일자리를 얻
지 못한 유휴인구 또한 적지 않았다. 이 작품은 바로 그런 룸펜에 속해서 무뢰
한으로 전락한 인간을 그린 것이다. 룸펜들은 빈곤과 기아에 쫓긴 나머지 완전
히 생활의 질서를 잃어버리고 광구로 뛰어들어가 은을 훔쳐내는 무법자의 행
동양태를 보여주고 있다.

고래鯨

    산골에 사는 한 농군이 짚신도 삼고 땔나무도 해서 장에 내다 팔아 돈 푼이나 얻어 썼다. 짚신값은 4, 5푼이고 땔나무 한짐은 2, 3전, 다 합해서 잘하면 4, 5전 혹은 5, 6전이 된다. 이것으로 양식을 팔아서 근근이 살아가는 것이다.

    어느날 그 이웃 사람이 기러기 한마리를 잡아 장에 가서 돈 2냥을 벌었다는 말을 듣고 아주 부러워한 나머지

    "그물을 만들어 갯벌에 쳐야겠다. 기러기 수천마리를 잡으면 나는 금방 부자가 될 터이지."

    하고 새 그물을 떴다. 그 처가 옆에서

    "신 삼고 나무해다가 장에 팔아 잘 살아가는 처지로, 웬 분수에 넘치는 생각을 허우?"

    하였으나, 그는 들은 척 않고 새 그물을 크게 뜨는 것이었다.

    갯벌에 그물을 널따랗게 쳤다. 그물 끈을 자기 허리에 동여매고 숨어서 기러기가 걸려들기만 바라고 있었다. 때마침 기러기떼 수천마리가 갯벌에 내려앉았다. 농군이 벌떡 일어나서 큰 소리로 기러기를 쫓았다.

기러기떼 수천마리가 일시에 놀라서 날아갔다. 그물에 걸려든 기러기가 그 수를 셀 수 없을 만큼 많았다. 기러기떼가 날아서 점점 하늘로 올라가자 그의 몸뚱이도 점점 공중으로 떠올랐다. 기러기떼에 끌려서 그의 몸은 공중으로 떠간 것이다.

"기러기들아, 너희들이 아무리 높이 날아도 나에게 잡히고 말걸. 허허, 신난다! 돈이 얼마나 될까?"

기러기떼는 넓은 바다로 날아가서 내려앉았다. 그의 몸이 바다에 퐁 떨어졌다. 그때 고래 한마리가 물을 쑥 들이켜는 바람에 그 또한 고래 배 속으로 빨려들고 말았다.

농군이 담뱃대에 불을 붙이면서 보니 사면이 온통 고기가 아닌가. 우선 칼로 고기를 싹둑 도려내어 불에 구워 먹었다. 마침내 고래는 죽어버렸다. 바닷물이 죽은 고래를 해변으로 밀어냈다.

바닷가 사람들이 고래가 떠밀려온 것을 발견하고 저마다 칼과 도끼를 들고나와서 타작을 하였다. 칼질 소리가 점차 가까이 들렸다. 그가 고래의 똥구멍 위에 앉아 있는 것을 사람들이 발견하였다. 마치 사람이 동산 위에 앉아 있는 것 같았다.

"왜 남의 고래를 함부로 손대느냐?"

그가 외치는 소리였다. 모두들 어리둥절하여

"저놈 봐. 저게 웬 미친놈야?"

하는데, 그는 땅에 내려와서 또 소리쳤다.

"내 고래에 손대고 말고 간에 아무튼 내 기러기들은 모두 어디 갔느냐?"

이는 허무맹랑한 이야기이지만 참으로 우스운 일이다.

●**작품 해설**

　『별본別本 청구야담』에 실린 것이다. 원래는 제목이 붙어 있지 않았는데 새로
'고래[鯨]'라 달았다.

　민담에서 온 이야기로, 산골의 한 우직한 농군이 돈을 많이 벌어보려고 나섰
다가 겪게 되는 모험을 그린 것. 그의 모험은 그물에 걸린 기러기떼에 이끌려
몸이 공중을 붕 떠가는가 하면 고래 배 속에도 들어갔다 나오는 허풍담이다. 가
장 유치한 이야기에다 문장 표현마저 짝없이 졸박해서 오히려 서민적인 감각
이 생생하게 느껴진다.

허풍당虛風堂

청나라 건륭황제[1]가 등극한 첫해에 천하의 신승神僧을 구하려고 산동성山東省에서 스님들의 대회를 열었다.

우리 조선의 개성 어느 절에 허풍당虛風堂이라는 이름의 스님이 있었는데 사람들이 모두 광인처럼 생각하였다. 허풍당이 어느날 여러 중들에게 말하는 것이었다.

"내 들으니 건륭황제가 신승을 찾는다더라. 내 장차 중원에 들어가서 참석하겠다."

아무도 그의 말을 믿지 않고 미친 소리로 생각했다.

허풍당은 상좌승 하나를 데리고 행구를 차려가지고 기어이 인천길로 향해 떠났다. 중들이 모두 눈짓해 웃으면서 말했다.

"중원을 가자면 서북쪽으로 가야 하는데 인천길로 가다니 정말 미친 스님인걸."

허풍당은 들은 척 않고 떠나서 인천 해변에 다다랐다. 석장錫杖을 던

---

1 건륭황제乾隆皇帝(1736~95) 청나라 제6대 황제인 고종.

지자 넓은 바다가 홀연 조그만 개천 같지 않은가. 상좌중이 깜짝 놀라 말했다.

"소자가 이제야 비로소 신통하신 스님이신 줄 알겠나이다."

허풍당이 제자와 함께 그곳으로 건넜다. 그리고 나서 석장을 들자 도로 가없이 망망한 바다가 되었다.

산동성에 다다랐다. 천하의 많은 스님들이 구름처럼 모여서 신승이 나타나기를 기다렸으나 끝내 형적도 보이지 않아 모두들 근심하고 있었다. 허풍당이 그 석상에 들어가서 절하고 말했다.

"소승은 해동의 송도 아무 절의 중입니다. 들건대 귀국의 신승들이 운집하였다니 다행히 말석에 참여하게 됨을 바라옵니다."

여러 스님들이 자리에서 내려와 허풍당을 맞이했다.

"아무 날이 황제께서 임석하시는 날입니다. 아직 신승이 도착하지 않아 크게 근심하던 차에 이렇게 스님께서 왕림하셨으니, 이런 다행이 없군요."

허풍당은 사양해 마지않았다.

과연 황제가 임석하는 날 잔치를 차렸다. 구름은 공중의 차일이 되어 연석을 구름 사이에 설치하고 향기로운 연기가 둘레를 싸고돌았다. 이 날 황제가 왕림하자 여러 스님들이 엎드려 영접했다. 허풍당은 스님들 앞에 서서 황제께 절하고 아뢰었다.

"천하 신승이 운집하였사옵니다. 황제께오서 왕림하시오매 황송하고 감격하여 배알하나이다."

황제가 여러 스님들을 둘러보니 모두들 오색의 금란가사[2]를 입었는

---

2 금란가사錦欄袈裟 승려가 입는 화려한 장삼을 뜻함.

데, 저마다 상서로운 채색이 감돌았고 두 어깨 위에 각각 부처님이 있어 연화대[3] 위에 앉아 염불하는 형상이 참으로 가관이라, 이루 말로 그려 낼 수 없었다. 황제의 눈에 거룩하게 보여서 여러 스님들에게 상을 하사 하고 대궐로 돌아갔다.

허풍당은 여러 스님들에게

"소승은 이제 돌아가겠습니다."

하고 작별을 고했다. 여러 스님들이 나누어 받은 물건들을 많이 선사 하는 것이었다. 허풍당은 자루 하나를 꺼내서 그것들을 담았다. 자루 속 에 물건이 한없이 들어가 넣고 넣어도 여전해서 얼마나 더 들어갈지 알 수 없었다.

허풍당은 행장을 차리고 상좌승을 데리고 다시 해변에 닿았다. 석장 을 던지매 먼저처럼 바다가 변해서 작은 개천이 되어, 개천을 건너니 곧 인천이었다.

본절에 돌아가자 여러 동료 중들이 모두 눈짓하며 비웃었다.

"엊그제 중국에 간다던 사람이 과연 빨리도 돌아왔구먼."

상좌승이 가만히 그들에게 눈짓을 하고 겪은 일을 쭉 이야기해서 모 두들 허풍당이 비로소 신승인 줄을 알게 되었다.

허풍당이 웃으며 가져온 자루를 꺼내 보이며

"여러 스님들, 중국의 귀한 물건을 보고 싶지들 않은가?"

하고서 손으로 연방 자루 속의 물건을 꺼냈다. 여러 중들에게 물건을 나누어주는데 종일토록 떨어지지 않았다. 여러 중들이 모두 놀라워하 며 말했다.

---

3 연화대蓮花臺 부처를 앉힌 자리. 연꽃을 새겨놓았다.

"조그만 자루 하나에 든 물건이 종일토록 꺼내 나누어줘도 떨어지지 않다니, 이건 참으로 신이한 일이로다!"

허풍당은 물건을 다 나누어준 다음 여러 중들과 작별하고 손에 석장을 들고 표연히 떠났다. 발걸음을 몇발자국 옮기지 않아 종적도 보이지 않았다.

●**작품 해설**

역시 『별본 청구야담』에서 뽑았다. 제목은 원래 없었는데 새로 주인공의 별
호를 따서 '허풍당虛風堂'이라고 붙였다.

허풍당이라는 스님이 중국에 건너가 중들의 대집회에 참석, 그 대표격이 되
어 임석한 황제의 눈에 모인 중들이 모두 신승처럼 보이도록 조화를 부리고 돌
아왔다는 줄거리.

전후 이야기가 모두 기적담처럼 되어 있지만 종교적인 성격의 것이 아니고
오히려 허풍에 속하는 내용이다. 여기서 민중이 상상해낸 한 기걸한 타입의 인
간을 만나게 된다.

해승 諧乘

장비를 가탁하다 假託張飛

어떤 사람이 고담을 잘했다. 동네 양반이 매일 그를 불러다 고담을 시키는데, 혹시 하지 않으려 하면 당장 볼기에 불이 났다. 적잖이 괴로운 노릇이었다.

어느날 양반이 또 그를 불렀다. 그는 민망히 여겨

"오늘은 정말 이야기가 다 떨어졌습니다."

하고 빼어보았으나, 양반이 성을 내어 볼기를 치려 하므로 얼른 고담을 꺼내었다.

옛적 삼국 시절에 한나라 장수 장비張飛가 마초馬超와 싸우는데, 장비가 말을 타고 달려나와서 고함쳐 마초를 부릅니다.

"이놈 마초야, 탁군涿郡의 장비를 모르느냐?"

마초도 말이 떨어지기가 바쁘게 말을 달려나와 외쳤습니다.

"나는 당대의 양반이다. 복파장군伏波將軍 마원馬援의 손자요 서량 태수西涼太守 마등馬騰의 아들이니 대대로 한나라 공후公候로서 또한 지모와 용맹이 천하에 울렸거니와, 너야 한껏 소 잡고 돼지 잡고 칼질해서 고기나 파는 장바닥의 백정놈이 아니냐? 내 어찌 네깟놈을 알겠느냐?"

이에 장비는 분기가 탱천해서 고리눈을 부릅뜨고 수염을 거스르고 연방 삿대질에 주먹을 내지르며 욕을 해댑니다.

"너희 양반 에미 ×을 가지고 하면 천생 좀양반이 나온다."

이렇게 그 사람은 장비 모양으로 연방 두 주먹을 들었다 놓았다 하며 면전에서 양반을 무한히 능욕하는 것이었다. 양반은 난처함을 견디다 못해 머리를 절레절레 흔들고 손을 내저으며

"그만둬라, 그만둬."

하였다.

환곡還穀

용인의 서촌[1]에 한 거짓말쟁이가 있었다. 그가 바지게를 지고 한 향반鄕班의 앞을 지나가려니 향반이 그를 불러세웠다.

"여봐라, 나를 위해 거짓말 한 자루 하고 가거라."

"샌님, 말도 맙쇼. 거짓부렁이나 흰소리는 다 한가로울 때 일 아닌갑쇼? 시방 환자 타러 가느라 바쁜데 어느 겨를에 그럴 정신이 있겠습니까요?"

"환곡은 접때 타오지 않았더냐? 무슨 환곡을 또 준다더냐?"

"샌님은 여태 것도 모르구 계신갑쇼? 원님이 마침 상경할 일이 있기

---

1 서촌西村 현재 경기도 용인시 처인구 이동면에 있던 마을.

로 다음번 환자를 미리 나눠준다고 아까 면임面任이 와서 타가라고 외고 다니더군입쇼."

향반은 부리나케 집의 하인을 시켜 환자를 타러 보냈다. 하인이 창고 앞으로 가보니 냉랭했다. 애초 창고 문을 열지도 않고 있었다. 읍내 사람에게 물어보니

"환자도 줄 때가 있지, 그래 한달에 열번 줄까보냐?"

하고 면박을 주어서 하인은 그냥 돌아오고 말았다.

향반이 하인이 돌아와 아뢰는 말을 듣고 거짓말쟁이를 불러 허언한 것을 책망하자,

"일껏 거짓말을 해보라 시키시고 그래 거짓말을 안 들으시겠습니까요?"

하고 거짓말쟁이는 해해 웃었다.

신주神主

한 샌님이 이사를 가는데 빈한하기 때문에 신주를 따로 싣지 못하고 품속에 안고 갔다. 한 할멈이 샌님의 뒤를 따라오면서 불렀다.

"샌님, 샌님, 남의 강아지는 내놓고 가셔야지요."

샌님은 들은 척도 않고 그냥 갔다. 할멈이 뒤를 따라와서 와락 양반의 옷자락을 붙잡았다.

"남의 강아지를 왜 훔쳐가셔요?"

"어허, 양반이 너의 강아지를 훔쳐가겠느냐? 이 옷자락을 놓아라."

"이 강아지는 쉰네네 단 한마리 있는 것입죠. 내놓구 가셔야 합니다."

샌님은 괴로움을 견디지 못하여 품속에서 불쑥 신주를 꺼내며 소리쳤다.

"이게 너의 강아지로 보이느냐, 너의 강아지로 보여?"

"안고 가시는 모양이 꼭 강아지 같아 그랬습죠. 언짢게 생각 마셔요."

개양반狗兩班

소금장수가 함경도의 산골 마을을 지나갔다. 머리에 개가죽 모자를 쓰고 몸에 개가죽 옷을 입은 양반이 소금장수를 불러세우더니 불호령이 떨어졌다.

"너는 웬 놈인데 양반을 보고도 절을 하지 않느냐?"

"가까이 가지들 않아서 미처 알아뵙지 못했습죠. 너그러이 용서해 줍쇼."

개가죽 양반이 계속 야단야단치는데 소금장수는 속에서 분통이 터졌다.

그때 마침 개 한마리가 컹컹 짖으며 문밖으로 내달았다. 소금장수는 개를 보고 황망히 코가 땅에 닿게 절을 하는 것이었다. 개가죽 양반이 어리둥절해서 물었다.

"아니, 웬일로 개에게 절을 하느냐?"

"저이도 머리에서 발끝까지 개가죽을 쓰셨는데 샌님댁 자제도령님이 아니오니까?"

도적 양반盜賊兩班

도둑놈이 어떤 집에 들어가 몰래 대청마루 밑에 엎드려 있었다. 그 집 주인이 알고서 장대로 마루 밑을 쑤셔댔다.

"어허, 장난이 너무 지나치다. 잘못하다 내 눈 다친다."

도둑놈의 말이었다.

"내가 언제 도둑놈하고 장난친다더냐?"

주인이 이러고 있을 때 도둑놈이 뛰쳐나와 달아나면서 내뱉는 말이었다.

"나는 양반이다. 나를 어찌 '도적양반'이라 부르지 않고 함부로 '도둑놈'이라 하느냐? 네 집 물건을 훔치지 않았으니 나는 죄지은 바 없다. 너는 상놈으로 양반을 능욕한 벌을 마땅히 받아야 할 것이다."

우학牛學

한 샌님댁 하인이 시키는 일을 잘 하려 들지 않아서 책망을 하면 그놈이 혼자 구시렁거렸다.

"제길, 편히 앉아서 만날 글이나 읽으시는 샌님이 이놈이 이렇게 고생허는 사정을 아시나."

샌님이 듣고는

"그럼 네가 글을 읽어라. 내가 대신 일을 하겠다."

하고, 그 하인에게 망건을 씌우고 버선에 행전을 치게 하고 책상 앞에 꿇어앉혔다. 그리고 『맹자』를 읽히는데, 하인은 두통·각통이 일어나고 게다가 구역질까지 나와서 한시도 견뎌낼 수 없는 일이었다. 급기야는 샌님에게 빌었다.

"샌님, 일하기보담 글 읽기가 훨씬 더 어렵네요. 이담부턴 시키는 일을 잘할게요."

"양반의 일이란 보기는 편할 듯하지만 실은 대단히 어려우니라."

"정말 그렇구면요."

그후 그 하인이 소를 몰고 밭을 갈 적에 소가 쟁기질을 잘 못하면

"이놈의 소, 말 안 들으면 당장 책상 앞에 꿇어앉히고 『맹자』를 가르

칠라."

하고 소를 꾸짖었다.

종이 대신 과거 보러 가다 奴替科行

어떤 시골 선비가 식년式年을 당해서 과거시험 보러 갈 일을 한걱정
하고 있었다. 이에 종놈이 물었다.

"서방님, 무얼 그리 근심하셔유?"

"가난하고 구차한 양반이 또 과거 볼 때를 당하니 어찌 근심이 안 되
겠느냐?"

"매번 과거만 닥치면 서방님 행차하시느라 노마奴馬에 비용이 적지
않은데 어려운 가세로 마련이 극난하구말굽쇼. 금년 과장에는 쇤네가
대신 가기로 합지유. 명지[2]와 노비만 들 터이고 기타 비용이야 크게 절
감될 것이 아닙니까유?"

"예끼 이놈, 네라서 양반이 하는 일을 한단 말이냐?"

"시지를 다리 밑으로 던지는 일쯤이야 쇤네라구 왜 못 합니까?"

의왕 擬王

한 음관蔭官이 변방의 고을 한자리를 얻어 하였다. 달이 밝고 바람이
시원한 밤에 동헌에 앉아서 성문을 닫는 시각에 고각鼓角 소리가 들렸
다. 원님은 연방

"어허 좋다, 좋아!"

하면서 어깨를 들먹이니 기생이며 통인들이 속으로 웃으며 넌지시

---

2 명지名紙 과거시험 답안 용지. 시지試紙.

흥을 돋우어주었다.

"자고로 이르기를 원님은 왕에 견주어 제도를 감해서 쓴다 하였다
지요."

"나는 그만 못한 줄 모르겠다."

하고 원님은 더욱 어깨춤을 추어댔다.

가난한 손님貧客

한 부자가 글줄이나 보고 시와 글씨도 잘하여 항상 콧대를 세워 사람
보기를 초개와 같이 여겼다.

추운 겨울날 홑옷을 입은 가난한 객이 찾아왔다. 무엇을 좀 얻어갈
까 함이었다. 주객 간에 몇마디 수인사를 하고 객은 옆으로 물러앉아 있
었다.

그때 두세 바리의 짐짝이 들어왔다. 주인이 객을 돌아보고 말했다.

"이보, 이걸 좀 다락에 올려주우."

객은 힘이 부쳐서 못 들어 올리겠다고 거절하였다. 부자는 쯧쯧 혀를
차면서 자신이 옷을 벗어부치고 짐짝을 벽장에 올리는 것이었다. 그리
고 장부를 객 앞에 내밀었다.

"이보, 여기다 '은자 몇백냥 모씨 집에서 들어오다.'라 쓰우."

"나는 글자를 쓸 줄 모루."

객이 거절하자 주인은 매우 못마땅한 표정을 지으며 눈을 흘겼다.

"이러구서야 곤궁한 걸 가지고 누굴 원망하며 무얼 탓하겠소? 도대
체 능한 게 뭐요?"

"내가 능한 게 딱 한가지 있다오. 알고 싶소?"

객은 두 다리를 뻗어 주인의 가슴에 일격을 가하고 다시 두 손을 들어

주인의 볼따귀를 연타하였다.

이 말을 듣고 모두들 상쾌하게 여겼다.

춘동지春同知

시골놈 오막돌은 촌구석에서 살았지만 집이 부유하여 돈이 많았다. 범을 잡은 것으로 당상관 직함을 얻고 흉년에 곡식을 바쳐 가선대부嘉善大夫의 이름을 얻어서, 귀밑에 금관자를 붙이고 처신을 제법 점잖게 하였다.

가까운 이웃 마을에 가난한 양반이 많이 있었다. 이 진짜 양반들은 춘궁기의 궁핍한 때면 오막돌의 집 대문 앞에서 "오동지." 하고 찾아 양식을 빌려간다거나 돈을 꾸어가고는 했다. 그러다가 추수를 하여 집에 양식이 있어 오동지에게 아쉬운 소리를 할 필요가 없어지면 이들 가난한 양반들은 언필칭 "이웃놈 오막돌이." 하고 수작하는 것이었다.

다른 사람들도 모두 봄에는 오동지, 가을에는 오막돌이라고 부르게 되었다.

갓장이冠工

갓장이 총각이 임금의 관을 만들었더니 옥체에 맞지 않았다. 즉시 퇴하며

"다시 만들어 오너라."

했다. 갓장이는 관을 받아서 떡 머리에 쓰고 나가는 것이었다. 승지가 노하여 갓장이를 불러 꾸짖는다.

"이 관은 곧 옥체에 쓰시는 관이다. 네 감히 지중한 관을 쓰다니?"

갓장이가 둘러댔다.

"이건 쓴 것이 아닙지요. 이 관은 지중하고도 특별한 것이라, 끼고 감도 불가하고 지고 감도 불가하고 안고 감도 불가하오며 오직 머리에 이고 가지 않을 수 없는데, 모로 이겠습니까, 거꾸로 이겠습니까? 부득이 바로 일밖에 없습니다. 바로 이고 본즉 자연 쓰게 된 것이지, 고의로 쓴 것이 아니옵지요."

승지도 웃으며 "좋다." 했다.

평등지도平等之道

한 익살꾼이 의원 노릇 하는 사람을 골려주려고 의원을 대해서 이야기를 꺼냈다.

옛날 지옥에 기생·도둑놈·의원, 이렇게 셋이 잡혀갔다지요. 염라대왕님이 먼저 기생에게 묻습니다.

"너는 세상에서 무슨 일을 하였던고?"

"소인은 치장을 곱게 하고서 놀기 좋아하고 돈 잘 쓰는 공자·왕손들을 앞문으로 맞아들이고 뒷문으로 내보내며 웃음과 고움을 팔아서 돈을 벌어 살아왔지요."

"해롭지 않았느니라. 사람을 즐겁게 하였으니 마땅히 낙토에 가서 환생할지라."

다음은 도둑놈에게 물었습니다.

"너는 무엇을 하였더냐?"

"소인은 부호의 재물을 훔쳐다가 쓰고 남으면 빈곤한 사람들을 도왔습니다."

"너 역시 해롭지 않았구나. 평등지도平等之道를 행하였으니 마땅히 낙토에 가서 환생할지라."

이번에는 의원의 차례였습니다.

"너는 무엇을 하였더냐?"

"예, 소인은 우수마발[3]이며 떨어진 북의 가죽 등을 모두 비축해두고 백병을 치료하고 그 보수를 받아 살아왔습니다."

이에 염라대왕은 대로했습니다.

"과연 근래 사자를 내보내면 거역하는 자들이 부쩍 늘어서 의심스럽더니, 저 늙은것이 훼방을 놀았구나."

그러더니 곧 큰칼에 차꼬를 채워 풍도[4]로 압송하라고 명하는 것이었습니다.

의원이 기생과 도둑놈을 돌아보고

"우리 집에 가서 말을 좀 전해다오. 이후로 내 처는 기생질이나 배우고 자식은 도둑질이나 배워서 지옥의 고행을 면하도록 하는 것이 옳으니라."

하였답니다.

삼엽전三葉傳

서울에 주오朱五와 김삼金三이란 파락호가 있었다. 주오가 김삼에게 말했다.

"우리가 나이 마흔이 가까운데 아직 직업이 없으니 실로 남 보기 부끄럽네. 우리도 한번 술장사를 해보세. 우리 사이에도 서로 외상을 주지 말기로 맹세하고 돈이 늘어나는 양을 보는 것이 어떤가?"

---

3 우수마발牛溲馬渤 쇠오줌과 말똥. 온갖 물건이라는 의미.
4 풍도酆都 불교에서 말하는 지옥.

"좋지."

이에 두 사람이 술 한 항아리를 받아가지고 상의하기를

"번잡한 곳은 술장사도 필시 조용하지 못하겠지. 조용한 곳을 찾아가 야겠어."

하고 북악산北岳山으로 올라갔다. 술을 팔아줄 사람은 하나도 없었다. 김삼이

"마침 여기 세푼이 있다."

하더니 돈을 주오에게 건네주고 한 잔을 쭉 들이켰다.

주오도 그 돈을 김삼에게 건네주고 나서 한 잔을 받아 마셨다. 서로 돈과 술잔을 주거니 받거니 하여 석양에 이르렀다. 주오가

"자네나 나나 외상은 하나도 주지 않고 술도 다 나갔는데 돈은 고작 세푼밖에 없구나. 우리 돈을 어느 놈이 훔쳐갔을까?"

하며 술항아리를 던져 깨뜨려버리고 곤드레가 되어서 돌아왔다.

옹기장수 셈법甕算

옹기장수가 옹기 한짐을 지고 가다가 나무 밑에 쉬면서 속으로 셈을 하는 것이었다.

'한푼 준 것은 두푼을 받고 두푼 준 것은 네푼을 받고 일전 준 것은 이 전을 받으면, 한짐이 두짐 되고 두짐이 넉짐 되고 한냥이 두냥이 될 것 이요 두냥이 넉냥이 될 것이다. 차차 배로 늘려가면 마침내 만억조에 이 를 것이라.'

이어서

"재산이 이만하면 장부가 세상에 처하매 어찌 처가 없을쏘냐? 처가 있으매 어찌 집이 없을쏘냐? 집이 있으매 어찌 기물이 없을쏘냐? 이러

한 연후에 일처 일첩은 남아로서 으레 거느려야 할 터이지. 처첩을 거느린 후에 만약 서로 다투는 일이 있어봐라. 마땅히 이렇게 때려줘야 할 것이다."

하고 지겟작대기를 뽑아서 옹기를 마구 두들겼다. 그러고 나서 앉아 생각해보니 너무도 어이없는 일이었다. 비단 옹기만 죄다 깨뜨린 것이 아니고 지게까지 부서져 있었다. 옆에 서푼짜리 동이가 한개 굴러 있을 뿐이었다.

그 동이를 주워들고 다시 길을 가다가 소낙비를 만났다. 대장간 안으로 들어가서 비를 피하고 있다가 다시 셈을 시작하였다.

"이 서푼짜리로 여섯푼을 받고 여섯푼으로 그릇 둘을 사가지고 일전 이푼을 받고……. 차차 배를 남겨가면 그 수량을 다 헤아릴 수 없겠지."

이에 머리를 흔들고 기분을 내다가 대장간 벽에 부딪혀 그 옹기마저 깨뜨리고 말았다.

장풍운전張風雲傳

광대들이 놀이를 벌이자 남녀 구경꾼들이 우 몰려들어 구경했다. 그중 어떤 사람이 유난히 높은 자리에 앉았는데, 의관이 호사스럽고 용모도 관옥같이 준수한 품이 만좌중에 우뚝해 보였다. 실로 일세의 기남자인가 싶었다. 모두들 흠모하여 가장 우러러보고 감히 옆에 가서 말을 붙여볼 엄두도 못 가졌다.

그 사람은 모두들 자기를 우러러보는 줄 알고 "에헴!" 큰기침을 한번 하고는 광대놀음을 가리키면서 말한다.

"옛날에도 이러한 일이 있었으렷다."

만좌가 바야흐로 존경해 마지않던 차에 이런 말을 듣자 모두 반겨 장

차 주옥같은 말씀이 나오려니 기대하며 이구동성으로

"그 고사를 들어볼 수 없겠습니까?"

하자, 그 사람은 배를 헤치고 부채를 흔들며 말을 시작했다.

"옛적에 장풍운[5]이······."

이야기가 끝나기도 전에 모두들 손을 내젓고

"잘못 봤구먼, 잘못 봤어."

하며 돌아서는 것이었다.

소설책小說冊

한 며느리가 아들을 낳았는데 아기가 밤낮 잠도 안 자고 앵앵 울음을 그치지 않았다. 며느리는 소설책 한권을 들고 와서 아기의 눈앞에 펴 보이는 것이었다. 시어머니가 눈을 둥그렇게 뜨고 왜 그러느냐고 물었다.

"아범은 어느 때나 잠이 안 오다가도 소설책만 펴 들면 이내 잠이 들데요."

"원, 너두. 아범은 뜻을 알고 보니 재미가 나서 그렇지만 어린것이 무엇을 좋아하겠니?"

그런데 이윽고 아기가 잠이 들었다.

"노인이 괜히 사리도 모르구서."

하고 며느리가 속으로 말했다.

---

5 장풍운張風雲 소설 「장풍운전張風雲傳」의 주인공. 그가 한때 집을 잃고 광대를 따라 다닌 것으로 되어 있다.

17자 시十七字詩

가뭄이 아주 심했다. 원님이 기우제를 지내는데 재숙[6]하는 곳이 마침 기생의 집에서 멀지 않은 곳이었다. 한 선비가 마음에 심히 불쾌하여 시를 지어서 기롱하였다.

> 원님이 몸소 기우제를 지내시니太守親祈雨
> 정성이 백성의 뼛골에 사무치도다精誠貫人骨
> 밤들어 창문을 밀치고 내다보니夜半推窓看
> 명월이로다.明月

원님이 듣고 노하였다. 즉시 그 선비를 잡아다가 매질을 했더니 또 시를 읊었다.

> 시 17자를 지었다가作詩十七字
> 매 28대를 맞았노라.受答二十八
> 만약 만언의 소疏를 지었다면若作萬言疏
> 필살일러라.必殺

원님이 듣고 선비가 더욱 미워 즉시 감영에 보고하고 그를 귀양 보냈다.

귀양을 떠나는 날 외삼촌이 술과 안주를 들고나와서 전송을 하였다. 외삼촌은 본래 애꾸눈이었다. 선비는 또 시를 지었다.

---

6 재숙齋宿 재를 지내는 전야에 현장에 가서 몸을 깨끗이 하고 밤을 보내는 것.

석양의 단풍 든 길에斜日楓岸路

나를 보내시는 외삼촌의 마음이여舅氏送我情

서로 드리운 이별의 눈물은相垂離別淚

석줄일러라.三行

대개 외삼촌의 눈물이 두 줄기가 아님을 들어서 읊은 것이다.

고가高歌

유심[7] 참판이 딸의 혼처를 정해서 혼사 치를 마련으로 안채 다락 위
에 모두 풍성하게 해두었다. 다락 가운데는 큰 항아리에 좋은 술이 그득
했다.

어느날 유참판이 마침 안에서 자는데 귓가에서 노랫소리가 들리는
것 같았다. 자세히 들어보니 다락 위에서 나는 소리다. 유참판은 깜짝
놀라 급히 여종을 깨워서 촛불을 밝히고 여러 하인들을 불러 다락에 올
라가보게 하였다. 웬 커다란 놈이 더부룩한 머리, 벌건 얼굴로 취해서
옷보에 기대어 있지 않은가. 한 손에 표주박을 들고 다른 한 손으로 넓
적다리를 치며 사람들을 어릿한 눈으로 흘겨보면서 노래를 부르는 것
이었다.

모래밭에 기러기 내리고

---

7 유심柳淰(1608~67) 본관은 전주. 자는 징보澄甫, 호는 도계道溪. 유영경柳永慶의 증
손이며, 아버지는 선조의 부마이다. 벼슬은 경상도·평안도의 관찰사를 거쳐 예조참
판에 이르렀다.

강가 마을에 해 다 저무는데

고깃배 돌아오고

백구가 잠들 적에

어디에 일성장적一聲長笛이

취한 꿈을 깨우느뇨.

　만조慢調의 가락이 시원스럽게 퍼져 대들보가 흔들릴 것 같았다. 노래를 계속 뽑아내며 도무지 사람을 아랑곳하지 않았다. 집안의 상하가 모두들 경악하지 않을 수 없었다. 그자를 결박지어 다락 창문으로 던져 마당 가운데 두었다. 만취해서 곤드레가 되어 누구인가 물어도 대답이 없었다. 아침에 보니 멀지 않은 곳에 사는 상민으로 본디 좋지 못한 자였다. 유참판은 웃으며

　"이 사람은 도둑 중에 호걸이로구나."

　하고 결박을 풀어서 쫓아 보냈다.

●작품 해설

18편의 짤막짤막한 소화笑話를 뽑아서 '해승譜乘'이라는 제목으로 묶었다. 『파수록破睡錄』『어수신화』『성수패설』『진담록陳談錄』 등 『고금소총古今笑叢』에 실린 여러 종류 중에서 뽑아낸 것이다.

대개 서민의 처지에서 서민적 감각으로 엮인 것들이다. 편편이 인생의 어느한 순간을 포착해서 경쾌한 웃음을 자아내는 재치를 보여준다. 그러나 그냥 한번 웃고 말 것이 아니고 그 웃음 속에 사회의 일면을 꼬집는 의미가 담겨 있거나 웃음 다음에 인생에 대해서 무언가 생각게 하는 내용이다. 편마다 독립된 것이므로 물론 이야기가 구구각각이지만 한데 묶일 수 있는 공통된 성격을 갖고 있다. 일반 한문단편과 같은 서사적인 전개를 여기서는 찾아볼 수가 없다. 인생의 어떤 순간적인 국면을 재치 있게 포착해서 웃음을 유발하는 단형의 산문 양식의 하나인 것이다.

각 편의 원제와 출전은 이 책의 제4권 원문편에 밝혀져 있다.

별집
··

연암소설

작자 미상 「후원아집도後園雅集圖」(국립중앙박물관 소장)

방경각외전放璚閣外傳

자서自序

우도友道가 오륜五倫의 끝에 놓였다고 해서 낮은 것이 아니다. 그것은 마치 오행 중의 토土의 기능이 고루 사시의 바탕이 되는 것과 같다.[1] 부자·군신·부부·장유 간의 도리는 신의가 없으면 어떻게 될 것인가? 사람다운 도리 및 사람답지 못한 도리를 우도가 다 바로잡아주는 것이다. 우도가 오륜에서 끝에 놓인 까닭은 뒤에서 인륜을 통섭統攝케 하려는 데 있다.

세 광인이 서로 벗이 되어 세속을 떠나 떠돌았으되 그들이 인간들의 아첨하는 태도를 논평하매 참사나이를 보는 것 같다. 이에 「마장전馬駔傳」을 쓴다.

선비가 목구멍 때문에 구차해지면 백가지 행실이 이지러지고 정식정

---

1 오행설五行說에서 춘하추동의 네 계절을 오행의 수水·화火·목木·금金에 비정해놓고 남는 토土는 기왕사시寄王四時라 하여 전부의 바탕이 되는 것으로 설명했다. 이와 마찬가지로 오륜을 오행에 비정해서 끝의 신信이 토土와 같은 기능을 갖는다는 뜻이다.

팽[2]은 탐욕을 경계하지 못하기 때문이다. 엄행수嚴行首가 몸소 똥을 치는 일로 밥을 먹어, 그의 발은 더러웠지만 입은 깨끗하기 짝이 없었다. 이에 「예덕선생전穢德先生傳」을 쓴다.

민옹閔翁은 놀고먹는 사람을 황충蝗蟲으로 보았고 노자老子의 도를 배웠는데[3] 골계로 풍자의 뜻을 붙여 완세불공[4]하였으나, 해마다 벽 위에 경구를 써서 스스로 분발하듯 한 것은 나태한 사람들에게 깨우침이 될 것이다. 이에 「민옹전閔翁傳」을 쓴다.

사士란 곧 천작天爵이니 사士와 심心이 합하면 지志가 되는 것이다. 그 '지'는 모름지기 어떠해야 할 것인가? 권세와 이익을 염두에 두지 않고 현달해도 '사'의 입장을 떠나지 아니하고 곤궁해도 '사'의 지조를 잃지 말아야 할 것이다. 명절名節을 닦지 않고 부질없이 가문을 상품으로 삼아 남에게 팔았으니 장사치와 무엇이 다르랴! 이에 「양반전兩班傳」을 쓴다.

홍기弘基는 대은[5]인지라 유희游戲 속에 몸을 숨겼다. 맑은 곳 흐린 곳 어디서나 실수가 없었고 무엇을 탐내거나 구하려 드는 일도 없었다. 이에 「김신선전金神仙傳」을 쓴다.

광문廣文은 궁한 거지였다. 명성이 사실보다 지나쳤던 느낌이 없지

---

2 정식정팽鼎食鼎烹 솥을 여럿 벌이고 음식 호사를 하다가 솥에 삶겨 죽는 형을 받는 것. 부귀한 생활을 탐내는 것을 풍자한 말이다(『사기史記·주부언전主父偃傳』 "丈夫生不食五鼎, 死則烹五鼎").
3 원문은 '學道猶龍'이라고 되어 있는데, 노자의 도를 배웠다는 뜻이다. 공자가 노자를 만나보고 용과 같다고 표현한 데서 유래하여 '유룡'은 노자를 지칭한다.
4 완세불공玩世不恭 삶의 한 방식으로 세상을 장난기로 대하여 공손한 태도를 갖지 않는 것.
5 대은大隱 일반적으로 숨는다는 뜻의 '은隱'은 세상과 격리되어 산에 숨는 것을 가리키는 데 반해서 일상생활의 공간인 저자에 숨는 것을 대은이라고 일컬었다.

않지만 이름을 좋아하는 사람이 아니었는데도 형벌을 면치 못했다. 하물며 명성을 훔쳐 거짓을 가지고 다투려 들 것인가. 이에 「광문자전廣文者傳」을 쓴다.

아리따운 저 우상虞裳이여! 옛 문장에 주력하며 미천한 출신으로 문학을 성취하였다. 생애는 짧았어도 후세에 길이 전하리라. 이에 「우상전虞裳傳」을 쓴다.

세상이 말세로 떨어지매 선비가 허위를 꾸며 시를 읊으면서 남의 무덤을 파 구슬을 빼내며,[6] 덕德을 해치는 향원[7]과 주색을 어지럽히는 자색[8]이며 종남산이 첩경이 되는 것[9] 같은 태도는 자고로 추악하게 여겼다. 이에 「역학대도전易學大盜傳」을 쓴다.

'집안에서 효도하고 밖에서 어른을 공경하면 배우지 않았어도 배웠다 할 것이다.'라는 이 말이 비록 지나친 바가 있다 하더라도 위선적인 풍조에 경종이 될 수 있다. 공명선[10]이 증자曾子의 문하에 다니며 3년이 지나도록 글을 읽지 않았지만 참으로 잘 배웠다고 말했다. 한 농부가 들에 나가 일하면서 부부간에 예절을 깍듯이 지켰으니, 눈으로 글을 읽지 못하였으되 참된 공부를 했다 하겠다. 이에 「봉산학자전鳳山學者傳」을 쓴다.

---

6 『장자莊子·외물편外物篇』에 "유자는 시례로 무덤을 도굴한다儒以詩禮發塚"는 말이 있다.
7 향원鄕愿 한 지방에서 성실한 사람으로 칭송받는 인물이지만 실은 정의를 지키는 자세가 없고 원만하기만 한 인간형.『논어·양화陽貨』에 "향원은 덕의 적이다."라고 했다.
8 주색朱色이 정색正色인 데 대해서 자색紫色은 좋지 않은 간색間色이다(『논어·양화』 "惡紫之奪朱也").
9 종남終南은 장안長安의 남산인데 이곳에 은거하는 것이 벼슬하는 첩경이라는 말이 있다. 당唐나라 노장용盧藏用에 관련된 고사.
10 공명선公明宣 증자의 제자로 문하에 3년을 다녔는데 직접 글을 배우지는 않았으나 생활태도를 본받아 참된 배움을 얻었다는 말이 있다.

●**작품 해설**

　연암 박지원의 젊은 시절 작품으로, 소위 '구전九傳'으로 알려진 것이다. 그런데 연암 자신이 '방경각외전放璚閣外傳'이란 제목으로 묶어놓았던 것이기에 전체 제목은 그대로 따랐다.

　창작 동기는 「자서」에 언급되어 있기도 하지만, 연암의 아들이 쓴 「과정록過庭錄」에 "부친께서 소시에 세상의 교우관계가 오로지 권세와 이익만을 좇아 권력을 추종하는 정태가 가관인 것을 증오해서 일찍이 구전을 지어 풍자했다."고 밝혀놓았다. 젊은 연암의 사회비판의식과 천재적 수완이 발랄하게 구사된 내용이다.

　작품 세계는 당시 서울의 시정 주변에서 취재한 것인데, 대체로 연암 주변의 겸인僆人이나 민옹과 같은 이야기꾼들에게서 제보받은 것이었다. 연암 자신 소설을 쓰려고 했다기보다 『사기·열전列傳』에 비견할 문장을 시도했던 것 같다. 주관적으로 소설에 대한 장르의식이 확립되지 못했지만, 서민세계의 이야기를 소재로 사회비판적 주제를 담아 구성함으로써 곧 근대소설의 형태는 아니나 새로운 감각에 문제성을 담은 단편소설적인 성격을 띠게 된 것이다.

　9편 중에서 「역학대도전」과 「봉산학자전」은 현재 전하지 않는 것이다. 서문으로 미루어보아 전자는 「호질虎叱」의 북곽 선생北郭先生처럼 곡학아세曲學阿世하는 한 위선적인 학자를 풍자한 내용이고, 후자는 한 건실한 농부의 형상을 그린 내용 같다. 「열녀 함양 박씨전」은 원래 『방경각외전』 안에 들어 있던 것은 아니지만 편의상 함께 여기에 포함시켰다.

마장전馬駔傳

말 거간꾼이나 집주름 따위들이 손뼉을 치며 관중·소진이 짐승의 피로 맹세하는 것[1]을 본뜬 행위는 신용을 미덥게 하기 위한 것이다. 헤어지자는 말만 얼핏 들어도 활꽃지를 팽개치고 수건을 찢으며 등불을 등지고 벽을 향해 돌아앉아 고개를 처박고 울음을 삼키는 것은 미더운 여자요, 간담을 토로하여 손을 꼭 쥐고 서로 마음으로 약속하는 것은 미더운 친구이다.

그런데 콧마루에 부채를 가리고 두 눈을 껌벅이는 것은 거간꾼·집주름 따위의 술수이며, 겁주는 말로 동요하도록 만들고, 남이 꺼리는 곳을 찔러 진정을 낚아채며, 강자를 위협하고 약자를 억누르며, 친근한 사이를 이간시키고 이질적인 세력들을 한데 묶기도 하니, 이는 패자覇者나 변사辯士들의 이랬다저랬다 하는 권모술수이다.

---

1 관중管仲·소진蘇秦이 짐승의 피로 맹세하는 것 관중은 중국 춘추시대 인물로 제나라를 크게 일으켜세운 공이 있었으며, 소진은 전국시대 인물로 합종책合縱策을 수립했다. 이들이 여러 제후국과 맹약을 할 때 동물의 피를 마시는 의식을 거행했다. 이들은 일을 추진하는 과정에서 패도覇道나 술책을 구사했다.

옛날 어떤 이가 심장병이 있어서 처를 시켜 약을 달이도록 했다. 처가 달여온 약은 약물이 많았다 적었다 대중이 없었다. 노하여 첩을 시켜 달이게 했더니 약물을 꼭 일정하게 달여왔다. 그는 첩을 매우 마땅하게 여겼다. 창구멍을 뚫고 가만히 내다보았더니 첩은 달여진 약물이 많으면 땅에 따라 버리고, 적으면 물을 더 타는 것이었다. 이것이 첩이 약물을 알맞게 만드는 방법이었다. 그러므로 귀에 대고 속삭이는 소리는 진실한 말이 아니고, 말을 내지 말라고 거듭거듭 당부하는 것은 깊은 사귐이 아니요, 우정이 깊은가 얕은가 따지는 것은 정다운 벗이 아닐 터이다.

송욱宋旭·조탑타趙闒拖·장덕홍張德弘 세 친구가 광통교 위에서 우정에 대해 논했다. 조탑타가 먼저 말을 꺼낸다.

"내가 아침나절에 바가지를 두드리며 동냥을 나가서 포목전을 돌았겠다. 층집에 올라가서 포목을 사는 사람이 있었는데, 물건을 고르느라 베를 혀로 핥고 공중에 비추어보고 하더군. 그러다가 입으로 값을 부르는 판에 서로 먼저 말하라고 양보하더니, 이윽고 두 사람 다 흥정하던 일을 잊었는지 주인은 문득 먼 산을 바라보며 흘러나오는 구름을 노래하고, 손님은 뒷짐을 지고 서성이며 벽에 걸린 그림을 감상하더란 말일세."

송욱이 말을 받는다.

"너는 그럴 법하게 사귀는 태도를 본 것이긴 하지만 사귀는 도道에 통한 것은 아니다."

장덕홍이 말했다.

"꼭두각시놀이에 장막을 친 것은 꼭두각시를 조종하는 줄을 가리기 위한 것이겠다."

송욱이 다시 나선다.

"너는 그럴 법하게 사귀는 모양을 본 것이긴 하지만 사귐의 도에는 통하지 못했다. 대체로 군자의 사귐에 세가지가 있는데 그 방법은 다섯가지란다. 나는 그중 하나도 하지 못했기 때문에 지금 나이 서른이 되도록 친구를 하나도 얻지 못했다. 그러나 그 도는 전부터 들어서 알고 있지. 팔이 안으로 굽지 밖으로 굽지 않는 것은 술잔을 잡기 위한 것이렷다."

"그렇지. 옛 시에 이르지 않았던가? '우는 학이 그늘에 있는데 새끼가 따라 울고, 내게 좋은 벼슬자리가 있으니 너와 함께 차지하리라.'[2]라고 하였으니, 이를 두고 이른 말이야."

이런 장덕홍의 말에 송욱이 다시 말을 이어간다.

"너는 더불어 우정을 이야기할 만하구나. 내가 아까 하나를 말하자 너는 벌써 둘을 아는구나. 온 천하 사람들이 오로지 추종하는 것은 권세요, 너나없이 노리는 것은 명예와 이익이다. 술잔이 입과 의논하지 않고도 저절로 팔이 입으로 굽는 것은 그럴 수밖에 없는 형세이거니와, 저 학이 따라서 우는 것은 명예를 구하기 위해서가 아니겠나. 무릇 좋은 벼슬자리는 이로운 것이다. 그런데 얻으려고 쫓아가는 사람이 많으면 형세가 나뉠 것은 뻔한 이치요, 노리는 사람이 많으면 명예와 이익은 내게 돌아오는 몫이 적을 것이다. 그래서 군자들이 이 세가지에 대해서 말하기를 꺼리는 것이 오래되었더니라. 내가 짐짓 은어로 너에게 이야기했더니 네가 곧 알아듣는구나. 너는 사람들과 사귈 적에 누구를 잘한다고 칭찬하지 마라. 잘한 일에 대해서 칭찬하면 지루해서 신통치 못할 것이다. 그리고 미처 생각지 못한 일을 깨우쳐주지 마라. 장차 자기가 행해서 터득하게 되면 심드렁하여 재미가 적을 것이다. 또 여러 사람 가운데서 누구를 제일이라고 칭찬하지 마라. 제일은 그보다 나은 것이 없는 경

---

2 출전은 『주역周易·중부괘中孚卦 구이九二』. 인용문이 바로 시는 아니지만 시구와 비슷하기 때문에 옛 시라고 말한 것으로 추정됨.

우이니 좌중의 사람들이 모두 시무룩해질 것이다. 그러므로 사교에는 수단이 필요하니, 장차 누구를 칭찬하려면 그를 드러내놓고 책망하는 것이 좋고, 장차 누구에게 좋아하는 뜻을 보이고자 하면 먼저 드러내 성을 낼 것이고, 장차 누구와 친해지려면 마음에 전혀 두지 않는 듯이 하고 몸을 돌려 부끄러운 듯이 할 것이요, 남이 나를 믿게 하려면 짐짓 의심을 갖도록 하고 기다려야 할 것이다. 대체로 열사는 슬픔이 많고, 미인은 눈물이 많다. 영웅이 잘 우는 것은 사람을 감동시키기 위함이라. 이 다섯가지 수단은 미묘한 술수요, 처세의 달도達道라 할 것이다."

다시 또 조탑타가 장덕홍에게 묻는다.

"송선생의 말은 뜻이 아주 어렵고 은어라서 나는 도무지 알아들을 수 없구먼."

"네가 어떻게 알아듣겠느냐? 대개 잘한 일을 야단스럽게 책망하면 그보다 더 자랑이 될 수 없을 것이다. 노여움은 사랑스런 데서 나오고, 애정은 꾸중하는 데서 나오는 것이다. 그래서 집안사람에겐 때로 야단을 쳐도 싫어하지 않는 법이다. 이미 친한 사이에 더욱 거리를 두면 게서 더 친할 데가 있을 것인가. 진작 믿으면서도 오히려 의심이 있는 듯이 하면 게서 더 미더울 데가 있겠는가. 술이 거나하고 밤이 깊었는데 모두들 잠이 든 사이에 두 친구가 묵묵히 마주 보며 취한 끝에 흥에 겨워 서글픈 심회를 자아내면 처연히 감동하지 않을 사람이 있겠는가. 그런 까닭에 사귐은 서로 알아주는 것이 가장 중요하고, 기쁨은 서로 감동하는 데서 가장 고조되는 것이란다. 성급한 자 노염을 풀고 해치려는 자 원한을 삭이는 데는 우는 것보다 빠른 것이 없으렷다. 나도 남과 사귀는데 울고 싶은 생각이 없었던 바 아니나, 울려고 해도 눈물이 나오지 않더라. 그래서 이 나라에 돌아다닌 지 30년이 지나도록 친구를 하나도 얻지 못했단다."

"그렇지만 충으로 사귐을 갖고 의로 벗을 얻을 수 있지 않을까요?"

조탑타의 말이었다. 장덕홍은 그의 얼굴에 침을 뱉으며 꾸짖었다.

"더럽다, 네 말이여! 그것도 말이라고 하느냐? 너 잘 들어보아라. 가난뱅이는 바라는 것이 많기 때문에 한없이 의를 사모하는 것이다. 왜냐하면 아득한 하늘을 바라보고 곡식이 떨어지기를 고대하며, 남의 기침소리만 들어도 목을 석자나 빼고 기다린다. 대체로 재물을 쌓아둔 사람은 인색하다는 이름을 부끄럽게 여기지 않으니, 남이 나에게 기대하는 것을 아예 끊어버리기 위해서다. 하지만 천한 놈은 아까워할 것이 없는 까닭에 충을 바치되 꺼려할 줄 모른다. 물을 건널 적에 아랫도리를 걷어올리지 않는 것은 떨어진 잠방이를 입고 있기 때문이요, 수레 타는 귀한 분들이 갖신 위에 덧신을 신는 것은 진흙이 묻을까 염려해서란다. 이처럼 신발 바닥도 아끼는데 하물며 제 몸뚱이야 말할 것이 있겠느냐? 그러므로 충의忠義란 빈천한 자들에게는 일상의 일이지만 부귀한 분들에게는 논할 것도 없는 것이다."

조탑타는 낯빛을 붉히고 선언한다.

"나는 세상에 친구가 없으면 없었지 군자의 사귐은 하지 않겠노라."

이에 송욱과 장덕홍, 조탑타는 다 함께 갓과 옷을 찢어버리고 더러운 얼굴, 더부룩한 머리 그대로 허리에 새끼줄을 두르고서 노래 부르며 장터로 사라졌다.

골계 선생[3]은 우정론에서 이렇게 말했다.

---

3 골계 선생滑稽先生 익살을 잘하는 분이라는 뜻. 작자인 연암 자신을 가탁하고 있다.

나무를 붙이는 데는 부레풀을 써야 하고, 쇠를 붙이는 데는 붕사[4]로 녹여야 하고, 말가죽이나 사슴가죽을 붙이는 데는 찹쌀풀[5]이 좋은 줄 나는 안다. 친구를 사귐에 이르러는 확실히 틈이 중간에 있는 것이다. 연燕나라와 월越나라의 머나먼 거리도 반드시 사이가 먼 것이 아니고, 산천이 막혔다 해도 반드시 사이가 막힌 것이 아니다. 반대로 무릎을 맞대고 나란히 앉더라도 반드시 친한 것이 아니고, 서로 어깨를 두드리고 소매를 잡더라도 반드시 사이가 좋은 것이 아니며 그 사이에 간격이 있기 마련이다. 상앙이 진나라 효공에게 장황하게 이야기하매 효공은 꾸벅꾸벅 졸았고,[6] 응후가 만약 성내지 않았다면 채택은 말이 막혔을 것이다.[7] 그러므로 드러내서 꾸짖는 것도 반드시 그럴 자리가 있는 것이고, 내놓고 노여워하는 것도 반드시 그럴 자리가 있는 것이다. 조趙나라 공자公子 평원군平原君이 남을 위해서 소개를 한 바 있었다.[8] 무릇 성안후와 상산왕은 그 사귐에 틈이 없었기 때문에 한번 틈이 생기자 그 틈을 어찌할 도리가 없었다.[9] 사랑스런 것도 틈이 아니겠으며, 두려운 것 또

---

4 붕사硼砂 붕소의 화합물. 융제融劑·에나멜·유리의 원료 등으로 쓰인다. 원문은 '鵬'으로 나와 있는데 '硼'과 통용하는 것이다.
5 찹쌀풀 원문은 멥쌀밥은 뜻하는 '粳飯'으로 나와 있는데 '糯飯'의 오기로 보아 찹쌀풀이라고 번역함.
6 상앙商鞅은 진秦 효공孝公을 도와서 부국강병하게 한 인물인데, 처음 그가 효공을 설득할 때 삼황오제三皇五帝의 도를 들어 말하자 효공은 상앙의 말에 흥미를 갖지 못했다 한다(『사기·상군열전商君列傳』).
7 응후應侯는 진나라의 승상을 지낸 범수范雎를 가리키는데, 후에 채택蔡澤이 변설辯說로 그 자리를 빼앗았다. 담판할 때 채택이 범수를 노하게 해서 자기 이야기를 유리하게 끌고 나갔다(『사기·범수채택열전范雎蔡澤列傳』).
8 원문은 '趙勝公子 爲之倡介'인데 전국시대 조나라의 평원군이 노중련魯仲連에게 신원연新垣衍을 소개했던 고사를 가리키는 것이 아닌가 한다.
9 성안후成安侯는 진여陳餘이며 상산왕常山王은 장이張耳로 진秦나라가 망하고 천하가 어지러울 때 활동했던 사람들이다. 둘이 처음에는 서로 친하여 문경교刎頸交를

한 틈이 아니겠는가. 아첨하는 말은 틈을 따라 붙는 것이며, 고자질하는 말도 틈을 따라 이간을 시키는 것이다. 그래서 사교를 잘하는 사람은 먼저 그 틈에서 일을 보는데 사교를 잘 못하는 사람은 이 틈을 이용할 줄 모른다. 대체로 정직하면 곧바로 나가기 때문에 길을 돌아서 간다거나 일을 굽혀서 할 줄 모르는 것이다. 한번 말해서 믿지 않으면 누가 이간 시키지 않아도 스스로 그만두고 만다. 속담에 이르기를 '열번 찍어 넘어가지 않는 나무가 없다.' 하고 또 '아랫목에 아첨할 바에는 차라리 주방에 아첨하라.'[10]라고도 하는데 이를 두고 이른 것인가.

그러므로 아첨하는 데도 수단이 있다. 몸과 얼굴을 깨끗이 꾸미고 말을 얌전히 하며 명예와 이익에 담박해서 별로 교제할 뜻이 없는 것처럼 보여서 남을 유인하는 것은 상첨上諂이고, 그다음은 바른말을 간곡하게 해서 정을 나타내되 그 틈을 잘 이용해서 자기 뜻을 통하게 하는 것은 중첨中諂이다. 말발굽이 닳고 자리가 떨어지도록 찾아다니며 입술을 쳐다보고 안색을 살펴서 떨어지는 말마다 '지당합니다.' 아뢰고 행하는 일마다 '훌륭합니다.'라고 칭송하면 처음 들을 적에는 좋아하겠지만 오래가면 싫증을 일으킬 것이다. 싫증을 일으키면 더럽게 생각하고 마침내 자기를 놀리지 않나 의심하게 된다. 이것은 하첨下諂인 것이다.

무릇 옛날 관중은 제후들을 아홉번 불러모았고, 소진은 육국을 결합시켰으니 천하의 큰 사교라 할 것이다. 그런데 송욱과 조탑타는 길가에서 걸식하고 장덕홍은 장터에서 노래를 부를지언정 '말 거간꾼의 술수馬駔之術'를 쓰지 않았다. 하물며 글하는 군자들이야 어찌해야 하겠는가.

맺었으나 뒤에 사이가 벌어졌다.
10 여기서 아랫목은 왕을, 주방은 권신을 비유하고 있다. 권신에게 아첨하는 편이 보다 유리하다는 의미(『논어·팔일八佾』).

●작품 해설

송욱·조탑타·장덕홍이란 이름의 세 친구가 광통교 위에서 '사귐의 도友道'에 대해 토론한 이야기다. 이들 3인은 거리에서 걸식하며 저자에서 노래하고 돌아다니는 광인으로 설정되어 있지만 세속적인 사교를 타기하고 참된 우정을 추구하는 사람들이었던 것이다.

3인이 길게 논란한 끝에 내려진 결론은 "친구가 없으면 없었지 군자의 사귐은 하지 않겠다."는 것이었다. 군자-양반들의 사귐은 세속을 초월해서 고결한 것처럼 위장되어 있지만 기실 권세와 명예와 이익을 추구하는 것으로, 그 방법은 다섯가지가 있다고 했는데 모두 작위적인 술수를 부리는 고단수의 사교술이었다. 이에 '군자의 사귐'이란 '말 거간꾼의 술수'와 다름없다는 역설적인 의미로서 '마장전馬駔傳'이란 제목이 붙게 되었다.

18세기 무렵 서울 양반들의 생활은 도시적 세련을 받아서 사교술이 발달했던 한편, 실상은 권력에 아부하고 현실적인 이해에 민감한 쪽으로 가고 있었다. 이조 양반사회를 지탱하던 관념적 고결성은 이러한 현실과 준엄하게 대립하지 않을 수 없었으며 결국 현실에 타협하는 쪽으로 세속화의 길을 걸었다. 그러나 표면적으로는 유교적 명분을 등질 수 없었다. 그래서 비루한 것을 고상하게 위장하는 '군자의 사귐'이란 괴리를 연출하였다. 「마장전」은 이 점을 풍자한 것이다.

예덕선생전穢德先生傳

선귤자蟬橘子에게 예덕 선생이라는 친구가 있었다. 이 친구는 종본탑[1] 동편에 살면서 매일 마을의 똥을 져나르는 것을 업으로 하고 있었다. 그래서 마을 사람들이 모두 그를 '엄행수'[2]라고 불렀는데, 행수란 역부役 夫의 우두머리에 대한 호칭이고 엄嚴은 그의 성이다.

자목子牧이 선귤자에게 따져 물었다.

"전에 선생님께서 '친구란 함께 살지 않는 처이고 동기가 아닌 형제'라고 말씀하셨지요. 친구는 이처럼 소중한 것이 아닙니까. 세상의 이름 있는 사대부들이 선생님과 종유從遊하여 아래서 놀기를 원하는 분들이 많습니다. 선생님은 이런 분들과 사귀지 않으시고, 저 엄행수로 말하면 마을의 상놈이라 하류에 처한 역부로 치욕스런 일을 하는 자임에도 선생님은 그의 덕을 칭찬하여 '선생'이라 일컫고 바로 친교를 맺어 벗을

---

1 종본탑宗本塔 서울의 원각사에 있던 석탑을 가리킨다. 일명 백탑白塔. 지금 탑골공원에 이 탑이 보존되어 있다.
2 행수行首 서민사회에서 여러 사람의 우두머리를 칭하는 말. 「홍길동전」을 보면 홍길동을 '활빈당 행수'로 칭호하였다.

청하려고 하시다니, 저희는 부끄러워서 이만 문하를 떠날까 합니다."

선귤자는 웃으며 말했다.

"거기 앉아라. 내가 너에게 벗을 사귀는 도리에 대해서 이야기하마. 속담에 '의원이 자기 병 못 고치고 무당이 제 굿 못한다.'라는 말이 있다. 사람들은 누구나 자기가 잘한 일을 남이 알아주지 않으면 안타깝게 여겨 마치 자신의 과오를 듣고 싶어 하듯이 한다. 그런데 마냥 칭찬만 하면 아첨에 가까워서 맛이 없고, 단점만 자꾸 지적하면 들추어내는 것 같아서 인정이 아닐 것이다. 이에 그의 잘못을 대충 말하되 변죽만 올리고 꼭 꼬집어내지 않으면 비록 크게 책망하더라도 노하지 않을 것이다. 왜인가 하면 자신이 정말 꺼리는 곳을 건드리지 않기 때문이다. 우연히 자기가 잘한 일이라고 생각하는 바를 언급하되 무엇에 비유해서 숨겨진 일을 맞히듯 말하면 마음속에 감동하여 마치 가려운 곳을 긁어주는 것과 같이 생각한다. 긁는 데도 방법이 있겠다. 등을 어루만지되 겨드랑이에 닿아서는 안 되고, 가슴을 쓰다듬어주되 목에 미쳐서는 안 된다. 공중에 띄워놓고 하는 말이 나중에 자기를 칭찬하는 말로 귀결되고 보면 뛸 듯이 기뻐 나를 알아준다고 좋아하겠지. 이와 같은 것을 친구라 할 수 있겠느냐?"

자목은 귀를 틀어막고 달아날 것같이 하며 소리쳤다.

"이야말로 선생님이 저를 시정배나 겸복³ 따위의 일로 가르치는 것입니다."

---

3 **겸복傔僕** 겸인, 즉 청지기를 가리키는 말. 서울 대갓집의 겸인은 대개 중앙관서의 서리 가계 출신으로 주인을 도와 집안의 제반 업무를 처리하며, 주인의 벼슬자리에 따라서 행정업무에 참여하기도 했다. 가신家臣으로서 주인의 의도를 잘 받드는 것이 중요했다.

이에 선귤자는 다음과 같이 말을 이어갔다.

"그러면 네가 부끄럽게 여기는 것은 여기에 있는 것이지 저기에 있는 것이 아니로구나. 무릇 시교市交는 이해로 사귀는 것이고, 면교面交는 아첨으로 사귀는 것이다. 그러므로 아무리 좋은 사이라도 세번 손을 내밀면 사이가 벌어지지 않을 수 없고, 또 아무리 원한이 있더라도 세번 접어주면 친해지지 않을 수 없는 법이다. 이해로 사귀면 지속될 수 없고 아첨으로 사귀면 오래가지 못한다. 대개 큰 사귐은 안면을 보고 사귀는 것이 아니며, 진정한 친구는 가깝고 멀고의 문제가 아니고, 오직 마음으로 사귀고 덕을 벗하는 것이다. 이른바 도의지교道義之交라고 이르는 것인데, 위로 천고千古를 벗해도 요원하다 아니하고 만리를 떨어져 있어도 소원하다고 할 수 없단다.

저 엄행수란 사람은 일찍이 나에게 알아주기를 구한 일이 없었으되 나는 그를 칭찬하고 싶은 마음이 간절하구나. 그는 세 끼 밥을 착실히 먹고, 길에 나다닐 적에는 조심스럽게 걸으며, 잠을 쿨쿨 자고 웃음을 껄껄 웃는다. 그가 사는 모양은 어리석은 듯이 보인다. 흙으로 벽을 쌓고 짚으로 이엉을 하고 구멍문을 뚫은 집에 새우등을 하고 들어가 개처럼 머리를 박고 잠을 자는데, 아침이면 즐거운 마음으로 일어나서 바지게를 지고 동네를 돌아다니며 뒷간을 치는 것이다. 가을철 구월에 서리가 내리고 시월 얼음이 엷게 잡힐 무렵이 되면 뒷간의 사람 똥과 마구간의 말똥, 외양간의 쇠똥, 홰 밑에 구르는 닭이나 개·거위의 배설물 따위나, 입희령·좌반룡·완월사·백정향[4] 같은 것들을 주옥처럼 긁어 모으

---

4 입희령笠豨苓·좌반룡左盤龍·완월사翫月砂·백정향白丁香 한방의학에서 여러가지 똥을 지칭하는 말로 입희령은 돼지 똥, 좌반룡은 사람 똥, 완월사는 토끼 똥, 백정향은 닭 똥을 가리킨다.

지. 그래도 누구 하나 염치없다고 하지 않거든. 이익을 독점해도 의롭지
못하다거나 아무리 탐다무득貪多務得을 해도 양보할 줄 모른다거나 하
는 말을 듣지 않는다. 손바닥에 침을 탁탁 뱉고서 가래를 휘둘러 허리를
꾸부정하게 하고 일하는 모습이 마치 새가 모이를 쪼는 형상이다. 그는
아무리 아름다워 보이는 것이 있어도 눈을 팔지 않고 훌륭한 풍악에도
귀를 기울이지 않지. 무릇 부귀란 사람들이 너나없이 원하는 바이로되
원해서 다 얻어질 것이 아니므로 부러워하지 않는다네. 그러니 아무리
칭찬한들 영예로울 것 없고, 아무리 비방한들 욕될 것도 없지 않은가.

왕십리에서 무, 살곶이다리⁵에서 순무, 석교⁶에서 가지·오이·수박, 연
희궁⁷에서 고추·마늘·부추·해채,⁸ 청파에서 미나리, 이태인⁹에서 토란
같은 것들이 생산되는데 심기는 상상전¹⁰이요, 거름은 엄씨의 똥을 써
서 잘 가꾸어내는 것이다. 그래서 엄행수는 매년 6천전을 벌기에 이른다.

아침이면 한 그릇 밥을 먹어치우고 만족한 기분으로 하루 종일 다니
다가 저녁이면 또 한 그릇 밥을 먹는다. 누가 고기를 먹으라고 권하면
'목구멍을 내려가면 채소나 고기나 배부르기는 매일반인데 굳이 맛있
는 걸 찾을 것이 있느냐?' 하고 사양한다. 또 누가 좋은 옷을 입으라고
권하면 '소매 넓은 옷을 입으면 몸이 활발치 못하고 새 옷을 입으면 똥
짐을 지고 다니지 못할 것이다.' 하고 거절한다. 해마다 정월 초하룻날

---

5 살곶이다리[箭橋] 지금 서울 성동구의 뚝섬 쪽으로 있는 다리로, 그쪽의 벌판을 가리
   킨다.
6 석교石郊 지금 서울의 동대문구 석관동에 있던 지명.
7 연희궁延禧宮 지금 서울의 서대문구 연세대학교에 내에 있던 별궁.
8 해채薤菜 파와 비슷한 것으로 염교라고 함.
9 이태인利泰仁 지금 용산구 이태원.
10 상상전上上田 논밭을 9등급으로 나누는 중에서 최상급.

아침이면 비로소 벙거지를 쓰고 의복 신발을 갖추고서 인근에 두루 세배를 다닌다. 그러고는 돌아와서 다시 전의 그 옷으로 갈아입고 바지게를 짊어지고 골목을 돌아다닌다.

엄행수는 더러운 가운데 자기의 덕행을 숨긴 그야말로 대은이라 할 것이다. 『중용中庸』에 이른바 '소부귀素富貴하여는 행호부귀行乎富貴하고 소빈천素貧賤하여는 행호빈천行乎貧賤이라.'[11] 했는데 여기서 '소素'는 정할 '정定' 자의 의미이다. 『시경詩經』에는 '숙야재공夙夜在公은 식명부동寔命不同일세니라.'[12]라고 하였는데 여기서 '명命'은 분수를 뜻하는 것이다. 대저 하늘이 만물을 낳을 때 저마다 정해진 분수가 있어 명을 타고난 것이니 원망해서 무엇하겠는가. 새우젓을 먹으면서 달걀이 생각나고 갈포옷을 입고서 모시옷을 부러워하면 천하가 이때부터 대란에 이를 것이라고 했다. 농민이 땅에서 들고일어나면 농토가 황폐해질 것은 정한 이치이다. 진승·오광·항적[13]과 같은 무리들은 그 뜻이 어찌 농사에 만족할 자들이었겠는가. 『주역周易』에 '부차승負且乘이면 치구지致寇至.'[14]라고 한 것도 이를 두고 말한 것이다. 그러므로 의로운 일이 아니면 만종萬鐘의 녹봉도 불결한 것이며 정당한 노력이 없이 치부한 것이라면 비록 큰 부자가 되더라도 더러운 이름을 면할 수 없다. 사람이 죽

---

11 본디 부귀하면 부귀한 대로 살아가고 본디 빈천하면 빈천한 대로 살아간다, 즉 자기의 실정에 맞게 삶을 영위한다는 뜻.

12 『시경·소남召南·소성小星』에 나오는 구절로, 아침 일찍부터 밤늦게까지 공적인 곳에 있는 것은 실로 명분이 다른 때문이라는 뜻.

13 진승陳勝·오광吳廣·항적項籍 진秦나라가 해체되고 한나라로 넘어가는 과정에서 반란을 주도했던 인물들.

14 『주역·계사繫辭 상上』에 나오는 말로, 지는 것은 소인의 일이고 타는 것은 군자가 하는 것인데, 소인이 군자가 타는 것을 타려 하거나 위에서 오만하고 아래서 포악하면 도적이 침입할 것이라는 뜻.

어 돌아갈 때 입에 구슬을 머금게 하는 것은 사자의 결백함을 밝히기 위한 것이란다.

엄행수는 똥을 져서 밥을 먹고 있으니 지극히 불결하다 하겠으나 그가 밥벌이하는 일의 내용을 따져보면 지극히 향기로운 것이다. 그리고 그의 처신이 더럽기 짝이 없다 하겠지만 의로움을 지키는 자세는 가장 꿋꿋하다. 이러한 뜻을 확대해나간다면 아무리 만종의 녹봉을 받더라도 지조를 바꾸지 않을 것이다. 이 점에서 보면 깨끗한 가운데 불결함이 있고 더러운 가운데 청결함이 있다.

그래서 나는 음식에 곤란을 당해서 견디기 어려운 경우에는 매양 나보다 곤궁한 사람들을 생각하는데, 엄행수를 떠올리면 견디지 못할 것이 없다. 참으로 마음속에 도둑질할 뜻이 없는 사람이라면 엄행수를 생각하지 않을 수 없을 것이다. 이 뜻을 확대해나간다면 가히 성인의 경지라도 도달할 수 있지 않겠는가. 대저 선비는 궁한 삶이 얼굴에 드러나면 부끄러운 일이며 뜻을 얻어 출세하매 몸에 티를 내는 것도 부끄러운 일이다.

저 엄행수를 보고 얼굴을 붉히지 않을 사람이 얼마나 되랴! 그래서 나는 엄행수를 선생이라 부른다. 어찌 감히 벗이라 하겠느냐. 그래서 나는 엄행수에 대해서 이름을 부르지 못하고 '예덕 선생'이란 칭호를 쓰는 것이다."

●작품 해설

선귤자가 그의 제자로부터 왜 명사 대부들을 놓아두고 엄행수 같은 천인 역부를 친구로 사귀느냐는 항의를 받고, 엄행수야말로 참다운 우정을 찾자면 가장 좋은 친구가 될 것이라고 해명하는 내용이다. (이덕무李德懋가 '선귤자'라는 호를 쓴 사실이 있음.)

엄행수란 사람은 서울에서 민가의 똥을 수거하여 근교의 채원업자菜園業者에게 거름으로 제공하는 일을 직업으로 하던 노동자들 중 우두머리 격의 인물이다. 연암은 선귤자의 입을 빌려서 한 노동자의 건실한 생활태도와 인생철학을 제시하고, 이를 가장 훌륭한 삶의 자세로 찬미한다. 엄행수는 똥을 치는 더러운 일을 하고 있지만 그가 하는 일의 내용은 가장 고상한 것이라는 의미로 그에게 '예덕 선생'이란 칭호를 바쳤던 것이다. 즉 앞의 「마장전」과 대칭적인 역설로 작품 구조를 파악해볼 수 있다.

연암은 여기서 양반들의 인간관계에 환멸을 느끼고 생산활동에 종사하는 하류층 노동자들 가운데서 새로운 인간형을 부각시켜, 그들과 참다운 우정을 통한 결합을 그려보고 있다.

민옹전閔翁傳

민옹은 남양 사람이다. 무신년[1] 난리에 출전해서 군공軍功을 세워 첨사가 되었다. 그후 집으로 돌아와서 다시는 벼슬길에 나아가지 않았다.

그는 어려서부터 영특하고 슬기로웠다. 특히 옛날 사람들의 기절과 위업을 사모한 나머지 강개 발분發憤해서 매양 그분들의 전기를 읽고 탄식하며 눈물을 흘렸다. 7세 때 자기 방의 벽에다 크게 글씨를 쓰되 "항탁이 스승이 되다."[2]라 하였고, 12세 때는 "감라가 장수가 되다."[3] 13세 때는 "외황의 소년이 유세를 하다."[4] 18세 때에는 "곽거병이 기련으로 출정하다."[5] 24세 때에는 "항적이 오강을 건너다."[6]라고 썼다. 나이

1 1728년(영조 4) 이인좌李麟左·정희량鄭希亮이 난을 일으킨 해.
2 항탁이 스승이 되다項橐爲師 항탁項橐은 춘추시대 인물인데, 7세 때에 공자의 스승이 되었다는 말이 『전국책戰國策·진책秦策』에 나온다.
3 감라가 장수가 되다甘羅爲將 감라甘羅는 전국시대 진秦나라 사람. 나이 12세 때 조趙나라에 사신으로 가서 조나라로 하여금 성 다섯을 바치고 진나라를 섬기게 했다.
4 외황의 소년이 유세를 하다外黃兒遊說 외황外黃은 춘추전국시대에 송宋나라에 속했던 지명. 그곳 출신의 13세 소년이 항우項羽를 만나 설득해서 위기에 처했던 자기 고장을 구한 바 있다(『사기史記·항우본기項羽本紀』).
5 곽거병이 기련으로 출정하다去病出祁連 곽거병霍去病은 한나라 무제武帝 때의 명장으

40세에 이르러서도 이렇다 할 공을 세운 것이 없으매 이번에는 "맹자는 마음이 동요하지 않았다."[7]라고 더욱 크게 썼다.

해가 바뀔 적마다 벽상에 쓰기를 게을리 하지 않아서 벽이 온통 까맣게 되었다. 나이 일흔이 되던 해에 그의 노처가

"영감, 금년엔 까마귀를 안 그리우?"

하고 놀렸다. 민옹은 기쁜 듯이

"암, 써야지. 당신, 빨리 먹을 가시오."

하더니 드디어 커다랗게

"범증은 기묘한 계책을 좋아하다."[8]

라고 쓰는 것이었다. 노처가 버럭 역정을 냈다.

"계책이 아무리 묘한들 언제 실행해보겠소?"

민옹이 껄껄 웃고 대답하는 말이었다.

"옛날 강태공은 80세에 매처럼 떨치고 일어났더라오. 지금 나는 강태공의 어린 동생뻘밖에 안 되지."

지난 계유·갑술 연간(1753~54)에 당시 내 나이는 17, 8세였다. 병으로 오래 시달려 음악과 서화라든지 청동기 등 골동품에 다소 취미를 가져보았다. 그리고 여러 부류의 객들을 초청하여 해학이나 고담을 즐기는 등 마음을 치유하기 위해 백방으로 노력해보았지만 우울한 기분이 좀

로, 흉노匈奴 정벌에 공이 지대했다.

6 항적이 오강을 건너다項籍渡烏江 항적項籍은 항우의 이름으로, 24세에 강동江東의 젊은이를 거느리고 오강烏江을 건너가 중국 천하를 석권했다.

7 맹자는 마음이 동요하지 않았다孟子不動心 『맹자孟子·공손추公孫丑 상上』에 "나는 40세라 마음이 동요하지 않는다吾四十不動心"라는 구절이 있다.

8 범증은 기묘한 계책을 좋아하다范增好奇計 범증范增은 항우를 도와 패업霸業을 이룬 인물인데 '70세에 기발한 계교를 썼다七十奇計'는 말이 있음.

처럼 풀리지 않았다. 누군가 민옹은 특이한 인물로 가곡에 절창이고 이야기를 잘하는데, 거침없는 솜씨가 재미있고도 능청스러워 듣는 이들의 기분을 전환시켜 확 트이게 만든다는 것이었다. 나는 이 말을 듣고 반가워서 그 사람에게 민옹을 얼른 데리고 와줄 것을 부탁했다.

민옹이 나를 집으로 찾아온 날 나는 마침 풍악을 감상하고 있었다. 민옹은 미처 인사도 하기 전에 피리 부는 자를 눈여겨보다가는 대뜸 그자의 따귀를 한대 갈겨주고 꾸짖는 것이었다.

"주인은 즐거워하는데 네 녀석은 어찌 성난 얼굴을 하고 있느냐?"

내가 어리둥절해하자 나오는 말이 이러했다.

"저 녀석, 두 눈을 부라리고 잔뜩 기를 쓰는 양이 성낸 게 아니고 뭡니까?"

나는 크게 웃지 않을 수 없었다. 민옹은 말을 이었다.

"비단 피리 부는 녀석만 성을 내고 있는 것이 아니고 젓대 부는 녀석은 얼굴을 돌리고 있는 것이 우는 상이고, 장구를 치는 녀석은 이맛살을 잔뜩 찌푸린 것이 시름에 잠긴 모양이로군. 좌중이 모두 무슨 큰일이라도 난 듯 입들을 꼭 다물고 하인들까지 쉬쉬해서 우스갯소리 한마디 못하고 있으니 풍악을 가지고는 즐거운 자리를 만들 수 없겠군."

나는 곧 자리를 걷어치우게 하고 민옹을 맞아들였다. 민옹은 키가 작았고, 하얀 눈썹이 눈을 덮었다. 스스로 자기 이름이 유신有信인데 나이는 73세라고 했다. 민옹이 나에게 말을 붙이는 것이었다.

"병이 무슨 병이오? 머리가 아픈가요?"

"아니오."

"배가 아픈가요?"

"아니오."

"그럼 병이 없구려."

민옹은 곧 일어나서 방문과 들창들을 모두 열어젖혔다. 바람이 쏴 하고 들어오니 내 기분이 썩 상쾌해져서 금방 전과 달라진 느낌이었다.

"좀처럼 구미가 당기지 않고 밤에 잠을 이루지 못하는 것이 나의 병이라오."

나의 말에 민옹은 일어나서 치하하는 것이 아닌가. 내가 놀라 물었다.

"영감님, 아니 무엇을 치하하시는 겁니까?"

"댁은 형편도 어려운 듯한데 먹기가 싫다니 살림이 늘 것이고, 잠이 안 온다니 밤까지 아울러 남보다 배를 더 사는 셈이군요. 살림이 늘고 곱절로 살면 이야말로 수壽와 부富를 겸하는 것이 아니오?"

이내 밥상이 들어왔다. 나는 한숨을 내쉬고 찡그리며 숟가락도 들지 않고 이것저것 냄새만 맡아보고 있었다. 민옹이 갑자기 성을 내서 가려고 했다. 내가 놀라서 물었다.

"영감님, 왜 성을 내고 일어나십니까?"

"댁에서 일부러 손을 청해놓고 손의 상은 아직 들어오지도 않았는데 주인 혼자 먼저 밥을 들다니 예의가 아니군요."

나는 곧 민옹에게 사과하고 붙잡아 앉혔다. 그리고 재촉해서 밥상을 내오게 했다. 민옹은 사양하지 않고 팔을 훌렁 걷어붙이더니 숟가락에 밥을 뚝 떠서 젓가락을 부지런히 움직이며 맛있게 드는 것이었다. 나는 저절로 입에서 침이 나오고 가슴이 트이면서 콧구멍이 열리는 것 같아 밥을 예전처럼 잘 먹게 되었다.

밤에 민옹은 눈을 딱 감고 꼿꼿이 앉아 있었다. 내가 일부러 말을 붙여도 민옹은 계속 입을 다물고 있었다. 나는 퍽이나 무료했다. 이윽고 민옹이 문득 일어나 촛불의 똥을 튀기고 말했다.

"내가 젊은 시절엔 글을 눈에 한번 스치면 금방 외웠다오. 이제 늙었구려. 서로 평생 안 본 책을 하나 꺼내놓고 각기 두세번 속으로 읽어본 다음에 외워서 한 글자 틀릴 적마다 약속대로 벌을 받기로 정합시다."

나는 민옹이 늙은 것을 얕잡아보고 좋다고 했다. 즉시 서가에서 『주례周禮』를 꺼내놓고 민옹은 「고공편考工篇」을, 나는 「춘관편春官篇」을 나누어 맡았다. 얼마 지나지 않아서 민옹이

"나는 다 외웠소."

한다. 나는 미처 한번도 읽어 내려가지 못했던 터라, 깜짝 놀라 잠깐 쉬고 기다리게 했다. 민옹이 자꾸 나에게 말을 걸어서 곤란하게 만들어 나는 더욱 욀 수가 없었다. 그러다가 졸음이 와서 그만 자버렸다. 다음 날 아침에 내가 민옹에게 물었다.

"어제 그 글을 기억해서 지금 외울 수 있겠소?"

"나는 당초에 외우지 않았는걸."

민옹은 껄껄 웃는 것이었다.

어느날 밤에 여러 사람들이 함께 앉은 자리에서 민옹과 이야기를 나누었다. 민옹이 옆의 사람들을 마구 놀리고 골려댔지만, 누구 하나 그를 당해내지 못했다. 그의 입에서 말이 막히게 하려고 이 사람 저 사람 나서서 말을 걸었다.

"영감님, 귀신을 보셨나요?"

"보았지."

"귀신이 어디 있습디까?"

민옹은 눈을 크게 뜨고 한 사람이 등잔 뒤에 앉아 있는 것을 뚫어지게 보다가 버럭 소리쳤다.

"귀신이 저기 있는걸."

그 사람이 성을 내서 따지자 민옹이 대답했다.

"대저 밝은 데 있는 것은 사람이고 어두운 데 있는 것은 귀신인데, 지금 어두운 곳에 있으면서 밝은 데를 바라보고 형체를 숨기고서 사람을 엿보니 귀신이 아닌가?"

모두들 와아 웃었다.

"영감님, 신선을 보셨나요?"

"보았지."

"신선이 어디 있습디까?"

"집이 가난한 사람이 신선이지. 부자들은 늘 세상에 연연하지만 가난한 사람들은 세상을 싫어하거든. 세상을 싫어하는 자가 신선이 아니겠나?"

"영감님, 세상에서 나이 제일 많은 자를 보셨나요?"

"보았지. 내가 아침나절에 숲 속에를 가지 않았겠나. 마침 숲에서 두꺼비와 토끼가 서로 나이 다툼을 하는데, 토끼가 두꺼비에게 '나는 팽조[9]와 동갑이니까 너는 나의 후배다.' 하고 말하니 두꺼비는 머리를 숙이고 말없이 울고만 있더군. 토끼가 놀라 물었겠다.

'두꺼비 너는 왜 우는 거니?'

'나는 동쪽 집 어린애와 동갑이지. 어린애가 다섯살 적에 글을 읽는데, 아이가 아득한 옛날 목덕[10]에 태어나서 인寅 해에 역사를 창조하였더니 여러 제왕들이 계속 갈리고 춘추春秋의 정통正統이 끊어지자 정당한 책력 위에 진秦나라가 윤달처럼 붙게 되었겠다. 다시 한나

---

9 팽조彭祖 요堯 임금 때 사람으로 8백살을 살았다는 전설이 있다.
10 목덕木德 중국 상고시대 왕조의 변천을 오행五行의 상극相尅의 원리를 끌어내어 설명하는데, '목덕'으로 제위에 오른 것은 제고씨帝嚳氏라 한다.

라·당나라를 거쳐 조석 간에 송·명으로 바뀌지 않았겠나? 이처럼 역사의 흥망을 몸소 겪으매 기쁜 일 놀라운 일이 허다해서 사자死者를 조문하고 흘러가는 세월을 보내며 지루하게 오늘에 이르렀다네. 그런데도 귀와 눈이 밝고 이빨과 머리털이 날마다 자라고 있으니, 나이 많기로야 저 어린애만한 것이 있을라고? 팽조는 8백살로 일찍 죽어서 세상을 얼마 보지 못하였고 경험한 일도 얼마 안 되는 것을 슬퍼하는 것이라.'

이에 토끼는 두번 절하고 달아나면서

'그럼 나의 할아버지뻘이구려.'

하지 않겠소? 이것으로 보면 글을 많이 읽은 자가 가장 오래 산 사람이겠지."

"영감님, 세상에서 가장 맛 좋은 것을 보셨나요?"

"보았지. 달이 하현이 되어 썰물이 밀려나가 갯벌이 드러나면 갈아서 소금밭을 만들고 그 염수를 달여서 거친 수정염水晶鹽도 되고 고운 소금素金도 되는 거지. 온갖 음식에 간을 맞추자면 소금을 쓰지 않고 어떻게 하겠나?"

"좋은 말씀이군요. 그렇지만 불사약이야 보지 못하셨겠죠?"

민옹은 웃으면서 대답했다.

"그야 우리가 조석으로 늘 먹는 걸 어찌 모르겠나. 저 깊은 산골짝의 소나무 밑동에 감로甘露가 떨어져서 땅속에 들어가 천년을 묵으면 복령11이 되고, 인삼은 나삼12이 으뜸인데 쭉 빠진 생김새에 색깔은 붉으

---

11 **복령茯笭** 묵은 소나무 밑동에서 캐어내는 것으로 한약재에 쓰인다.

12 **나삼羅蔘** 경주에서 산출되는 인삼을 지칭하는 말. 이가환李家煥의 기록인『정언쇄록貞軒鎖錄』에 인삼의 품질은 "나삼이 으뜸羅蔘爲上"이라 하고 그 주석에서 "경주에

며 사지가 그대로 달리고 쌍으로 땋아 내린 머리가 동자와 같으며, 구기
자도 천년이 되면 사람을 보고 짖는다더군. 이런 신약들을 내 일찍이 먹
어보지 않았겠나? 그리고 백일 동안 곡기를 끊었더니 허우적허우적 곧
죽을 것 같데. 이웃의 할멈이 와서 나를 보고 혀를 쯧쯧 차며 '당신 병은
굶어서 난 병이군요. 옛날 신농씨神農氏가 백초의 맛을 보고 처음 오곡
을 심었는데, 병을 낫게 하는 데는 약이요 허기를 채우는 데는 밥이라.
오곡이 아니면 낫지 못하겠어요.'라고 하더군. 그래서 내가 곧 좋은 쌀
로 밥을 지어 먹어 죽지 않게 되었다네. 불사약으로 밥만 한 것이 어디
있겠나. 내가 아침에 밥 한 그릇, 저녁에 밥 한 그릇을 먹고 지금 일흔까
지 거뜬히 살아 있지 않는가."

민옹은 이야기를 장황하게 늘어놓아서 궤변 같지만 모두 사리에 맞
고, 그 말 속에는 풍자의 뜻이 담겨 있다. 대개 그는 변사辯士라 할 것이
다. 자리에 앉았던 사람들 모두 말이 막혀서 더 묻지 못했다. 그러던 중
에 누군가 불쑥 말을 던졌다.

"영감님, 세상에 무서운 것을 보았소?"

민옹은 한동안 잠자코 있다가 별안간 소리쳤다.

"무서운 것으로 말하면 자기 자신 같은 것이 없지. 나의 오른쪽 눈은
용이고 왼쪽 눈은 호랑이라. 혓바닥 아래는 도끼를 감추었고 굽은 팔은
활같이 생겼으며 생각을 잘하면 착한 어린이가 되고 잘못하면 오랑캐
가 되며, 경계하지 않으며 제 스스로 물고 뜯고 해치게 되겠지. 이 때문
에 성인도 '자기를 이기고 예로 돌아가라.'[13] '사심을 막고 참된 마음을
지켜라.'[14] 하고 가르치셨거든. 성인은 항시 자신을 두려워하셨다네."

서 생산된 것産慶州者"이라 했다.
13 '극기복례克己復禮'는 『논어·안연顏淵』에 나오는 말이다.

여러 사람이 제각기 어려운 질문들을 해보았지만 모두 메아리가 돌아오듯 척척 받아넘겨서 끝내 민옹을 말이 막히게 하지 못했다. 민옹은 자기를 자랑하기도 하고 옆사람을 놀리기도 해서 모두들 허리를 꺾어 쥐었다. 그러나 그 자신은 안색이 조금도 변치 않았다.

좌중의 어떤 사람이 황해도에 황충이 성하여 관에서 백성들에게 황충을 잡으라고 독촉한다는 이야기를 했다. 민옹이

"황충을 잡아서 무엇하게?"

하고 물으니 그 사람이 대꾸했다.

"황충이란 벌레는 누에보다 작고 색이 얼룩덜룩하고 털이 있는데 명螟이나 모蟊 같은 벌레처럼 하늘을 날고 곡식에 붙어 우리 농사를 해쳐 멸곡滅穀이라고도 부르지 않소? 내 그놈들을 죄다 잡아서 땅에 파묻을 작정이지요."

민옹이 말했다.

"그것들이야 조그만 벌레인데 크게 걱정할 것이 없지. 내가 보니 종루 거리를 메운 것이 모두 커다란 황충이데. 키는 7척에다 머리는 새까맣고 눈이 반짝반짝하고 입이 커서 주먹이 들랑거리는 것들이 무엇이라 조잘대며 떼 지어 다녀 발꿈치가 닿고 궁둥이를 잇대지 않던가. 곡식을 축내기로야 이것들보다 더한 것이 없지. 내가 이것들을 잡아버리고 싶지만 커다란 바가지가 없는 것이 한스러울 따름일세."

좌우에 앉아 있던 사람들이 모두 겁을 내 마치 정말 그런 벌레가 어디 있는 것처럼 여기는 표정이었다.

하루는 내가 민옹이 오는 것을 바라보다가 파자破字로 농을 걸었다.

---

14 '한사존성閑邪存誠'은 『역경易經·건문乾文』에 나오는 말이다.

"춘첩자春帖子 방제尨啼라."

민옹은 웃으며 받았다.

"춘첩자는 문[門]에다 붙이는 글[文]이니 곧 나의 성인 민閔을 말하는 것이고, 방尨은 늙은 개라 곧 나를 욕하는 것이며, 우는 소리[啼]는 듣기 싫은 법이니 내가 이가 빠져 말을 웅얼거린다는 뜻이군요. 그렇지만 만약 방尨이 두렵다면 개[犬]를 쫓아버리면 될 것이고, 우는 소리[啼]가 듣기 싫다면 입[口]을 틀어막으면 될 것 아니오? 그리고 남는 임금 제帝 자는 조화를 이른 것이요, 방尨이란 크다는 뜻이지요. 제帝에다 방尨을 붙이면 조화를 얻어 크게 되는 것이니 바로 용龍입니다. 그런즉 나를 욕한 것이 아니요, 도리어 나를 예찬한 말이로군요."

이듬해 민옹이 세상을 떠났다. 민옹은 활달하면서 기인으로 자유롭게 놀았지만 성품이 고결하고 정직하며 낙천적이고 착하였다. 『주역』에 밝았고 『노자』를 좋아했으며 책은 대체로 보지 않은 것이 없었다. 그의 두 아들이 무과에 급제해서 아직 벼슬을 못 하고 있다.

금년 가을에 나는 더욱 몸이 좋지 않은데 민옹을 다시 만날 길이 없다. 이에 나는 그와 더불어 나누었던 은어라든지 골계와 풍자들을 엮어서 「민옹전」을 짓는다.

때는 정축년(1757) 가을이다. 그의 죽음을 애도하는 만사를 지어 끝에 붙인다.

아! 민옹이시여

기발하고 괴이하신 민옹이시여

우리를 놀라게 하시고

우리를 즐겁게 하시고

때로는 화나게도 하시고
때로는 얄밉기도 하시던
민옹이시여,
벽상의 까마귀는 매가 되지 못하였구려!
참으로 포부가 큰 선비시더니
끝내 펼쳐보지 못하고 떠나셨구려!
지금 당신을 위하여 이 전을 지으매
아! 민옹은 죽었어도 죽지 않았도다.

●작품 해설

　민옹이라는 한 인간을 묘사한 것이다. 민옹은 일생을 불우 낙백한 처지에 있
으면서도 범상치 않고 걸출한 성격의 기인이다. 그런 인물이면서 해학을 능수
로 잘하는 일종의 이야기꾼이기도 하다. 일인칭 서술방식으로 작자가 민옹과
접촉한 과정을 그렸는데, 여기서 민옹은 유능한 이야기꾼으로 초청된 셈이고
작자는 그 애호가로 볼 수도 있다.

　연암의 탁월한 필치에 의해서 이야기가 행해지던 현장이 생생하게 재현되었
다. 민옹이 매년 벽상에 경구驚句를 쓰는 일이 기발하고 그 구절들이 아주 묘미
가 있거니와, 민옹을 작중에 등장시키는 장면이 극적으로 생동하고 있다. 민옹
의 입에서 튀어나오는 익살은 말솜씨가 재치있고 엉뚱하면서, 놀고먹는 인간
을 황충에 비유하는 등 풍자의 칼날이 번득이기도 한다.

광문자전廣文者傳

　광문이란 사람은 원래 거지였다. 일찍이 종루의 시전에서 구걸을 다녔는데, 뭇 거지아이들이 광문을 추대하여 패의 우두머리를 삼아 움막을 지키도록 했다.

　날씨가 춥고 눈이 내린 어느날 여러 아이들은 구걸을 나가고 한 아이가 병으로 나가지 못하고 움막에 누워 있었다. 이윽고 그 아이가 한속이 들어 덜덜 떨며 신음하는 소리가 몹시 슬프게 들렸다. 광문은 가련한 마음에 직접 나가서 밥을 빌어가지고 돌아왔다. 병든 아이에게 밥을 먹이려고 보니 그사이에 이미 숨이 끊어져 있었다.

　모두들 돌아와서 아이가 죽은 것을 보고 광문이 죽인 것으로 의심했다. 다들 덤벼들어 광문을 때려서 쫓아냈다. 광문은 밤중에 기어서 동네 어느 집으로 피신을 했는데, 그 집 개가 놀라 짖어댔다. 집주인이 나와서 광문을 발견하여 잡아 묶었다.

　"나는 나를 원수로 여기는 사람들을 피해 숨은 것이지 도둑질하러 들어온 것이 아니오. 주인장이 믿지 못하시겠거든 내일 아침 저잣거리에 나가서 알아보십시오."

주인은 광문의 말씨가 진실하여 도둑이 아닌 줄 짐작하고 새벽에 풀어주었다. 광문은 인사를 드리고 가면서 해진 자리 한닢을 얻어가지고 가는 것이었다. 집주인은 아무래도 수상하다 여겨 그의 뒤를 따라가보았다. 멀리서 바라보니 거지떼들이 시체 하나를 떠메고 수표교[1]에 와서 다리 밑으로 시체를 던져버리는 것이었다. 광문은 다리 밑에 숨어 있다가 해진 자리로 그 시체를 싸서 남몰래 지고 가서 서대문 밖의 공동묘지에다 묻어주고 한바탕 곡을 하고 무슨 말을 중얼거리는 것이었다.

이에 집주인이 광문을 붙잡고 물었다. 광문은 자기가 살아온 일과 어제 있었던 경위를 들려주었다. 집주인은 광문을 의롭게 여긴 나머지 자기 집으로 데리고 가서 옷을 주고 잘 대접했다. 그리고 마침내 약국 부자에게 그를 추천해서 점원이 되도록 하였다.

오랜 후에 하루는 부자가 문밖을 나가면서 자꾸 뒤를 돌아보더니 다시 돌아와서 방으로 들어가 자물쇠를 살펴보고 도로 나갔다. 마음이 아주 불편스런 기색이었다. 이윽고 다시 돌아와서 놀라는 표정을 짓고 광문을 노려보며 무슨 말을 하려다가 얼굴빛이 달라지면서 입을 다물고 그만두는 것이었다. 광문은 실로 무슨 이유로 그러는지 알지 못했다. 그냥 묵묵히 지내면서 그만두고 나가지도 않았다. 여러날이 지나서 그 부자의 처조카 되는 사람이 돈을 가지고 부자에게 찾아왔다.

"지난번에 아저씨께 돈을 꾸러 왔다가 마침 아저씨가 안 계시기에 제가 방에 들어가서 가져갔었지요. 아저씨께선 모르시는 일입니다."

이 말을 듣고 부자는 크게 부끄러워 광문에게 사과했다.

"내가 소인일세. 점잖은 사람의 마음을 상하게 했으니 나는 자넬 볼

---

1 수표교水標橋 청계천에 놓여 있던 다리. 이곳에 표석을 세워 수심을 측정했기 때문에 붙여진 명칭이다.

면목이 없네."

그리고 여러 아는 친구들이라든가 다른 큰 부자 상인들에게 널리 광문을 의로운 사람이라고 칭찬했다. 또 여러 종실의 빈객들과 여러 대감 문하의 측근들에게 떠벌려 자랑을 했다. 여러 대감의 측근들과 종실의 빈객들이 다시 그것을 이야기투로 만들어서 졸음을 청하는 자료로 삼았다. 몇달 사이에 서울의 양반들이 광문의 일을 마치 옛날 사람의 이야기인 양 듣게 되었다. 당시 서울에서는 모두 광문을 칭찬하고, 앞서 그를 잘 대접했던 집주인이 어질고 능히 사람을 볼 줄 알며 약국 주인도 점잖은 사람이라고 장하게 여겼다.

그때 돈놀이하는 사람들이 대략 각종 패물이라든지 옷가지나 기물이며 가옥·토지·노복 등의 문서를 전당 잡고 그 본값의 10분의 3이나 10분의 5 정도의 돈을 빌려주고 있었다. 그런데 광문이 사람들을 위해서 보증을 서면 전당을 잡지 않고도 한번에 천금을 빌려주었다.

광문은 생긴 모습이 극히 추루해 보였고 말하는 솜씨도 누구를 움직일 것 같지 않았다. 게다가 입이 커서 두 주먹이 들랑거릴 정도였다. 또한 만석중놀이²를 잘했으며 철괴무³도 할 줄 알았다. 당시 우리나라 아이들이 "네 형이 달문達文이다."라고 하면서 서로 놀렸는데, 달문이란 광문의 또다른 이름이다.

광문이 어느날 길을 가다가 싸우는 사람을 만났는데 그도 옷을 벗고

---

2 만석萬石중놀이 만석이란 중이 황진이黃眞伊에게 빠져 파계한 이야기를 무용극처럼 꾸민 것으로 추정됨. 현전하지 않아 확실히 알 수 없다.

3 철괴무鐵拐舞 이철괴李鐵拐는 중국 당나라 때 신선으로 유명한 사람의 이름. 철괴무는 그의 행동을 본뜬 춤으로, 강이천은 「남문 밖에서 산대놀이를 구경하고南城觀戱子」에서 철괴무에 대해 "너울너울 철괴선鐵拐仙 춤추며 두 다리 비스듬히 서더니 눈썹을 찡긋 두 손을 모으고 동쪽으로 달리다가 서쪽으로 내닫네."라고 묘사하였다.

함께 싸울 것처럼 덤벼들어 무엇이라 중얼거리며 몸을 구부리고 땅에 금을 그어 시비를 가리는 형상을 지었다. 길거리 사람들이 모두 웃음을 터뜨렸으며 싸우던 자들도 그만 웃고 헤어졌다.

광문은 나이가 마흔살이 넘었지만 여태 총각으로 있었다. 사람들이 장가를 들라고 권하면

"무릇 미색을 다들 좋아하는데 비단 남자만 그러는 것이 아니고 여자 또한 마찬가지이다. 나는 못생겼기 때문에 누구의 마음을 끌 수가 없지."

하고 대답했다.

또 누가 집을 마련하지 않느냐고 말하자

"나는 부모 형제와 처자식도 없는 몸인데 무엇하러 집을 마련하겠소? 아침이면 노래를 부르며 시중으로 들어갔다가 날이 저물면 부잣집 사랑에서 잠자면 그만이지. 서울 성중 8만호에 내가 매일 자는 집을 바꾸더라도 내 일생 동안 다 다니질 못할 것일세."

하고 거절했다.

서울의 명기로 인물이 아무리 곱고 아리따워도 광문이 이름을 내주지 않으면 일전의 가치도 없었다. 언젠가 우림아[4]와 각 전殿 별감, 부마도위[5]의 겸인들이 소매를 떨치고 운심[6]의 집에 모였다. 운심은 유명한 기생이다. 마루에 술상을 벌이고 가얏고를 퉁기면서 운심에게 춤을 청했다. 운심은 짐짓 머뭇거리며 좀처럼 춤을 추려고 하지 않았다. 광문이 밤에 운심의 집에 들러 대청 밑에서 서성거리다가 곧장 마루 위로 올라가서 자리에 나아가 서슴없이 상석에 앉는 것이었다. 광문은 비록 해진

---

4 우림아羽林兒 궁궐의 호위와 의장儀仗의 임무를 맡은 근위병.
5 부마도위駙馬都尉 임금의 사위. 부마.
6 운심雲心 밀양 출신의 기생으로 특히 검무를 잘하는 것으로 유명했다.

의복을 걸쳤지만 행동거지가 앞에 아무도 없는 듯 스스럼이 없었다. 그리고 눈곱 낀 눈을 들어 흘끔거리며 일부러 취한 척 트림을 하는데 염소수염 같은 머리를 뒤로 올려다가 붙인 모습이었다. 좌중의 여러 사람들이 깜짝 놀라 광문을 흘겨보며 일제히 달려들어 때려주려고 했다. 광문은 운심 곁으로 더 다가앉아 무릎을 쳐서 곡조를 맞추며 콧소리로 흥얼거리는 것이 아닌가. 이에 운심은 곧 일어나서 옷을 갈아입고 광문을 위해 검무를 추었다. 다들 아주 즐겁게 놀았다. 그리고 광문과 서로 친구를 맺고 헤어졌다.

후기

내 나이 18세 때 마음의 병이 심했다. 그래서 밤이면 매양 문하의 옛 겸인들을 불러 여염閭閻의 기이한 이야기들을 채근해 듣곤 했다. 당시 들었던 이야기에는 광문에 관한 일이 많았다. 나 또한 어렸을 적에 그를 직접 본 적도 있는데, 심히 추한 모습이었다.

내가 바야흐로 문장 공부에 주력할 때 「광문자전」을 지어서 여러 어른들에게 보여드렸더니 고문古文의 작품이라고 한때 크게 칭찬을 받았다.

당시 광문은 남쪽으로 전라도·경상도의 여러 고을로 다니며 놀았는데 그가 가는 곳마다 소문이 높았다. 그로부터 다시 서울에 들르지 않은 것이 수십년이었다.

바닷가의 한 거지아이가 개녕의 수다사[7]에서 얻어먹고 있었다. 밤에 절의 중들이 한가롭게 하는 이야기를 들었다. 광문에 관한 말이 나오자 모두들 사모하는 표정을 지으며 탄식하는데, 그를 못내 그리워하는 것

---

7 개녕開寧 수다사水多寺 개녕은 지금 경상북도 김천시에 속한 지명으로 현재는 면으로 남아 있다. 수다사는 현재 구미시에 속해 있다.

같았다. 이에 그 거지아이는 눈물을 떨어뜨렸다. 모두 이상해서 영문을 묻자 거지아이는 머뭇머뭇하다가 자기가 바로 광문의 아들이라고 말했다. 절의 중들이 크게 놀랐다. 그때까지 밥을 바가지에 담아주었는데 광문의 아들이라는 말을 듣고 나서는 바리때를 씻어 밥을 담고 숟가락과 젓가락에 반찬을 챙겨서 소반에 놓아주는 것이었다.

그때 영남의 한 요망한 자가 몰래 역모를 꾸미고 있었다. 이자가 중들이 거지아이를 그처럼 잘 대접하는 것을 보고 사람들을 현혹시켜보려고 몰래 그 거지아이를 불러 달랬다.

"네가 만약 나를 작은아버지라고 부르면 평생 부귀를 같이 누릴 수 있을 것이다."

그리하여 자신을 광문의 동생이라 자칭하고 이름을 광손廣孫이라 해서 광문과 형제간이 되는 것처럼 꾸몄다.

"광문은 제 자신의 성도 모를뿐더러 평생 독신으로 형제나 처자식이 아예 없는데 지금 어디서 장성한 아우와 아들이 나왔단 말인가?"

누군가 이렇게 의심하고 드디어 위에 고변을 했던 것이다. 그래서 광문까지 함께 다 관가에 붙잡혀왔는데, 서로 대질해서 심문해본바 얼굴도 모르는 사이였다. 이에 그 요망한 자는 사형에 처해졌고 거지아이는 귀양을 갔으며 광문은 석방되었다.

광문이 옥에서 풀려나자 노소 없이 다들 구경을 나와서 서울의 저잣거리가 여러날 텅 빌 지경이었다. 광문이 표철주表鐵柱를 보고 말했다.

"네가 사람 잘 치던 표망동表望同이 아니냐? 이젠 너도 늙어서 별수 없구나."

망동은 표철주의 별호였다. 이어서 근황을 이야기하며 서로 위로했다. 광문이 묻는 말이다.

"영성군과 풍원군[8]은 무양하시냐?"

"이미 다 돌아가셨지."

"김군경金君擎이는 지금 무슨 구실을 다니느냐?"

"용호영의 장교로 다니지."

"그 녀석이 미남자였거든. 몸은 좀 비대했지만 기생을 끼고 담장을 뛰어넘고 돈 쓰기를 흙처럼 했지. 이제 귀한 사람이 되어서 만나볼 수 없겠구먼. 분단粉丹이는 어디 갔지?"

"이미 죽었다네."

광문은 한숨을 쉬고 말했다.

"전에 풍원군이 밤에 기린각[9]에서 잔치를 하고 나서 분단이를 남게 하여 데리고 잔 일이 있었거든. 새벽에 일어나서 풍원군이 입궐하려고 서두르는데 분단이가 촛불을 잡고 있다가 잘못해서 초피 모자를 태웠겠다. 분단이가 황공해서 어찌할 줄 모르자 풍원군이 웃으며 '네가 부끄러운 모양이로구나.' 하고 즉시 압수전[10] 5천푼을 얹어주더군. 내가 그때 수건과 덧치마를 들고 난간 아래서 기다리고 있었는데 시꺼먼 것이 우뚝 귀신처럼 보였던 모양이야. 마침 풍원군이 지게문을 밀치고 침을 뱉다가 섬찟 놀라 분단에게 몸을 기대고 '저 시꺼먼 것이 무엇이냐?' 하고 귀에 대고 묻더군. 분단이 '천하에 누가 광문을 모르겠습니까?'라고 아뢰었지. 풍원군은 빙긋이 웃으며 '저 사람이 너의 후배[11]냐?' 하고

---

8 영성군靈城君·풍원군豊原君 박문수朴文秀와 조현명趙顯命. 영조 때 소론少論의 명신들이다.
9 기린각麒麟閣 원래 중국 한나라 때 공신의 초상을 걸어둔 건물의 명칭인데 여기서는 풍원군豊原君이 공신이기 때문에 그의 저택의 이름을 이렇게 붙인 것으로 추정된다.
10 압수전壓羞錢 부끄러움을 달래주기 위해 내려주는 돈이라는 의미.
11 후배後陪 벼슬아치의 뒤를 따라다니는 하인을 가리키는데, 여기서는 기생을 돌보

불러들여서 내게 큰 잔에 술을 내려주셨지. 그리고 당신은 홍로주紅露酒 일곱 잔을 마시고 초헌軺軒을 타고 가시더군. 이게 모두 지나간 옛일이야. 서울의 기생 중에 지금 누가 제일 유명하지?"

"소아小阿라네."

"그 조방꾸니[12]는 누군가?"

"최박만崔撲滿이라네."

"아침결에 상고당[13]께서 사람을 보내 나에게 위로의 말을 전하셨지. 들으니 집을 원교圓嶠 밑으로 옮겨, 집 앞에 벽오동碧梧桐 한 그루가 섰는데 늘 그 아래서 차를 달여 마시며 쇠돌이[14]로 하여금 거문고를 타게 하신다지."

"쇠돌이의 형제들이 시방 이름을 떨치고 있다는군."

"그래, 그 녀석은 김정칠金鼎七의 아들이겠다. 내가 그 아비와 잘 지냈거든!"

광문은 다시 쓸쓸한 표정을 짓다가 이윽고 말했다.

"이게 모두 내가 떠난 뒤의 일이야."

광문은 짧아진 머리를 그대로 땋고 있어 쥐의 꼬리같이 보였다. 이가 빠져 입도 합죽해져서 이제는 주먹이 입안에 들어가지 않았다. 광문이 다시 표철주에게 말했다.

"너도 이제 늙었구먼. 어떻게 먹고사는가?"

는 일을 맡은 사람을 가리킨다.

12 조방助幇꾸니 기생을 뒤에서 주선하는 일을 하는 사람. 지금의 매니저와 같은 역할.

13 상고당尚古堂 당시 서울의 서화 감상가로 유명한 김광수金光遂의 호. 본관은 상산商山, 자는 성중成仲. 부사를 지낸 인물로, 고금古琴·고기古器 등을 많이 수장했다.

14 쇠돌 원문에 '鐵突'로 되어 있는데 이것은 '쇠돌'의 한자 표기이다. 제2권 제4부의 「풍류」와 「회상」에는 김철석金哲石으로 등장한다.

"집이 가난해서 집주름이나 하고 지낸다네."

"너도 이젠 면했구나. 어허! 옛날 너의 집 살림이 여러 만금이었지. 당시 너를 황금투구[黃金兜]라고 불렀는데 지금 그 투구는 어디 갔지?"

"이제야 나는 세정世情을 알게 되었다네."

광문은 빙그레 웃으며 말했다.

"너야말로 기술을 익히자 눈이 어두워진 격이로면."

이후로 광문은 어디로 갔는지 알 수 없다.

● 작품 해설

　광문 이야기는 제2권 제4부의 「추재기이」에도 나오고 또 제3권 제6부의 「장복선」에도 언급되어 있다. 그런데 같은 대상인물에 대한 이야기라도 구체적인 내용은 서로 상당히 다르다. 가령 연암의 광문은 일생 독신이었는데, 자신의 독신주의를 여성의 인격을 긍정하는 논조로 합리화하고 있다. 후일담에서도 광문은 여전히 총각머리를 하고 있는 것이다. 「추재기이」의 광문은 과년하도록 결혼을 못 한 남녀들에게 베풀어진 나라의 시책에 힘입어 늦게 장가를 들고 그 은덕에 감사의 눈물을 흘리는 것으로 되어 있다. 연암은 이 소재를 18세 때 자기 집안의 옛 겸인들로부터 '여염의 기이한 일'로 제보받은 것이었다고 한다. 광문은 서울의 서민들 사이에서 명성을 날리던 존재로, 그의 실사實事가 일차 이야기로 전해지는 과정에서 차이가 발생했겠고, 작가적 수완과 의식이 또한 차이를 낳았을 것이다.

　광문이란 인물은 거지 출신으로, 일찍이 약국 점원 노릇도 하였지만 일정하게 매인 직업이 있었던 것은 아니고 자신의 신용으로 시정에서 금융 중개인·보증인 노릇을 했으며, 기생들의 매니저 같은 일을 보기도 했다. 하여튼 시정인으로서 특이한 인생철학을 가지고 자유롭게 달관해서 살아가는 한 '새로운 인간'의 형상으로 제시된 것이다.

　이 작품은 속편의 성격을 갖는 후기를 붙여서 내용이 훨씬 풍부해졌다. 특히 광문과 표망동이 만나서 대화하는 장면을 설정해서 서울 시정인들의 생활 주변을 경쾌한 필치로 그려낸 대목이 흥미를 끈다.

양반전兩班傳

양반이란 사족을 높여서 부르는 말이다.

정선군에 한 양반이 살았다. 이 양반은 어질고 글 읽기를 좋아하여 매양 군수가 새로 부임하면 으레 몸소 그 집을 찾아가서 인사를 드렸다. 그런데 이 양반은 집이 가난하여 해마다 고을의 환자를 타다 먹은 것이 쌓여서 천석에 이르렀다.

강원도 감사가 군읍을 순행巡行하던 중에 정선 고을을 들러 환곡 장부를 열람하다가 대로해서 소리쳤다.

"어떤 놈의 양반이 이처럼 군량¹을 축냈단 말이냐?"

그리고 즉시 그 양반을 잡아 가두도록 명했다. 군수는 양반이 가난해서 갚을 힘이 없는 사정을 딱하게 여겨서 차마 가두지 못했지만 다른 방도도 없었다. 양반 역시 밤낮으로 울기만 하면서 해결할 방도를 차리지 못했다. 그의 부인이 역정을 내서 말했다.

"당신은 평생 글 읽기만 좋아하더니 환곡을 갚는 데는 아무런 도움이

---

1 원문에 '軍輿'이라고 되어 있는데 환자를 의미하는 것으로, 환자는 원래 국가 비상시를 대비한 군량이었다.

안 되는군요. 쯧쯧, 양반! 양반이란 한푼어치도 안 되는걸."

그 양반과 한동네에 사는 부자가 자기 가족들과 의논을 했다.

"양반은 아무리 가난해도 늘 존귀하게 대접받고, 나는 아무리 부자라
도 항시 천한 사람이라 말도 타지 못하지 않느냐? 양반만 보면 굽신굽
신 두려워해야 하고, 엉금엉금 기어가서 정하배庭下拜를 해야 하지. 코
를 땅에 대고 무릎으로 기는 그 꼴이라니. 우리는 노상 이런 수모를 받
는단 말이다. 지금 우리 동네 양반이 가난해서 타먹은 환자를 갚지 못하
고 아주 곤란한 처지이니 그 형편이 도저히 양반을 지키지 못할 것이다.
내가 그의 양반을 사서 차지하겠노라."

부자는 곧 양반을 찾아가 보고 자기가 대신 환자를 갚아주겠노라고
자청했다. 양반은 크게 기뻐하며 승낙했다. 그래서 부자는 즉시 곡식을
실어가서 양반의 환자를 모두 갚아주었다.

군수는 양반이 환자를 일시에 상환한 것을 놀랍게 생각했다. 군수가
몸소 양반을 찾아가서 위로하고 환자를 갚게 된 사정도 물어보려고 했
다. 그 집에 들어서자 뜻밖에도 양반이 벙거지를 쓰고 잠방이를 입고 땅
에 엎드려 '소인'이라고 자칭하며 감히 쳐다보지도 못하고 있지 않는
가. 군수는 깜짝 놀라 내려가서 부축하고 물었다.

"귀하는 어찌 이다지 스스로 몸을 낮추어 욕되게 하시는가요?"

양반은 더욱 황공해서 머리를 땅에 조아리고 엎드려 아뢴다.

"황송하오이다. 소인이 감히 욕됨을 자청하는 것이 아니오라, 이미
제 양반을 팔아서 환자를 갚았지요. 동리의 부자 사람이 양반이옵니다.
소인이 어찌 전의 양반을 모칭冒稱해서 양반 행세를 하겠습니까?"

군수는 탄복하여 부르짖었다.

"군자로구나, 부자여! 양반이로구나, 부자여! 부자인데도 인색하지

양반전兩班傳 **371**

않으니 의로운 사람이요, 남의 어려움을 도와주니 어진 사람이요, 비천한 것을 싫어하고 존귀한 것을 사모하니 지혜로운 사람이로다. 이야말로 진짜 양반이로구나. 그러나 사적으로 팔고 사고서 증서를 해두지 않으면 송사의 꼬투리가 될 수 있다. 내가 너와 약속을 해서 고을 사람들로 증인을 삼고 증서를 만들어 확실하게 하되 본관이 거기에 직접 서명할 것이다."

군수는 관부에 돌아가서 고을 안의 사족 및 농·공·상인을 모두 관아에 불러모았다. 부자는 향소²의 오른쪽에 서고 양반은 공형³의 아래에 섰다. 그리고 증서를 만들었다.

　　건륭 10년⁴ 9월 ○일
　　이 명문⁵은 양반을 팔아서 환곡을 갚은 것으로, 그 값은 천석이다.
　　오직 양반은 여러가지로 일컬어지나니 글을 읽으면 사士라 일컫고, 정치에 종사하면 대부大夫라 일컬으며, 덕이 있으면 군자君子이다. 무반武班은 서쪽에 늘어서고 문반文班은 동쪽에 늘어서는데 이것이 양반이다. 너 좋을 대로 따를 것이로다.
　　야비한 일을 딱 끊고 옛날을 희구하여 뜻을 고상하게 갖고, 항시 오경이 되면 일어나 유황에 불을 붙여 등잔을 켜고서 눈은 가만히 코끝을 보고 발꿈치를 궁둥이에 붙이고 앉아 『동래박의』⁶를 얼음 위에 박

---

2 향소鄕所 향청의 좌수·별감. 지방관의 보좌·자문의 역을 맡았다.
3 공형公兄 서리 중의 중요한 직임을 맡은 호장·이방·수형리首刑吏를 가리킴.
4 1745년(영조 21)이다.
5 명문明文 증서. 원문에 '明文段'이라 되어 있는데, '段'은 '~은(는)' 역할을 하는 이두어이다.
6 『동래박의東萊博義』 송나라 여조겸呂祖謙이 지은 책. 『춘추좌씨전春秋左氏傳』에 대

밀듯이 왼다. 주림을 참고 추위를 견뎌 입으로 가난 타령을 하지 아니하고, 고치·탄뇌[7]를 하며 입안에서 침을 가늘게 내뿜어 연진[8]을 한다. 소맷자락으로 휘항揮項을 쓸어 먼지를 털어서 털무늬가 생겨나게 할 것이며, 세수할 적에는 주먹을 비비지 말고, 양치질을 해서 입내가 나지 않게 하고, 소리를 길게 뽑아서 여종을 부르고, 걸음은 신발을 땅에 끌며 느릿느릿 걸을 것이다.

『고문진보古文眞寶』『당시품휘』[9]를 깨알같이 베껴 쓰되 한 줄에 백 자를 쓰며, 손에 돈을 만지지 말고, 쌀값을 묻지 말고, 더워도 버선을 벗지 말고, 밥을 먹을 때 맨상투로 밥상에 앉지 말고, 국을 먼저 훌쩍 떠먹지 말고, 무엇을 후루룩 마시지 말고, 젓가락으로 방아를 찧지 말고, 생파를 먹지 말고, 막걸리를 들이켠 다음 수염을 쭈욱 빨지 말고, 담배를 피울 때 볼에 우물이 파이게 하지 말고, 화난다고 처를 두들기지 말고, 성난다고 그릇을 내던지지 말고, 아이들에게 주먹질을 말고, 노복을 뒈지라고 야단치지 말고, 마소를 꾸짖되 그것을 판 주인까지 욕하지 말고, 아파도 무당을 부르지 말고, 제사 지낼 때 중을 청해다 재를 드리지 말고, 추워도 화로에 불을 쬐지 말고, 말할 때 이 사이로 침을 튀기지 말고, 소 잡는 일을 말고, 돈을 가지고 노름을 말 것이다. 이와 같은 여러 품행에 양반으로서 어긋남이 있으면 이 증서를 가

한 사평史評으로 우리나라에서도 널리 읽혔다.

7 고치叩齒·탄뇌彈腦 도가道家의 양생법養生法으로, 눈을 감고 조용히 앉아 이를 여러 번 마주치는 것을 고치라 하고, 두 손을 목 뒤로 돌려 귀에 대고 둘째 손가락으로 가운뎃손가락을 튕겨서 뒤통수를 가볍게 두들기는 것을 탄뇌라 한다.

8 연진嚥津 도가의 양생법의 하나. 이른 새벽에 침을 내어 입안에서 여러번 뿜었다가 그것을 나누어서 가늘게 삼키는 방법이다. 이러한 것들은 선비들이 섭생攝生을 위해 흔히 쓰던 방법으로『산림경제山林經濟』에도 이런 방법들이 설명되어 있다.

9 『당시품휘唐詩品彙』 명나라 고병高棅이 편한 것으로, 당나라 시대 시선집.

지고 관에 나와서 판정할 것이다.

　성주 정선 군수 화압.[10]

　좌수 별감 증서證署.

　이에 통인이 관인을 찍는데 그 소리가 북소리와 어울리고 모양이 북
두성 삼태성처럼 종횡으로 찍혔다.

　부자는 호장[11]이 증서를 읽는 것을 쭉 듣고 한참을 멍하니 앉았다가
물었다.

　"양반이라는 게 이것뿐입니까? 나는 양반이 신선 같다고 들었는데
정말 이렇다면 너무 재미가 없는걸요? 원하옵건대 무어 이익이 되도록
문서를 바꾸어줄 수 없을까요?"

　하여 다시 문서를 작성했다.

　"하늘이 민을 낳을 적에 민을 넷으로 구분했다. 사민四民 가운데 가장
높은 것이 사士이니 이것이 곧 양반이다. 양반의 이익은 막대하니 농사
도 안 짓고 장사도 않고 약간 문사文史를 섭렵해가지고 크게는 문과 급
제요, 작게는 생원·진사가 되는 것이다. 문과의 홍패[12]는 길이 두자 남
짓한 물건이지만 백물이 구비되어 있어 그야말로 돈자루다. 진사가 나
이 서른에 처음 관직에 나가더라도 오히려 이름난 음관이 되고 잘되면
남행으로 큰 고을을 맡게 되어, 귀밑이 일산의 바람에 희어지고 배가 요
령 소리에 커지며, 방에는 곱게 치장한 기생의 귀걸이요, 뜰에는 학을
기른다.

---

10 화압畫押 수결手決. 요즘 사인과 같은 것.
11 호장戶長 지방 아전 가운데 으뜸 위치.
12 홍패紅牌 문과 시험의 합격증. 붉은 장지에 썼기 때문에 으래한 말.

궁한 양반이 시골에 살고 있어도 능히 무단을 행하여 이웃의 소를 끌어다 먼저 자기 땅을 갈고 마을의 일꾼을 잡아다 자기 논의 김을 맨들 누가 감히 나를 괄시하랴? 상놈들 코에 잿물을 붓고 머리끄덩이를 회회 돌리고 수염을 낚아채더라도 누가 감히 원망하랴?"

부자는 증서 쓰는 것을 중지시키고 혀를 내둘렀다.

"그만두시오, 그만둬. 맹랑하구먼. 나를 장차 도둑놈으로 만들 작정인가?"

그러고 부자는 머리를 흔들고 가버렸다. 그는 평생토록 다시 양반 말을 입에 올리지 않았다 한다.

●작품 해설

『청구야담』과 『파수편』에 '부민이 환곡을 갚아주고 양반을 사다輸官租富民買兩班'란 제목으로 「양반전」과 유사한 작품이 실려 있다. 양반이 살던 고장이 정선이 아니고 간성인 것이 다르지만 문장 표현까지 대개 일치하는 점으로 보아 연암의 작품이 옮겨진 것 같다. 그런데 빈궁한 양반이 자기의 양반을 팔았다는 이야기가 다른 기록에도 보인다. 「양반전」 역시 소재의 근거가 있었다고 보겠다.

밀린 환곡을 갚기 위해서 서민으로 부자가 된 자에게 자기의 양반 신분을 팔아치운다는 설정부터 정치적·경제적으로 여지없이 몰락한 양반들의 기막힌 처지를 무한히 빈정거린 어조다. 그때 작성된 첫번째 증서에서 보이는바 껍데기만 남은 신분에 구애되어 양반다운 행실을 지켜나가려는 그들의 깐깐한 모습이 사실적이면서도 희화적으로 느껴지는데, 재차 작성된 증서로 양반이란 급기야 도둑놈으로 매도되기에 이른다. 연암은 실세한 양반, 즉 士의 현실을 파헤쳐 사 계층의 각성을 촉구했던 것이다.

김신선전金神仙傳

　김신선은 이름이 홍기弘基이다. 나이 열여섯살에 장가를 들어 한번 처를 가까이해서 아들을 낳고 다시는 가까이하지 않았다. 벽곡[1]을 하고 벽을 향해 여러해 앉아 있었더니 그만 몸이 가벼워졌다 한다. 그가 국내의 명산을 두루 돌아다녔는데 매양 하루 수백리를 가서 해가 이른지 늦은지 쳐다본다는 것이었다. 5년 만에 한번 신을 바꿔 신었으며 험한 곳에 다다르면 걸음이 더욱 빨라졌다. 언젠가 혼잣말을 하기를 "물을 만나 옷을 걷고 물을 건너거나 배를 타고 건너느라 내 길이 더뎌진다."라고 했다 한다. 아예 밥을 먹지 않기 때문에 그가 객으로 찾아오는 것을 누구나 싫어하지 않았으며, 겨울에도 솜옷을 안 입고 여름에도 부채질을 하지 않았다. 그래서 그에게 신선이란 이름이 붙게 되었다.

　내가 일찍이 마음이 우울한 병이 있었다. 그때 들으니 김신선이 방기[2]가 있어서 더러 특이한 효험을 본다는 것이었다. 나는 그를 꼭 한번 만

---

1 **벽곡辟穀** 곡식을 안 먹고 솔잎 등을 먹는 것. 도교나 불교에서 수양과 장생長生을 위해 쓰는 방법.
2 **방기方技** 의술이나 양생술.

나보고 싶었다. 윤생과 신생[3]을 시켜 가만히 그를 찾아보도록 했는데, 서울 성중을 열흘 동안이나 찾아다녔지만 만나지 못했다. 윤생이 돌아와서 하는 말은 다음과 같았다.

"일찍이 들으니 홍기는 서학동[4]에 살고 있다던데, 지금은 거기가 아니데요. 그의 사촌 집에 처자가 더부살이를 하고 있어 그의 아들한테 물어보니 이렇게 대답을 하더군요.

'저희 아버지는 1년 중에 대개 서너번 들릅니다. 친구분들로는 체부동[5]에 술을 좋아하시고 노래 잘하시는 김봉사金奉事가 있고, 누각골[6]의 김첨지는 바둑을 잘 두시고, 그 뒷집 이만호는 거문고를 잘 타시고, 삼청동三淸洞의 이만호는 손을 좋아하고, 미원동[7] 서초관徐哨官과 모교[8] 장張첨사와 사복천변[9]의 지승池丞 같은 분들도 다 손을 좋아하시고 술을 즐기시며, 이문[10] 조봉사도 역시 아버지의 벗으로 집에 좋은 꽃을 가꾸시고, 계동[11]의 유판관劉判官은 진기한 서책과 고검古劍을 가지고 계시지요. 저희 아버지는 늘 이런 분들 사이에서 놀고 계시니 만나고 싶으면 이 여러분의 집을 찾아보십시오.'

그래서 두루 돌아다녀보았지만 어디에도 없었습니다. 저녁때 어느

---

3 윤생尹生·신생申生 연암 집의 겸인들이다.
4 서학동西學洞 지금 서울의 태평로1가에 속한 지명.
5 체부동體府洞 경복궁의 서편으로, 현재도 동명으로 남아 있다.
6 누각골樓閣洞 인왕산 밑 골짝으로, 현재 누상동樓上洞·누하동樓下洞으로 나뉘어 있다.
7 미원동美垣洞 지금 을지로1가에 있었던 지명인 미동美洞과 같은 곳인 듯. 보은단동으로 불리기도 했다.
8 모교毛橋 청계천의 한 다리인 모전다리. 지금 무교동에 있었다.
9 사복천변司僕川邊 지금의 서울 종로구 수송동 부근.
10 이문里門 서울에 이문이란 지명은 남대문 밖에도 있었고 지금 종각 건너편에도 있었는데 어느 쪽인지 확실하지 않다.
11 계동桂洞 창덕궁 서쪽으로 계산이라는 언덕이 있었는데 그 일대가 계동이다.

집을 들렀더니 주인은 거문고를 타고 두 객이 조용히 앉아 있는데 머리가 희고 갓을 쓰지 않았더군요. 옳지, 김홍기를 만났구나 생각하고 옆에 서서 한참 기다리다가 곡이 끝난 뒤에 나아가

'어느 분이 김노인이신가요?'

하고 물었지요. 주인은 거문고를 내려놓고,

'여기에 김씨는 없는데, 왜 묻소?'

하는 것이었습니다.

'제가 목욕재계하고서 이렇게 찾고 있사오니 부디 숨기지 말고 일러주옵소서.'

주인은 웃으며 대답했습니다.

'당신은 김홍기를 찾는군. 여기 오지 않았소.'

'언제 들르실까요?'

'그분은 어디 일정한 거처가 없고 다녀도 정처가 없을뿐더러, 찾아오는 데 미리 기약이 있거나 떠나면서 약속을 남기는 법도 없어요. 하루 중 혹 두세 차례 들를 때도 있고, 안 오기로 들면 해를 넘기기도 하지요. 들으니 그가 창동[12]과 회현방會賢坊에 있을 때가 많고, 또 동관[13]·배오개[14]·구리개·자수교[15]·사동[16]·장동[17]·대릉·소릉[18] 같은 데를 다니며 논다는데 그 주인들의 성명은 나도 잘 모르오. 다만 창동은

---

12 **창동倉洞** 지금의 남대문시장 부근 남창동 일대.

13 **동관董關** 어딘지 미상.

14 **배오개** 지금의 종로4가 부근. 이현梨峴.

15 **자수교慈壽橋** 인왕산 밑에 있던 다리.

16 **사동社洞** 지금의 사직공원 근방의 지명.

17 **장동壯洞** 지금의 종로구 통의동에 속한 지명.

18 **대릉大陵·소릉小陵** 태조의 왕비인 신덕왕후의 정릉貞陵이 원래 지금의 정동貞洞에 있다가 옮겨졌다. 이에 인연해서 대릉大陵·소릉小陵의 지명이 생기게 되었다.

내가 알고 있으니 한번 가서 물어보시구려.'

그래서 창동으로 가서 알아보지 않았겠습니까? 그 집에서 하는 말이

'그분이 들르지 않은 지 벌써 여러달이오. 내 들으니 장창교[19]의 임동지林同知가 술을 잘 마시는데 매일 김씨와 술 마시기로 내기를 한답디다. 지금도 임동지 집에 있을지 모르겠소.'

하여, 다시 임동지 집을 찾아갔습니다. 임동지는 여든 노인으로 말을 썩 정중하게 듣더니

'쯧쯧, 간밤에 술을 실컷 들이켜고 아침나절에 술이 채 깨지도 않은 채 강릉으로 떠났다오.'

합디다. 저는 그만 실망해서 한참을 우두커니 있다가 몇가지 물어보았지요.

'김씨는 무슨 특이한 점이 있는가요?'

'보통 사람인데 밥을 안 먹는 것이 특이하다면 특이하지.'

'외모는 어떻게 생겼는가요?'

'키는 7척이 넘는데 여윈 얼굴에 수염이 자랐고 눈동자가 푸르며 귀가 길고 누른빛이렷다.'

'주량은 어떤가요?'

'한 잔 술에도 취하지만 한말을 마시고도 더 취하지 않거든. 한번은 취해서 길바닥에 드러누워 있는 것을 형조 아전이 잡아다 가두었는데, 7일이 지나도 술에서 깨나지 않아서 할 수 없이 놓아주고 말았지.'

'말하는 품은 어떻던가요?'

---

19 장창교長暢橋 일명 장통교. 청계천에 있던 장교長橋의 별칭.

'여러 사람이 이야기하면 앉아서 졸고 있다가 이야기가 끝나면 문득 웃음을 그치지 않지.'

'몸가짐은 어떤가요?'

'조용하기는 꼭 참선하는 것 같고 졸拙한 것이 수절하는 과부 같지.'

하였습니다."

나는 윤생이 김신선을 열심히 찾아보지 않았는가 싶어서 신생에게 더 찾아보도록 했다. 신생 또한 수십여 집을 찾아 돌아다녔으나 끝내 만나지 못하였고, 그가 전하는 말도 윤생과 다르지 않았다.

어떤 이는 "홍기는 나이가 백여 살이나 되어서 어울려 노는 사람들이 다 아주 노인이지."라 하고 또 어떤 이는 "그렇지 않아요. 나이 19세에 장가를 들어 바로 아들 하나를 낳았는데 그 아들이 이제 겨우 약관이니 지금 기껏 쉰살 남짓일 것이오."라고도 했다. 그리고 어떤 이가 "김신선이 지리산으로 약초를 캐러 갔다가 벼랑에 떨어져 돌아오지 못한 것이 이제 수십년이 됩니다."라고 말을 하자, 누군가 "어두컴컴한 바위 구멍 속에 반짝반짝 빛이 보인대요."라고 하니, 다른 한 사람이 "그게 바로 김신선의 눈빛이에요. 산골에서 때때로 그가 길게 하품하는 소리가 들린답니다."라고도 말했다.

지금 종합해보면 김신선은 술을 잘 마시는 것뿐이고 특별한 도술이 있는 것은 아니며, 다만 이름을 가탁해서 돌아다니는 사람인 것 같다. 그래도 나는 다시 복[20]이란 녀석을 시켜서 찾아다니게 했지만 종내 만나지 못했다. 그때가 계미년(1763)이다.

---

20 복福 『열하일기熱河日記』에 연암이 데리고 간 시종으로 장복張福이 있었다. 복은 바로 장복을 가리키는 것으로 보인다.

그 이듬해 나는 관동의 바닷가로 놀러갔다. 석양에 단발령斷髮嶺을 넘으면서 금강산을 바라보니, 봉우리가 1만 2천이라는데 산색은 흰빛이었다. 산속으로 들어가니 산에는 단풍이 많아 한창 빨갛게 물들어 있었고, 싸리나무·느릅나무·남梅나무·예장나무들도 다 노란색을 띠었으며 삼나무·전나무는 더욱 푸르렀다. 그리고 동청수[21]가 많았고 산중의 갖은 신기한 나무들이 온통 빨갛게 노랗게 물들어 있었다. 풍광을 둘러보며 기뻐하다가 가마를 멘 중에게 물었다.

"이 산중에 득도를 해서 가히 더불어 놀 만한 특이한 중이 없는가?"

"그런 분이 어디 있겠습니까? 선암[22]에 벽곡하는 사람이 있는데 누가 영남 선비라 하나 자세히 알 수 없습니다. 선암은 길이 워낙 험해서 사람들이 가질 않지요."

하는 답이었다.

나는 그날 밤 장안사에 앉아서 여러 중들에게도 물어보았으나 대답이 아까 중의 말과 다르지 않았다. 그리고 벽곡하는 사람은 만 백일이 되면 떠날 터인데 지금 90여 일쯤 된다는 것이었다. 나는 그가 신선이 아닐까 생각하고 잔뜩 기대하여 밤에라도 즉시 일어나 가보고 싶었다. 아침나절에 진주담眞珠潭 아래 앉아서 같이 놀러 온 친구들을 기다리느라 눈이 빠졌으나 다들 약속을 어기고 오지 않았다. 게다가 관찰사가 관내를 순시하며 다니는 길에 금강산에 들렀다. 여러 절간으로 구경을 다니는데 인근의 수령들이 모두 모여 음식을 제공하였으며, 매번 놀러 나갈 때면 중들이 백여 명이나 동원되었다. 선암은 길이 워낙 험하기 때문에 혼자 갈 수도 없었다. 영원靈源·백탑白塔 사이를 홀로 왕래하자니 마

---

21 동청수冬靑樹 상록수의 일종. 여름에 황백색의 꽃이 피며 관상용으로도 쓰인다.
22 선암船菴 금강산 표훈사에 속한 암자.

음이 답답하기 그지없었다. 이윽고 또 비가 계속 내려 산중에서 엿새나 지체했다. 그러던 끝에 드디어 선암을 가게 되었다. 암자는 수미봉須彌峰 아래 있는데 내원통內圓通을 따라 20여 리를 들어가니 천길을 치솟은 바위가 나왔다. 길이 끊어져서 겨우 쇠줄을 붙잡고 공중에 매달려 올라갔다. 선암에 다다라 보니 뜰이 고요해서 새들의 지저귀는 소리조차 없었다. 좌대 위에 조그만 동불銅佛이 모셔져 있었고 오직 신발 두 짝이 남아 있었다.[23]

나는 실망해서 서성거리며 멍하니 서 있었다. 이내 이름을 암벽 아래 쓰고 탄식하며 돌아왔다. 그곳은 늘 구름이 감돌고 바람이 간혹 쏴― 하기도 했다

혹은 이르기를 "선仙이란 산인山人을 뜻한다." 한다.

또 이르기를 "산에 들어가면[入山] 곧 선이라고도 한다." 한다.

그리고 또 선僊이란 너울너울[僊僊] 가볍게 하늘을 나는 뜻이라고도 말한다.[24]

벽곡하는 이들은 꼭 선인이 아니고 울울히 세상에 뜻을 얻지 못한 사람들일 것이다.

---

23 여기서 "오직 신발 두 짝이 남아 있었다."라는 것은 사람이 떠나고 없다는 의미. 신선이 득도하여 신발만 남기고 사라졌다는 전설이 있다.
24 '仙' 자를 파자破字해서 '人'과 '山'의 복합으로, 혹은 '入'과 '山'의 복합으로 보기도 했고, '僊'은 '仙'과 같은 자인데, '僊僊'이라는 형용사로 풀기도 한 것이다.

● **작품 해설**

    일인칭 서술방식을 취한 이 작품의 플롯은 작자가 김신선의 존재에 대단히 매력을 느낀 나머지 그를 만나보려고 끈덕지게 추적하는 형식이다. 자기 집 겸 인들을 시켜서 계속 수소문하여 그가 살던 서학동 집도 알아내고, 그의 아들도 찾아보고, 그의 주변 친구들도 여럿을 만나게 되고, 작자 자신이 직접 그를 찾아 금강산 속을 헤매기도 하지만 그의 종적은 필경 묘연할 뿐이다.

    그 추적의 선상에 체부동·누각동·장창교 등 서울의 여러 동리에 사는 수다한 여항인의 운치 있는 모습들이 등장하여 그 시대 시정의 정조가 거울처럼 드러난다. 그리고 이들 여항인을 통해서 김신선도 같은 여항인으로 돈세遯世 방달放達한 인물임을 짐작게 한다.

    이 작품은 절묘한 수법을 써서 여항인들의 '새로운 호흡'을 그려낸 것이다. "벽곡하는 이들이 꼭 신선이 아니고 울울히 세상에 뜻을 얻지 못한 사람들일 것이다."라고 그들의 불우한 처지에 동정하는 함축성 있는 말로 끝을 맺어놓았다.

우상전虞裳傳

    일본은 관백[1]이 새로 들어서면 물자를 널리 비축하고 관사를 보수하고 선박들을 수리하는 한편, 각 번주藩主들의 지역에서 뛰어난 인재와 검객, 특이한 기술이며 서화·문학의 인사들을 수도에 불러들여서 여러 해 수련을 시켜 수준을 고도로 끌어올린다. 그러고 나서 우리나라에 사신을 보내달라고 요청하는데, 마치 책명策命을 기다리는 것 같았다.

    우리 조정에서는 3품 이하의 문신으로 엄선하여 삼사三使를 갖추어 파견했다. 수행하는 인원들 또한 모두 문장이 빼어나고 학식도 대단했으며, 천문과 지리, 산수·복서·의술·관상·무예에 능통한 사람들로부터 관현악기의 연주, 재담과 놀음놀이에 노래·음주·바둑·장기며 기마·궁술에 이르기까지 일기일능一技一能으로 국중에 이름을 떨치는 자들을 불러모아서 따라가게 했다. 그중에서도 문학과 서화를 특히 중시하였다. 저네들은 조선 문인의 글귀 하나라도 얻으면 양식을 싸들지 않고 천리를 갈 수 있는 정도였다고 한다.

---

1 관백關白　일본 에도江戶 시대의 실권자인 쇼오군將軍을 가리키는 말. 당시 새로 오른 관백은 에도 막부의 10대 쇼오군인 토꾸가와 이에하루德川家治였다.

조선사절단이 묵는 관사는 지붕을 온통 구리 기와를 얹어 비췻빛을 띠었고 계단은 무늬를 새긴 돌로 만들었으며, 기둥과 헌함도 주칠을 했다. 휘장 또한 화제[2]·말갈[3]·슬슬[4]로 장식한 것이고, 식기는 다 금과 은으로 도금을 해서 휘황찬란했다. 사절단이 지나가는 천리 길에는 기기묘묘한 볼거리가 허다했다. 그리고 사절단의 요리사나 역부 등 말단 인원까지도 평상에 걸터앉아 비자나무 통에 발을 담그고 있으면 꽃을 수놓은 저고리를 입은 아이들이 다가와서 씻겨주는 호사를 누렸다.

저들이 우리를 존대하는 태도가 이와 같았다. 중간에 역관이 호랑이·표범의 가죽이나 담비, 인삼 등 금지 품목을 가지고 가서 몰래 보석이나 명검 따위와 거래를 하면 거간꾼들이 이익을 노려서 재물에 목숨을 걸고 달려들듯 했다. 그들은 겉으로 공경하는 모양을 보일 뿐이었고 더이상 공대하는 것이 아니었다.

이우상李虞裳은 한어 역관으로 따라갔는데 유독 문장으로 일본 땅에서 크게 울렸다. 저들 이름 높은 승려나 귀인들로부터 우상은 "운아[5] 선생은 국사國士요, 대적할 자가 없다."는 칭송을 받은 것이다.

대판大坂 동쪽 지역으로 가면서부터는 중이 기생처럼 사행使行을 접대하고 숙식도 사찰에서 여관처럼 하였다. 저네들이 우상에게 시문詩文을 요구하기를 마치 내기라도 거는 듯했다. 화전지나 화축花軸이 책상에 쌓이는데 대체로 어려운 제목에 강운[6]으로 곤란하게 만들려는 것이

2 화제火齊 구슬 모양의 보석. 유리를 가리키기도 함.
3 말갈靺鞨 보석의 일종. 일명 홍마노紅瑪瑙. 말갈 지역에서 나온다 하여 이런 이름이 붙었다고 한다.
4 슬슬瑟瑟 푸른빛을 띠는 보석.
5 운아雲我 이언진李彦瑱의 호.
6 강운强韻 한시는 각운을 붙이는 규정이 있는데 운으로 정한 글자에서 특히 맞추기

었다. 그때마다 우상은 전혀 어려워하지 않고 마치 미리 지어놓은 것처럼 글귀를 불렀다. 운자를 맞추는 것 또한 평탄하고 자연스러워 보였다. 좌석이 파할 즈음에도 피로한 기색이 보이지 않았으며, 한 구절도 허술한 곳이 없었다. 그가 지은 「해람편海覽篇」은 이러하다.

천지 사이에 만국이
바둑알처럼 하늘의 별처럼

남방의 북상투
천축天竺의 머리 깎은 무리들
제로齊魯의 점잖은 의관이며
북방의 모포 따위

혹은 문명한 모습이요,
혹은 야만의 꼴이라.
무리 지어 모이거나 흩어져
지상에 제각기 이런 무리일세.

일본이란 곳은
파도가 일렁이는 섬나라
숲 속에 부상扶桑이란 나무
뜨는 해를 일찍 맞이한다네.

어려운 것을 '강운'이라 일컬었다.

여공女工에 능란하여 수놓은 비단

토산물로는 귤이며 등자

해산물에 괴이할손 장거[7]요,

나무 중에 신기할손 소철이라네.

이곳의 진산 방전[8]이

구진성[9]처럼 차례로 늘어섰으니

남북이 봄과 가을로 차이가 나며

동서로 주야가 갈라지네.

중앙에 큰 그릇을 엎어놓은 듯

하늘로 치솟아 만년설이 쌓였고

산에는 거대한 목재들

들에는 아름다운 옥석들

단사丹砂며 금, 주석

곳곳에서 나오고

대판大坂은 대도회라

보화로 쌓여서 용궁이 빌 지경

---

7 장거章擧 거대한 문어나 낙지 종류를 가리킴.

8 진산鎭山 방전芳甸 진산은 어느 지역의 중심이 되는 산. 방전은 비옥한 들판.

9 구진句陳 별자리 이름. 자미원紫微垣에 속하며 북극에 가장 가까운 6개의 별로 이루
   어져 있다.

기이한 향불 용연[10]을 태우는지
보석으로 아골[11]이 널렸고

코끼리 입에서 빼앗은 상아
코뿔소 머리에서 잘라온 서각犀角
파사[12] 사람도 여기서는 눈이 어지럽고
항주杭州의 시장도 무색할 지경이라.

바다로 둘러싸인 땅 가운데 또 바다가 있어[13]
그 속에 온갖 형상 생동하네,
등에 돛을 단 후어[14]처럼
수염고래 꼬리에 달린 깃발처럼.

굴이 벌집 모양으로 다닥다닥
우람한 거북이 굴속에 들어 있네.
홀연 산호 바다로 바뀌니
음화[15]의 빛이 휘황하고

---

10 용연향龍涎香 용의 침으로 만들었다고 전해지는 향. 고래의 내장에서 추출한다고 함.
11 아골석鴉鶻石 푸른빛의 보석으로 원산지는 아랍이다.
12 파사波斯 지금 이란의 옛 이름인 페르시아. 사람의 눈이 어지럽도록 진귀한 물화가 많은 것으로 알려져 있었다.
13 일본에서 제일 큰 호수인 비파호琵琶湖를 가리키는 것으로 추정됨. 바다처럼 넓다고 해서 이렇게 표현한 것이다.
14 후어鱟魚 게의 일종. 후어는 등뼈가 배에 돛을 펼쳐놓은 모양이라고 한다. 투구게.
15 음화陰火 바다에 사는 생물이 내는 빛.

홀연 쪽빛 바다로 바뀌니

오색 노을로 물들고

홀연 수은빛 바다로 바뀌니

하늘의 별이 만개나 뿌려진 듯

홀연 큰 염색방으로 바뀌어

비단 천필이 나부끼고

홀연 용광로로 바뀌어

오색 금속이 광채를 발하네.

용이 하늘로 날아오르고

우레와 벼락이 천만번 치고

발선[16]이며 강요주[17]는

괴이하여 황홀하게 만드네.

이곳 사람들 발가벗고 관을 쓰고

전갈처럼 독을 쏘아대며

일을 만나면 와글거리고

사람을 음해하면 교활하기 그지없다.

이익을 좇아 물여우가 모래를 쏘듯

조금만 거슬려도 멧돼지처럼 덤벼든다.

---

16 **발선髮鱔** 뱀장어처럼 생긴 민물고기로 드렁허리라고도 함.

17 **강요주江珧柱** 조개의 일종. 말조개.

부녀자들 희학질 일삼고
아이들도 산꾀를 부리고

조상을 등지고 귀신에 혹하기도 하고
살상을 좋아하면서 부처님께 아부한다.
글씨는 제비 발자국 찍어놓은 듯
시는 때까치 소리를 못 면했네.

남녀의 어울림은 짐승꼴이요,
붕우 사이는 어별魚鼈과 비슷하다.
말은 새가 지저귀는 듯
역관도 다 알아듣지 못하네.

초목은 기이하기 그지없어
나함[18]도 산수기山水記를 버려야 하리.
샘물은 무한히 솟아나니
역도원[19]의 지식도 우물 안 개구리.

물고기 종류 많고 많아
사급[20]은 도설圖說을 감추어야 하리.

---

18 나함羅含 중국 동진東晉 때 인물로『상중산수기湘中山水記』를 지었다.
19 역도원酈道元 북위北魏 때의 인물로 지리서인『수경주水經注』를 지었다.
20 사급思及 예수회 선교사 줄리오 알레니Giulio Aleni(1582~1649)의 자字. 이딸리아
   출신으로 중국에 와서『직방외기職方外紀』를 지었는데, 그 속에 바다와 수중생물에
   관한 지식을 담은「사해총설四海總說」이 들어 있다.

도검刀劍에 글자를 새겼으니

도홍경[21]은 다시 붓을 들어 속편을 써야겠네.

지구상의 여러 나라

바다의 수많은 섬들

서양의 이마두[22]가

경위선으로 구분해놓았는데

내 이 시를 지음에

말은 졸렬하되 사실을 그린 것이라.

이웃 나라와 잘 지내야 하나니

아무쪼록 화친을 잃지 마소.

우상 같은 사람은 글로 나라를 빛냈다는 찬사를 받아야 마땅할 것이다.

만력萬曆 임진년(1592)에 일본의 풍신수길豐臣秀吉이 몰래 군대를 동원하여 우리나라를 침략, 삼도三都를 유린하고 늙은이, 어린아이 할 것 없이 코를 베어갔다. 그 과정에서 철쭉과 동백나무가 우리 삼한땅에 옮겨지기도 했다. 선조 임금께서 전란을 피해 의주로 가서 중국 천자에게 아뢰었다. 천자는 크게 놀라 천하의 군사를 동원하여 동쪽으로 보냈다. 대장군 이여송李如松과 제독 진린陳璘·마귀麻貴·유정劉綎·양원楊元 등은

---

21 도홍경陶弘景 중국 고대 도검에 대한 저술인 『고금도검록古今刀劍錄』의 저자.
22 이마두利瑪竇 이딸리아의 예수회 선교사 마떼오 리치Matteo Ricci(1552~1610)의 중국 이름.

옛날 명장의 풍모가 있었으며, 어사御史 양호楊鎬·만세덕萬世德·형개邢玠 등은 문무의 재능을 겸비하여 책략이 귀신을 놀라게 할 만하였다. 병졸들 또한 진봉[23]·섬서·절강浙江·운남雲南·등주登州·귀주貴州·내주萊州 등지의 용맹한 군사였다. 대장군 집안의 사병만 해도 천명에 이르렀던바 유주幽州·계주薊州의 검객들이었다. 그럼에도 끝내 일본 군대와 협상을 벌이다가 겨우 국경 밖으로 쫓아내는 데 그쳤다. 이후로 수백년 동안 통신사가 자주 강호江戶까지 갔으되 삼가 체통을 지켜 외교관계를 엄숙히 거행해왔을 뿐, 저들의 풍속·인물·지형·강약 등 형세는 하나도 탐지하지 못하고 빈손으로 오고 가고 했을 따름이었다.

우상은 힘이 붓 한 자루도 이기지 못할 정도였으되 정수를 뽑아서 아름다움을 표출해내니 저 만리 섬나라 도회처의 산천초목들을 다 마르게 만들 지경이었다. 붓의 역량이 능히 산하를 뽑는다 해도 과언이 아닐 것이다. 우상의 이름은 상조[24]다. 일찍이 자기 자신의 화상을 이렇게 그렸다.

공봉 백[25]·업후 필[26]에
철괴[27]를 합하여 창기滄起가 되었다오.

---

23 진봉秦鳳 지금의 중국 섬서성에 속한 지역.

24 상조湘藻 이덕무는 『청비록淸脾錄』에서 "이언진이 스스로 지은 이름이 상조湘藻"라고 하였다.

25 공봉 백供奉白 이백李白(701~762)을 가리킴. 그가 한림공봉翰林供奉이라는 관직을 지냈기 때문에 이렇게 칭한 것이다.

26 업후 필鄴侯泌 당나라 때 도교 계통의 인물인 이필李泌(722~789)을 가리킴. 그가 업현후鄴縣侯로 봉해졌기에 업후라고 칭한 것이다.

27 철괴鐵拐 수당시대에 활동했던 인물. 신선으로 일컬어진다.

옛 시인, 옛 산인,[28]

옛 선인仙人이 다 이씨 성이라지요.

이李는 그의 성이요, 창기는 그의 별호이다.

무릇 선비란 자기를 알아주는 사람에게 나아가고 자기를 알아주지
못하는 사람에게는 몸을 움츠리는 법이다. 해오라기와 비오리는 조류
중에서 하찮은 것이지만 그래도 제 깃털을 아껴서 물에 비춰보며 서 있
고 하늘로 날아올랐다가 내려앉기도 한다. 사람에게 있어서 문장은 어
찌 새의 깃털의 아름다움에 견주겠는가.

옛날 형가가 밤에 검술에 대해서 논하자 합섭이 성을 내서 눈을 흘겼
던 일이 있었다. 그런데 고점리가 축을 연주하자 형가는 거기에 맞추어
노래를 불렀다. 이윽고 서로 붙들고 옆에 사람이 아무도 없는 듯 목을
놓아 통곡을 했다.[29] 무릇 즐거움이 극에 달했을 텐데 운 것은 무슨 까
닭인가? 마음속의 격분이 극에 달해 자기도 모르게 슬픔이 일어난 것이
다. 본인에게 물어본다 해도 그때 무슨 마음이었던지 아마 자신도 알지
못했을 것이다. 문인이 글로 우열을 다투니 어찌 한낱 검객의 기술에 견
줄 것인가. 우상은 세상에서 자기를 참으로 알아주는 사람을 만나지 못
했던가 한다. 그의 글은 어찌 저다지 슬픔이 많았을까.

---

28 산인山人 산속에 은거한 사람이라는 뜻. 이필이 모함을 받아 산속에 은거한 일이 있다.
29 『사기·자객열전刺客列傳』에 나오는 형가에 관련한 고사. 전국시대 말기에 연나라
　에서 진시황을 암살하기 위해 형가를 파견하는데, 고점리高漸離라는 인물이 그를 송
　별하는 자리에서 축筑이란 악기를 타면서 노래를 부르자 형가는 화답하는 노래를 부
　르며 감정이 고조되어 울었다. 전에 형가는 검술에 대해 논하매 합섭蓋聶이 보고 눈
　을 흘겼으나 형가는 아무런 반응을 보이지 않고 일어섰다. 형가가 전후로 사람을 대
　하는 태도가 달랐던 것은 합섭은 자신을 알아주지 못한 자이고 고점리는 자신을 알
　아주기 때문이었다는 것이다.

닭의 볏 우뚝하여 관을 쓴 것 같고

소의 늘어진 멱미레 커다래 자루만 하지.

집에서 늘 보던 물건이라 기이하게 여기지 않는데

반면 낙타의 등을 보면 굉장히 놀라워하지.

이렇듯 우상은 스스로 문학적 재능을 자부했던 것이다. 그가 병이 깊
어 죽게 됨에 미쳐서 자기 원고를 모두 불 속에 집어던지면서 "어디에
알아줄 사람이 있으랴!"라고 하였다. 그의 심경을 헤아려보면 너무도
슬프지 않은가.

공자께서 "세상에 재주 있는 사람은 찾기 어렵구나. 정말 그렇군."이
라 하셨다. 또 이르기를 "관중管仲은 그릇이 작지."라고 하셨다. 자공子貢
이 공자에게 "저는 어떤 그릇입니까?"라고 물으니 "너는 호련[30]이다."
라고 대답하셨다. 대개 그 의미는 아름답긴 하나 크기가 작다는 뜻이다.
비유하자면 덕은 그릇이요, 재주는 거기에 담기는 물건이다. 『시경』에
는 "저 깔끔한 옥잔이여, 좋은 술이 거기에 담겨 있네."라 했고, 『주역』
에 "세발솥[鼎]의 발이 부러져서 공公이 자실 음식이 엎어졌구나."라고
나와 있다. 덕이 있고 재주가 없으면 덕은 빈 그릇처럼 되고, 재주가 있
고 덕이 없으면 재주는 담길 곳이 없다. 그릇이 얕으면 넘치기 쉬운 법
이다.

사람은 하늘과 땅과 함께 삼재三才라 이르는 것이다. 그러므로 귀신

---

30 호련瑚璉 중국 고대의 제기로서 서직黍稷을 담았던 것이다. 공자가 자공의 인물을
   평하여 호련이라고 한 것은 훌륭하긴 하지만 그릇으로서 용량이 크지 못하다는 의미
   를 담고 있다(『논어·공야장公冶長』).

이란 재オ요, 천지는 큰 그릇이다.[31] 저 지나치게 정결한 자는 복이 깃들 곳이 없고, 남의 정곡을 잘 꼬집는 자에게는 사람이 붙지를 않는 법이다. 문장이란 천하의 지극한 보배다. 사물의 가장 긴요한 데서 요점을 잘 드러내고 형체가 드러나지 않는 데서 숨은 의미를 찾아내는데, 음양의 비밀을 누설하면 귀신이 노여워하며 원망하기 마련이다. 나무가 좋은 재목이 될 수 있으면 사람들은 베어갈 생각을 하고, 패물이 귀중하면 사람들은 훔치려 들기 마련이다. 그래서 '재주 재オ'자는 획이 안으로 삐치고 밖으로 나가지 않는 모양새로 되어 있는 것이다.

우상은 처지가 일개 역관 신분에 지나지 못해서 본국에 있을 때는 명성이 마을을 벗어나지 못했고, 양반들은 그의 얼굴도 알아보지 못했다. 그러다가 하루아침에 만리 타국에서 명성을 울렸다. 몸소 고래나 용, 악어의 집을 파헤치니 그 솜씨는 해와 달의 광채를 받아들이고 그 기운은 무지개나 신기루처럼 찬란했다. 이에 이르기를, "(좋은 물건을) 허술하게 숨겨두면 도둑질을 가르치는 셈이라." 했고, "물고기는 연못을 벗어나서는 안 되며, 신예의 병기는 남에게 보여줄 수 없는 것이다."라고 했다. 어찌 경계하지 않을 수 있으랴!

또 승본해[32]를 지나면서는 이런 시를 지었다.[33]

천한 무리들 맨발에 얼굴도 괴상하다.

---

31 『중용』 제16장에 "귀신이 수행하는 덕은 거룩하도다鬼神之爲德 其盛矣乎"라고 나와 있는데 이에 대해 정자程子는 "귀신은 천지의 공용功用이요 조화의 자취라."라고 풀이했다.
32 **승본해勝本海** 일본 나가사끼현長崎縣 이끼壹岐 섬 주변의 해역을 가리킴.
33 이 작품은 『송목관신여고松穆舘燼餘稿』에 '일기도壹歧島'라는 제목으로 수록되어 있다.

청색의 윗도리 별과 달을 수놓은 것이네.

여자들 꽃저고리 입고 대문 밖으로 나오는데
머리를 제대로 빗지 않고 풀어헤친 모습
아이가 울어대자 그 어미 젖을 먹이며
손으로 아기의 등을 다독이더라.

홀연히 북을 울리며 사행이 나타나매
사람들 활불活佛이나 만난 듯 둘러싸고
일본 관인들 예를 갖춰 선물을 바치는데
산호며 대패³⁴를 소반에 받쳐 올린다.

벙어리 둘이 만나 주객이 된 듯
눈치로 알아채고 붓이 혀를 대신하네.
저들의 관부 또한 화려하고 정원도 운치 있어
종려며 귤나무 제 위치에 서 있구나.

우상은 치질 증세로 선상에 누워 있다가 매남³⁵스승의 말씀을 떠올리
며 시를 지었다.³⁶

---

34 대패大貝 바닷조개의 일종. 껍질이 백옥 같고 광택이 나서 보물로 여겨졌다.
35 매남梅南 이용휴李用休(1708~82)를 가리킴. 이언진이 문학적 영향을 많이 받은 선
   생이다. 그의 호는 혜환惠寰으로 알려져 있으며 매남은 그의 별호이다.
36 이 작품은 『송목관신여고松穆館燼餘稿』에 '일양으로 가는 배에서 혜환 선생의 말
   씀을 생각하며壹陽舟中念惠寰老師言'라는 제목으로 수록되어 있다.

공자의 도, 부처의 가르침
세상의 법, 세상 밖의 도, 해와 달처럼.

서사西士가 일찍이 인도에 닿았는데
과거불佛 현재불 어느 하나 없었다지.

지금의 유자들은 장사꾼 무리
필설筆舌을 희롱하여 괴이한 말 퍼뜨린다.

몸에 털 나고 머리에 뿔 돋쳐 지옥에 떨어진다고
이렇듯 사람 속인 죄 응당 벌을 받아야 하리.

이 해독이 동쪽의 섬나라에 미쳐
절간이 도시와 산속에 널려 있네.

이 나라 사람들을 화복으로 겁을 주어
향불이며 공양이 떨어질 새 없구나.

부처님 좋아한다면서 부처님 싫어하는 걸 좋아하는가
고기 먹기 즐겨하여 도살을 마음대로.

사람의 자식으로 남의 자식 죽여놓고
들어와서 부모를 봉양하면 어느 부모 좋아하랴!

육경六經이 하늘에 환히 빛나거늘
이 나라 사람들은 눈이 캄캄하구나.

양곡과 매곡[37] 이치가 둘일 수 없나니
따르면 성인이요, 어기면 도올[38]이라네.

우리 선생님 나를 깨우쳐 대중을 가르치라 하셨으니
나 시를 지어 목탁을 삼으리라.

  그가 지은 시편들은 모두 다 후세에 전할 만한 작품이다. 귀국하는 길
에 보니 중간에 머물렀던 곳에서 벌써 그의 시편을 간행하여 팔려고 내
놓았더라 한다.
  나는 우상과 생시에 만나지 못했다. 그런데 우상이 종종 사람을 시켜
서 자기 시를 보여주며 "이분이야말로 내 시를 알아줄 것이다."라고 말
했다 한다. 나는 그 사람에게 농담조로 이렇게 말했다.
  "이건 오농세타[39]로군. 너무 기교적이어서 진귀할 것이 못 된다."
  우상은 노하여 "창부[40]가 사람을 열나게 만드는군." 하더니, 이윽고
스스로 탄식하기를 "내가 세상에 오래 살겠느냐?"라고 말했다. 그러고

---

37 양곡暘谷과 매곡昧谷 양곡은 해 뜨는 곳, 매곡은 해가 지는 곳. 『서경書經·요전堯典』
  에 나오는 말.
38 도올檮杌 중국 전설상의 동물 이름. 흉악한 것으로 일컬어졌다.
39 오농세타吳儂細唾 오농은 중국의 강남 지역 사람을 얕잡아 부르는 말. 세타는 너무
  기교적인 글이라는 의미.
40 창부傖夫 남자를 비하해서 부르는 말. 중국의 남북조 시대에 남쪽 사람들이 북쪽
  사람을 가리켜 창부라고 부른 바 있다.

는 눈물 몇줄기를 흘렸다 한다. 나는 이 말을 듣고 매우 슬퍼했다.

얼마 후에 우상은 세상을 떠났는데 그때 나이가 27세였다. 그의 집안 사람이 꿈에 한 신선이 취해서 고래를 타고 가는데 아래로 검은 구름이 드리워 있고 우상이 머리카락을 흩트리고 그 뒤를 따라가더라는 것이다. 그로부터 얼마 지나지 않아서 우상은 죽었다.

"우상은 신선이 되어 떠났다."

어떤 사람들의 말이다.

슬프다! 내가 마음속으로 그의 재주를 사랑하면서도 억눌렀던 것은 우상의 나이가 젊으니 고개를 숙이고 제 길을 찾아 정진하면 훌륭한 저술을 하여 후세에 전하게 될 것이라고 여겼기 때문이었다. 지금 와서 생각하니 우상은 필시 자기 글이 나를 기쁘게 하는 데 부족했다고 실망했던 것 같다.

누군가 그의 만사輓詞를 지어[41] 이렇게 노래하였다.

1
오색의 예사롭지 않은 새
어쩌다가 용마루 위에 앉았네.
사람들 다투어 와서 구경하니
놀라 날아올라서 자취 없이 사라졌구나.

---

41 이언진의 스승인 이용휴가 그의 죽음을 슬퍼하여 지은 글이다. 이용휴의 『탄만집』 에는 「이우상만李虞裳挽」 10수가 실려 있는데 그중에서 제2·3·4·8·10의 5수를 여기에 전재한 것이다.

2

까닭 없이 천금을 얻으면
그 집엔 필연코 재앙이 생긴다지.
하물며 세상에 드문 보배야말로
어찌 오래도록 남겨둘 수 있으랴.

3

일개 조그만 필부임에도
그가 죽으매 인류의 수가 줄어든 줄 깨닫겠네.
어찌 세도世道에 관계된 것이 아니랴!
떨어지는 빗방울처럼 인종이 많다 해도.

4

이 사람 간담은 박처럼 크고
이 사람 눈은 달처럼 밝고
이 사람 팔목은 귀신이 붙은 듯
이 사람 붓끝엔 혀가 달린 듯.

5

사람들 자식에게 전하는데
우상은 자식에게 전하지 않았네.
혈기는 다하는 때가 있으되
명성은 다함이 없어라.

나는 생전에 우상을 만나보지 못한 것을 매양 안타깝게 여겼다. 그가 지은 글들은 이미 스스로 태워버려 남은 것이 없어 세상에 더욱 아는 이가 드물다.

　내가 예전부터 간수해온 책상자를 펼쳐서 그가 전에 보여준 원고를 찾아 약간 편을 얻었다. 이에 모두 드러내서 우상의 전을 짓는다. 우상에게 아우가 있는데, 역시 글을 잘한다.

● **작품 해설**

　「우상전」은 요절한 천재시인 이언진李彦瑱(1740~66)을 전 형식에 담아서 그려낸 것이다. 우상은 그의 자다. 연암의 『방경각외전』에 실린 다른 작품들과는 달라 보이는 면이 있다. 첫째, 실존 인물의 실사라는 점이다. 「마장전」「민옹전」「광문자전」 등도 어떤 실체가 현실에 없지 않았다. 그렇긴 하지만 이언진처럼 저명한 인물이 아니고 행적도 잘 잡히지 않아서 모호하다. 이 작품에서 작가는 그를 문학사에 시인으로 등재시키려는 의도를 분명히 갖고 있다. 둘째, 작중에서 비중을 두어 시편들을 대폭 원용하였는데 이 점도 아주 다르게 여겨지는 점이다. 주인공의 문학적 개성과 함께 빼어난 수준을 구체적으로 보여주기 위한 수법으로 볼 수 있다.

　이 작품은 요절한 시인의 문학적 수월성을 드러냄으로써 당시 조선의 현실을 고발하려는 데 초점을 맞추었다. 주인공이 일본 땅에서 고도로 재능을 발휘하여 무한한 찬사를 받게 만든다. 그리고 무대를 해외로 옮겨서 조선사회의 문제점을 더욱 심각하게 드러낸 것이다. 우상은 신분이 일개 역관에 지나지 못해 본국에 있을 적에는 명성이 마을을 벗어나지 못했고, 양반들은 그의 얼굴도 알지 못했다고 탄식해 마지않는다. 이 문제점을 작가는 남의 탓으로만 돌리지 않고 자기비판도 아끼지 않는다. 우상은 연암에게 자기의 시작품을 보냈던바 연암은 냉담한 태도를 보였다. 내심 그를 아낀 나머지 더욱 대성하기를 기대했기 때문이었다고 한다. 그런데 우상은 생전에 자기 원고들을 불 속에 던져버리라 하고 곧 세상을 떠났다는 것이다. 연암은 "지금 와서 생각하니 우상은 필시 자기 글이 나를 기쁘게 하는 데 부족했다고 실망했던 것 같다."라는 말로 작품을 끝맺는다.

　아울러 덧붙여둘 말은 이 「우상전」이 당시로서는 특이하게도 일본에 대한 여러가지 지식정보와 함께 이해를 돕도록 했다는 점다.

열녀 함양 박씨전烈女咸陽朴氏傳

제齊나라 사람의 말에 "열녀는 두 남자를 섬기지 않는다."[1]라고 했으니 『시경』의 '백주'[2]편이 그러한 뜻이다. 우리나라 법전에 "개가 자손은 정직에 임명하지 않는다."[3]라는 규정이 있다. 이것이 어찌 일반 서민에게 해당하는 것이겠는가?

그러나 우리 왕조가 들어선 4백년 이래 백성들이 오랫동안 교화에 젖어 여자들은 양반이건 아니건 누구나 수절을 해서 드디어 풍속을 이루게 되었다. 옛날의 이른바 열녀는 지금에 있어서는 과부가 여기에 해당한다고 할 것이다.

시골구석의 젊은 아낙이나 여항의 청상과부들까지도 부모가 다시 시

---

1 원래 『사기·전단열전田單列傳』에 "정녀는 두 남자를 섬기지 않는다貞女不更二夫"라는 말이 나온다. 정녀와 열녀는 같은 뜻의 말이다. 전단이 제나라 사람이기 때문에 여기서 '제나라 사람의 말'이라고 한 것이다.
2 『시경·용풍鄘風』에 나오는 편명. 위衛나라 세자인 공백共伯이 일찍 죽어, 그 아내 공강共姜의 부모가 그녀를 개가시키려 하자 절조를 끝내 지키겠다는 의지를 표명한 내용이다.
3 『경국대전經國大典·이전吏典·경관직京官職』조에 나오는 조문. 정직正職이란 문무관의 정식 벼슬자리.

집보내려고 강압하는 것도 아니고 자손들의 벼슬길이 막힐 것도 없는데 수절하여 사는 것만으로는 절의가 될 수 없다고 생각하여, 허다히 대낮의 밝음을 뒤로하고 남편을 따라 무덤에 들어가는 것을 소원한 나머지 물과 불 속에 스스로 몸을 던지고 독약을 마시거나 목을 매달기를 마치 낙토를 밟듯 한다. 열烈이야 열이긴 하지만 과도한 일이 아닐까?

옛날에 어느 명망 높은 벼슬아치 형제가 어떤 사람이 청직淸職으로 나가는 것을 막으려고 의논했다. 마침 모부인이 옆에 있다가 듣고서 물었다.

"무슨 허물이 있다고 남의 벼슬길을 막으려 하느냐?"

"그의 선대에 일찍 홀로된 부인이 있었는데, 세상에 돌아다니는 말이 썩 좋지 않더군요."

어머니가 놀라서 다시 물었다.

"규방의 일을 밖에서 어떻게 아느냐?"

"풍문이지요."

"바람이란 소리만 들리고 형체는 보이지 않는 것이다. 눈으로 볼래야 보이지도 않고 손으로 잡을래야 잡히지도 않으며 공중에서 일어나 온갖 것들을 떠돌게 하는 것 아니냐? 어떻게 형체가 없는 일을 떠도는 말만 듣고 논한단 말이냐? 더구나 너희들 역시 과부의 아들이다. 과부의 아들로 과부에 대해 논해서 되겠느냐? 잠깐 기다려라. 내가 너희들에게 보여줄 것이 있느니라."

어머니는 품속에서 엽전 한닢을 꺼내 보이며 물었다.

"이 엽전에 테두리가 있느냐?"

"없는데요."

"여기에 글자가 보이느냐?"

"보이지 않는데요."

어머니는 눈물을 흘리며 이야기를 꺼내는 것이었다.

"이것이 네 어미가 죽음을 참아온 부적이란다. 10년 동안 손으로 만지작거리느라고 글자가 다 닳아 없어진 것이란다. 무릇 사람의 혈기는 음양에 근본을 두고 있다. 정욕은 혈기에서 나오고, 그리움은 고독한 가운데서 생기며, 아프고 슬픈 감정은 그리워하는 데서 우러나겠지. 과부는 홀로 외로운 곳에 처해서 아프고 슬프기 그지없는 법이란다. 혈기가 때때로 왕성하면 어찌 과부라고 정욕이 없겠느냐? 가물거리는 호롱불 아래 홀로 그림자를 조문하며 외로운 밤을 지새기 괴로울 즈음, 게다가 처마에 빗방울이 뚝뚝 떨어진다든지, 창문에 달빛이 환히 들어온다든지, 오동잎 하나 뜰에 날리고 외기러기는 하늘에 울고 가고, 닭 울음소리도 아직 들리지 않고, 어린 종년은 쿨쿨 코를 고는데 혼자 잠 못 이루는 그 고충을 어느 누구에게 호소하겠느냐? 이럴 때 나는 이 엽전을 꺼내 굴리는데 온 방 안을 더듬어 찾아보면 둥근 것이 또르르 잘 구르다가 어디고 막힌 데 부딪쳐 그쳐 있겠지. 그것을 찾아내 다시 굴리고 이렇게 보통 대여섯 차례 굴리고 나면 동이 터오더라. 10년 지내는 사이에 굴리는 횟수가 점차 줄어들더니 10년이 지나고부터는 닷새에 한번 굴리거나 열흘에 한번 굴리게 되더라. 혈기가 이미 쇠해서 나는 다시 이 동전을 굴릴 필요가 없게 되었지만 그래도 겹겹이 싸서 잘 간직하고 있는 것이 어언 20여 년 되었구나. 이렇게 간직하고 있는 뜻은 이 동전의 고마움을 잊을 수 없어서이거니와 가끔 스스로 반성해보기 위해서란다."

마침내 그들 모자는 붙들고 한바탕 울었다.

군자는 이 이야기를 듣고서 "이야말로 열녀라고 이를 만하다."라고 말했다.

아! 안타깝다. 이 여성의 어려운 절조와 맑은 행실이 이와 같은데도 당세에 드러나지 않았고, 후세에도 이름이 파묻혀 전하지 않는 것은 무슨 까닭일까? 과부의 수절은 온 나라에 일상으로 있는 일이기 때문에 한번 죽지 않으면 과부의 절조가 빼어나게 드러나지 않는 것이다.

내가 안의[4] 고을에 부임한 이듬해인 계축년[5] 어느날이다. 밤이 곧 새려는 즈음, 반쯤 깨어 자리에 누워 있는데 동헌 앞에서 사람들 몇이 소곤거리다가 다시 슬퍼 탄식하는 소리가 귀에 들렸다. 아마 무슨 다급한 일이 있는데도 나의 잠을 깨울까 조심하는 것 같았다. 나는 큰 소리로 물었다.

"닭이 울었느냐?"

"벌써 서너 홰 울었습니다."

곁에 있던 사람의 대답이었다.

"밖에 무슨 일이 있느냐?"

"통인 박상효朴相孝의 조카딸이 함양으로 시집을 갔다가 일찍 홀로되었는데 삼년상을 마치고 독약을 마셔서 지금 위독하답니다. 얼른 와서 돌보라는 기별을 받았지만 상효는 당번이라 감히 가지 못하고 있습니다."

나는 빨리 가보라고 명했다. 그날 저녁 나절에 내가 물었다.

"함양 과부가 살아났느냐?"

"이미 죽었답니다."

나는 "어허" 탄식하며

---

4 안의安義 원래 하나의 현이었는데 지금 경상남도 함양군에 속했고, 면으로 남아 있다.
5 1793년(정조 17)이다.

"열녀로다, 이 여자여!"

하고 고을의 아전을 불러서 물었다.

"함양에 열녀가 났다지. 본래 안의 사람인데 나이는 지금 몇이고, 함양의 누구 집으로 시집을 갔다더냐? 어릴 때 행실은 어떠했고? 너희들 중에 혹시 아는 사람이 없느냐?"

여러 아전들이 슬픈 소리로 아뢰었다.

"박씨의 딸인데 대대로 그는 우리 고을의 아전이지요. 그 아비는 이름이 상일相─인데 딸 하나를 두고 일찍 죽었으며, 어미 또한 진작 죽었습니다. 어려서 조부모의 손에서 자라 효성이 극진했고, 나이 열아홉에 출가하여 함양의 임술증林述曾의 처가 되었습니다. 시가 역시 함양의 아전 집이지요. 임술증은 본래 몸이 허약한 사람이었습니다. 그래서 초례를 치르고 반년도 지나지 못해 세상을 떠났답니다. 이 여자는 남편의 초상을 치르는 데 예법을 극진히 했고, 시부모를 섬김에 도리를 다했답니다. 안의와 함양 두 고을의 친척과 이웃들이 모두 그녀를 어진 사람이라고 칭찬이 자자했습니다. 이제 과연 징험이 되는군요."

한 늙은 아전이 비장한 표정으로 말했다.

"혼인날을 몇달 남겨놓고, '신랑 될 사람이 병이 골수에 들어서 사람 구실을 할 가망이 없다. 어찌 약혼을 물리지 않느냐?' 하는 말이 있었지요. 그 조부모가 손녀를 조용히 타일렀는데 이 여자는 입을 다물고 아무 대답이 없더라는군요. 혼인날이 박두해오자 박씨 집에서 사람을 시켜가서 알아오게 하였는데, 신랑 될 사람이 생긴 것은 아름다웠지만 병에 시달리고 기침을 해서 마치 버섯이 서 있고 그림자가 다니는 것 같더라더군요. 집에서는 크게 염려한 나머지 다른 매파를 부르려고 했으나, 여자가 얼굴빛을 고치고 '저번에 바느질한 옷들은 누구의 몸에 맞게 지은 것이며, 누구를 위한 옷이라고 말씀하셨습니까? 저는 처음 정한 그대로 지키렵니다.' 하고 아뢰었답니다. 집에서도 그 뜻을 알고 기약한 대로 신랑을 맞았던 것이지요. 비록 혼사를 치렀다지만 실은 빈 옷만 지켰던 것이지요.'

얼마 후에 함양 군수 윤광석[6]은 밤에 기이한 꿈을 꾸고 느낀 바가 있어 열부전烈婦傳을 지었으며, 산청 현감 이면제[7] 또한 그녀를 위해 전을 지었다. 거창의 신돈항[8]은 글하는 선비라 박씨를 위해서 그 절의를 세운 자초지종을 서술했다.

박씨는 마음속으로 '새파란 나이에 혼자되어 오래 세상을 살아갈 수 있으랴! 두고두고 친척들의 가엾이 여기는 신세가 되고 인근 사람들의 못된 억측에서 벗어나지 못할 것이다. 얼른 이 몸이 없어지는 것만 같지 못하겠다.' 하고 다짐했던 것이다.

슬프다! 성복成服을 하고 곧 자결하지 않았던 것은 장사 지낼 일이 앞에 있었던 까닭이요, 장사를 지내고 나서 죽지 않았던 것은 소상이 앞에 있었던 까닭이요, 소상을 지내고 자결하지 않았던 것은 대상이 앞에 있었던 까닭이리라. 대상을 지내 상기喪期를 마치고 나서 남편을 따라 같은 날 같은 시에 죽어, 마침내 처음 품었던 뜻을 이루었다. 참으로 열녀가 아닌가.

---

6 윤광석尹光碩(1747~99) 본관 파평坡平. 윤전尹烇의 후손이다. 「열부박씨전烈婦朴氏傳」을 지었다.
7 이면제李勉齊 『문과방목文科榜目』에 의하면 1743년생으로, 1783년 진사시에 합격한 인물. 「박열부전」을 지었다.
8 신돈항慎敦恒(1743~1809) 「열부박씨행록烈婦朴氏行錄」을 지었다.

●작품 해설

연암이 안의 현감으로 가 있을 때인 1793년 무렵의 작이다.

남편이 병사하자 따라서 죽은 여자의 슬픈 사연을 전의 형식을 빌려 지은 것이다. 주인공이 아전 집 출신이어서 순결을 강조하는 도덕률에 꼭 구애받지 않음에도 젊은 나이에 스스로 목숨을 끊은 데 문제의 심각성이 있다. 이 여성의 결백한 절조를 그리면서 서민들까지 순사하게 만든 당시의 부자연스러운 풍속에 문제제기를 한 것이다.

앞에 붙은 서문 형식의 글에서 한 늙은 과부의 평생 수절하기 위한 눈물겨운 자기억제의 고백을 통해 인간의 감정과 본능을 절실하게 이해시키고 있다. 여성에게 강요된 도덕률의 부당성을 감동적이면서도 보편적인 차원으로 제시한 것이다.

이 작품은 원래 『방경각외전』에 함께 들어 있었던 것이 아니고 『연암집』 제1권 『연상각선본煙湘閣選本』에 실려 있었다.

옥갑야화玉匣夜話

　귀국하는 도중에 옥갑[1]에 이르러 여러 비장들과 침상을 나란히 하고 밤새 이야기를 나누었다.

　북경의 풍속에 대한 이야기가 나왔다. 옛날에는 풍속이 순후해서 역관들이 만냥의 돈이라도 빌려 쓸 수 있었는데, 지금은 저들이 우리를 속여먹는 것으로 능사를 삼고 있다. 실은 그 잘못이 우리 쪽에서 먼저 시작되었던 것이라 한다.

　30년 전의 일이다. 한 역관이 빈손으로 북경에 갔다가 돌아올 무렵 주고[2]를 보고서 눈물을 흘렸다. 주고가 이상히 여기고 사연을 묻자,

　"압록강을 건널 적에 남은 은을 몰래 숨겨 넣었다가 발각이 나서 나의 몫까지 관에 몰수를 당하고 이제 빈손으로 돌아가게 되니 앞으로 생계가 막연합니다. 차라리 안 돌아가는 것만도 못하지요."

　하고 칼을 뽑아 들고 자결하려는 시늉을 지었다. 주고가 놀라서 급히 그를 껴안아서 칼을 빼앗아버리고 물었다.

---

1 옥갑玉匣　어딘지 미상.
2 주고主顧　단골집.

"몰수당한 은이 얼마나 되오?"

"3천냥입니다."

주고가 위로하여 말했다.

"대장부가 자기 몸이 없어질 것이 걱정이지, 어찌 돈이 없는 것을 걱정하겠소? 이제 만약 당신이 여기서 죽어 돌아가지 않는다면 당신의 처자식은 어떻게 되겠소? 내가 당신에게 만냥을 빌려주리다. 앞으로 5년 동안 돈을 늘려나가면 다시 만냥을 얻게 될 것이오. 그때 본전만 나에게 갚아주구려."

그 역관은 만냥을 얻자 곧 크게 물화를 사가지고 돌아왔다. 당시 그 내용을 아는 사람이 없었으므로 모두들 그의 재간을 신통하게 여겼다. 그는 5년 동안에 드디어 거부가 되었다. 이에 자기의 이름을 사역원司譯院 명부에서 빼버리고 다시는 북경길을 가지 않았다. 오랜 후에 친한 이가 북경 가는 편에 말을 부탁했다.

"연시에서 만약 아무 주고를 만나면 나의 안부를 물어볼 터인데, 나의 온 가족이 염병에 걸려 죽었다고 말해주게."

그 친구가 어떻게 거짓말을 하겠느냐고 난색을 보이자 다시 일렀다.

"우선 말을 이렇게 하고 돌아오면 자네에게 백냥을 드리겠네."

그 친구가 북경에 가서 과연 그 주고를 만났다. 주고가 역관의 안부를 물어서 그는 역관이 부탁한 대로 말을 해주었다. 주고는 얼굴을 가리고 크게 슬퍼하여 눈물을 비 오듯 흘렸다.

"아아, 하늘이시여! 무슨 일로 선량한 사람의 집에 이렇듯 참혹한 재앙을 내리셨나요?"

그러고는 백냥을 주며 말했다.

"그 사람이 처자까지 함께 죽었다니 상주喪主도 없겠구려. 당신이 귀국하시거들랑 나를 위하여 50냥으로 제물을 갖추어 전³을 올려주고, 또 50냥으로 재⁴를 지내 명복을 빌어주기 바라오."

친구는 너무나 아연했지만 이미 거짓말을 해버린 터라 부득이 그 돈을 받아가지고 돌아왔다. 그런데 역관의 집은 염병에 걸려 몰사해서 살아남은 사람이 없었다. 그 친구는 놀라움과 두려운 마음으로 주고를 대신해서 받아온 백냥을 가지고 전을 올리고 재를 지내주었다. 그리고 평생토록 북경길을 다시 가지 않았다. 그 주고를 만나볼 면목이 없기 때문이라고 하였다.

이추⁵ 지사⁶의 이야기가 나왔다.

그는 근래 이름난 역관인데 평소 돈 말을 입에 올린 적이 없었고, 북경에 드나든 것이 40여년이었으나 한번도 손에 은화를 쥐어본 일이 없는, 참으로 단정한 군자의 풍도가 있었다 한다.

이어서 당성군唐城君 홍순언⁷의 이야기가 나왔다. 그는 만력 연간의 이름난 역관이다.

그가 일찍이 북경에 가서 창관娼館에 놀러 갔다. 기생들을 용모에 따라서 값을 매겨놓았는데, 천냥짜리가 있었다. 그는 천냥을 내고 수청 들

---

3 전奠 제문 따위를 지어 죽은 사람의 영혼을 위로하는 것.
4 재齋 절에서 죽은 사람을 위해 치성을 드리는 의식.
5 이추李樞 자는 두경斗卿. 1675년(숙종 1)에 태어나 1693년(숙종 19)에 역과에 합격하여 한학교회漢學敎誨를 지낸 인물이다.
6 지사知事 동지중추부사同知中樞府事. 중인에게 많이 주어졌다.
7 홍순언洪純彦 선조 때의 역관. 여기 이야기는 1586~87년(선조 19~20) 사이의 일로, 그 창관娼館의 소재지가 북경이 아니고 통주通州로 기록된 것도 있다.

기를 청했다. 그 여자는 나이 16세로 과연 절색이었다. 여자가 그를 대하여 눈물을 흘리며 말했다.

"소녀가 높은 값을 요구한 이유는 세상의 남자들이 대개 인색해서 천 냥이나 되는 돈을 쓰려고 않을 것이매 잠깐이나마 욕됨을 면할 수 있으리라 생각해서입니다. 하루 이틀 지내며 우선 이 집 주인에게 기대를 갖도록 만드는 한편 천하에 의기 있는 사람이 나타나서 몸값을 갚고 소실로 삼아주기를 바란 것입니다. 소녀가 이 집에 들어온 지 닷새가 되도록 천냥을 들고 오는 이가 없더니, 오늘 다행히 천하에 의기 있는 분을 만나게 되었습니다. 그러나 손님은 외국 사람이라 국법에 소녀를 데리고 나갈 수 없는 일이고, 또 소녀의 몸은 한번 더럽혀지면 다시 씻을 수 없을 것입니다."

홍순언은 그 여자를 애처롭게 여겨서 이런 데 오게 된 연유를 물어보았다.

"소녀는 남경南京 호부시랑 모某의 딸이온데 집이 적몰되기에 이르렀습니다. 저는 이제 창관에 몸을 팔아서 돌아가시게 될 부친을 사면해드린 것입니다."

그는 깜짝 놀라서 말했다.

"내 실로 그런 줄 몰랐소. 이제 누이가 이곳에서 벗어나려면 몸값을 얼마나 치러야 하오?"

"2천냥입니다."

그는 당장 2천냥의 돈을 갚아주고 작별을 고했다. 그 여자는 그를 은부恩父라 부르면서 절을 여러번 하고 물러갔다.

그는 이 일을 전혀 염두에 두지도 않았다. 이후 시일이 지나서 그가 다시 중국에 나가게 되었다. 중도에 저쪽 사람들이 홍순언이 오는가를 자주 물어서 그는 이상하게 생각했다. 북경에 거의 당도했을 때 길 왼편에 성대하게 장막을 쳐놓고 사람들이 그를 맞으며 말하는 것이었다.

"병부상서 석노야[8]께서 초청하십니다."

석씨 집에 이르자 석상서가 직접 나와서 절하고 맞았다.

"은혜로운 장인丈人이시지요. 공의 따님이 기다린 지 오랩니다."

그의 손을 잡고 내실로 안내하는 것이었다. 석상서의 부인이 성장을 하고 대청 아래에서 절을 하니 그는 황공해서 몸 둘 바를 몰랐다. 석상서가 웃으며 말했다.

"장인은 벌써 따님을 잊으셨소?"

그제야 홍역관은 그 부인이 바로 자기가 창관에서 몸을 빼내주었던 여자인 줄을 알았다. 당시 그 여자는 곧 석성의 재취로 들어갔던 것이다. 석성이 귀하게 된 후에 부인은 손수 비단을 짜서 '보은報恩' 두 글자를 수놓았다 한다. 그가 돌아올 때에 석상서는 부인이 손수 짠 보은단을 선사하고,[9] 그밖에 비단 금은 등속도 헤아릴 수 없이 많이 선사하는 것이었다.

임진왜란 때에 마침 석상서가 병부를 맡아 있었다. 조선에 출병할 것을 강력히 주장했던 것은 석상서가 본래 우리나라 사람을 의롭게 보았기 때문이었다고 한다.

우리나라 상인들의 단골 주고였던 정세태鄭世泰의 이야기도 나왔다.

8 석노야石老爺 석성石星을 가리킴. '노야'는 '라오예'라 발음하며 어르신이란 뜻의 존칭.
9 서울 서쪽에 보은단동報恩緞洞이라는 동명이 있었는데 홍순언이 살았던 곳으로, 여기서 유래한 이름이라 하며, 당시 그가 받아온 보은단을 사람들이 다투어 사갔다 한다.

정세태는 북경서도 갑부로 꼽히던 사람이었는데 그가 죽자 가산이 여지없이 결딴나고 말았다. 그의 손자 하나가 남자 중의 절색이라, 어려서 희장[10]에 몸이 팔렸다. 정세태가 살았을 적에 집의 회계를 맡아보았던 임가林哥가 이제 거부가 되어 있었다.

임가가 희장에서 한 미소년이 연희를 하는 것을 보고 마음에 두었다가 정씨 집의 아이인 줄 알고 서로 붙잡고 울었다. 곧 천냥으로 몸값을 치르고 빼내어 자기 집으로 데리고 가서 집안사람들에게 이와 같이 경계했다.

"이 사람을 잘 돌봐주어라. 우리 집의 옛 주인이니 희자戱子(광대)라고 천대하지 마라."

소년이 장성하자 임가는 자기 재산을 반분해서 살림을 차려주었다. 정세태의 손자는 살결이 깨끗하고 통통했으며 얼굴이 곱고 아름다웠는데, 아무 하는 일 없이 북경 성중에서 연날리기나 하면서 노닐었다.

옛날에는 물화를 사가지고 올 때에 짐을 풀어서 검사해보지도 않고 북경서 포장해준 대로 가지고 나왔다. 돌아와서 장부와 대조해보면 조금도 착오가 없었다 한다. 한번은 저쪽에서 흰 털모자[白氈帽]를 포장해 보내왔는데 짐을 풀어보니 흰 털모자가 아니고 전부 백모白帽였다. 그래서 미리 살펴보지 않았던 것을 후회했다. 그런데 마침 정축년[11]에 두번이나 국상이 나서 백모가 도리어 배나 되는 값으로 팔렸다. 어쨌건 저들이 옛날과 같지 않은 증거이다.

---

10 희장戱場 연극을 비롯해서 여러가지 연희를 하는 곳.
11 정축丁丑 1757년(영조 23). 이해 2월에 왕비 서씨가 죽고 3월에 대왕대비 김씨가 죽었다.

요즈음은 모든 물화를 우리나라 상인들이 직접 포장하고 주고에게
포장해서 보내도록 내맡기지 않는다 한다.

다음에 변승업[12]의 이야기가 나왔다.

변승업이 병으로 드러눕게 되자 변리로 나간 돈의 총계를 셈해보려
고 회계를 맡은 여러 청지기들의 장부를 모아서 합산해보니 도합 은이
50만냥이었다.

"이 많은 돈을 출납하는 것이 번거롭고 오래가면 축날 우려가 있으니
이만 거두어들였으면 합니다."

그의 아들이 아뢰자 승업이 벌컥 화를 냈다.

"이것은 서울 성중 만호의 목숨줄인데 어떻게 하루아침에 끊어버린
단 말이냐? 빨리 돌려주어라."

승업이 늙은 뒤에 자손들에게 다음과 같이 훈계하였다.

"내가 섬겼던 조정의 대감들 가운데 국정을 한 손에 잡아 자기 살림
살이처럼 삼은 분들이 많았지만 삼대三代를 내려간 경우가 드물더라.
국내의 돈놀이하는 사람들이 우리 집에서 돈이 나가고 들어오는 것을
보아 이자의 고하가 정해지고 있으니, 이것 또한 우리가 국정을 잡고 있
는 셈이다. 흩어버리지 않으면 장차 화가 미칠 것이다."

그래서 그의 자손들이 번창하면서도 대개 가난한 것은 승업이 노년
에 많이 흩어버렸기 때문이라 한다.

나도 윤영尹映에게서 들었던 이야기를 꺼내었다.

---

12 **변승업卞承業** 자는 선행善行, 본관은 밀양密陽. 1623년(인조 원년)에 태어나
   1645년(인조 23)에 역과에 합격. 왜학교회倭學教誨를 지냈다.

윤영이 일찍이 변승업의 부富에 관해서 말하기를, 승업의 부는 그럴 만한 유래가 있었다. 일국의 갑부로서 승업의 대에 이르러는 조금 쇠하였는데, 바야흐로 재산을 처음 일으킨 때에는 모두 운이 있는 것 같았다는 것이다. 허생의 사적을 보아도 매우 이상한 일이다. 그런데 허생이 끝내 자기의 이름을 밝히지 않았던 까닭에 세상에 아는 이가 없다.

윤영의 이야기는 이러했다.

허생은 묵적골[13]에 살았다. 곧장 올라가서 남산 밑에 닿으면 우물 위에 오래된 은행나무가 서 있다. 은행나무를 향해 사립문이 열려 있는데, 두어 칸 초가는 비바람을 막지 못할 정도였다. 그러나 허생은 글 읽기만 좋아하여 그의 처가 남의 바느질품을 팔아서 입에 풀칠을 했다.

하루는 그 처가 몹시 배가 고파서 울음 섞인 소리로 호소했다.

"당신은 평생 과거를 보지 않으니 글을 읽어 무엇합니까?"

허생은 웃으며 대답했다.

"나는 아직 독서를 익숙히 하지 못하였소."

"그럼 장인바치 일이라도 못 하시나요?"

"장인바치 일은 본래 배우지 않은 걸 어떻게 하겠소?"

"그럼 장사는 못 하시나요?"

"장사는 밑천이 없는 걸 어떻게 하겠소?"

처는 왈칵 성을 내서 소리쳤다.

"밤낮으로 글을 읽더니 기껏 '어떻게 하겠소?' 소리만 배웠단 말씀이

---

13 **묵적골墨積洞** 묵동墨洞 혹은 묵사동墨寺洞으로도 일컬어짐. 남산 아래로 지금 동국대학교 구내. 이안눌李安訥의 '동악시단東嶽詩壇'이 이곳에 있었으며, 『한경지략漢京識略 권2·각동各洞』에 "허생이 이곳에 은거해 있었다."라고 나와 있다.

오? 장인바치 일도 못 한다, 장사도 못 한다면 왜 도둑질이라도 못 하시나요?"

허생은 읽던 책을 덮어놓고 일어났다.

"안타깝다. 내가 당초 글 읽기로 10년을 기약했는데 이제 7년인걸……."

하고 문밖으로 획 나갔다.

허생은 거리에 알 만한 사람이 없었다. 바로 운종가雲從街로 나가서 시중의 사람을 붙들고 물었다.

"누가 서울 성중에서 제일 부자요?"

변씨[14]를 말해주는 이가 있어서 허생이 곧 변씨의 집을 찾아갔다. 허생은 변씨를 대하여 길게 읍하고 말했다.

"내가 집이 가난해서 무얼 좀 해보려고 하니 만냥을 꾸어주시기 바랍니다."

"그러시오."

하고 변씨는 당장 만냥을 내주는 것이었다. 허생은 감사하다는 인사도 없이 가버렸다. 변씨 집의 자제와 손들이 허생을 보니 거지다. 실띠의 술이 빠져 너덜너덜하고 갖신의 뒷굽이 자빠졌으며, 쭈그러진 갓에 허름한 도포를 걸치고, 코에서 맑은 콧물이 흘렀다. 허생이 나가자 모두들 어리둥절해서 물었다.

"어르신, 저이를 아시나요?"

"모르지."

"아니, 하루아침에 평생 누군지도 알지 못하는 사람에게 만냥을 그냥 내던져버리고 성명도 묻지 않으시다니, 대체 무슨 영문인가요?"

---

14 변씨卞氏 변승업의 윗대로 생각되는데, 그의 아버지는 응성應星, 조부는 계영繼永 으로 모두 한어 역관이었다.

변씨의 대답은 이러했다.

"이건 너희들이 알 바 아니다. 대체로 남에게 무엇을 빌리러 오는 사람은 으레 자기 뜻을 대단히 선전하고 신용을 자랑하면서도 얼굴에 비굴한 빛이 나타나고 말을 중언부언하기 마련이다. 그런데 저 객은 행색은 허술하지만 말이 간단하고 눈을 오만하게 뜨며 얼굴에 부끄러운 기색이 없는 것으로 보아 재물이 없어도 스스로 만족할 수 있는 사람이다. 그 사람이 해보겠다는 일이 작은 일이 아닐 것이매 나 또한 그를 시험해보려는 것이다. 안 주면 모르되 이왕 만냥을 주는 바에 성명은 물어 무엇하겠느냐?"

허생은 만냥을 입수하자 다시 자기 집에 들르지도 않고 바로 안성으로 내려갔다. 안성은 경기도·충청도 사람들이 마주치는 곳이요, 삼남三南의 길목이기 때문이다. 거기에서 대추·밤·감·배며 석류·귤·유자 등속의 과일을 모조리 곱절의 값으로 사들였다. 허생이 과일을 몽땅 쓸었기 때문에 온 나라가 잔치나 제사를 못 지낼 형편에 이르렀다. 얼마 안 가서 허생에게 배의 값으로 과일을 팔았던 상인들이 도리어 10배의 값을 주고 사가게 되었다. 허생은 길게 한숨을 내쉬었다.

"만냥으로 온갖 과일의 값을 좌우했으니 우리나라의 형편을 알 만하구나."

그는 다시 칼·호미·포목 따위를 사가지고 제주도로 건너가서 말총을 죄다 사들이면서 말했다.

"몇해 지나면 나라 안의 사람들이 머리를 싸매지 못할 것이다."

허생이 이렇게 말하고 얼마 안 가서 과연 망건 값이 10배로 뛰어올랐다.

허생은 늙은 사공을 만나서 물었다.

"바다 밖에 혹시 사람이 살 만한 빈 섬이 없던가?"

"있습지요. 언젠가 풍파를 만나 서쪽으로 줄곧 사흘 동안을 흘러가서 어떤 빈 섬에 닿았습지요. 아마 사문[15]과 장기[16]의 중간쯤 될 겁니다. 꽃과 나무는 제멋대로 무성하여 과일 열매가 절로 익어가고 짐승들이 떼지어 놀며 물고기들이 사람을 보고도 놀라지 않습디다."

그는 대단히 기뻐하며

"자네가 나를 그곳에 데려다준다면 함께 부귀를 누릴 수 있을 걸세."

하고 달래니, 사공은 그러기로 응낙을 했다.

드디어 바람을 타고 동남쪽으로 가서 그 섬에 당도했다. 허생은 높은 곳에 올라가서 사방을 둘러보고 실망해서 말했다.

"땅이 천리도 못 되니 무엇을 해보겠는가? 토지가 비옥하고 물이 좋으니 단지 부가옹富家翁은 될 수 있겠구나."

"텅 빈 섬에 사람이라곤 하나도 없는데 대체 누구와 더불어 하신단 말씀이오?"

사공의 말에 허생은 이렇게 대답했다.

"덕이 있으면 사람이 절로 모인다네. 덕이 없을까 두렵지 사람이 없는 것이야 근심할 것이 있겠나."

이때 변산에 수천의 군도들이 우글거리고 있었다. 각 지방에서 군사를 징발하여 군도의 수색을 벌였으나 좀처럼 잡히지 않았고, 군도들도 감히 나아가 활동을 못 해서 배고프고 곤란한 판이었다. 허생이 군도의 산채를 찾아가서 우두머리를 보고 말했다.

---

15 사문沙門 어디인지 미상인데 복건성福建省에 있는 하문廈門(샤먼)으로 추정된다.
16 장기長崎 나가사키. 근대 이전 일본 큐우슈우九州의 무역항으로 에도 시대에 서양의 네덜란드나 중국, 동남아로 교역하는 중심지였다.

"천명이 천냥을 빼앗아와서 나누면 하나 앞에 얼마씩 돌아가지요?"

"일인당 한냥이지요."

"다들 아내가 있소?"

"없소."

"논밭은 있소?"

군도들이 어이없어 웃으며 말했다.

"땅이 있고 처자식이 있는 놈이 무엇하러 괴롭게 도둑이 된단 말이오?"

"정말 그렇다면 왜 아내를 얻고 집을 짓고 소를 사서 논밭을 갈고 하며 지내려 하지 않는가? 그럼 도둑놈 소리 안 듣고 살면서 집에 부부의 낙이 있을 것이요, 돌아다녀도 잡힐까 걱정을 않고 길이 의식의 요족을 누릴 텐데."

"아니 왜 바라지 않겠소? 다만 돈이 없어 못 할 뿐이지요."

허생이 웃으며 말했다.

"도둑질을 하면서 돈을 걱정하다니. 내가 능히 당신들을 위해서 마련할 수 있소. 내일 바다에 나와보오. 붉은 깃발을 단 것이 모두 돈을 실은 배이니 마음대로 가져가구려."

허생이 군도와 언약하고 내려가자 군도들은 모두 그를 미친놈이라고 비웃었다.

다음날 군도들이 바닷가에 나가보았더니 과연 허생이 30만냥의 돈을 싣고 온 것이었다. 모두들 크게 놀라 허생 앞에 줄지어 절했다.

"오직 장군의 명령을 따르겠소이다."

"너희 마음대로 힘껏 짊어지고 가거라."

이에 군도들이 다투어 돈을 짊어졌으나 한 사람이 백냥 이상을 지지 못했다.

"너희들 힘이 기껏 백냥도 못 지면서 무슨 도둑질을 하겠느냐? 지금 너희들은 양민이 되고 싶어도 이름이 도둑의 장부에 올라 있으니 갈 곳이 없다. 내가 여기서 너희들을 기다리고 있을 테니 한 사람이 백냥씩 가지고 가서 여자 하나, 소 한필을 거느리고 오너라."

허생의 말에 군도들은 모두 좋다고 흩어졌다.

허생은 몸소 2천 사람이 1년 먹을 양식을 준비해놓고 기다렸다. 군도들이 빠짐없이 모두 돌아왔다. 드디어 다들 배에 싣고 그 무인도로 들어갔다. 허생이 도둑을 몽땅 쓸어가서 나라 안에 시끄러운 일이 없어졌다.

그들은 나무를 베어 집을 짓고, 대[竹]를 엮어 울을 만들었다. 땅 기운이 온전하기 때문에 온갖 곡식이 잘 자라서, 한해나 세해만큼 걸러 짓지 않아도 한 줄기에 아홉 이삭이 달렸다.[17] 3년 동안의 양식을 비축해두고 나머지를 모두 배에 싣고 장기도長崎島로 가져가서 팔았다. 장기라는 곳은 일본에 속한 곳으로 31만호나 되었다. 그 지방이 한참 흉년이 들어서 구휼하고 은 백만냥을 얻게 되었다.

"이제 나의 조그만 시험이 끝났구나."

허생이 탄식하고, 남녀 2천명을 모아놓고 일렀다.

"내가 처음에 너희들과 이 섬에 들어올 적엔 먼저 부유하게 만든 연후에 따로 문자를 만들고 의관을 새로 제정하려 하였더니라. 그런데 땅이 좁고 덕이 얕으니 나는 이제 여기를 떠나련다. 다만 아이들을 낳거들랑 오른손에 숟가락을 쥐고 하루라도 먼저 난 사람이 먼저 먹도록 양보케 하여라."

---

17 한 줄기에… 달렸다 원문은 '일경구수一莖九穗'. 왕충王充의 『논형論衡·길험편吉驗編』에 나오는 말로, 대개 상서로운 현상으로 보고 있다.

다른 배들을 모조리 불사르면서,

"가지 않으면 오는 이도 없으렸다."

하고 돈 50만냥을 바다 가운데 던져버렸다.

"바다가 마르면 주워갈 사람이 있겠지. 백만냥은 우리나라에도 용납
할 곳이 없거늘 하물며 이런 작은 섬에서야!"

그리고 글을 아는 자들을 골라 모조리 함께 배에 태우면서 말했다.

"이 섬에 화근을 없애야지."

허생은 나라 안을 두루 돌아다니며 가난하고 의지 없는 사람들을 구
제했다. 그러고도 은 10만냥이 남았다.

"이건 변씨에게 갚을 것이다."

허생이 가서 변씨를 만났다.

"나를 알아보시겠소?"

변씨는 놀라 말했다.

"그대는 안색이 조금도 나아지지 않았으니 혹시 만냥을 실패 보지 않
았소?"

"재물로 인해서 얼굴에 기름이 도는 것은 당신들 일이오. 만냥이 어
찌 도道를 살찌우겠소?"

허생이 웃으며 말하고 10만냥을 변씨에게 내놓았다.

"내가 하루아침의 주림을 견디지 못하고 글 읽기를 중도에 폐하고 말
았으니 당신에게 만냥을 빌렸던 일이 부끄럽소."

변씨는 크게 놀라 일어나 절하여 사양하고 이자를 10분의 1로 쳐서
받겠노라 했다.

"당신은 나를 장사치로 보는가?"

허생이 잔뜩 역정을 내어 말하고는 소매를 뿌리치고 가버렸다.

변씨는 가만히 그의 뒤를 따라갔다. 허생이 남산 밑으로 가서 조그만 초가로 들어가는 것을 멀리서 보았다. 한 노파가 우물터에서 빨래하는 것을 보고 변씨가 말을 걸었다.

"저 조그만 초가가 누구의 집이오?"

"허생원댁입지요. 가난한 형편에 글공부만 좋아하시더니 어느날 아침에 집을 나가서 5년이 지나도록 돌아오지 않으시고 시방 부인이 혼자 사는데, 집을 나간 날로 제사를 지냅지요."

변씨는 비로소 그의 성이 허씨라는 것을 알고 탄식하며 돌아갔다.

이튿날 변씨는 받은 돈을 모두 가지고 그 집을 찾아가서 돌려주려고 했으나 허생은 받지 않고 거절하였다.

"내가 부자가 되고 싶었다면 백만냥을 버리고 10만냥을 받겠소? 이제부턴 당신의 도움으로 살아가겠소. 당신은 나를 가끔 와서 보고 양식이나 떨어지지 않고 옷이나 입도록 해주오. 일생을 그러면 족하지요. 무엇 때문에 정신을 괴롭힐 것이오?"

변씨가 허생을 여러가지로 권유하였으나 끝끝내 어찌할 도리가 없었다. 변씨는 그때부터 허생의 집에 양식이나 옷이 떨어질 때쯤 되면 몸소 찾아가 도와주었다. 허생은 그것을 흔연히 받아들였으나 혹 많이 가지고 가면 좋지 않은 기색으로 "나에게 재앙을 갖다 맡기면 어찌하오?" 하였고, 혹 술병을 들고 찾아가면 아주 반가워하며 서로 술잔을 기울여 취하도록 마셨다.

이렇게 몇해를 지나는 동안에 두 사람 사이의 정의가 날로 두터워갔다. 어느날 변씨가 5년 동안에 어떻게 백만냥이나 되는 돈을 벌었던가를 조용히 물어보니, 허생이 대답하였다.

"그야 알기 쉬운 일이지요. 조선이란 나라는 배가 외국에 통하질 않고 수레가 나라 안에 다니질 못해서 온갖 물화가 제자리에서 나서 제자리에서 사라지지요. 무릇 천냥은 적은 돈이라 한가지 물종을 독점할 수 없지만, 그것을 열로 쪼개면 백냥이 열이라 또한 열가지 물건을 살 수 있겠지요. 단위가 적으면 굴리기가 쉬운 고로 한 물건에서 실패를 보더라도 다른 아홉가지 물건에서 재미를 볼 수 있으니, 이것은 보통 이利를 취하는 방법으로 조그만 장사치들이 하는 방식 아니오? 대개 만냥을 가지면 족히 한가지 물종을 독점할 수 있는 고로 수레면 수레 전부, 배면 배를 전부, 한 고을이면 한 고을을 전부 마치 총총한 그물로 훑어내듯 할 수 있지요. 뭍에서 나는 만가지 중에 한가지를 슬그머니 독점하고, 물에서 나는 만가지 중에 슬그머니 하나를 독점하고, 의원의 만가지 약재 중에 슬그머니 하나를 독점하면, 한가지 물종이 한곳에 묶여 있는 동안 모든 장사치들이 고갈될 것이매, 이는 백성을 해치는 길이 될 것입니다. 후세에 당국자들이 만약 나의 이 방법을 쓴다면 반드시 나라를 병들게 만들 것이오.”

“처음에 내가 선뜻 만냥을 꾸어줄 줄 어떻게 알고 나를 찾아와 청하였습니까?”

허생은 다음과 같이 대답했다.

“당신만이 내게 꼭 빌려줄 수 있었던 것은 아니고, 능히 만냥을 지닌 사람치고는 누구나 다 주었을 것이오. 내 스스로 나의 재주가 족히 백만냥을 모을 수 있다고 생각했으나, 운수는 하늘에 달린 것이니 난들 그것을 어찌 알겠소? 그러므로 능히 나의 말을 들어주는 사람은 복 있는 사람이라, 더 큰 부자가 되게 하는 것은 필시 하늘이 시키는 일일 텐데 어찌 주지 않겠소? 이미 만냥을 빌린 다음에는 그의 복력에 의지해서 일을 한 까닭으로 하는 일마다 곧 성공했던 것이고, 만약 내가 사사로이

했었다면 성패는 알 수 없었겠지요."

변씨가 이번에는 딴 이야기를 꺼냈다.

"지금 사대부들이 남한산성에서 오랑캐에게 당했던 치욕을 씻어보고자 하니 지금이야말로 뜻 있는 선비가 팔뚝을 뽐내고 일어설 때가 아니겠소? 선생은 그 재주로 어찌 괴롭게 파묻혀 지내려 하십니까?"

"어허, 자고로 묻혀 지낸 사람이 한둘이었겠소? 우선 졸수재 조성기[18] 같은 분은 적국에 사신으로 보낼 만한 인물이건만 포의로 늙어 죽었고, 반계거사磻溪居士 유형원[19] 같은 분은 군량을 조달할 만한 재능이 있었건만 저 바닷가에서 소요하다가 생을 마치지 않았습니까? 지금의 집정자들은 가히 알 만한 것들이지요. 나는 장사를 잘하는 사람이라, 내가 번 돈이 족히 구왕[20]의 머리를 살 만하였으되 바닷속에 던져버리고 돌아온 것은 도대체 쓸 곳이 없기 때문이었지요."

변씨는 한숨만 내쉬고 돌아갔다.

변씨는 본래 이완 정승과 잘 아는 사이였다. 이완이 당시 어영대장이 되어서 변씨에게 위항委巷이나 여염에 혹시 쓸 만한 인재가 없는가를 물었다. 변씨가 허생의 이야기를 했더니 이대장은 깜짝 놀라면서 묻는 것이었다.

"기이하다! 그런 사람이 정말 있어? 그의 이름이 무엇이라 하던가?"

"소인이 그분과 상종해서 3년이 지나도록 여태껏 이름도 모르옵니다."

---

18 조성기趙聖期(1638~89) 숙종 때의 학자. 자는 성경成卿, 졸수재拙修齋는 그의 아호. 저서에 『졸수재집拙修齋集』이 있다.

19 유형원柳馨遠(1622~73) 『반계수록磻溪隧錄』의 저자. 실학파의 선구자. 부안의 우반동이라는 곳에 은거했다.

20 구왕九王 청淸 세조世祖의 숙부로 실제 정권을 쥐었던 인물. 이름은 다이곤多爾袞. 예친왕睿親王에 봉해졌다.

"그인 이인異人이야. 자네와 같이 가보세."

밤에 이대장은 종들도 다 물리치고 변씨만 데리고 걸어서 허생을 찾아갔다. 변씨는 이대장을 문밖에 서서 기다리게 하고 혼자 먼저 들어가서, 허생을 보고 이대장이 몸소 찾아온 뜻을 이야기했다. 허생은 못 들은 체하고,

"당신 차고 온 술병이나 어서 이리 내놓으시오."

했다. 그리하여 즐겁게 술을 들이켜는 것이었다. 변씨는 이대장을 밖에 오래 서 있게 하는 것이 민망해서 자주 말하였으나, 허생은 대꾸도 않다가 야심해서야

"손을 부르지."

했다. 이대장이 방에 들어와도 허생은 자리에서 일어나지 않았다. 이대장이 몸 둘 곳을 몰라 하며 나라에서 어진 인재를 구하는 뜻을 설명하자 허생은 손을 저으며 막았다.

"밤은 짧은데 말이 길어서 듣기 지루하다. 너는 지금 무슨 벼슬에 있느냐?"

"대장이오."

"그렇다면 나라의 신임받는 신하로군. 내가 와룡 선생 같은 이를 천거하겠으니 네가 임금께 아뢰어서 삼고초려를 하게 할 수 있겠느냐?"[21]

이대장은 고개를 숙이고 한참 생각하다가

"어렵습니다. 제2의 계책을 듣고자 하옵니다."

---

21 와룡 선생臥龍先生은 제갈량諸葛亮의 별호인데, 유비劉備가 그를 기용하기 위해서 그의 초옥에 몸소 세번이나 찾아간 일이 있어 이를 삼고초려三顧草廬라 한다. 여기서는 초야의 훌륭한 인재를 천거한다면 임금이 직접 성의를 다해서 그를 맞아오도록 할 수 있겠느냐는 의미.

하고 말했다. 허생은

"나는 원래 '제2'라는 것은 모른다."

하고 고개를 돌렸다. 그러다가 이대장의 간청에 못 이겨 다시 말했다.

"명나라 장졸들이 조선은 옛 은혜가 있다고 하여 그 자손들이 많이 우리나라로 망명해와서 정처 없이 떠돌고 있지 않느냐? 너는 조정에 청하여 종실의 딸들을 내어 모두 그들에게 시집보내고, 훈척勳戚 권귀[22]의 집을 빼앗아서 그들에게 주도록 할 수 있겠느냐?"

이대장은 또 머리를 숙이고 한참을 생각한 끝에,

"어렵습니다."

하고 대답했다.

"이것도 어렵다, 저것도 어렵다 하면 도대체 무슨 일을 하겠느냐? 가장 쉬운 일이 있는데, 네가 능히 할 수 있겠느냐?"

"말씀을 듣고자 하옵니다."

"무릇 천하에 대의大義를 외치려면 먼저 천하의 호걸들과 접촉하여 결탁하지 않고는 안 되고, 남의 나라를 치려면 먼저 첩자를 보내지 않고는 성공할 수 없는 법이다. 지금 만주족이 갑자기 천하의 주인이 되어서 한족과는 친근해지지 못하는 판에, 조선이 다른 나라보다 먼저 섬기게 되어 저들이 우리를 가장 믿는 터이다. 진실로 당나라·원나라 때처럼 우리 자제들이 유학을 가서 벼슬까지 하도록 허용해줄 것과 상인의 출입을 금하지 말 것을 간청하면, 저들도 필시 자기네에게 친근하려 함을 보고 기뻐 승낙할 것이다. 국중의 자제들을 가려 뽑아 머리를 깎고 되놈의 옷을 입혀서 그중의 선비는 가서 빈공과[23]에 응시하고, 서민은 멀리

---

22 이 대목이 본에 따라 이귀李貴·김류金瑬(臺灣影印本)로, 김류金瑬·장유張維(一齋本·玉溜山館本·綠天館本)로 구체적인 이름을 들어놓기도 했다.

강남에 건너가서 장사를 하면서 저 나라의 실정을 정탐하는 한편 저 땅의 호걸들과 결탁한다면, 한번 천하를 뒤집고 국치를 씻을 수 있을 것이다. 그리고 만약 명나라 황족에서 구해도 사람을 얻지 못할 경우 천하의 제후를 거느리고 적당한 사람을 하늘에 천거한다면, 잘되면 대국의 스승이 될 것이요, 못되어도 백구지국[24]의 지위를 잃지 않을 것이다."

이대장은 힘없이 말했다.

"사대부들이 모두 조심스럽게 예법을 지키는데 누가 변발辮髮을 하고 호복胡服을 입으려 하겠습니까?"

허생은 크게 꾸짖었다.

"소위 사대부란 것들이 무엇이란 말이냐? 오랑캐 땅에서 태어나 자칭 사대부라고 뽐내다니 이런 어리석을 데가 있느냐? 의복은 흰옷을 입으니 그것이야말로 상복이며, 머리털을 한데 묶어 송곳같이 만드는 것은 남쪽 오랑캐의 습속에 지나지 못한데 대체 무엇을 가지고 예법이라 한단 말인가? 번오기[25]는 원수를 갚기 위해서 자신의 머리를 아끼지 않았고, 무령왕[26]은 나라를 강성하게 만들기 위해서 되놈의 옷을 부끄럽게 여기지 않았다. 이제 대명을 위해 원수를 갚겠다 하면서 그까짓 머리털 하나를 아끼고, 또 장차 말을 달리고 칼을 쓰고 창을 던지며 활을 당기고 돌을 던져야 할 판국에 넓은 소매의 옷을 고쳐입지 않고 딴에 예법

---

23 빈공과賓貢科 중국에서 외국에서 온 유학생을 위해 설치한 과거.

24 백구지국伯舅之國 천자의 외삼촌의 나라. 제후국 가운데 가장 높은 대우를 받는 나라임.

25 번오기樊於期 중국 전국시대 말기 진秦나라의 장수로 연燕나라에 망명한 인물. 형가가 진시황을 암살하려고 진나라에 들어갈 때 번오기가 선선히 자기 머리를 스스로 베어 진시황에게 접근할 수 있는 자료를 제공해주었다.

26 무령왕武寧王 중국 전국시대 조趙나라의 임금. 북방 호족에 대항하기 위해 전쟁에 편리한 호복을 입었다.

이라고 한단 말이냐? 내가 세가지를 들어 말하였는데 너는 한가지도 행하지 못한다면서 그래도 나라의 신임받는 신하라 할 수 있으랴! 신임받는 신하라는 게 참으로 이렇단 말인가? 너 같은 자는 칼로 목을 잘라야 할 것이다."

하여 좌우를 돌아보며 칼을 찾아서 찌르려 했다. 이대장은 놀라서 급히 뒷문으로 뛰쳐나가 도망쳐 돌아갔다.

다음날 다시 찾아가보았더니 집이 텅 비어 있고, 허생은 간 곳이 없었다.

어떤 이는 말하기를 허생은 명나라의 유민遺民일 것이라고 한다. 숭정崇禎 갑신년(1644) 후로 명나라에서 망명해온 사람이 많았으니 그도 혹 그중의 하나였다면 성씨 또한 꼭 허씨인지도 알 수 없는 일이다.

세상에 이런 이야기가 전해온다.

조계원[27] 판서가 경상 감사로 있을 때 순행하던 중 청송 지경에 당도했다. 길 왼편에 웬 중 둘이 서로 베고 누워 있었다. 전배[28]들이 쫓아가서 고함을 질러도 피하지 않고 채찍으로 갈겨도 일어나지 않았으며 여럿이 덤벼들어 마구 잡아 일으켜도 꿈쩍하지 않았다. 조감사가 당도해서 교자를 멈추고

"어느 절의 중인가?"

하고 물었다. 두 중은 일어나 앉더니 더욱 오만한 태도로 한동안 눈을 흘기다가 소리쳤다.

---

27 조계원趙啓遠(1592~1670) 자 자장子張, 호는 약천藥泉. 신흠申欽의 사위로 인조 때 문과에 급제해서 형조판서에 이르렀다.
28 전배前輩 벼슬아치 행차에서 앞을 인도하던 관리나 하인.

"네가 헛 명성과 권세에 아부해가지고 도의 감사 자리를 얻고 이제 다시 이러느냐?"

조감사가 두 중을 바라보니 하나는 붉은 얼굴이 동그랗고 하나는 검은 얼굴이 길쭉한데, 언사가 아주 범상치 않게 여겨졌다. 그래서 조감사는 교자에서 내려 말을 붙여보려 했다.

"종자를 다 물리치고 우리를 따라오너라."

두 중이 조감사에게 하는 말이었다.

조감사는 두어 마장을 못 따라가서 숨이 가쁘고 땀이 줄줄 흘러서 잠깐 쉬어가기를 청했다. 중이 역정을 내며 여지없이 꾸짖었다.

"네가 평소에 사람 많은 좌석에서 언제나 큰소리로 몸에 갑옷을 입고 창을 꼬나잡고 선봉에 서서 대명大明을 위해 복수하고 치욕을 씻겠노라 떠벌리더니, 이제 겨우 두어 마장을 걷는 동안 한발짝 옮길 때 숨을 열 번이나 몰아쉬고 다섯발짝 옮길 때 쉬기를 세번이나 하면서 그러고도 요동과 계주29의 벌판에서 달릴 수 있겠느냐?"

한 바위 밑에 이르러 보니 서 있는 나무에 붙여 집이라고 얽어놓았는데 밑에 섶을 깔고 그 위에 앉도록 되어 있었다. 조감사가 목이 말라서 물을 청하자 중이

"이 양반은 귀인貴人이니 배도 고프겠지."

하고는 황정30으로 만든 떡을 먹으라고 주고 솔잎 가루를 개울물에 타서 주는 것이었다. 조감사는 오만상을 찌푸리고 먹지를 못했다. 중이 다시 크게 호통을 쳤다.

"요동 벌은 물이 귀하므로 목이 마를 때는 말 오줌도 마셔야 한다."

---

29 계주薊州 중국 하북성河北省의 지명.
30 황정黃精 약재의 일종으로 도사들이 장생하기 위해 복용하였다.

그리고 두 중이 서로 붙들고 '손노야孫老爺'를 부르면서 통곡하다가 다시 조감사에게 묻는다.

"오삼계[31]가 운남에서 기병을 해서 강소江蘇·절강 지방이 들끓고 있는 것을 너는 들어서 아느냐?"

"아직 듣지를 못했소이다."

두 중은 한숨을 쉬고 말했다.

"명색 한 도를 맡은 감사의 몸으로 천하에 이런 큰일이 일어난 것도 모르다니, 한갓 큰소리만 쳐서 벼슬자리를 얻었을 뿐이로구나."

조감사는 그들에게 신원을 물어보았다.

"물을 것도 없다. 세상에 우리를 아는 사람도 있을 것이다."

그러고 나서 두 중은

"너는 잠깐 앉아서 기다리고 있거라. 우리 스승님을 모시고 오겠다. 너에게 하실 말씀이 있을 것이다."

하고 같이 일어나서 더 깊은 산골로 들어갔다.

조금 지나 해는 지고 두 중은 오래도록 돌아오지 않았다. 조감사가 중들이 돌아오기를 기다리느라 밤이 깊어졌다. 바람이 윙윙 부는 소리에 초목이 흔들리는데 범의 어흥 하는 소리가 들려왔다. 조감사는 무서운 마음이 왈칵 들어서 거의 기절할 지경이었다.

이윽고 여러 사람들이 횃불을 밝히고 감사를 찾아왔다. 조감사는 낭패를 보고 산속에서 내려왔다. 오랫동안 늘 침통한 마음에 탄식을 금치 못했다.

---

31 오삼계吳三桂 명청 교체기에 활약했던 장수. 북경에 청나라 군대가 진입할 때 청나라 편에 서서 들어갔으며, 후일에 운남·귀주·복건 지역을 중심으로 청나라에 반기를 들었다가 실패했다.

뒷날 송우암宋尤庵 선생에게 물어보았더니

"그분들은 명말明末의 총병관[32]같이 보이는군요."

하는 것이었다.

"계속 저를 얕잡아 '너'라고 부른 것은 왜 그랬을까요?"

"스스로 자기들이 우리나라 중이 아님을 밝힌 것 같군요. 섶을 쌓아 놓고 앉은 것은 와신[33]을 뜻하는 것이고."

"통곡할 적에 하필 손노야를 불렀을까요?"

"태학사太學士 손승종[34]을 말하는 것 같군요. 손승종이란 양반이 일찍이 산해관山海關에서 군대를 거느리고 있었는데, 두 중은 그때 휘하의 인물이었을 것이오."

나는 스무살 때에 봉원사[35]에서 글을 읽고 있었다. 그때 한 객이 능히 음식을 조금밖에 안 들며 밤새도록 눈을 붙이지 않은 채 도인법[36]을 하고, 한낮이 되면 문득 벽에 기대앉아 잠깐 눈을 감고 용호교[37]를 하는 것이었다. 나이가 상당히 연로해 보여서 나는 그를 겉으로 공손히 대했다.

---

32 총병관總兵官 중국 명청시대의 군대 직명. 각 성의 제독 아래 진鎭을 관할하는 지휘관.

33 와신臥薪 일부러 고생을 감내하며 원수 갚기를 잊지 않는다는 의미. 오왕吳王 부차夫差가 월왕越王 구천句踐에게 패하고 복수를 하기 위해서 섶에 누워 자면서 쓴 쓸개를 맛보곤 했다는 고사가 있다. 와신상담臥薪嘗膽.

34 손승종孫承宗 중국 명나라가 청에 망하는 과정에서 활약했던 인물로, 병부상서를 지낸 바 있다.

35 봉원사奉元寺 서울 안산鞍山 자락의 봉원동에 있는 절.

36 도인법導引法 도교의 양생술의 일종. 호흡을 조절하고 수족을 오그렸다 폈다 해서 기혈氣血을 충족시키고 신체를 가볍게 하는 방법이다.

37 용호교龍虎交 도교에서 물과 불을 용호龍虎라 하며, 그 양생술에 용호교구龍虎交媾라는 것이 있다. 또한 오수午睡를 용호교라 하기도 한다.

그 노인이 가끔 나를 위해서 허생의 일이라든지 염시도[38]·배시황[39]·완흥군부인[40]의 이야기를 들려주었다. 흘러나오는 수만 마디의 말이 여러날 밤을 끊이지 않는데 이야기들이 기궤奇詭하고 새미있어 모두 속히 들을 만하였다. 그때 그가 자기 성명을 '윤영'이라 했다. 이것이 병자년(1756) 겨울의 일이다.

그후 계사년(1773) 봄에 나는 평안도로 놀러 갔다. 비류강[41]에서 배를 타고 십이봉十二峯 밑에 닿자 조그만 암자 하나가 있었다. 윤노인이 혼자 한 스님과 그 암자에 거처하고 있었다. 나를 보더니 떨 듯이 반가워하여 서로 위로를 했다. 그사이 18년 동안에 용모가 조금도 더 늙은 것 같지 않았고 나이가 80여 세는 되었을 터인데 걸음걸이도 나는 듯했다. 내가 허생의 이야기에서 한두가지 모순되는 점을 물었더니 노인이 설명하는데 어제 일같이 역력하게 들려주는 것이었다.

"그대가 전에 『한창려집』을 읽더니……."[42]

노인이 말하고 이어

"자네가 전에 허생을 위해서 전傳을 짓겠다더니, 진작 글이 완성되었겠지?"

---

38 염시도廉時道 허적許積의 겸인이었는데, 야담의 주인공으로 유명하다.

39 배시황裵時晃 러시아 세력이 중국 흑룡강성 쪽으로 진입하자 청나라의 요청으로 우리나라에서 원군을 파견하였는데, 그때 배시황은 장수로 나가서 공을 세운 바 있다. 「배시황전」이라는 국문소설이 전하며, 이익李瀷의 『성호사설』에는 이때의 기록으로 「차한일기車漢日記」가 들어 있다(『한문서사의 영토』 1, 태학사 2012). 역사상 나선정벌羅禪征伐로 일컬어진다.

40 완흥군부인完興君夫人 어떤 이야기였는지 미상.

41 비류강沸流江 평안도 성천에 있는 강 이름.

42 원문에 '子前讀昌黎文, 當口'라고 한 자가 탈락되어 있다. 『한창려집韓昌黎集』은 당송팔대가 한유韓愈의 저술.

한다. 나는 아직 손대지 못하고 있는 것을 사과했다. 서로 말하는 중에 내가 '윤노인' 하고 그를 불렀더니 노인은 짐짓

"나는 성이 신후가이지 윤가가 아니라오. 그대가 잘못 안 모양이로구면."

한다. 나는 어리둥절해서 노인의 이름을 물었더니 이름은 색嗇이라고 대답했다. 내가 따져 물었다.

"노인이 전에 성명을 '윤영'이라 하시지 않았던가요? 지금 어째서 갑자기 '신색'이라고 바꾸어 말합니까?"

노인은 버럭 성을 냈다.

"그대가 잘못 알고서 성명을 바꾸었다고 말을 해?"

내가 다시 따지려 하자 노인은 더욱 노하여 푸른 눈동자를 번득였다. 나는 비로소 노인이 기이한 지취志趣를 지닌 사람인 줄을 알았다. 혹 폐족廢族이거나 아니면 좌도[43] 이단異端으로 세상을 피하고 자취를 감춘 무리일지, 알 수 없는 노릇이었다. 내가 문을 닫고 나오자 노인은 혀를 차면서

"애처롭군. 허생의 처는 필경 또다시 굶주렸을 것이야."

한다.

또 광주廣州 신일사神一寺에 한 노인이 있었다. 별호를 약립蒻笠 이생원이라 칭하는데, 나이는 아흔살이 넘었으나 힘은 범을 움켜잡을 만하고 바둑과 장기를 잘 두고 종종 우리나라의 고사를 이야기할 때면 언설이 바람이 일듯 한다는 것이었다. 그의 이름을 아는 이가 없다고 하는데 나이와 용모를 들어보니 윤영과 아주 닮은 것 같았다. 나는 그분을 가서

---

43 좌도左道 유교의 입장에서 본 이단적 종교사상.

한번 보고 싶었으나 뜻을 이루지 못했다.

세상에는 참으로 이름을 감추고 은거해서 완세불공하는 사람도 없지 않다. 하필 허생에 대해서만 의심을 둘 것인가.

평계[44]의 국화 아래서 술을 조금 마시고 붓을 들어 쓰다. 연암燕巖은 적는다.

차수[45]는 논한다. 이 글은 대체로 『규염객전』[46]에 「화식전」[47]을 배합한 것인데 그 가운데 중봉重峯의 만언봉사[48]와, 유씨柳氏의 『반계수록磻溪隧錄』과, 이씨李氏의 『성호사설』에서 말하지 못한 내용이 담겨 있다. 문장이 더욱 소탕疏宕 비분悲憤해서 압록강 이동의 유수한 문자이다.

박제가는 쓰다.

---

44 평계平谿 서울의 지명으로 연암이 43세 이후 연암협峽에서 돌아와 거처했던 곳.
45 차수次修 연암의 제자인 박제가朴齊家의 자字.
46 『규염객전虯髥客傳』 당나라 장열張說이 지은 전기傳奇소설. 이정李靖이 규염객이라는 기이한 호걸을 만나 장차 대사를 도모할 계시와 함께 경제적 지원을 받는 내용.
47 「화식전貨殖傳」 『사기』의 「화식열전貨殖列傳」을 가리킴. 치부致富한 사람들의 전기傳記와 경제문제를 다루었다.
48 만언봉사萬言封事 선조 때 조헌趙憲이 중국에 사신으로 다녀와서 올린 글. 중봉은 조헌의 호.

● 작품 해설

『열하일기』에 '옥갑야화'란 표제로 실린 것이다. 종래에는 「허생전許生傳」한 편만을 따로 분리시켜 보았고, 「옥갑야화」 전체를 구분해 보지는 않았다. 이제 '옥갑야화'라는 제목을 가지고 하나의 작품으로 엮어놓은 작자 자신의 의도를 살리기로 하였다.

연암이 북경에서 돌아오는 길에 옥갑이란 곳에서 여러 비장들과 밤새 나눈 이야기를 옮겨 적은 것으로 되어 있다. 제1권 제2부에 실린 「심심당한화」와 같은 방식이다. 역관의 활동, 특히 그들이 주도한 무역에 관련한 이야기가 그날 밤의 화제였다. 이야기는 꼬리를 물어 변승업에 대한 말이 나왔고, 이에 그의 선조가 크게 치부한 내력으로 연암 자신이 윤영이란 사람에게 들었던 허생 이야기를 꺼내게 된다. 허생 이야기가 내용면에서 옥갑의 야화 중 단연 압권이지만, 형식면에서도 앞의 이야기들은 허생을 끌어내기 위한 도입부에 해당하는 셈이다. 그래서 끝에 붙인 두편의 에필로그가 모두 허생에 대한 것이다. 이러한 서사구성법은 초기 근대소설에서 흔히 이용되던 수법이다.

첫번째 에필로그에서 괴승의 입을 빌려 조계원을 꾸짖음으로써 집권층의 북벌론을 매도하였거니와, 허생 또한 북벌책의 총참모 격인 이완 대장에게 칼을 들이댐으로써 그 정치적 허위성을 통쾌하게 공박했다. 허생은 배가 외국에 통하지 않고 수레가 나라 안에 다니지 못하여 빈사 상태에 빠진 국가경제를 개탄하는 한편, 중국의 수도 북경에 양반 자제들을 보내 과거에 응시케 하고 상업이 발달하고 개명이 된 지역인 강남 지방으로 상인들을 직접 진출시킬 것을 주장했다. 진보적 세력의 국제적 결속을 통해서 동아시아 세계에 여명이 올 수 있다고 전망한 것으로 해석할 수 있다. 허생의 대담한 세계구상은 완고한 보수체제에 전혀 받아들여질 수 없었고, 그래서 그는 이조 정부와 어떠한 타협도 거부했던 것이다. 두번째 에필로그에서 허생 이야기의 제보자인 정체불명의 방외객方外客이 "허생의 처는 또다시 굶주렸을 것이다."라고 탄식하는 말이 무한한 여운을 남기고 있다.

호질虎叱

범은 예성문무·자효지인·웅용장맹[1]한 것이어서 천하에 대적할 자가 없다. 그러나 비위[2]가 범을 잡아먹고, 죽우[3]도 범을 잡아먹고, 박[4]도 범을 잡아먹고, 오색사자[5]도 큰 나무 구멍에서 범을 잡아먹고, 자백[6]도 범을 잡아먹고, 표견[7]은 날아서 범이나 표범을 잡아먹고, 황요[8]는 범이나 표범의 심장을 꺼내서 먹고, 활[9]이란 놈은 범이나 표범에게 잡아먹힌

---

1 예성문무睿聖文武·자효지인慈孝智仁·웅용장맹雄勇將猛 제왕의 위대하고 훌륭함을 찬미할 때 관용적으로 붙이던 덕목들.
2 비위狒胃 원숭이의 일종. 일명 비비狒狒.
3 죽우竹牛 검은 빛깔의 무섭게 생긴 짐승으로 일명 야우野牛라고도 한다.
4 박駁 모양이 말처럼 생겼고 뿔이 하나라고 왕사정王士禎의 『향조필기香祖筆記』 권5에 나와 있다.
5 오색사자五色獅子 누런 털에 오색이 찬란한 사자 모양의 짐승.
6 자백茲白 백마와 비슷한데 톱날 같은 이빨을 가져서 범을 잡아먹는다는 짐승. 『향조필기』 권5에는 의거국義渠國에서 나온다고 되어 있다.
7 표견豹犬 쥐 모양으로 개의 일종이라 함.
8 황요黃要 몸뚱이는 다람쥐 같고 머리는 여우같이 생겼다는 모진 짐승. 집이執夷, 혹은 당사唐巳라고도 하는데 『향조필기』 권5에 나와 있다.
9 활猾 원주에 '無骨', 즉 뼈 없는 짐승이라 했다.

다음 배 속에서 그놈의 간을 뜯어먹고, 추이[10]도 범을 만나면 찢어서 씹어먹는다. 범이 맹용[11]을 만나면 눈을 감은 채 감히 뜨지도 못하는데 사람은 맹용을 두려워 않고 범을 두려워하니 범의 위풍이 당당하지 않은가.

범이 개를 잡아먹으면 취하고, 사람을 잡아먹으면 신령하게 된다.[12] 범이 첫번째 사람을 잡아먹으면 그 창귀[13]는 굴각屈閣이 되어서 범의 겨드랑이에 붙어 범을 남의 집 부엌으로 안내하는데, 굴각이 솥전을 핥으면 그 집 주인이 배고픈 생각이 일어나서 아내에게 밤참을 짓도록 한다. 범이 두번째 사람을 잡아먹으면 그 창귀는 이올彝兀이 되어서 범의 볼따귀에 붙어 높은 언덕에 올라가 산감[14]의 행동을 엿보다가, 골짜기에 함정이나 덫 같은 것이 있으면 먼저 가서 그 틀을 풀어버린다. 범이 세번째 사람을 잡아먹으면 그 창귀는 육혼鬻渾이 되어서 범의 턱에 붙어 제가 아는 친우들의 이름을 대고 주워섬기는 것이다.

범이 창귀들을 불러서 묻는다.

"날이 벌써 저무는데 먹을 것을 어디서 구할까?"

굴각이란 놈이 나선다.

"내가 간밤에 점을 쳐보니 뿔 달린 것도 아니고 날개 돋친 것도 아니고 머리 새까만 놈이 눈길에 비틀비틀 성긴 발자국을 내며 가는데, 꼬리

---

10 **추이醜耳** 범 비슷하게 생겼지만 더 크고 꼭 범만 잡아먹는다는 짐승.

11 **맹용猛獌** 무서운 짐승의 일종인데 미상.

12 『연감유함淵鑑類函』에 "사람이 범에게 죽으면 창귀가 되어서 범을 인도해 다니며 범이 개를 먹으면 취하는데, 개는 곧 범에게 술이다."라고 나와 있다(『어정연감류함御定淵鑑類函·호일虎一』).

13 **창귀倀鬼** 사람이 범에게 잡아먹히면 그 혼이 창귀가 되어 범을 인도해서 다른 사람을 잡아먹게 한다고 한다. 남을 못된 길로 끌어넣는 사람을 가리키기도 한다.

14 **산감山監** 산을 감시 감독하는 사람. 원문은 '虞'인데 옛날 산택을 맡은 관리인.

가 뒤통수에 달라붙어서 꽁무니를 가리지 못하는 동물입니다."

이올이란 놈이 나선다.

"동문東門에 먹거리가 있는데 이름하여 의醫라. 입으로 온갖 풀을 맛보아서 의약을 개발했으니 그 고기가 향기로울 것이요, 서문西門에 먹거리가 있는데 이름하여 무巫라. 백신百神을 섬기노라 날마다 목욕을 하여 몸이 깨끗할 것입니다. 청컨대 이 두가지 중에서 먹을거리를 택하옵소서."

범은 수염을 거스르고 노기를 띠어 소리쳤다.

"'의醫'란 의심 '의疑'자로 통하는 것이다. 의심스러운 것을 가지고 사람을 치료하여 해마다 수만명을 죽게 만드니라. '무巫'란 속일 '무誣'자로 통하는 것이다. 신을 속이고 백성을 현혹해서 수만명을 죽게 하느니라. 해마다 잘못 죽임을 당한 수다한 사람들의 원혼이 뼛속까지 스며들어 금잠[15]으로 화했을 것이다. 독하기 이를 데 없는 것을 어떻게 먹을 수 있겠느냐?"

육혼이란 놈이 나선다.

"저기 숲 속에 고기가 있지요. 인자한 간에 의로운 쓸개, 충심을 품어 품행이 깨끗하며, 예악禮樂을 받들어 지키는데다가 입으로는 백가百家의 말씀을 외고 마음속에 만물의 이치를 통달하였으니, 이름하여 석덕지유碩德之儒라. 배앙체반[16]하여 오미五味가 고루 갖추어 있습지요."

이에 범은 눈썹을 추키고 군침을 흘리며 하늘을 쳐다보고 만족한 표

---

15 금잠金蠶 남쪽 지방에 있다는 독충. 촉금蜀錦을 먹여서 기르는데 그 똥을 음식에 넣으면 독약이 된다고 한다.
16 배앙체반背盎體胖 도를 닦아서 그 수양이 외모에 나타난 상태. 흔히 도학의 높은 경지에 이른 학자를 두고 쓰는 말.

정을 지었다.

"짐朕이 듣고자 하니 잘 아뢰어라."

창귀들이 다투어 범에게 천거한답시고 뇌까리는 것이었다.

"일음일양의 도를 유자儒者가 일관했고[17] 오행五行이 상생相生하고 육기[18]가 퍼지는데 유자가 인도를 하니, 먹을 것 중에서 이보다 아름다운 것이 없는가 하옵니다."

범은 갑자기 서글픈 기색으로 변해서 못마땅한 어조로 내뱉는다.

"음양이란 한 기氣가 시들고 자라고 하는 것인데 일음일양의 둘로 나누고 있으니 그 고기가 잡될 것이요, 오행은 각기 자기 위치가 정해져 있어서 상생相生이란 있을 수 없거늘 이제 억지로 자모의 관계를 만들고 함산鹹酸에다 비정해놓았으니 그 맛이 순수치 못할 것이다.[19] 육기는 자연히 유행流行하는 것이고 인위적인 선도宣導가 필요치 않거늘 망령스레 재성이니 보상[20]이니 하여 자기 공로를 나타내려 하다니, 그것을 먹다가는 생경하고 딱딱해서 체하거나 구역질이 날 것이다."

정鄭나라의 어느 고을에 벼슬을 탐탁하게 여기지 않는 학자가 살고 있으니 북곽 선생北郭先生이다. 그는 나이 40세에 손수 교정校正한 책이

---

17 『주역』의 '一陰一陽之謂道'라는 구절과, 논어의 '吾道一以貫之'라는 구절을 합쳐서 만든 말.

18 육기六氣 음陰·양陽·풍風·우雨·회晦·명明 여섯가지의 기상 변화.

19 자모子母의 관계란 금·목·수·화·토의 오행이 '수생목水生木' 하는 식으로 상생의 관계를 설정해놓았다는 뜻이며, 오행설에서는 오미五味·오음五音·오륜五倫 등 제반 현상을 오행에 비정해놓았다. 연암은 이런 오행설이 조작적인 것이라고 부정했다 (『연암집燕巖集 1·홍범우익서洪範羽翼序』).

20 재성財成·보상輔相 『주역·태괘泰卦』에 나온 말로, 잘 조절하고 보좌해서 천지에 마땅한 것을 이룬다는 의미.

만 권이었고, 또 구경九經의 뜻을 부연해서 저술한 책이 1만 5천 권이었다. 천자가 그의 행실과 의리를 가상히 여기고 제후가 그 명망을 존경하고 있었다.

그 고장의 동쪽에는 동리자東里子라는 미모의 과부가 있었다. 천자가 그 절개를 가상히 여기고 제후가 그 현숙함을 사모하여, 마을의 둘레를 봉해서 '동리과부지여東里寡婦之閭'라고 정표旌表해주기도 했다. 이처럼 동리자가 수절을 잘하는 부인이라 했으나, 실은 슬하에 있는 다섯 아들이 저마다 성이 달랐다.

어느날 밤 아들 다섯 놈이

"강 건너 마을에서 닭이 울고 저편 하늘에서 샛별이 반짝이는데 방안에서 흘러나오는 말소리는 어찌 그리도 북곽 선생의 음성을 닮았을까?"

하고 지껄이며 문틈으로 엿보았다. 동리자가 북곽 선생에게

"오랫동안 선생님의 덕을 사모하였는데 오늘밤 선생님 글 읽는 소리를 듣고자 하옵니다"

하고 간청을 했다. 북곽 선생은 옷깃을 여미고 점잖게 앉아서 시를 읊는 것이었다.

원앙새는 병풍에 그려 있고
반딧불 반짝반짝
저기 저 가마솥 세발솥은
무엇을 본떠 만들었나?
홍야라.[21]

다섯 아들이

"예법에 '과부의 문에는 들어가지 않는다.' 했거늘 북곽 선생 같은 점
잖은 어른이 과부의 방에 들어와 앉아 있을 이치가 있겠나? 우리 고을
성문이 무너진 데 여우가 굴을 파고 산다더라. 여우란 놈은 천년을 묵으
면 사람으로 둔갑할 수 있다는데, 저건 틀림없이 그 여우란 놈이 북곽
선생으로 둔갑한 것이다"

하고 서로 의논하였다.

"들으니 여우의 모자를 얻으면 큰 부자가 될 수 있고, 여우의 신발을
얻으면 대낮에 그림자를 감출 수 있고, 여우의 꼬리를 얻으면 애교를 잘
부려서 남의 사랑을 받을 수 있다더라. 우리 저 여우를 때려잡아서 나눠
갖도록 하자."

이에 다섯 아들이 방을 둘러싸고 우르르 쳐들어갔다. 북곽 선생은 크
게 당황하여 도망쳤다. 사람들이 자기를 알아볼까 겁이 나서 모가지를
두 다리 사이로 박고 귀신처럼 춤추고 낄낄거리며 문을 나가서 내닫다
가 그만 들판의 구덩이 속에 빠져버렸다. 그 구덩이에는 똥이 가득 차
있었다. 간신히 기어올라 머리를 들고 바라보니 뜻밖에 범이 길목에 버
티고 있는 것이 아닌가? 범은 북곽 선생을 보더니 오만상을 찌푸리고
구역질을 하며 코를 싸쥐고 외면했다.

"어허, 유자여, 더럽다!"

북곽 선생은 머리를 조아리고 범 앞으로 기어가서 세번 절하고 꿇어
앉아 우러러 아뢴다.

"호랑님의 덕은 지극하시지요. 대인은 그 변화를 본받고, 제왕은 그

---

21 원문은 '鳶飛在屏, 耿耿流螢. 維鶯維鷸, 云誰之型? 興也'이다. '興興'이란 시구가 상
징적인 의미를 담고 있다는 말.

걸음을 배우며, 자식 된 자는 그 효성을 본받고, 장수는 그 위엄을 취합니다. 거룩하신 이름은 신령스런 용의 짝이 되는지라, 풍운의 조화를 부리시매 하토下土의 천한 이 몸은 감히 영향권 아래 있사옵니다.”

범은 북곽 선생을 여지없이 꾸짖는다.

“내 앞에 가까이 오지 마라. 내 듣건대 유儒는 아첨할 ‘유諛’라 하더니 과연 그렇구나. 네가 평소에 천하의 악명을 죄다 나에게 덮어씌우더니, 이제 사정이 급해지자 면전에서 아첨을 떠니 누가 곧이듣겠느냐? 천하의 이치는 하나뿐이다. 범이 참으로 본성이 악한 것이라면 인간의 본성도 악한 것이요, 인간의 본성이 착한 것이라면 범의 본성도 착한 것이다. 너희들이 떠드는 천 소리 만 소리는 오륜에서 벗어난 것이 아니요, 경계하고 권면하는 말은 내내 사강²²에 머물러 있다. 그런데 도회지의 코 베이고, 발꿈치 잘리고, 얼굴에다 자자질²³을 하고 다니는 것들은 다 오륜을 지키지 못한 자들 아니냐? 포승줄과 먹줄, 도끼·톱 같은 형구形具를 매일 쓰기에 바빠 겨를이 없는데도 죄악을 금지시키지 못하는구나. 범의 세계에서는 원래 그런 형벌이 없으니 이로 보면 범의 본성이 인간의 본성보다 어질지 않으냐?

범은 초목을 먹지 않고, 벌레나 물고기를 먹지 않고, 술 같은 좋지 못한 음식을 좋아하지 않으며, 새끼를 키우거나 순종하고 굴복하는 하찮은 것들을 차마 잡아먹지 않는다. 산에 들어가면 고라니 사슴 따위를 사냥하고, 들로 나가면 말이나 소를 잡아먹되, 먹기 위해 비굴해진다거나 음식 따위로 다투는 일이 없다. 범의 도리가 어찌 광명정대光明正大하지 않은가? 범이 고라니나 사슴을 잡아먹을 때는 사람들이 미워하지

---

22 사강四綱 네가지 원칙인 예禮·의義·염廉·치恥.
23 자자刺字질 얼굴이나 팔뚝의 살을 따고 먹물을 넣어 죄명을 적던 벌.

않다가 말이나 소를 잡아먹을 때에 사람들이 원수로 생각하는 것은 사람들에게 고라니나 사슴은 공이 없고 소나 말은 공이 있기 때문이 아니냐? 그런데 너희들은 소나 말이 태워주고 일해주는 공로와 따르고 충성하는 정성을 다 저버리고 날마다 푸줏간을 채워 뿔과 갈기도 남기지 않고, 다시 우리의 고라니와 사슴을 침노하여 우리들로 하여금 산에도 들에도 먹을 것이 없게 만든단 말이냐? 하늘이 정사를 공평하게 한다면 너희는 죽어서 나의 밥이 되어야 하겠느냐, 그렇지 않아야 하겠느냐?

대체 제 것이 아닌데 취하는 것을 도盜라 하고, 생生을 빼앗고 물物을 해치는 것을 적賊이라 이른다. 너희가 밤낮으로 쏘다니며 팔을 걷어붙이고 눈을 부릅뜨고 노략질하면서 부끄러운 줄 모르고, 심한 놈은 돈을 불러 형님이라 부르고,[24] 장수가 되기 위해서 제 아내를 살해하였으니,[25] 다시 너희들에게는 윤리 도덕을 논할 수조차 없다. 그뿐 아니라 메뚜기에게서 먹이를 빼앗아 먹고, 누에에게서 옷을 빼앗아 입고, 벌을 쫓고 막아서 꿀을 따며, 심한 놈은 개미를 젓 담아서 제 조상에게 바친다. 잔인무도하기로 말하면 무엇이 너희보다 더하겠느냐? 너희가 이치를 말하고 본성을 논할 적에 걸핏하면 하늘을 들먹이지만, 하늘의 명한 바로 보자면 범이나 사람이나 다 같이 만물 중의 하나이다. 천지가 만물을 낳는 인仁으로 논하자면 범과 메뚜기·누에·벌·개미나 사람이 다 같이 땅에서 길러지는 것으로 서로 해칠 수 없는 것이다. 선악을 분별해 보자면 벌과 개미의 집을 공공연히 노략질하는 것은 천지간의 거대한 도둑이 되지 않겠느냐? 메뚜기와 누에의 밑천을 함부로 약탈하는 행위

---

24 옛날 돈의 구멍이 안에 모가 났으므로 돈을 공방형孔方兄이라 불렀고, 또 가형家兄이라 하기도 했다(『진서晉書·노포전魯襃傳』).
25 중국 춘추시대의 명장 오기吳起가 행한 일이다.

야말로 인의仁義의 큰 도둑놈이 아니겠느냐?

우리 범이 표범을 안 잡아먹는 것은 동류를 차마 그럴 수 없기 때문이다. 그런데 범이 고라니와 사슴을 잡아먹는 것이 사람이 고라니와 사슴을 잡아먹는 것만큼 많지 않고, 범이 소와 말을 잡아먹는 것이 사람이 소와 말을 잡아먹는 것만큼 많지 않다. 범이 사람을 잡아먹은 것도 사람이 서로 잡아먹는 것만큼 많지 않다. 지난해 관중²⁶ 지방에 큰 가뭄이 들어 백성들이 서로 잡아먹은 수가 만명을 넘었고, 그보다 앞서 산동²⁷에 홍수가 나서 백성들이 서로 잡아먹은 것이 수만명이나 되었다. 아무리 그래도 사람들이 서로 많이 잡아먹기로야 춘추시대 같은 때가 있었을까? 춘추시대에 덕을 세우기 위한 전쟁이 열에 일곱이었고, 원수를 갚기 위한 전쟁이 열에 셋²⁸이었는데, 그래서 흘린 피가 천리에 물들었고 버려진 시체가 백만이나 되었더니라.

그런데 범의 세계는 홍수와 가뭄의 재앙을 모르기 때문에 하늘을 원망하지 않고, 원수도 공덕도 다 잊어버리기 때문에 누구를 미워하지 않으며, 운명을 알아서 따르기 때문에 무당과 의원의 간교한 수단에 속지 않으며, 타고난 그대로 천성을 다하기 때문에 세속의 이해에 병들지 않는다. 이것이 곧 범이 예성叡聖한 까닭이다. 우리 몸의 얼룩무늬 한 점만으로도 족히 문채文彩를 천하에 자랑할 수 있으며, 한자 한치의 칼날도 빌리지 않고 다만 발톱과 이빨의 날카로움을 가지고 무용을 천하에 떨치고 있다. 종이와 유준²⁹은 효孝를 천하에 넓힌 것이며, 하루 한번 사냥

---

26 관중關中 중국의 섬서성을 가리킴. 옛 진秦나라 땅.

27 산동山東 지금의 중국 산동성 지역.

28 원문이 본에 따라 '報仇之兵三十' 또는 '報仇之兵十三'으로 다르게 되어 있다. 여기서는 창강본滄江本에 의해 후자를 따랐다.

29 종이宗彝·유준蜼尊 청동기로 만든 예기禮器의 명칭. 종이는 범의 형상이며, 유준은

을 하되 까마귀나 솔개, 청개구리, 개미들에게까지 그 나머지를 남겨주니 그 어진 것이 이루 말할 수 없고, 굶주린 자를 잡아먹지 않고, 병든 자를 잡아먹지 않고, 상복 입은 자를 잡아먹지 않으니 그 의로운 것이 이루 말할 수 없다.

잔인하기 짝이 없구나, 너희들이 먹이를 얻는 것이여! 덫이나 함정을 놓는 것만으로도 부족하여 새 그물·고라니 망·큰 그물·고기 그물·수레그물·삼태그물 따위의 온갖 그물을 만들어냈으니, 처음 그것을 만들어낸 놈이야말로 세상에 가장 재앙을 끼친 자이다. 그 위에 또 가지각색의 창으로 쇠꼬챙이·양지창·쇠몽둥이·도끼·세모창·삼지창 등속에다가 화포火砲란 것이 있어, 이것을 한번 터뜨리면 소리는 산을 무너뜨리고 천지에 불꽃을 쏟아 벼락 치는 것보다 무섭다.

그래도 아직 잔학을 부리는 데 만족하지 못하여 발명한 것이 있다. 부드러운 털을 쪽 빨아서 아교에 붙여 붓이라는 뾰족한 물건을 만들어냈으니, 그 모양은 대추씨 같고 길이는 한치도 못되는 것이다. 이것을 오징어물 같은 시커먼 것에 적셔서 종횡으로 치고 찔러대는데, 구불텅한 것은 세모창 같고, 날카로운 것은 칼날 같고, 뾰족한 것은 칼끝 같고, 쌍갈랫길이 진 것은 가시창 같고, 곧은 것은 화살 같고, 팽팽한 것은 활 같으니, 이 병기兵器를 한번 휘두르면 온갖 귀신이 밤에 곡을 한다. 서로 잔혹하게 잡아먹기를 너희들보다 심히 하는 것이 어디 있겠느냐?"

북곽 선생은 자리를 옮겨 엎드려서 머리를 재삼 조아리고 아뢰었다.

"『맹자』에 일렀으되 '비록 악인이라도 목욕재계하면 상제上帝를 섬길 수 있다.' 하였습니다. 인간 세상의 천한 몸이지만 감히 아랫자리에

유蜼라는 짐승을 그려 넣은 것이다.

서 받들어 모시겠습니다."

북곽 선생이 숨을 죽이고 가만히 명을 기다렸으나 오래도록 아무 동정이 없었다. 참으로 황공하여 다시 절하고 머리를 조아리며 우러러보았더니 이미 먼동이 터 주위가 밝아오고 있었다. 범은 간 곳이 없다. 때마침 새벽에 일찍 밭을 갈러 나온 농부가 있었다.

"선생님, 이른 새벽에 들판에서 무슨 기도를 드리고 계십니까?"

북곽 선생은 엄숙히 말했다.

"성현의 말씀에 '하늘이 높다 해도 머리를 아니 굽힐 수 없고, 땅이 두껍다 해도 조심스럽게 딛지 않을 수 없다.'라고 하셨느니라."[30]

연암씨燕岩氏는 말한다.

이 글은 비록 작자의 성명이 없으나, 근세의 중국인이 비분해서 지었을 것이다. 세운世運이 암흑시대로 들어가 이적夷狄의 화가 맹수보다도 더 심하다. 이에 오늘의 몰염치한 유자들은 경전經傳의 장구章句를 끼워 맞춰서 곡학아세를 일삼고 있다. 이야말로 '무덤을 도굴하는 유자'[31]로서 승냥이나 범의 먹이도 못 될 무리가 아닐까. 이제 이 글을 읽어보매 말이 이치에 거슬리는 점이 없지 않아 『장자莊子』의 거협편·도척편[32]과 취지를 같이한다고 보겠다.

그런데 천하의 뜻있는 인사들은 하루라도 중국을 잊을 것인가? 지금 청나라가 중국 대륙을 지배한 지 4대를 지나고 문치文治와 무비武備가

---

30 『시경·소아小雅·절정節正』에 나오는 구절.

31 무덤을 도굴하는 유자 원문은 '發塚之儒'. 『장자·외물편』에 '유자는 시례詩禮를 외우며 무덤을 도굴한다'는 말이 나온다.

32 거협편胠篋篇·도척편盜跖篇 『장자』의 편명으로 「거협」은 외편外篇에, 「도척」은 잡편雜篇에 나온다. 다 같이 성인과 인의仁義를 비판하고 반대하는 내용이다.

잘되어서 백년 동안 안정을 누리고 세상이 아주 조용하니, 이것은 한당漢唐의 시대에도 못 보던 일이다. 이처럼 백성을 잘 다스려 보살피는 것을 보매 이 또한 하늘이 보낸 명리[33]가 아닐까도 싶다.

옛날 어느 분이 "하늘은 거듭거듭 알려주신다."라는 말에 의심을 품고 성현에게 질문하였던바, 성현은 분명히 하늘의 뜻을 체득하여 "하늘은 말씀으로 가르쳐주시는 것이 아니고 행동과 일로써 보여준다."라고 대답하였다.[34] 내가 글을 읽다가 여기에 이르러 의혹되는 바가 컸다. 감히 묻건대 행동과 일로써 보여준다면서 이적을 이용하여 중화를 변질시켜놓은 것은 천하의 치욕이 아니며, 백성의 원성과 의혹은 또 얼마나 심각한 것인가? 그리고 향긋한 것과 누린내 나는 것은 저마다 신의 덕德에 따른 것인데, 지금 중국의 신령들은 얼마나 많이 누린내 나는 것을 흠향하고 있는가?

그래서 인간의 처지에서 본다면 중화와 이적의 구분이 분명하지만 하늘의 명하신 바를 좇아 본다면 은우와 주면[35]은 각각의 시대에 따라 제정된 것이거늘, 어찌 굳이 청나라 사람의 홍모紅帽만 의심을 둘 것인가? 이에 천정天定·인중人衆의 설[36]이 그사이에 유행하고, 인천상여人天相與의 원리가 도리어 후퇴해서 기氣에 복종하게 되었다.[37] 그런데 옛 성현의 말씀과 부합하지 않으면 문득 천지의 기수氣數가 이 모양이라고

---

33 명리命吏 천명天命을 받은 제왕. 정당한 제왕을 가리킴.
34 『맹자·만장편萬章篇』에 나오는 말. 여기서 성현은 맹자를 가리킴.
35 은우殷冔·주면周冕 은殷나라와 주周나라 시대의 모자. 여기서는 각 시대의 문물제도를 상징하여 사용한 말.
36 사람이 많으면 하늘도 이길 수 있다는 의미의 말(『사기·오자서전·伍子胥傳』 "人衆者勝天").
37 인간이 천天의 의지를 구현하고 있다는 말이 지켜지지 못하고 형세를 따르지 않을 수 없이 되었다는 뜻.

탄식한다. 이게 정말 기수란 말인가?

슬프다! 명나라의 명맥이 단절된 지 이미 오래다. 중국의 인사들이 변발을 한 지도 백년의 세월을 넘겼으되 자나 깨나 가슴을 치며 문득 명나라를 생각하는 것은 무슨 까닭일까? 차마 중화를 잊을 수 없기 때문이다.

한편 청나라가 취하는 정책도 어줍잖은 것이다. 예전에 호족胡族 출신의 군주들이 마지막엔 중국에 동화된 나머지 쇠망했던 사실에 비추어 징계하는 의미로 철비를 새겨 전정³⁸에 세웠다. 그러나 저들도 항상 자기들의 복색을 부끄럽게 여기면서 오히려 자기들의 복색을 가지고 강약의 형세를 삼으려고 애를 쓰니 어찌 그다지 어리석단 말인가? 문왕文王·무왕武王의 현철하심으로도 말세의 군주가 무너지는 것을 붙잡지 못했는데, 하물며 구구히 한낱 복색을 통해서 강세를 유지하려고 해서 되겠는가? 복색이 싸우기 편리한 것으로만 말하면 북적北狄·서융西戎의 복장이라고 해서 꼭 싸우기에 불편한 것이랴! 힘이 능히 서북의 다른 호족들로 하여금 도리어 중국의 습속을 좇게 할 수 있어야만 비로소 천하에 홀로 강하다고 할 수 있을 것이다. 천하의 사람들을 오욕의 구렁에 몰아넣고서 "잠깐 치욕을 참고 우리를 따르면 강하게 될 것이다."라고 압박을 가한다. 나는 그렇게 해서 참으로 강하게 될까 모르겠다.

굳이 자기네 외양을 강요한다면 그야말로 신시·녹림의 사이에 눈썹을 붉게 칠하고 누런 수건을 두른 도적의 무리³⁹와 다를 바 없을 것이

---

38 철비鐵碑·전정箭亭 전정은 자금성紫禁城 내에 있는 건물 이름. 이곳에 건륭제가 만주족 귀족들에게 자기들의 습속을 지키고 무를 숭상하는 생활태도를 견지하라는 취지의 글을 비석에 새겨 세운 바 있었다. 철비는 영구히 전해지는 비라는 의미.
39 신시新市·녹림綠林 한나라 때 농민반란군의 거점이 되었던 지명. 그 반란군이 눈썹을 붉게 칠해 적미적赤尾賊이라고 일컫기도 했다.

다. 가령 백성들이 한번 청나라의 홍모를 벗어서 땅에 던져버린다면 청나라 황제는 앉아서 천하를 잃게 될 것이다. 앞서 스스로 믿어 강력하게 만들려 했던 것이 도리어 멸망에서 구하는 데 겨를이 없게 된다. 철비를 세워 후세에 교훈을 삼으려던 것이 참으로 부질없는 짓이 아닌가?

이 글은 원래 제목이 없었는데 이제 글 가운데 '호질虎叱' 두 글자를 뽑아서 제목을 삼아둔다. 중국의 산하가 다시 맑아질 그날을 기다려보기로 하자.

●작품 해설

　원래『열하일기』의「관내정사關內程史」에 실린 글이다. 연암 자신이 산해관을 통과해서 북경으로 가는 도중에 옥전현玉田縣의 어느 점포(주인은 심유붕沈有朋) 벽상에 걸린 액자에서 베껴온 것이라고 기록해놓았다. 후반부는 연암이 가필한 것으로 밝혔는데 전반부 역시 연암의 개성적인 필치이며, 전편에 걸쳐 연암 특유의 사상이 담겨 있다. 연암의 언급을 그대로 따르면 원작자는 중국의 어느 무명씨이겠으나 연암의 손에서 수정, 개작이 되고 '호질虎叱'이란 제목이 붙어 전하게 되었으므로 결국 연암의 작품이 된 것이다.

　먼저 제왕의 위엄과 덕망, 지혜로 비유된 범을 등장시키고 그 앞에 위학僞學·비굴의 인간 북곽 선생을 내세워, 북곽 선생이 범 앞에서 아첨을 떨다가 농부 앞에서 근엄을 위장하는 줄거리다. 연암은 뒤에 붙인 자신의 논평에서 만청滿淸의 압제에 곡학아세로 적응해가고 있는 중국 인사들의 비열상을 풍자한 비분의 작품으로 주제를 파악했다. 즉, 중국 대륙의 통치에 성공한 청 황제의 위력과 그 앞에 인간적 양심과 민족적 자존심을 포기하고 굴종과 타협으로 일관한 중국 사인군士人群들의 관계를 상징적으로 그려낸 것이다. 청조는 심각한 민족 갈등과 중국사회 내부의 제반 모순을 은폐하기 위한 수단으로 복고주의 정책을 써서 문치와 유교적 교화를 선양했다. 정부貞婦의 가면을 쓴 동리자는 바로 그 분비물이며, 교서校書 1만권과 저서 1만 5천권을 가지고 있는 북곽 선생은 청조에 발탁되어 문치를 장식했던 어용학자의 한 전형인 셈이다.

　범의 입을 빌려서 북곽 선생 같은 부류의 유자들을 꾸짖는 말의 요지는 인간이 짐승만도 못하다는 것이었다. 이것은 강상綱常의 윤리를 절대당위로 조작한 유자의 독선적 인간관을 비꼰 것이다. 이때 사람의 본성[人性]과 범의 본성[物性]이 다를 바 없다는 주장은 연암류의 논설인데, 앞서 오행상생설五行相生說을 부정하는 발언 또한 평소 그의 특이한 지론이었다. 범의 장황한 꾸짖음은 붓이 서로 해치고 잡아먹는 가장 가공할 무기라는 지적으로 끝맺는다. 글쓰기가 남을 음해할 뿐 아니라 인류사회를 나쁘게 만드는 데 이용되는 사례가 허다했다는 점에서 의미심장하다. 이러한 문제의식들은 당시 우리나라의 현실에도 긴밀히 관련되고 그대로 적용되는 것이어서 연암은 저들의 비분을 더욱 뼈저리게 공감하고 자신의 창조적 영감과 필치를 발휘했던 것이다.

출전 해제

이 『이조한문단편집』에 이용된 자료집은 총 39종이다. 다음 순서 번호 1~14는 『청구야담』 『동야휘집』 같은 단편집류, 15~23은 만록류漫錄類, 24~30은 골계집류滑稽集類, 31~41은 소품집小品集·문집文集·여항인閭巷人의 기록류 등으로 편의상 나누어 배열해놓았다. 이번 개정판에 추가된 자료집 및 새롭게 밝혀진 사실들을 반영해서 첨부, 수정을 가했다.

1. 『청구야담靑邱野談』

책이름은 야담으로 되어 있지만 요즈음 말하는 야담과 질적 차이가 있음은 물론, 한문단편의 집대성에 속한 전형적 형태의 단편집의 하나이다. 편자는 미상이며 편찬 연대는 대체로 19세기 중반기인 헌종·철종 연간으로 추정된다. 문장이 졸박拙朴하면서 사실의 서술이 더욱 실감을 준다. 각 편마다 7언 혹은 8언의 시구로 된 제목이 붙어 있는 것이 특색이다. 하나하나 독립된 단편들인데도 두편씩을 단위로 그 제목을 짝을 맞추어 한시의 연구聯句와 비슷하게 함으로써 마치 장회소설章回小說의 각 회의 제목처럼 되어 있는 점이 흥미롭기도 하다. 이 대구 형식이 본에 따라서 흐트러진 상태가 나타나 보이는바, 원형이 해체된 것으로 간주된다. 현재 전하는 이본의 종이 여러가지로서 이본 간의 차이도 많은데, 본서에 이용된 이본을 대략 소개해둔다.

서벽외사栖碧外史 해외수일본海外蒐逸本 갑甲, 8권 8책 원본은 일본 동양문고東洋文庫 소장의 필사본. 글씨는 한 사람의 필체가 아니고 그중에 졸필도 들어 있다. 그러나 전체적으로 체재가 매우 정돈되어 있다.

서벽외사 해외수일본 을乙, 10권 10책 원본은 미국 버클리대학교(UC Berkeley) 극동도서관(East Asian Library) 소장의 필사본. 체재는 갑본과 동일하다. 다만 수록된 편수가 더 많은 것이 특색이다. 현재 알려진 『청구야담』으로는 이 을본의 내용이 가장 풍부한 것으로 되어 있다.

서울대학교 가람문고본과 고도서본 모두 필사본으로 가람본은 6권 3책이고 고도서본은 5권 5책인데, 모두 앞의 해외수일본에 비해 수록된 편수가 적고 편차도 다르다. 특히 고도서본은 문장의 축약이 심하다.

성균관대학교 도서관본, 6권 6책 필사본. 수록된 편수가 앞의 수일본에 비해 많이 빠져 있고, 각 편의 제목이 대련對聯으로 되어 있지도 않다. 국립도서관과 고려대학교 도서관, 영남대학교 도남문고陶南文庫에 각각 동일본이 있다.

서울대학교 규장각奎章閣 국문본, 19책 원래 20책 중 1책 낙질. 이 규장각본은 전부 국문으로 번역된 것이 큰 특색이다. 수록된 편수는 수일본의 갑본과 비슷하다.

2. 『파수편破睡篇』

서벽외사 해외수일본, 2권 2책. 원본은 일본 동양문고 소장의 필사본. 편자 미상. 내용과 체재가 『청구야담』과 흡사하고, 수록된 단편들도 『청구야담』과 중복된 것이 대부분이다. 제목도 두편씩 짝을 맞추어놓았다. 『청구야담』의 발췌본이라고 해도 좋을 것 같다.

3.『해동야서海東野書』

불분권 1책, 장서각 소장의 필사본. 총 47편을 수록하고 있는데 모두『청구야담』과 중복된다. 제목과 문장 표현도『청구야담』그대로인데, 다만 자구상 약간의 차이가 보일 뿐이다. 이것 역시『파수편』과 마찬가지로『청구야담』에서 일부 추려서 만들어진 것 같다. 본문 끝에 필사 연도가 적혀 있는데 1864년에 해당한다.

4.『동패낙송東稗洛誦』

서벽외사 해외수일본, 2권 2책, 속續 1책. 원본은 일본 동양문고 소장의 필사본. 작자는 노명흠盧命欽(1713~75)으로 확인되었다. 만록·잡록雜錄류와는 달리 처음부터 끝까지 한문단편만으로 두 책을 엮어놓은 것으로 보아, 작자의 의식이 이미 뚜렷하고 각 단편의 구성과 문장 표현도 격조가 높다. 다만 각 편에 제목을 붙이지 않고 작품이 시작될 때마다 항을 달리해서 첫머리에 동그라미를 그려넣어 앞의 것과 구분짓고 있다. 창작 연대는 작가의 생애에서 말년에 속한다. 속 1책은 본 2책과는 성질을 아주 달리하는 수득수록隨得隨錄의 필기체筆記體로서 역사·풍속·시문 등 광범한 분야에 걸쳐 자기 견해를 적어둔 것이다. 내용을 검토한 결과, 금대錦帶 이가환李家煥(1742~1801)의 친필 기록임이 판명되었다. 그런데 이가환의 수기가 어째서『동패낙송』의 속집으로 묶이게 되었는지 그 경위는 알 수 없다.

5.『기문총화記聞叢話』

불분권 1책, 필사본.『기문총화』라는 서명이『계서야담』과『동야휘집』의 서문에 나오는 것으로 보아 이러한 종류의 책 가운데 비교적 널리 알려진 것 같다. 제목을 달지 않고 잡록한 형식이지만『청구야담』과 일치하는 작품을 많이 접할 수 있다. 이조 후기 명사들의 행적에 연관된 내용이 두드러지게 눈에 띈다. 장서각에 소장된 것을 대본으로 삼았는데, 이본이 여러 종이다. 연세대학교 도서관에는 4책으로 된 동명의 책이 있는바 이는 이본 차가 아주 크다.

6. 『선언편選諺篇』

불분권 1책, 필사본. 앞의 『기문총화』와 체재가 같고 저작 연대도 비슷할 것으로 추정되는데, 저자는 미상이다. 역시 『청구야담』과 일치하는 것이 상당편 있다. 남녀 간의 애정에 관련된 이야기가 많은 편이다. 원본은 장서각과 서울대학교 규장각에 소장되어 있다.

7. 『계서야담溪西野談』『계서잡록溪西雜錄』

『계서야담』은 6권 6책, 규장각 소장의 필사본이다. 『계서잡록』은 원래 4권 4책이었던 것으로 보인다. 원작자가 누구이며 원래 몇권 몇책이었는지 명확지 않아서 혼선이 빚어졌던바, 대략 다음과 같이 정리해볼 수 있다.

규장각본 『계서야담』의 앞쪽 내표제에 "계서란 이상서李尙書 희준義準의 당호堂號라."라고 적혀 있다(『계서야담』은 현재 파악되기로 이 규장각본이 유일한 것이다). 이 기록에 의거해서 『계서야담』은 이희준이 엮은 것으로 보았다. 이희준(1775~1842, 자 평여平汝)은 한산 이씨로 순조 때 문과에 급제, 예조판서까지 오른 인물이다. 그런데 『계서잡록』의 제1책에 저자의 자서와 함께 심능숙沈能淑의 서문이 실려 있는데, 저자는 이희평李義平(1772~1839, 자 준여準汝)이다. 이희평은 음직으로 지방관을 역임한 인물이며 이희평과 이희준은 친형제 사이이다. 『계서잡록』은 그 서문이나 내용으로 미루어 이희평이 지은 책임이 확실해 보인다. '계서'란 이희평의 호로서, 지금 경기도 분당 신도시에 속한 수내라는 지명에서 취한 것이다(현재 분당의 중앙공원 지역은 한산 이씨의 묘역과 함께 한산 이씨 가문이 세거한 마을이 포함되어 있다).

『계서잡록』은 서문의 시점이 1833년이므로 이 시기를 저작 연대로 잡아도 좋을 것이다. 『계서잡록』은 성균관대학교 존경각 소장으로 제1책이 있으며, 임형택 소장으로 제2, 3책이 있다(이 두 책의 표제에 亨과 利로 표시된 것으로 미루어 元亨利貞의 4책이 완질이었음을 알 수 있다). 그리고 서울대학교 도서관 일사문고 소장으로 4책본이 정명기 교수에 의해서 밝혀졌다(「완질『溪西雜錄』의 출현에 따른 제문제」, 『冽上古典硏究』 40, 2014). 고려대학교 도서관에는 『계서잡록』 2책, 속집 1책이 소장되어 있다. 이밖에도 단권으로 여러 이본이 현전한다.

요컨대 『계서잡록』이 원본이며 여기서 『계서야담』이 파생한 것으로 보이는 바, 『계서야담』의 성립 경위 및 양자의 관련 양상은 고찰을 요하는 사안이다.

8. 『기관奇觀』

불분권 1책, 서울대학교 고도서 소장의 필사본. 책 표지에 "정축丁丑 2월 19일 당곡동唐谷洞 해사海史 서書"라고 적혀 있는데, 어느 정축년이고 해사가 누구인지 알 수 없다. 전반부와 후반부가 성격이 서로 다른 것이다. 외형상으로 보아도 전반부는 각 편에 제목이 달려 있고 후반부는 제목이 없이 실려 있다. 전반은 음담·소총笑叢과 유를 같이하는 것으로 그중의 몇편이 전기傳奇의 잔형을 유지한 것도 있다. 후반은 체재도 『동패낙송』과 같고 내용도 『동패낙송』과 일부 중복되어 있다. 각기 다른 두 계통의 유서에서 뽑아 옮겨 적고 '기관'이라고 책제목을 붙였던 것 같다. 『금고기관今古奇觀』을 연상시키는 명칭이다.

9. 『해총海叢』

불분권 4책, 서울대학교 고도서 소장의 필사본. 편자는 미상이다. 저자 및 내용은 아래와 같다.

제1, 2책 야사류野史類

　정재륜鄭載崙 『공사견문록公私見聞錄』

제3책 패사류稗史類

임제林悌「화사花史」

「화왕전花王傳」

「화왕본기花王本紀」

이익李瀷「사대춘추四代春秋」

제4책 전기류傳記類

박두세朴斗世「요로원기要路院記」

성대중成大中「유송년전柳松年傳」

성대중「개수전丐帥傳」

박지원朴趾源「허생전許生傳」 외 6편

10. 『동야휘집東野彙輯』

8권 8책(같은 내용이 16권 8책으로 편찬된 것도 있다)의 필사본으로 유전하던 것이 근래 전 2책으로 유인油印되기도 했다. 이 유인본은 오자가 많고 각 편마다 끝에 붙은 작자의 사평史評 형식의 글이 빠져 있다. 이원명李源命 (1807~87, 자 치명穉明, 본관 용인)의 편저이다. 편자는 순조 때 문과에 급제하여 이조판서까지 지낸 관인이다. '자서'를 쓴 연대가 1869년이다. 『어우야담於于野談』 『기문총화』 등에 수록된 자료를 총 집성해서 개작, 윤색한 것이다. 이것의 특징을 들어보면 첫째, 240여 편이 실린 방대한 작품집으로 『청구야담』처럼 7언 혹은 8언의 시구로 된 제목을 붙이고 다시 내용별 분류를 해서 수록하는 편체編體를 취하고 있는 점이다. 둘째, 내용이 대체로 흥미 본위로 부연되고 복잡해진 한편, 유명 인물의 이야기로 끌어 붙이고 시대를 무리하게 올려 잡은 경향을 볼 수 있다. 다분히 속화된 인상을 주는 것이다.

11.『청야담수靑野談藪』

6권 6책, 편자 미상의 필사본. 서울대학교 가람문고에 소장되어 있다. 한문 단편에 속하는 작품이 상당히 풍부하게 실려 있으나, 이 책 저 책에서 잡다하게 베껴놓아 체재를 갖추지 못했다.『동야휘집』에서 옮겨진 것들의 경우 7언 시구로 제목이 붙여져 있는가 하면, 다른 것들은 제목이 없기도 하고 또 편의상의 가제를 붙여놓기도 했다. 국문 현토懸吐를 달아놓은 점이 특색이다.

12.『차산필담此山筆談』

2권 2책, 서울대학교 고도서 소장의 필사본. 원문에 수정 가필한 흔적이 있는 것으로 보아 작자의 초고본으로 추정된다. 저자는 밝혀져 있지 않은데 대원군大院君 집정기를 배경으로 한 이야기가 들어 있어 19세기 후반기로 넘어와서 지어진 것으로 보인다. 당시 배전裵婰(1843~99)이란 인물이 자호를 차산此山이라 했던 것으로 미루어 곧 그가 지은 것으로 추정된다. 그는 김해 출신의 인물로 시詩와 서書에 모두 능한 문사였다. 총 16편을 수록한 단편집으로, 대개 가까운 시대에서 취재를 하고 구체적인 장소를 설정해서 이야기를 흥미롭게 꾸며놓았다. 작자의 '만든다'는 의식이 강하게 작용한 만큼 작위적인 느낌을 받기도 한다.

13.『동상기찬東廂記纂』

신활자본 1책. 한남서림翰南書林에서 1918년에 간행한 책이다. 편찬자로 밝혀져 있는 백두용白斗鏞(1872~1935, 자 건칠建七, 호 심재心齋)은 원래 역관 가계 출신으로 출판사를 경영하여 한남서림의 주인이 되었다. 이 책은 그의 자서가 앞에 실려 있는 것으로 미루어 그가 엮은 것으로 보인다.「동상기東廂記」는 이덕무李德懋가 지은「김신부부전金申夫婦傳」을 이옥李鈺이 극본으로 각색한 것이다. 이「동상기」를 앞에 싣고 뒤에 이런저런 이야기들을 유별로 나누어 부록하였다. 특히「안동랑安東郎」은 다른 데서 못 보던 것이어서 뽑게 되었다.

14.『삽교별집霅橋別集·만록漫錄』

서벽외사 해외수일본, 5권 5책. 원본은 일본 동양문고 소장의 필사본. 저자는 영정시대 노론계 학자인 안석경安錫儆(1718~74). 그는 출세를 못한 일개 한사寒士로서 강원도 횡성의 삽교란 곳에서 저술을 낙으로 삼고 살았는데, 사우師友 간에 높은 수준의 인사들과 교류가 있었던 것은 이 책에서도 알 수 있다. 그의 저술은 전前·후後·속續·별別의 4집이 있고 별집은 다시 만록漫錄·지문識聞·예학록藝學錄의 3부로 나뉘는데, 이 만록 속에 여러 이야기를 다룬 단편들이 들어 있다. 이 단편들은 제목도 없고 다른 사화史話·인물평·시국담과 함께 실려 있다. 그는 사물에 대한 관찰이 예리하고 사회를 비판하는 기준도 합리적이었던 만큼, 서사물을 엮어나가는 솜씨에 특장이 있다. 이야기의 출처 및 제보자를 밝혀 놓았을 뿐 아니라, 이야기 내용에서 인정의 기미와 세태의 추이를 잘 그려놓은 점은 당시 일반 유학자의 저술에서 볼 수 없는 매우 이채로운 것이라 하겠다.

15.『학산한언鶴山閑言』

필사본 1책. 신돈복辛敦復(1692~1779)이 지은, 앞의『삽교별집』과 비슷한 성격의 책이다. 저자 자신의 견문잡기인데, 그중 일부에 본격적인 스토리가 포함되어 있는 것이 흥미롭다. 「남경 장사南京行貨」「길녀吉女」「봉산 무변鳳山武弁」과 같은 단편들은 원래 여기에 있었던 것으로,『청구야담』에 옮겨진 것이다. 저자는 호가 학산, 노론계 인물로 연암의 선배 학자였다.『조선인물호보朝鮮人物號譜』에 의하면 음직으로 봉사奉事를 지냈고, 저서가 많았으며 경국제세經國濟世를 자부했다고 한다. 장서각 소장의『야승野乘』제21책에 수록되어 있다.

16.『기리총화綺里叢話』

필사본 3권 1책. 필기적 성격을 띠고 있으면서 야담집으로 발전한 형태이다. 이 자료는 당초『이조한문단편집』을 편역하던 때에는 포착되지 않은 것이

었다. 이를 임형택이 1997년에 발굴하여 거기에 실린 6편과 함께 학계에 소개
했다(『민족문학사연구』 11). 그런데 초판본 『이조한문단편집』에는 이 『기리총화』
가 원출전인 작품이 7편이나 들어 있었다. 이 7편 모두 『청구야담』에 실렸던 것
으로, 「김령金令」 「귀객鬼客」 「우마마牛媽媽」 등 수작으로 평가할 수 있는 작품
이었다. 이번 개정판에서는 7편 중에서 일부 작품은 번역의 대본을 『기리총화』
쪽으로 잡았으며, 일부는 그대로 두었다.

『기리총화』는 몇종의 이본이 전하고 있는바 영남대학교 동빈문고본(1책),
연세대학교 도서관 소장본(1책), 연민문고본(낙질 1책) 및 3권 1책의 임형택 소
장본이 있다. 그 작자는 어디에도 밝혀져 있지 않은데, 김영진 교수의 조사 연
구로 이현기李玄綺(1796~1846)임을 확인할 수 있게 되었다(「기리총화에 대한 고
찰―편찬자 확정과 후대 야담집과의 관련을 중심으로」, 『한국한문학연구』 28, 2001).
이현기는 청강淸江 이제신李濟臣의 후손으로 서울에서 세거하던 소론가의 인
물이다. '기리'란 그의 필명이다. 그 저작 연대 또한 밝혀져 있지 않은데, 대략
1817년에 집필을 시작하여 그로부터 10년을 경과해서 완성된 것으로 추정된
다. 이현기의 유일한 저작으로 남아 있는 『기리총화』는 한문 단편소설로서 문
학적 성과가 풍부한 편이고 작가적 실험정신도 엿보인다.

17. 『기문습유記聞拾遺』

서벽외사 해외수일본, 불분권 1책. 원본은 일본 토오꾜오東京대학교 도서관
소장의 필사본. 편자는 미상이다. 내용은 시사 및 인물에 대한 편자 자신의 견
문기와 함께 『이순록二旬錄』 『학산한언』 등 타인의 저술을 일부분씩 옮겨놓고
그 출전을 밝혀두기도 한 것이다. 통일된 체재가 아니고 각 기사紀事에 제목도
없다. 그러나 그 가운데 상당히 긴 이야기가 나오고, 한개의 단편소설로 인정할
만한 것이 더러 있다.

18. 『동패집東稗集』

서벽외사 해외수일본, 불분권 1책. 원본은 일본 텐리天理대학교 도서관 소장의 필사본. 내제內題는 '동패낙송'. 그러나 앞의 『동패낙송』과는 체재가 아주 다르다. 통일된 편집 원칙이 있는 것이 아니고 잡록 형식을 취하였다. 다만 그중에 상당히 긴 이야기도 있다.

19. 『청성잡기靑城雜記』

성대중成大中(1732~1809)이 지은 것이다. 서계庶系의 문사로 연암과도 교유가 있었다. 췌언揣言·질언質言·성언醒言의 3부로 나뉘어 있는데, '췌언'은 고금을 헤아려 쓰는 말이란 뜻으로 중국의 역사 사실을 들어 논평한 것이고, '질언'은 판정한 말이란 뜻으로 격언이 될 만한 문구를 실은 것이며, '성언'은 후세에 깨우치는 말이란 뜻으로 민담적인 것을 기록한 것이다. 특히 '성언'에 이색적인 내용의 이야기가 몇편 수록되어 있다. 필사본 1책으로, 원본은 이병도李丙燾 박사의 소장이며, 김화진金和鎭이 『도서圖書』 제6호(1964)에 이 자료집의 일부를 소개한 바 있다.

20. 『이재만록頤齋漫錄』

상·중·하 3권으로 『이재속고頤齋續稿』에 수록되어 있다. 이재 황윤석黃允錫(1729~91)의 저작이다. 저자는 전라북도 고창군의 흥덕에 살던 재야 학자로서 『이재유고』 『이수신편理藪新篇』 등 방대한 저술을 남겼다. 이 만록은 나라의 옛 사적·학설상의 논란점·시문·시사時事 등을 기록해놓은 내용이다.

21. 『천일록千一錄』

10권 10책, 서울대학교 고도서 소장 필사본. 우하영禹夏永(1741~1812, 호 취석실醉石室)이 지은 것이다. 정치·사회·경제 등 국정 전반에 걸쳐서 논설하고 개혁의 방안을 제시한 실학적인 저작으로, 그 제9, 10책은 견문을 수기隨記한 형식으로 되어 있다. 여기서 「송유원宋有元」 1편을 뽑았다.

22. 『파적破寂』

상·중·하 3책, 고려대학교 도서관 소장의 필사본. 편찬 시기는 1770년대로 추정된다. 필기류 저술로 학술·시화 및 야사·잡록에 걸쳐서 총 475화가 실린 것이다. 저자는 유경종柳慶種(1714~84)으로 호는 해암海巖이며, 경기도 안산 지역에 세거하던 남인가 출신이다. 소북-남인가의 견문이 비중을 차지하고 있는 점이 내용상의 특징인데, 그의 가문적·지역적 배경과 관련된 것으로 여겨진다.

이 자료는 김영진 교수가 발굴, 소개하여 알려지게 되었다(「海巖 柳慶種의 잡록 『破寂』 연구 ─ 작자 고증과 내용 제요를 중심으로」, 『한문학논집』 제30집, 2010). 여기서 「김씨가 이야기金氏家古事」 1편이 뽑혔다.

23. 『계압만록鷄鴨漫錄』

2권 2책, 서울대학교 가람문고 소장의 필사본. 편자는 미상이다. 제1책의 끝에 적힌 기록으로 보아 1884년 갑신년에 일부 착수했다가 1892년 임진년에 완성한 것 같다. 편자 자신이 듣고 본 이야기들을 잡록하였는데, 19세기 후반의 시대상을 보여주기도 한다. 같은 만록이라도 『이재만록』과 같은 학자적인 견식이 보이지 않고 민담에 가까운 이야기들이 수록되어 있다.

22. 『어수신화禦睡新話』

장한종張漢宗(1768~1815, 호 옥산玉山)이 지은 것이다. 시정의 이야기를 채취한 점은 『청구야담』 등과 마찬가지이나, 대체로 골계적 성격이 주를 이루고 있다. 이야기의 길이가 비교적 단형이고, 성욕에 관계된 화제가 많으며 비속하게 느껴지는 내용도 적지 않다. 모두 제목을 달아놓고 있다. 16세기 전후에 강희맹

姜希孟의『촌담해이村談解頤』, 송세림宋世琳의『어면순禦眠楯』과 같은 소화집笑
話集이 나왔는데, 이조 후기로 내려오면서 더욱 발달하였던 것 같다. 플롯이 좀
더 길어지는 경향이 보이며 인간 사회의 모순을 웃음으로 비꼰 서민의 정감이
재미있게 표출되어 있는 것이다.

　『어수신화』의 저자 장한종은 화원畵員 출신으로 특히 어해魚蟹를 잘 그렸다.
수원 감목관監牧官을 지낸 행적이 있는데, 그때 집필한 것이다.『어수록禦睡錄』
이란 표제로 송신용宋申用의 교열을 거쳐 출판된 바 있고(정음사 1947), 다음에
열거된 소화집들과 함께『고금소총古今笑叢』이란 책자로 묶여 유인된 바 있다.

25.『파수록破睡錄』

　책이름이 뜻하는 것처럼『어수신화』와 같은 골계집에 속하면서도 몰락한 지
식분자들의 특이한 일화들을 수록했고, 비록 패설이라도 격조를 잃지 않고 있
는 점이 색다르다. 매편 끝에 '부묵자왈副墨子曰'이라 해서 평어를 붙였으며, 다
른 골계집과 달리 제목을 달아놓지 않았다. 소품에 속하는 것들도 함께 수록되
어 있다. 부묵자의 찬撰이라고 되어 있으나 그가 누구인지는 밝혀지지 않았다.
저작 연대는 작자의 서문에 임술년壬戌年으로 되어 있다. 내용상『어수신화』보
다 앞서는 것으로 보아 1742년 아니면 1802년이 될 것 같다.

26.『진담록陳談錄』

　저자, 저작 연대 미상. 대개 19세기 이후에 이루어진 것 같다. 희화적인 내용
이 대부분으로 비속한 음담도 섞여 있다. 편편이 끝에 달아놓은 저자의 평어까
지도 희필戲筆로 흘렀다. 그런 가운데 경묘한 웃음이 발견되기도 한다.

27.『성수패설醒睡稗說』

　저자, 저작 연대 미상.『진담록』과 같이 희화적인 내용이 대부분이다. 날카로

운 풍자로서 웃음을 자아내거나 인정 세태를 꼬집은 재미난 이야기들이 풍부하게 수록되어 있다.

28.『기문奇聞』

『진담록』『성수패설』과 비슷한 성격인데 동물 우화가 많이 수록된 점이 특색이다. 역시 저자, 저작 연대 미상. 대개 19세기로 들어와서 한문교양이 일부 서민층까지 보급된 단계에서 씌어진 것 같다.

29.『교수잡사攪睡襍史』

저자 미상. 저작 연대는 본문 중에 제사 지낼 시각을 맞추기 위해 이웃에서 자명종을 빌리자는 말이 나오는 것으로 보아(「상인지시喪人知時」), 19세기 후반이 될 것이다. 특히 양반 관료들의 무능·탐학을 풍자한 내용이 많은 점이 주목을 끈다.

앞의『어수신화』에서『교수잡사』에 이르는 소화집은 서거정徐居正의『태평한화골계전太平閑話滑稽傳』, 송세림의『어면순』등과 함께 묶여서『고금소총』이란 서명의 유인본으로 간행된 바 있다. 간행 연대는 1958년인데, 자료를 수집하거나 빌려서 간행한 것은 김영우金榮雨란 인물이다. 김영우는 직업이 필경사였다고 한다.

30.『별본 청구야담別本 靑邱野談』

서벽외사 해외수일본, 불분권 1책. 원본은 미국 버클리대학교 극동도서관 소장의 필사본. 원본의 책명은 그냥『청구야담』으로 되어 있으나 앞의『청구야담』과 구분짓기 위해 여기에서 편의상 '별본'이라고 붙였다. 내용은 하찮은 가담항어街談巷語 내지 음담에 속하는 내용이 많고 체재도 통일되어 있지 않다. 각 편의 제목이 달려 있지 않다. 글씨도 난잡에 가까운 부분이 적지 않은데, 어떤 곳에는 국문을 혼용하기도 하였다. 얼핏 보아 편록자編錄者의 사회 신분과 의식 수준을 짐작게 한다. 그러나 '저급'에 해당하면서도 한문으로 기록되었다는 점과, 도리어 저급이기 때문에 한문 속에 일부 민담적인 체취를 보존할 수 있었다는 점이 특색이라고 하겠다.

31. 『매화외사梅花外史』『문무자문초文無子文抄』『도화유수관소고桃花流水館小稿』

이옥李鈺(1760~1815)의 저작들이다. 저자는 18세기 말에 서울에서 태어나 활동했던 문인이다. 그는 성균관의 학생으로 다니다가 좋지 못한 문체를 쓰는 것으로 탄핵을 받고 귀양살이를 해야 했으며 완전히 출세의 길이 막히고 말았다. 곧 정조의 문체반정文體反正에 걸렸던 것이다. 낙백한 한사로서 일생을 문예에 전념하게 되었다. 그리하여 정통의 문文과 시詩의 규격을 파탈해버리고 패사소품稗史小品의 새로운 문학을 계속 시도하였다. 우리말을 한시문 속에 대담하게 도입한 점, 서울의 도시적 정조를 살리면서 서민 생활과 그 인간 군상을 형상화하려 한 점 등은 높이 평가할 만하다. 그의 문집은 현재 전하지 않지만, 유고의 상당량이 『담정총서潭庭叢書』에 수록되어 있다. 여기 3종은 모두 『담정총서』에 들어 있는 것이다. 일종의 소품집들인데, 그 가운데 전傳의 형태를 취하고 있으면서도 소설을 의식하고 만든 작품들도 보인다. 『담정총서』는 이옥의 친한 벗이었던 담정潭庭 김려金鑢(1766~1822)가 편집한 책이다. 18세기 말 19세기 초엽 김조순金祖淳 주변에 모였던 문인들 사이에서 지어진 시문을 한데 모아 엮은 것이다. 이옥의 작품들은 실시학사 고전연구반에서 수집, 번역하여 『이옥 전집李鈺全集』(휴머니스트 2009)으로 발간하였다.

32. 『영재집冷齋集』

15권 4책, 국립도서관 소장의 필사본. 유득공柳得恭(1748~1807)의 시문집이다. 전형적인 문집의 체재를 따르고 있지만 연암의 영향을 느끼게 하는 참신한 작품들이 담겨 있다. 여기 뽑아 실은「유우춘柳遇春」은 제10권에 수록되어 있다.

33.『단량패사丹良稗史』

담정 김려가 지은 것이다. 이조 후기 서민사회의 특이한 성격의 인물들을 그린 것으로, 외형상 전의 형식을 취하였지만 패사소품에 해당한다. 저자의 문집인『담정유고潭庭遺稿』제9권에 실려 있다. 저자는 18세기 말 19세기 초에 살았던 문인으로, 벼슬은 현감에 그쳤고 이옥과 같이 문예를 전공했다.『담정총서』『창가루외사倉可樓外史』『한고관외사寒皐觀外史』등 방대한 편찬서가 있다.

34.『망양록亡羊錄』

이광정李光庭(1674~1756)이 지은 것이다. 작자의 문집인『눌은집訥隱集』제21권에 수록되어 있다.『망양록』은 우화에 경세적인 의미를 담은 일종의 잡록이다. 인생과 현실에 대한 작자의 비판적인 안목이 격조 높게 표현되어 있다. 총 21편에, 상당히 긴 글도 있으나 제목은 달지 않았다. 저자는 영정시대 영남 지방의 손꼽히는 학자였으나 도학道學에 몰두하지 않고 당시 새로운 문학의 기풍을 섭취해서 자못 이색적이라는 지목을 받기도 했다.

35.『가림이고嘉林二稿』

9권 3책. 이강李矼(호 매재邁齋)과 이광李䃧(호 정재征齋) 형제의 시문집이다. 지봉芝峯 이수광李晬光의 후손으로 남인계에 속하며 문한文翰이 높은 가문이었다. 충청도 부여의 가림이란 곳에 세거해서 책제를 '가림이고'라 한 것이다. 두 사람의 글을 분권하지 않고 하나의 편제에 맞춰 수록하고, 다만 각 편의 제목 위에 두 사람의 호를 써서 구분해놓았다. 문장의 필치가 참신한 감이 들고 현실성 있는 내용을 다루기도 했다. 특히 민담에서 소재를 취해 만든 소품이 흥미롭게 읽힌다.

468

36. 『완암집浣岩集』

4권 2책, 서울대학교 규장각 소장의 필사본. 정래교鄭來僑(1681~1759)의 시문집이다. 이 『완암집』은 여항문학의 중요한 자료이다. 특히 서울의 시정과 여항인의 모습을 전의 형식을 써서 그린 몇편의 산문이 흥미롭다.

37. 『추재집秋齋集』

8권 4책. 신활자로 간행되어 있다. 간행 시기는 밝혀져 있지 않은데 1930년대로 추정된다. 역관 출신의 시인 조수삼趙秀三(1762~1849)의 시문집이다. 전후 6차에 걸쳐 중국을 내왕하며 널리 교유했던 시편 및 그사이의 기행시들이 많은 분량을 차지할뿐더러, 활달한 견식에 새로운 문예 취향을 느끼게 하는 작품들도 적지 않다. 일반 사대부의 문집과는 내용상 다른 면이 있다. 특히 제7권에 수록된 「기이紀異」 같은 것은 시와 산문으로 시정인의 생활과 정조를 묘파한 특이한 형식이다. 작자는 문학뿐 아니라 의학에도 깊었고 장기와 바둑 및 담론을 잘했다 한다.

38. 『이향견문록里鄕見聞錄』

10권 3책, 서울대학교 고도서 소장의 필사본. 편자는 겸산兼山 유재건劉在建(1793~1880)이다. 그 자신 서리 출신으로 서예에 능했다. 서문은 1862년에 조희룡趙熙龍(1789~1866)이 썼다. 편찬 연대는 그 이전이 될 것이다. '이향'이란 '이인향선里仁鄕善'에서 따온 말로, 방리坊里 향촌鄕村 사이의 일예一藝 일덕一德을 채록한다는 의미로 '이향견문록'이란 이름이 붙은 것이다. 즉 여항인의 기록이다. 여항인이란 어떤 특정한 신분이나 계급을 지칭하는 것이 아니고 사대부에 상대적인 말이다. 이조 후기 여항인 가운데 특히 역할이 크고 주목되는 층은 상공인들과 기예 및 실무 행정을 담당했던 중인·서리들이다. 이 중서층中庶

層을 중심으로 여항인 가운데 아름다운 덕성과 빼어난 예능을 지녔던 인물들의 모습을 하나하나 구체적으로 서술한 것이 곧 이 책자이다. 여기에 실린 인물이 280명에 이르는데, 전문 분야에 따라 분류를 했고, 여류는 편을 따로 하였다. 일부 편자가 직접 쓴 것도 있으나 대부분 각종 기록에서 옮겨놓았는데, 이 경우 출전을 밝히고 있다. 여항인에 대한 기록을 총 집성, 정리한 것이다.

39. 『호산외사壺山外史』

불분권 1책의 필사본. 조희룡이 지었다. 내용은 앞의 『이향견문록』과 비슷한데, 모아서 엮은 형태가 아니고 그 자신이 직접 쓴 것이다. 『이향견문록』만큼 풍부하지는 않지만 흥미로운 여항의 소식이 간결한 문장으로 그려져 있다. 1844년(헌종 10)에 씌어진 것이다. 저자는 역시 여항인에 속하는 인물로 추사秋史 김정희金正喜 문하에 출입하며 서화書畵에 명성이 있었다.

40. 『좌계부담左溪裒談』

저자, 저작 연대 미상. 선조 이후 조야의 인물로서 볼만한 사적을 기록한 내용이다. 여성들에 대해 따로 소개하여 규방의 이야기를 재미있게 적어놓았다. 장서각에 소장된 『야승』 제20책에 수록되어 있다.

41. 『일사유사逸士遺事』

6권 1책. 1922년에 회동서관匯東書館에서 출판되었다. 원래 『매일신보』에 연재되었던 것이다. 편자는 애국계몽기의 학자 장지연張志淵(1864~1921)이다. 『이향견문록』과 비슷한 성격의 책으로, 여기서는 참고했던 서명만 제시했고 매 편의 출전은 밝혀놓지 않았다. 애국계몽기의 의식을 반영하여 이조사회에 대한 비판적인 내용과 저항적인 인물들을 주목하고 있다.

수록 작품의 작자 일람

1. 작자 일람표

이 『이조한문단편집』에는 제1~6부 176편, 별집 연암소설 11편, 도합 187편
이 수록되어 있다. 176편의 작품은 예외적 성격의 몇편을 제외한 대부분이 작
자가 밝혀져 있지 않은 상태였다. 구연口演의 이야기로 유전하다가 기록화가
이루어진 특유의 형성 경로에 기인한 현상이다. 이들 야담을 모태로 한 한문단
편은 기록으로 정착된 이후에 그대로 전해진 사례도 없지 않지만, 많은 경우 그
기록물이 독자에게 읽히고 필사되는 과정에서 허다한 전변轉變이 연출되었다.
이 때문에 한문단편의 작자를 규명하는 일은 대단히 중요한 사안이면서 난제
에 속한다.

176편에 각기 붙인 해설에서 출전을 소개하면서 작자에 대한 언급이 딸려
나오기도 했지만 논의를 붙이지 못했다. 여기서 총괄하여 작자 일람표를 정리,
제시한다. 작자 추적에 도입된 기준은 이러하다.

1) 안석경의 『삽교만록』처럼 일차적 기록물은 그 기록자를 작자로 인정한다.

2) 「의환」 같은 경우 『기문습유』에 실려 있는데, 원출전이 『이순록』으로 밝
혀졌기에 원기록자 구수훈을 작자로 인정한다.

3) 『청구야담』은 기존의 야담류를 수합해서 편찬한 형태이다. 이와 같은 편

찬서들은 소재 작품을 가능한 대로 원출전을 찾아서 작자로 인정한다. 『해동야서』와 『파수편』은 『청구야담』에서 파생한 자료이다.

4) 『청구야담』류 소재 작품에서 원출전이 확인되지 않는 경우 미상으로 처리할 수밖에 없는데, 편의상 작자란에 '청구'로 올려놓는다.

5) 『계압만록』 같은 경우는 '계압'을 호로 간주하여 작자로 올렸다. 『기문』 『동패집』 같은 경우는 부득이 공란으로 남겨두었다.

6) 『계서잡록』과 『계서야담』의 경우, 『계서잡록』의 작자로 밝혀지게 된 이희평을 작자로 인정한다. 『계서야담』은 『계서잡록』과 대부분 겹치는데, 「귀향」 「김대갑」은 『계서잡록』에는 보이지 않으나 다 같이 이희평의 작으로 간주했다.

제1부·부富

	작품명	작자	출전
1	귀향歸鄕	이희평李羲平	계서야담溪西野談
2	대두大豆	안석경安錫儆	삽교별집霅橋別集
3	광작廣作	노명흠盧命欽	동패낙송東稗洛誦
4	부부각방夫婦各房	청구靑邱	청구야담靑邱野談
5	부농富農	청구	해동야서海東野書
6	순흥 만석꾼順興 萬石君	노명흠	동패낙송
7	비부婢夫	청구	청구야담
8	감초甘草	청구	해동야서
9	택사澤瀉	구수훈具樹勳	기문습유記聞拾遺, 원출전: 이순록二旬錄
10	소금鹽	노명흠	동패낙송
11	강경江景	안석경	삽교별집
12	담배烟草	청구	청구야담
13	거여 객점巨余客店	배전裵㙷	차산필담此山筆談
14	삼난三難	배전	차산필담
15	동도주인東道主人	배전	차산필담
16	남문 안 주점南門內酒店	성수	성수패설醒睡稗說

472

17	주판舟販	안석경	삽교별집
18	개성상인開城商人	청구	청구야담
19	독역讀易	청구	청구야담
20	허생별전許生別傳	청구	해동야서
21	여생呂生	이원명李源命	동야휘집東野彙輯
22	남경 장사南京行貨	신돈복辛敦復	학산한언鶴山閒言
23	북경 거지北京丐者	안석경	삽교별집
24	환희幻戱	이원명	동야휘집
25	박포장朴砲匠	이원명	동야휘집
26	대인도大人島	청구	해동야서
27	자원비장自願裨將		기문奇聞
28	영남 선비嶺南士	안석경	삽교별집
29	음덕陰德	배전	차산필담
30	세 딸女三	부묵자副墨子	파수록破睡錄
31	김대갑金大甲	이희평	해동야서, 원출전: 계서야담
32	안동 도서원安東 都書員	청구	청구야담
33	원주 아전原州吏	안석경	삽교별집
34	선혜청 서리 처宣惠廳胥吏妻	청구	청구야담
35	은항아리銀甕	청구	청구야담
36	대용수표貸用手票	청구	청구야담
37	송유원宋有元	우하영禹夏永	천일록千一錄
38	장교의 모임長橋之會	장한종張漢宗	어수신화禦睡新話
39	광통교변廣通橋邊	장한종	어수신화
40	지옥 순례地獄巡禮	교수잡睡	교수잡사攪睡襍史
41	강담사講談師	청구	청구야담
42	배신背信	계압	계압만록鷄鴨漫錄

제2부·성性과 정情

	작품명	작자	출전
1	의환義宦	구수훈	기문습유, 원출전: 이순록
2	피우避雨	청구	해동야서
3	심심당한화深深堂閑話	안석경	삽교별집

4	청상췌녀青孀孀女	이희평	청구야담, 원출전: 계서잡록
5	태학귀로太學歸路	청구	파수편破睡篇
6	고담古談	이희평	계서야담
7	말馬	노명흠	동패낙송
8	유훈遺訓	이원명	동야휘집
9	방맹芳盟	청구	청구야담
10	심생沈生	이옥李鈺	담정총서薄庭叢書·매화외사梅花外史
11	이정離情	부묵자	파수록
12	동원삽화東園揷話	청구	파수편
13	매헌梅軒과 백화당百花堂	좌계 左溪	좌계부담左溪裒談
14	연도戀盜	안석경	삽교별집
15	눈雪	이희평	계서야담
16	무운巫雲	이희평	계서잡록
17	조보朝報	노명흠	동패낙송
18	관상觀相	노명흠	동패낙송
19	최풍헌 딸崔風憲 女	청야	청야담수靑野談藪
20	천변녀川邊女	청구	청구야담
21	길녀吉女	신돈복	학산한언
22	용산 차부龍山車夫	구수훈	기문습유, 원출전: 이순록
23	재회再會		기문기문奇聞
24	상은償恩	청구	청구야담
25	의도기義島記	이강李矼	가림이고嘉林二稿
26	표류기漂流記	이현기李玄綺	기리총화, 원작자: 장한철張漢喆

제3부·세태世態 I: 신분 동향

	작품명	작자	출전
1	김령金令	이현기	기리총화
2	검녀劍女	안석경	삽교별집
3	도학 선생道學先生	이광정李光庭	눌은집訥隱集·간양록看羊錄
4	귀객鬼客	이현기	기리총화
5	허풍동虛風洞	청구	청구야담
6	우마마牛媽媽	이현기	기리총화

7	김씨가 이야기金氏家故事	유경종柳慶種	파적破寂
8	평교平交	청구	청구야담
9	노동지盧同知	이희평	이향견문록里鄉見聞錄, 원출전: 계서잡록
10	박비장朴裨將	청구	청구야담
11	수박씨西瓜核	청구	청구야담
12	고죽군댁孤竹君宅	청구	청구야담
13	훈조막燻造幕	장한종	어수신화
14	혼벌婚閥	노명흠	동패낙송
15	오이무름瓜濃	소은素隱	이향견문록, 원출전: 소은집素隱集
16	안동랑安東郎	백두용白斗鏞	동상기찬東廂記纂
17	변사행邊士行	안석경	삽교별집
18	정기룡鄭起龍		동패집東稗集
19	교생校生과 수재秀才	청구	청구야담
20	역리驛吏와 통인通引	청구	청구야담
21	책주름 조생鬻書曹生	조수삼趙秀三	추재집秋齋集
22	가수재賈秀才	김려金鑢	담정유고藫庭遺藁·단량패사丹良稗史
23	박돌몽朴突夢	김낙서金洛瑞	이향견문록, 원출전: 호고재고好古齋稿
24	임준원林俊元	정래교鄭來僑	완암집浣岩集
25	김낙서金洛瑞	범곡凡谷	이향견문록, 원출전: 범곡기문凡谷記聞
26	정수동鄭壽銅	장지연張志淵	일사유사逸士遺事
27	금강錦江	청구	청구야담
28	옛 종 막동舊僕莫同	이현기	청구야담, 원출전: 기리총화
29	수원 이동지水原李同知	노명흠	동패낙송
30	휘흠돈徽欽頓	청구	청구야담
31	언양彦陽	안석경	삽교별집
32	황진기黃鎭基	장한종	어수신화
33	바가지匏器	이현기	파수편, 원출전: 기리총화
34	교전비轎前婢	장한종	어수신화
35	새벽曙	청구	청구야담
36	해방解放	안석경	삽교별집

제4부·세태 II: 시정 주변

	작품명	작자	출전
1	소나기驟雨	청구	청구야담
2	동현 약국銅峴藥局	청구	파수편
3	무기당無棄堂	청구	청구야담
4	남산南山	성수	성수패설
5	풍류風流	청구	청구야담
6	회상回想	청구	청구야담
7	김성기金聖基	정래교	완암집
8	유우춘柳遇春	유득공柳得恭	영재집泠齋集
9	송실솔宋蟋蟀	이옥	담정총서·문무자문초文無子文鈔
10	유송년柳松年	성대중成大中	해총海叢
11	시간기市奸記	이옥	담정총서·도화유수관소고桃花流水館小藁
12	상련賞蓮	장한종	어수신화
13	추리秋吏	장한종	어수신화
14	상납리上納吏		기문기문
15	금주禁酒	장한종	어수신화
16	깻자루荏子袋	장한종	어수신화
17	원님 놀이官員戲	노명흠	동패낙송
18	과장科場	청구	청구야담
19	제문祭文	청구	청구야담
20	전주 정승全州政丞	신돈복	청구야담, 원출전: 학산한언
21	쟁춘爭春	청구	청구야담
22	노진재 상후서露眞齋上候書	청구	청구야담
23	차태借胎	청구	청구야담
24	속현續絃	노명흠	청구야담, 원출전: 동패낙송
25	비정非情	이희평	청구야담, 원출전: 계서야담
26	봉산 무변鳳山武弁	신돈복	청구야담, 원출전: 학산한언
27	옥인형玉人形	청구	청구야담
28	염동이廉同伊		기관기관
29	묘墓	노명흠	동패낙송
30	호접胡蝶		별본別本 청구야담

| 31 | 추재기이秋齋紀異 | 조수삼 | 추재집秋齋集·기이紀異 |

제5부·민중 기질 I: 저항과 좌절

	작품명	작자	출전
1	월출노月出島	청구	청구야담
2	신시新市	이원명	동야휘집
3	옥적玉笛	이원명	동야휘집
4	명화적明火賊	황윤석黃胤錫	이재선생유고 속頤齋先生遺稿續
5	네 친구四友	안석경	삽교별집
6	아래적我來賊	장한종	어수신화
7	홍길동 이후洪吉同 以後	이현기	청구야담, 원출전: 기리총화
8	회양협淮陽峽		기문총화記聞叢話
9	선천 김진사宣川 金進士	안석경	삽교별집
10	성동격서聲東擊西	청구	청구야담
11	광적獷賊	청구	청구야담
12	도둑 사위盜婿	계압	계압만록
13	박장각朴長脚	장지연	일사유사
14	갈처사葛處士	장지연	일사유사
15	기우옹騎牛翁	청구	청구야담
16	태백산太白山	청구	청구야담
17	척검擲劍	청구	선언편選諺篇, 청구야담
18	타호打虎	청구	파수편
19	이비장李裨將	청구	파수편
20	웅투熊鬪	박준원朴準源	금석집錦石集
21	완강頑强	노명흠	동패낙송
22	홍경래洪景來	정교鄭喬	홍경래전洪景來傳

제6부·민중 기질 II: 풍자와 골계

	작품명	작자	출전
1	꼭지딴丐帥	성대중	청성잡기靑城雜記
2	장오복張五福	조희룡趙熙龍	호산외사壺山外史
3	광인狂人	청구	청구야담

4	부채扇		장한종	어수신화
5	명창 박남名唱 朴男		구수훈	이순록
6	가면假面		성수	성수패설
7	수달피水獺皮			기문奇聞
8	사당祠堂		장한종	어수신화
9	꿩雉		교수	교수잡사
10	봉鳳		교수	교수잡사
11	술막炭幕			기관奇觀
12	이홍李泓		이옥	담정총서·도화유수관소고
13	백문선白文先	반송지盤松池	장한종	어수신화
		중부자中部字	장한종	어수신화
		치재致齋	성수	성수패설
14	장복선張福先		이옥	담정총서·도화유수관소고
15	매품代杖		성대중	청성잡기
16	광산촌礦山村		성대중	청성잡기
17	고래鯨			별본 청구야담
18	허풍당虛風堂			별본 청구야담
19	해승諧乘	장비를 가탁하다假託張飛		진담록陳談錄
		환곡還穀	부묵자	파수록
		신주神主	성수	성수패설
		개양반狗兩班		진담록
		도적 양반盜賊兩班	장한종	어수신화
		우학牛學	성수	성수패설
		종이 대신 과거 보러 가다奴替科行	장한종	어수신화
		의왕擬王	장한종	어수신화
		가난한 손님貧客	장한종	어수신화
		춘동지春同知	장한종	어수신화
		갓장이冠工		진담록
		평등지도平等之道	부묵자	파수록
		삼엽전三葉錢	부묵자	파수록
		옹기장수 셈법甕算	성수	성수패설

19	해승 諧乘	장풍운전張風雲傳		진담록
		소설책小說冊	장한종	어수신화
		17자 시十七字詩	장한종	어수신화
		고가高歌	청구	청구야담

2. 주요 작자별 목록

앞의 일람표상에서 작품이 4편 이상 등재된 작가를 추려 작품 목록을 정리,
도표로 제시한다(시기순).

작자	편수	작품명
구수훈具樹勳 (1685~1757)	4	택사澤瀉(1부), 의환義宦(2부), 용산 차부龍山車夫 (2부), 명창 박남名唱朴男(4부)
신돈복辛敦復 (1692~1779)	4	남경 장사南京行貨(1부), 길녀吉女(2부), 전주 정승全州 政丞(4부), 봉산 무변鳳山武弁(4부)
노명흠盧明欽 (1713~75)	12	광작廣作(1부), 순흥 만석꾼順興 萬石君(1부), 소금鹽 (1부), 말馬(2부), 조보朝報(2부), 관상觀相(2부), 혼벌 婚閥(3부), 수원 이동지水原 李同知(3부), 원님 놀이官員 戲(4부), 속현續絃(4부), 묘墓(4부), 완강頑强(5부)
안석경安錫儆 (1718~74)	12	대두大豆(1부), 주판舟販(1부), 영남 선비嶺南士(1부), 원주 아전原州衙前(1부), 심심당한화深深堂閑話(2부), 연도戀盜(2부), 검녀劒女(3부), 변사행邊士行(3부), 언 양彦陽(3부), 해방解放(3부), 네 친구四友(5부), 선천 김 진사宣川 金進士(5부)
성대중成大中 (1732~1809)	4	유송년柳松年(4부), 꼭지딴丐帥(5부), 매품代杖(6부), 광산촌礦山村(6부)
이옥李鈺 (1760~1815)	5	심생沈生(2부), 송실솔宋蟋蟀(4부), 시간기市奸記(4부), 이홍李泓(4부), 장복선張福先(4부)
장한종張漢宗 (1768~1815)	14	장교의 모임長橋之會(1부), 광통교변廣通橋邊(1부), 훈 조막燻造幕(3부), 황진기黃鎭基(3부), 교전비轎前婢 (3부), 상련賞蓮(4부), 추리秋吏(4부), 금주禁酒(4부), 깻자루荏子袋(4부), 아래적我來賊(5부), 부채扇(6부), 사당祠堂(6부), 백문선白文先(6부): 반송지盤松池, 중부 자中部字, 해승諧乘(6부): 도적 양반盜賊兩班, 종이 대신 과거 보러 가다奴替科行, 의왕擬王, 가난한 손님貧客, 춘 동지春同知, 소설책小說冊, 17자 시十七字詩

이희평李羲平 (1772~1839)	8	귀향歸鄕(1부), 김대갑金大甲(1부), 청상嫠女(2부), 고담古談(2부), 눈雪(2부), 무운巫雲(2부), 노동지盧同知(3부), 비정非情(4부)
이현기李玄綺 (1796~1846)	7	표류기漂流記(2부), 김령金令(3부), 귀객鬼客(3부), 우마마牛媽媽(3부), 옛 종 막동舊僕莫同(3부), 바가지匏器(3부), 홍길동 이후洪吉同 以後(5부)
이원명李源命 (1807~87)	5	여생呂生(1부), 박포장朴砲匠(1부), 유훈遺訓(2부), 신시新市(5부), 옥적玉笛(5부)
성수醒睡 (?~?)	5	남문 안 주점南門內酒店(1부), 남산南山(4부), 가면假面(6부), 백문선白文先(6부): 치재致齋, 해숭諧乘(6부): 신주神主, 우학牛學, 옹기장수 셈법甕算
배전裵婰 (1843~99)	4	거여 객점巨余客店(1부), 삼난三難(1부), 동도주인東道主人(1부), 음덕陰德(1부)

이 작자별 목록을 통해서 볼 때 18세기 전반기의 구수훈·신돈복을 1세대, 18세기 후반기의 노명흠·안석경·성대중을 2세대, 19세기 전반기의 이희평·이현기를 3세대로 잡을 수 있다. 2세대에서 3세대에 걸치는 장한종과 연대 미상인 성수는 야담류와 성격을 구분해 볼 필요가 있는 골계류 작자이다(이 부류는 『고금소총』에 집결되어 있음). 그리고 이옥의 경우는 또다른 면에서 야담류와 구별되는바, 박지원의 '연암소설'이나 유득공의 「유우춘」과 동류로 묶일 수 있는 성격이다. 이들 또한 당시 유행했던 야담의 영향을 입어 창작된 형태임에 유의할 필요가 있다.

다음 19세기 후반기로 오면 이원명과 배전이 등장하는바, 그 하향기에 속하는 것으로 볼 수 있다.

3. 『청구야담』의 작자 미상 작품 목록

앞의 일람표에서 『청구야담』으로 등재된 작품들은 실상 작자 미상에 속하는 것이다. 이를 부별로 나누어 목록을 나열하면 다음과 같다.

부	편수 (총51편)	작품명
1부	15편	부부각방夫婦各房, 부농富農, 비부婢夫, 감초甘草, 담배烟草, 개성상인開城商人, 독역讀易, 허생별전許生別傳, 대인도大人島, 자원비장自願裨將, 안동 도서원安東 都書員, 선혜청 서리 처宣惠廳胥吏妻, 은항아리銀甕, 대용수표貸用手票, 강담사講談師
2부	6편	피우避雨, 태학귀로太學歸路, 방맹方盟, 동원삽화東園揷話, 천변녀川邊女, 상은償恩
3부	10편	허풍동虛風洞, 평교平交, 박비장朴裨將, 수박씨西瓜核, 고죽군댁孤竹君宅, 교생校生과 수재秀才, 역리驛吏와 통인通引, 금강錦江, 휘흠돈徽欽頓, 새벽曙
4부	10편	소나기驟雨, 동현 약국銅峴藥局, 무기당無棄堂, 풍류風流, 회상回想, 제문祭文, 쟁춘爭春, 노진재 상후서露眞齋上候書, 차태借胎, 옥인형玉人形
5부	8편	월출도月出島, 성동격서聲東擊西, 광적獵賊, 기우옹騎牛翁, 태백산太白山, 척검擲劍, 타호打虎, 이비장李裨將
6부	2편	광인狂人, 해승諧乘-고가高歌

이 51편의 작자는 앞으로 조사·연구가 필요한 과제임이 물론이다. 대개 원출전이 파악되지 않거나 실전失傳이 된 것으로 여겨지지만, 『청구야담』 편자의 손에서 저술된 작품도 있을 수 있다.

『청구야담』은 편찬 연대 또한 밝혀져 있지 않은데, 『계서잡록』과 『기리총화』 직후에 편찬되었으리라는 점은 확실해 보인다.

요컨대 야담·한문단편은 18세기에 성립, 19세기 전반기에 이르러 정점에 도달하고 곧이어 『청구야담』으로 집대성이 이루어진 것이다. 그리하여 19세기 중반을 넘어서부터 하향곡선을 그리게 되었다. 이는 『이조한문단편집』 소재 작품들의 작자를 총람해본 결론이다.

찾아보기

482

486

490